会心不远

高克勤 著

凤凰枝文丛／孟彦弘 朱玉麒 主编

凤凰出版社

图书在版编目（CIP）数据

会心不远 / 高克勤著. -- 南京 : 凤凰出版社,
2020.6
（凤凰枝文丛 / 孟彦弘，朱玉麒主编）
ISBN 978-7-5506-3185-4

Ⅰ. ①会… Ⅱ. ①高… Ⅲ. ①随笔－作品集－中国－当代 Ⅳ. ①I267.1

中国版本图书馆CIP数据核字(2020)第071235号

书　　名	会心不远
著　　者	高克勤
责任编辑	李相东
书籍设计	徐　慧
出版发行	凤凰出版社(原江苏古籍出版社) 发行部电话025-83223462
出版社地址	南京市中央路165号,邮编:210009
出版社网址	http://www.fhcbs.com
照　　排	凤凰零距离数字印前中心
印　　刷	苏州市越洋印刷有限公司 苏州市吴中区南官渡路20号　邮编:215104
开　　本	880毫米×1230毫米　1/32
印　　张	9.75
字　　数	179千字
版　　次	2020年6月第1版　2020年6月第1次印刷
标准书号	ISBN 978-7-5506-3185-4
定　　价	68.00元

(本书凡印装错误可向承印厂调换,电话:0512-68180638)

高克勤

1962 年生于上海，祖籍江苏吴江。1983 年复旦大学中文系本科毕业。1986 年复旦大学中文系研究生毕业后入上海古籍出版社工作。现任上海古籍出版社社长，编审。著有《王安石与北宋文学研究》《传薪者——上海古籍往事》《拙斋书话》等。

弁言

"凤凰台上凤凰游"，是李白《登金陵凤凰台》之诗句，昔年我江苏古籍出版社立足南京、弘扬文史，而更名所由也。

"碧梧栖老凤凰枝"，是杜甫《秋兴八首》所吟咏，今日我凤凰出版社为学林添设新枝，而命名所自也。

30多年来，凤凰出版社围绕中华传统优秀文化，彰显传承文明、传播文化、服务大众、贡献学术的出版理念，坚持以整理出版中国文、史、哲古籍及其研究著作为主的专业化方向，蒙学界旧雨新知之厚爱、扶持，渐已长成"碧梧"，招引了学界"凤凰"翩然来栖。箫韶九成，凤翥凰翔！嘤其鸣矣，求其友声！

"凤凰枝文丛"是本社与学界同人共同打造之文史园地，除学术研究论文外，举凡学人往事、经典品评、学术札记之文化随笔，旧学新知，无所不包。是作者出诸性情而诗意栖息之地，读者信手撷取而涵泳徜徉之处。

"凤凰鸣矣，于彼高冈。梧桐生矣，于彼朝阳。"

愿"凤凰枝文丛"成为我们共同的文化家园。

2019.5.22

自序

从过去36年间发表的文章中选了36篇，分为四辑。

第一辑《传薪者》7篇，叙写前辈学人与编辑的事迹，以铭记前辈的劳绩，表彰先贤的贡献，为后来者垂范，激励后来者，达到薪火相传的目的。需要说明的是，这7篇文章都发表于2016年8月人民文学出版社出版的拙著《传薪者》之后，可以视为这本书的续编。第二辑《编书记》6篇，追述我工作的上海古籍出版社及其前身古典文学出版社、中华书局上海编辑所编辑出版的几种图书的出版经过，其中过程我大多亲身经历过，从中可以看到出版人的努力、贡献和精神。第四辑《品书录》12篇，选收了历年所写的书评文章中篇幅比较简短的。其中《梁启超的〈清代学术概论〉》一文发表于1984年7月，当时我还在复旦大学中文系读研究生，从室友蒋天枢先生的研究生处得知蒋先生命他们读梁启超的《清代学术概论》，于是我也读了这本书，并写了这篇短文，这也是我最早发表的文字，敝帚自珍，以为纪念。需要指出的是，2016 年 8 月上海辞书出版社出版的拙著《拙斋书话》中已经选收了部分历年所作的有关书事和书评文章。收入本书这两辑的文章是首次结集，也可以视为《拙斋书话》的续编。

第三辑《卷前语》11 篇，主要是为一些自己整理的古籍出版物写的前言和为我工作的出版社的出版物写的出版说明，以及为前辈大作写的序。上海古籍出版社是一家以编辑出版古籍整理和研究著作为主的专业出版社，一向鼓励编辑参加和组织学术活动，结合工作从事古籍整理和学术研究，数十年来涌现出不少学有专长、卓有成就的优秀编辑和出版家。我进入上海古籍出版社工作已有三十多年，深受这种传统和前辈的影响，在工作之余也从事过一些古籍整理，完工后总要写一篇前言介绍作品特点和整理体例等；也策划过不少书稿，出版前也要按体例写出版说明。我在写这些文章时对自己的要求是不敷衍，尽可能地具有一些学术含量。此次结为一辑，也是对自己编辑出版生涯的回顾。

本书中的文章都是围绕着书展开。我在《拙斋书话》的自序中说过："自略识之无以迄于今，五十年来惟以读书为务，尤其是在复旦大学求学的七年和从事编辑工作的三十年间。昔人有云：'读万卷书，行万里路。'吾亦常以此自勉。"由于工作的关系，行万里路常常是遐想而已，读万卷书倒是每日的工作。《世说新语·言语》载："简文入华林园，顾谓左右曰：'会心处不必在远，翳然林水，便自有濠濮间想也，觉鸟兽禽鱼自来亲人。'"翳然林水的华林园使晋简文帝产生"会心处不必在远"的感受。对于我们一介书生来说，"翳然林水"也只是日常间的遐想而已，坐拥书城倒是经常的享受，读到好书，与先哲前贤对话，就会自然产生"会心处不必在远"的感受，故名本书为《会心不远》。

2019 年 10 月

目录

第二辑　编书记

第三辑　卷前语

第四辑　品书录

第一辑　传薪者

夏承焘与上海古籍出版社

作为一代词学宗师的夏承焘（1900—1986），毕生致力于词学研究和教学，著作等身。他众多的著作，虽然由多家出版社出版；但是在他生前，与他联系最密切、出版其著作最多的出版社当推上海古籍出版社及其前身古典文学出版社、中华书局上海编辑所和有渊源关系的新文艺出版社，因为古典文学出版社就是在新文艺出版社中国古典文学编辑组的基础上成立的，其代表作《唐宋词人年谱》《唐宋词论丛》《姜白石词编年笺校》和《龙川词校笺》《放翁词编年笺注》等，就是由上述出版社出版的。从上世纪五十年代到八十年代的三十多年间，夏先生与上述出版社的编辑密切合作，不仅把自己撰写的力作交付出版社，还为出版社推荐书稿、联系作者，给出版社以切实的支持，与出版社编辑成为知交。夏先生在他的日记中详细记载了他与上述出版社的交往和出书经过（见《天风阁学词日记

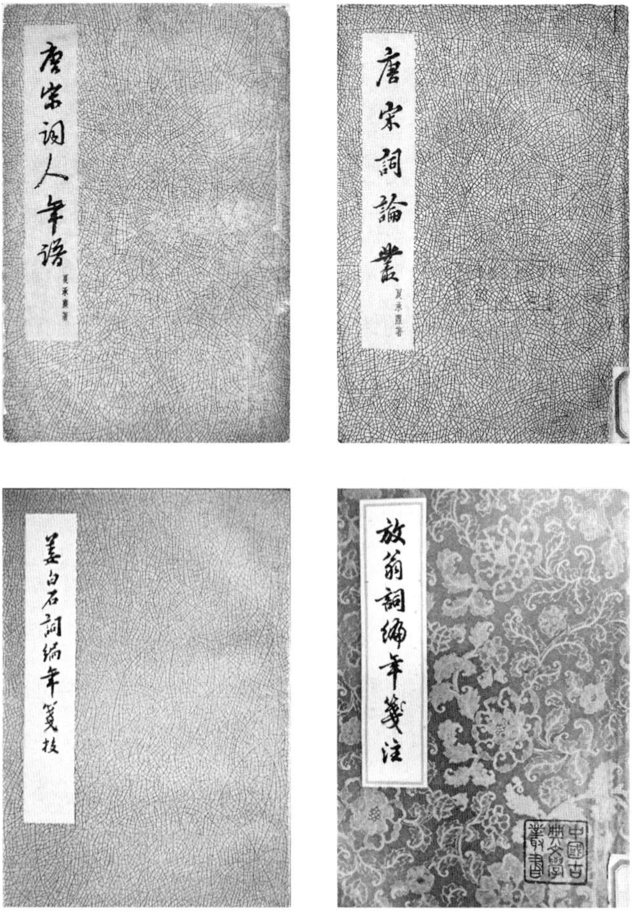

夏承焘在上海古籍出版社及其前身出版社出版的部分著作书影

（三）》,《夏承焘集》第七册，浙江教育出版社、浙江古籍出版社，1997 年；以下所引日记不再出注），上海古籍出版社的书稿档案中也相当完整地保存了出版社与夏先生的来往书信和其著作出版过程的记录。本文即以夏先生日记和上海古籍出版社的书稿档案为据，缕述夏先生与出版社的交往过程，从而展示夏先生治学为人的风范，再现学者和出版社同道相应的情景，为研究夏先生和出版史提供一份素材。

一、从初次约稿到持续合作

夏承焘最早是与新文艺出版社结缘的。新文艺出版社是新中国成立最早的一家公私合营的专业出版机构，1952 年 6 月 1 日在上海由海燕书店等四家私营出版机构合并改组而成，定位是“以出版中国和外国现代文学作品为主的全国性文学专业出版社”。1953 年 10 月，刚辞去江苏省文化局长一职到上海工作的李俊民（1905—1993）接任新文艺出版社社长。李俊民是一位学者型、作家型的出版人，出于对中国古典文学的热爱，并鉴于中华书局和商务印书馆 1954 年迁往北京后上海没有了专业古籍出版社的情况，他在新文艺出版社里成立了中国古典文学编辑组，开始了中国古典文学书稿的编辑出版工作，也因此与夏承焘有了往来。从 1954 年 6 月起至 1958 年 6 月这四年间，夏承焘与新文艺出版社及此后的古典文学出版社和中华书局上海编辑所之间书函往来频繁，几乎每月都有，甚至有一周数封者。

据夏承焘日记记载，先是新文艺出版社来约稿："（一九五四年）［六月十日］得上海新文艺出版社来函，约与龙元亮共编《宋词选注》。其计划为编一套中国文学名著选读丛刊，选辑历代诗歌、散文、戏曲、小说。第一辑共二十一种。顾颉刚编《尚书选注》，容庚、詹安泰编《诗经》，游国恩编《楚辞》，朱东润编《左传》等等，由郭绍虞、刘大杰主编，预定明年年底出齐。"同月十二日，他接郭绍虞、刘大杰函，嘱编《宋词选》。此前六月七日日记载："得榆生端午函，谓刘大杰主持上海公营新文艺出版社，编印古典文学丛刊，先出十二种。约顾颉刚、游国恩、王季思分任编纂。其词选一种，约榆生与予合作，榆生用龙元亮出名云云。"郭绍虞（1893—1984）、刘大杰（1904—1977），都是著名的古典文学专家，当时皆为复旦大学教授。龙榆生（1902—1966），名沐勋，以字行。他是夏承焘的好友，也是著名的词学家。当时任上海博物馆资料室主任。因为他在抗战期间担任过汪精卫伪国民政府的立法院立法委员和伪中央大学文学院院长等职，抗战胜利后曾以汉奸罪入狱，为时人诟病。这从夏承焘同年八月十一日日记所载即可看出："微昭来，谓上海友人颇以予与榆生合编词选为言，榆生历史旧嫌，至今不恕于人口。"

所以龙榆生写作要用“龙元亮”之名。微昭即夏承焘老友陆维钊（1899—1980）。夏承焘接到约稿后，就与龙榆生商量合作事。其六月十一日日记载：“发榆生片，告分任编词选事。同作序论一篇，互相补充选目，予任南宋。”其六月十五日日记载：“得榆生复片，要予任词人小传及词中关于史实方面。”其七月二日日记载：“接上海新文艺出版社预支《宋词选注》稿费二百万……定本年九月交稿。”但这一合作后来没有结果。夏承焘 1954 年八月十九日日记载：“发榆生函，寄还唐五代北宋选目，并告事忙课忙，选词事不能兼顾，请榆生一手了之。”

夏承焘在新文艺出版社出的第一本书是《唐宋词人年谱》。在夏先生之前，王国维撰有《清真先生遗事》，已为考订词人行实作了尝试。但系统开创词人谱牒之学，实从夏先生开始。词人年谱十种是夏承焘在三十岁前后以多年之力编撰的成果，对唐宋词人韦庄、冯延巳、李璟、李煜、张先、晏殊、晏几道、贺铸、周密、温庭筠、姜夔、吴文英十二家（其中南唐二主、二晏合谱）的生平事迹及其作品作了精深的勾稽和考辨，在词学研究领域有开创性的意义。他将词人生平事迹与其作品结合起来研究，使词学从传统走向现代化和科学化，这是他在词学研究领域的最大成就。这些内容三十年代曾以单篇形式分别刊于《词学季刊》，在学术界引起极大反响，屡为学人征引。夏承焘 1954 年八月十九日日记载：“阅程千帆《古典诗歌论

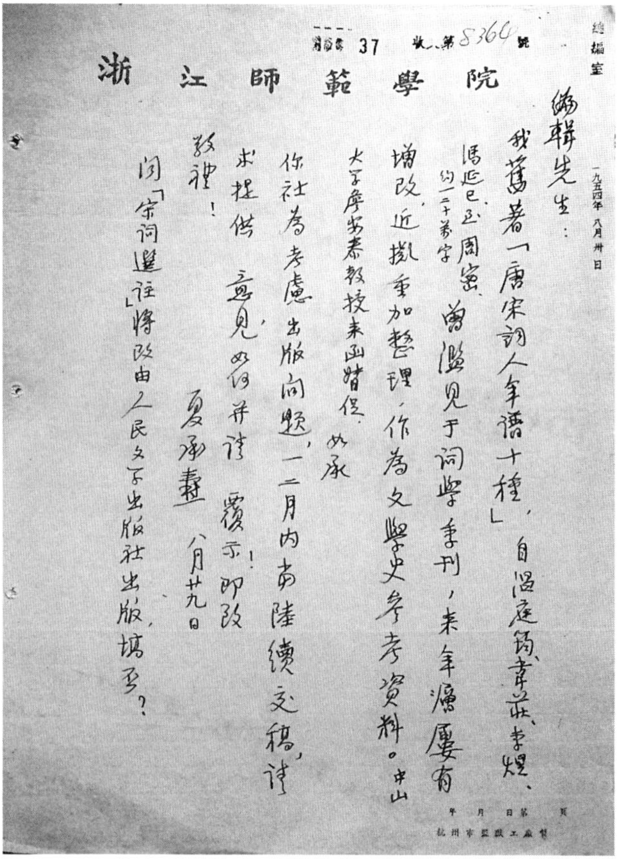

夏承焘 1954 年 8 月 29 日信

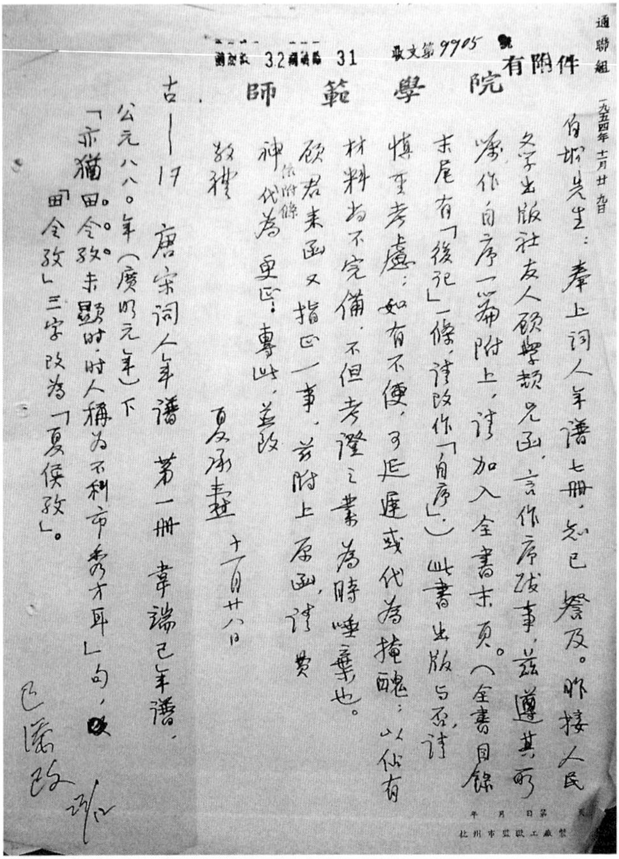

通聯組
一九五四年十二月廿九日

□□□ 3.2 □□號 31　收文第9905號　有附件

師範學院

自城先生：奉上詞人年譜七冊，知已登及。昨接人民文學出版社友人顧學頡兄函，言作序跋事，茲遵其所囑作自序一篇附上，請加入全書末頁。（全書目錄末尾有「後記」一條，請改作「自序」）此書出版與否，請慎重考慮；如有不便，可延遲或代為擱置；以作有材料為不完備，不但考證之業為時唾棄也。顧君來函又指正一事，並附上原函，請神（依附條）代為更正，專此，並頌

教祺

夏承燾　十一月廿八日

古-17　唐宋詞人年譜　第一冊　韋端己年譜，
公元八八〇年（廣明元年）下
「亦猶田令孜未顯時，時人稱為不利市秀才耳」句，改
「田令孜」三字改為「夏侯孜」。

已據改

夏承焘 1954 年 11 月 28 日信

丛》，屡引予词人年谱，颇思重加整理，了此旧业。”其八月二十八日日记载：“得詹祝南函，谓词人年谱须重印。”程千帆（1913—2000），时任武汉大学教授。詹祝南即著名词学家詹安泰（1902—1967），时任广州中山大学教授。友人的建议也正符合夏承焘的心意。因此，夏承焘想修订重印。其八月二十九日日记载：“发北京人民出版社信，告编唐五代宋金元明清七朝词大系计划及理董旧版词人年谱十种，问能考虑出版否。发上海新文艺出版社信，亦询出版词人年谱事。”夏承焘很快就接到了新文艺出版社接受出版的答复。其九月九日日记载：“接上海新文艺出版社函，愿意印予之词人年谱，嘱于十月底前一次交稿，以便明年春季出书，并问钱仲联、王易消息。”随后，夏承焘就花了五十多天的时间，夜以继日，对旧谱作了改订，于十一月十七日将词人年谱稿七本寄新文艺出版社，十一月二十八日又“发新文艺出版社函，寄去十谱自序，属其慎重考虑出版与否”。十二月四日，“得新文艺出版社一日函，词人十谱决定出版”。他还请程千帆为此书作序。此前九月二十五日，程千帆来信告诉他，“在沪尝向新文艺出版社古典文学部主任钱伯城君推荐予之词人年谱”。钱伯城，1922年生，江苏常州人，日后成为著名的出版家、学者，对明清文学也有深入研究，撰有《袁宏道集笺校》等。当时，他担任了《唐宋词人年谱》一书的编辑。

新文艺出版社不仅在接到夏承焘来信的十天后就决

定接受《唐宋词人年谱》一书的出版，并且在编辑出版的进程中也抓紧时间，保证质量，在收到书稿一年后的1955年11月就出版了《唐宋词人年谱》。这以当时的出版进度来说，是相当快的。在审稿的进程中，编辑与夏承焘多次沟通。夏先生日记载："（1955年1月21日）得榆生函，谓钱伯城君嫌词人十谱与词之本身发生关涉之资料尚感不足。此资料不足无可如何，不能如少陵、香山、稼轩之谱，可以行实发明其作品。""（1955年3月24日）得新文艺出版社函，词人年谱决于五月付排。问谱中涉及神怪或附会之记载可删否？程千帆序可抽去否？夕作复书，前者请钱伯城君代为尽量删汰，后者请钱君去函千帆商之。""（1955年5月2日）上海古典文学出版社寄来三年选题计划，词人年谱已于四月份发排，字数三十五万。"书还未出版，新文艺出版社已先致稿酬。夏先生日记载："（1955年6月29日）得新文艺出版社《唐宋词人年谱》稿酬。"凡此，充分说明了新文艺出版社对夏先生的尊重和对《唐宋词人年谱》一书的肯定。夏先生日记载："（1955年12月10日）上海古典文学出版社寄来《唐宋词人年谱》十一册，每册五百页，三十四万一千字，第一版印三千一百册，定价一元七角七分。二十年前旧著，居然能在今日问世，亦出于意料者。"其实，古典文学出版社正式挂牌还在一年之后，但当时已经用了这个社名，《唐宋词人年谱》版权页已署"上海古典文学出版社 1955 年 11 月 1 版 1 次”。1956 年 11 月，古典文学出版社在新文艺出版社中国古典文学编辑组的基础上成立，李俊民任社长、总编辑，钱伯城为编辑部秘书。新文艺出版社中国古典文学书稿的编辑出版业务就自然地由古典文学出版社接手了。《唐宋词人年谱》出版后，受到读书界的欢迎，也再次在学术界引起极大反响。1956 年 8 月，《唐宋词人年谱》第二次印刷，共印两千册。每次重印，夏先生都有修订。其日记载：“（1956 年 10 月 8 日）发钱伯城新文艺出版社函，请改词人十谱数条”。“（1956 年 11 月 8 日）得上海古典文学出版社函，发来词人年谱重排校样。”“（1956 年 12 月 23 日）夕作古典文学出版社函，寄去王仲闻所告词人年谱增删数事。”“（1957 年 2 月 6 日）发还词人年谱校样与古典文学出版社。”“（1957 年 2 月 18 日）发古典文学出版社函，寄去词人年谱后记及清水茂书评，属其添入书后。”“（1957 年 2 月 22 日）发古典文学出版社词人年谱后记重改本。”1957 年 3 月 21 日，夏先生日记载：“得古典文学出版社通知，词人年谱第三次印四千册，稿费九百余元。”1958 年 2 月 1 日，夏先生日记载：“古典出版社寄来第四版词人年谱。此次印二千五百本。共一万一千六百本。”

正是有了《唐宋词人年谱》出版的因缘，夏先生对新文艺出版社及古典文学出版社产生了信任，陆续将自己的书稿交付出版社。仅隔一年，他的又一部代表作《唐宋词论丛》出版。其1956年6月18日日记载："新文艺出版社寄来《读词丛稿》约稿合同及预支费百元。"1956年6月25日日记载："发新文艺出版社函，告《读词丛稿》拟改名《唐宋词论丛》。"1956年11月21日日记载："发上海古典文学出版社《唐宋词论丛》出版合同。一万册，每千字十五元。订至五八年底。"1956年12月，《唐宋词论丛》由古典文学出版社出版，印一万五千本。此书收录夏先生词学论文十余篇，包括《词律三义》《唐宋词字声之演变》《词韵约例》《姜白石词谱说》等，在词律、词韵、词谱和词籍考订等多个方面都有创获，是他数十年来研究词学和声韵学的心得。仅隔半年，《唐宋词论丛》第二版又印了一万册。夏先生日记载："（1958年1月13日）古典文学出版社寄来第三次印之《唐宋词论丛》二册，印六千册。已印三万一千册。"1962年1月，中华书局上海编辑所又编辑出版了此书的增订本，印数3500册，增辑《承教录》一篇，系本书出版后各家与作者通信讨论的意见。

在唐宋词人中，夏承焘对姜夔及其作品的研究最为深入持久。早在1930年，他就写有《白石诗文杂著版本考》，后经修改，载《姜白石词编年笺校》之《版本考》。1932年，他发表的第一篇论文《白石歌曲旁谱辨》刊于《燕京学报》。此后，他就此推而广之，对于姜夔声学进行全面考订，"不仅将白石歌曲十七谱解译出来，使之成为可以探知的词乐文献，而且将白石歌曲小序中所记录下来的有关乐律术语一一细加笺释，弄清了白石声学的各个组成部分”（施议对《夏承焘与中国当代词学》,《词学》第十二辑，华东师范大学出版社，2000 年）。然后，在这一基础上，他完成了《姜白石词编年笺校》,“将白石歌词创作以及有关乐律资料汇为一编，即为白石声学研究提供一部小百科全书”（同上）。对词乐的研究，是夏先生词学研究的又一大重要成果。《姜白石词编年笺校》的问世，也只距《唐宋词论丛》出版一年半。夏先生 1956 年 10 月 8 日日记载：“发钱伯城新文艺出版社函，请改词人十谱数条，问肯印予白石词研究否。（词论、词笺、旁谱、校律四种；遗事考、版本考。）”“（1956 年 10 月 16 日）得新文艺出版社钱伯城十月十五日函，谓白石论述专集，由彼社出版，万分欢迎，拟即列入明年出版计划内。”“（1956 年 10 月 23 日）理予白石词各稿，订为四册。先寄新文艺，发一函与钱伯城，约十一月底交全稿，问明年春季可出书否。此稿二十年来费力最勤，故观成之望亦最切。”“（1956 年 11 月 26 日）晨邮寄白石词校律及辑传共三本与古典文学出版社，并发一书。”“（1957 年 2 月 22 日）发古典文学出版社复，白石各稿可先印词笺，但行实考须同印，年谱拟改作。”“（1957 年 3 月 18 日）改白石词笺。此编着手二十年前，迄今未成定稿，自谓已殚心力矣。”“（1957 年 11 月 23 日）作函告古典文学出版社，并问两年内能为予印白石词笺校、校律、事迹考、白石丛稿四种否。”“（1957年11月26日）得古典文学出版社函，嘱即寄白石词笺去，当尽速付印。”“（1957年12月4日）午后寄出古典文学出版社白石词笺三册。”“（1957年12月13日）接古典文学出版社十一日函，寄来姜夔词校律、姜夔事迹、白石丛稿、姜夔词笺校四书约稿合同，谓《又玄集》即将出版。”“（1957年12月15日）发古典出版社姜夔各稿合同，明年年内陆续交事迹考、词律、白石丛稿三种。发天津人民出版社，告姜词笺已交上海，问能印《乐府补题考》否。”在与新文艺出版社联系《姜白石词编年笺校》出版的同时，夏承焘也曾与天津人民出版社联系，但是新文艺出版社的回复最及时肯定，得到了夏先生的首肯。

1958年6月1日，经上海市出版局批准，在国务院古籍整理出版规划小组统一规划下，古典文学出版社与中华书局上海办事处合并成立中华书局上海编辑所，习称“中华上编”（以下简称“中华上编”），受上海市出版局领导。古典文学出版社的编辑出版业务也就自然地由中华上编接手了。夏先生日记载：“（1958年6月3日）重对白石词笺一过，午后寄上海古典文学出版社。本月起改为中华书局上海编辑所，专出古典文学。”1958年7月，《姜白石词编年笺校》由中华上编编辑出版。夏先生日记载：“（1958年8月13日）中华书局寄来新印《姜白石词编年笺校》十一册，初版只印三千二百册。原定印一万册，殆以厚今薄古改也。”全书除姜词编年笺校正文部分外，还包括辑传、辑评、版本考、各本序跋、行实考和集事、酬赠两个附录等。1961 年 12 月 28 日，夏先生日记载：“上海中华书局寄到《姜白石词编年笺校》第二次印本。重印三千册，连前六千二百册。”夏先生在这一版中对代序《论姜白石的词风》一文作了修改，并在书末记曰：

予二十年来治姜词之杂稿，都凡八种：关于乐律者有《歌曲校律》《十七谱译文》《旁谱说》《旁谱辨》；关于作品者有《歌曲编年笺校》《论姜白石的词风》《白石丛稿》辑本；关于事迹者有《行实考》。兹写定《行实考》附《歌曲笺校》之后。集事、酬赠较前人所辑亦稍有增益，并缀其末。一九六一年一月夏承焘记于杭州道古桥。

1962 年 1 月 2 日，夏先生日记载：“上海中华书局寄来《词人年谱》第五次新印本。印二千三百本。”

“文革”中，上海市出版局及下属的出版社包括中华上编被撤销，重新成立一个综合性的大社上海人民出版社。1977 年 11 月，中共上海市委决定撤销上海人民出版社（大社），恢复上海市出版局和各出版社的建制。据此，在原中华上编和大社古籍编辑室的基础上恢复古籍专业出版社的建制，定名为“上海古籍出版社”。1978 年 1 月 1 日，上海古籍出版社在绍兴路 5 号宣告成立，中共上海市委宣传部任命年过七旬的李俊民任社长、总编辑。李俊民恢复工作后，首先用最快速度重版原古典文学出版社和中华上编的优秀图书，1979 年 5 月新版《唐宋词人年谱》（修订本），不久又校订重印《姜白石词编年笺校》并列入该社《中国古典文学丛书》；接着制订了上海古籍出版社选题的长远规划和近期计划，《放翁词编年笺注》等就列入了计划。

除了以上夏先生独撰的三书外，夏先生还与友人、学生合撰了多部著作在上海古籍出版社及其前身中华上编出版，其中夏承焘校笺、牟家宽注《龙川词校笺》线装本 1961 年 11 月由中华上编编辑出版，1982 年 8 月，上海古籍出版社出版了此书的平装本；夏承焘、游止水著《辛弃疾》1962 年 12 月由中华上编编辑出版，上海古籍出版社 1979 年 4 月新版，列入该社《中国古典文学基本知识丛书》；夏承焘、吴熊和笺注《放翁词编年笺注》1981 年 6 月由上海古籍出版社出版，列入该社《中国古典文学丛书》。

夏承焘先生还有许多已经与出版社联系过的拟议或着手中的著作没有完成。如，其 1955 年 9 月 10 日日记载：“作函与新文艺出版社钱伯城……附去《唐宋词系年总谱》稿样，分四格：一、作家行实；二、作品可考年代者；三、各种文学艺术有关词学者；四、政治经济大事对词有直接影响者。告一年内可整理增辑完成。”其1957年10月28日日记载：“接古典文学出版社《杜诗论丛》约稿合同。与天五同编。”天五即其老友吴鹭山（1911—1986）。其1957年10月30日日记载：“发古典文学出版社《杜诗论丛》约稿合同，明年一月底交稿，十一二万字。”1962年11月29日，他致信中华上编：“近整理‘姜白石诗编年校笺’和‘《白石丛稿》辑校’合作一册，明年三月可写定，你局能为出版否？”他还拟定过《词人年谱续编》的编写计划，其1964年8月9日日记就列出了《词人年谱续编》拟目十余种。这些书稿后来都没有完成。

二、从出版社的作者到“高参”

在长期的合作过程中，出版社的领导和编辑始终尊重夏承焘先生，视他为良师益友，不仅在处理他的书稿方面及时听取和回复他的意见，而且在出版社的选题规划和约稿人选方面也经常征求他的意见；夏先生对出版社也产生了信任，积极为出版社推荐书稿和作者，成了出版社的“高参”。

出版社的领导和编辑多次赴杭州向夏先生请益。夏先生日记载：“（1955年12月28日）傍晚新文艺出版社社长李俊民偕汤永宽编辑来访，谓社中欲另订两三年计划，属予代为组织稿件。为介见宛春、驾吾、步奎。”宛春即胡士莹（1901—1979），驾吾即王焕镳（1900—1982），步奎即徐朔方（1923—2007），他们三人俱为夏先生在浙江师范学院的同事。隔了两日，夏先生“过浙江旅馆看李俊民、汤永宽、刘金三君。十时李、汤二君来订书稿，约予任二种：《李清照研究》，五六年八月交稿；《唐宋词系年总谱》，五七年九月交稿。共收预支费三百元。驾吾、宛春、步奎，亦各有一二种”。徐朔方著《汤显祖年谱》，1958 年 11 月由中华上编编辑出版。徐朔方后来有多部著作由上海古籍出版社出版，其中有他笺校的《汤显祖诗文集》和辑校的《沈璟集》等。1959 年 6 月 23 日，中华上编副主任、副总编辑陈向平和编辑吕贞白、胡尧芳自上海来组稿，请夏先生“写出龙川、放翁词笺注及词人事辑”。夏先生日记载：“（1961 年 1 月 28 日）夕上海中华书局李俊民总编辑、杨友仁、郑家治来，谈组稿事。”隔了两日，夏先生“晨过招待所看李、郑、杨三君，坚嘱予任陆游全集整理事。予允作笺，介钱仲联作注”。1961 年 1 月 31 日，夏先生“发钱仲联江苏师院函，言分作放翁诗文词笺注事，期限三五年，以俊民嘱也”。1961 年 2 月 2 日，他“得仲联苏州函，肯担任剑南集作注”。其日记载：“（1961 年 2 月 22 日）中华上海编辑所寄来陆游集、唐宋词辞典、唐宋二十名家词集提要、词史约稿合同，陆游集由予与钱仲联合作笺注（诗、文、《老学庵笔记》三部分），如何分工二人自商，决予任词、陆游词历及前言，由予介孙孟晋任校勘、分段标点。”“（1961年2月23日）作仲联复，寄去中华陆游集约稿，笺、注皆请仲联作，免得体裁不一。”1961年2月22日，钱仲联致信中华上编（1961年2月24日收文编号0290/217）：“陆游集作注工作，前由瞿禅先生来函督促担任，为贡献绵力，勉予承诺。但自问年来体力日衰，教务工作繁忙，此一艰巨工作，未知能否负荷，但当竭力以赴耳！一切体例分工，容与瞿禅先生详细商讨。”夏先生的推荐催生了《剑南诗稿校注》这部古籍整理巨著。经过钱仲联先生与编辑的共同努力，这部巨著1985年由上海古籍出版社出版。

夏先生来上海开会或路过时也常抽空去出版社看望编辑朋友。夏先生日记载：“（1956年5月26日）今日往上海参加复旦大学科学讨论会。中文系同事偕往者胡宛春、蔡义江二君。……午后二时与宛春往徐家汇康平路八十三号新文艺出版社，晤郑嘉治、钱伯城二君。钱君才三十左右，常州白家桥人，乃名山先生族侄孙。谓词人十谱近将再版，属寄校本去。”

夏先生为出版社推荐书稿和作者的事例，在其日记中不胜枚举，除了同事及其书稿外，由于夏先生在学界享有威望，请他审读、托他推荐给出版社的书稿不少。这里略举几例。据夏先生日记载，1954年7月26日，“发新文艺出版社片，介绍钱仲联《人境庐诗笺注》”；1954年9

月 11 日，“作新文艺出版社函……介钱仲联编注清诗选，介任二北、王季思编词曲史”；1955 年 1 月 27 日，“晨作新文艺出版社钱伯城函，介绍吴则虞《花外集斠笺》”；1955 年 3 月 11 日，“作新文艺出版社函，为任中敏介绍《唐戏弄》”；1955 年 3 月 25 日，“发任中敏成都复，告新文艺出版社肯为印《唐戏弄》”；1956 年 8 月 25 日，“晨寄出钱仲联《人境庐诗笺》及《清诗选》稿五册与新文艺出版社”；1956 年 10 月 15 日，“得仲联函，已调往扬州江苏省干部文化学院师资班任教，谓《韩诗系年集释》已交新文艺出版社”；1957 年 1 月 3 日，“得仲联扬州函，谓《人境庐诗笺》及《昌黎诗笺》古典文学出版社皆已承印，示新词数首”。吴则虞笺注的《花外集》1988 年由上海古籍出版社出版。任半塘（中敏）编著的《唐戏弄》增订本 1984 年由上海古籍出版社出版。钱仲联《人境庐诗草笺注》《韩昌黎诗系年集释》1957 年均由中华上编编辑出版。夏先生对钱仲联非常关心，积极为他推荐工作，邀请他合作整理《陆游集》，并多次推荐其书稿给出版社，充分表现出夏先生为人交友的准则，堪为典范，笔者将另文评述。夏先生日记又载，1957 年 5 月 4 日，“得清水茂日本函，谓《又玄集》照片一百卅余张已晒出寄来。即作一书，问古典文学出版社能为影印否。此为唐人选唐诗之一，删姚合《极玄集》而成，仅三百首，应为唐诗好读本，可替代清人之《唐诗三百首》”。1957 年 6 月 6 日，“得古典文学出版社函，愿印《又玄集》，影印线装，第四季出书”。《又玄集》影印线装本 1958 年 1 月由古典文学出版社出版。

对于出版社编辑对其书稿的审阅意见，夏先生总是虚心接受，并表示感谢。如，其 1960 年 11 月 12 日日记载：“上海中华书局寄来白石词论打样，提出意见数条，皆甚中肯，不知出自何人手笔。”1961 年 2 月 23 日日记载：“得胡道静上海函，又寄来词人年谱材料四张，其意可感。”

夏先生也应邀为出版社的选题提出自己的意见。如，其 1960 年 10 月 9 日日记载：“发上海中华书局信，为《全唐诗简编》提数意见：一、局定规划标准相当高，选五千首之数应减低；二、思想性强的作家应多选；三、晚唐作家以民生疾苦根源由于黄巢起义者，此类作品应批判；四、附书后之年表不妨简要，应另有详赡巨著别刊单行。”《全唐诗简编》后由高文先生主编，1992 年由上海古籍出版社出版。

三、提携学生和薪火相传

夏承焘毕生从事教学，培养学生无数，他对学生关怀备至，提携学生不遗余力，门下才士众多，其中传承其词学一脉并卓然成家者为吴熊和（1934—2012）。吴熊和，上海人，1955 年 9 月华东师范大学中文系毕业后考入浙江师范学院中文系中国古典文学研究班，由夏承焘指导。夏先生指导学生的一个重要方法，就是让学生参与其研究项目，与他合作整理古籍、撰写著作。吴熊和读研期间协助夏先生整理《词源注》，并与夏先生合作撰写了《怎样读唐宋词》（1957 年 12 月由浙江人民出版社出版）。夏先生日记载：“（1958 年 1 月 4 日）浙江出版社送来《怎样读唐宋词》稿费八百三十元，与吴熊和均分。共六万三千八百字，每千字十三元。”1957 年 8 月，吴熊和研究生毕业后留校任教，继续与夏先生合作撰写了一些著作，如 1962 年 1 月由中华书局上海编辑所编辑出版的《中国历代文论选》的词论部分注释等。这里仅以《放翁词编年笺注》为例。

夏承焘对陆游及其作品早就关注，有全方位研究和整理的打算。其 1955 年 12 月 7 日日记载：“检旧稿，拟整理放翁词校笺、同甫词校笺二种。”1956 年 1 月 7 日日记载：“晚与慕骞谈香山、放翁年谱，颇思扩大年谱体裁，成香山诗史、放翁诗史二书，融诗笺入年谱中，别开生面。”1956 年 1 月 8 日日记载：“午后与步奎谈治香山集，彼不主张用诗史之名，可即名曰白居易全集，予思加编年校笺四字。全书体裁拟分两部，前部扩大王文诰《苏诗总案》之规模，分年合编，每年详考香山形实，每一作品提要，重要者详考内容，即以诗文校笺之体，融入年谱之中。放翁全集、稼轩全集亦可依此作。后编为作品编年校勘。”1956年9月15日日记载：“思扩大放翁年谱为放翁诗笺。”1959年8月23日日记载：“中华书局八月十五日发放翁词笺注、龙川词笺注、唐宋词研究资料三书合同。”此“中华书局”即指中华上编。夏先生《放翁词编年笺注》后记曰：

四十年前，予讲诵杭州之江大学，属苏州彭重熙为《放翁词笺》，尝刊布于《之江中国文学报》。二十年前，四川刘遗贤来从予于杭州大学，别去时，成《放翁词注》。一九六三年复属上海吴熊和增删写定为此编，其致力尤勤于彭、刘，故所获亦特多。然不可没二君前导之功，爰记之如此。重熙工词善书，不通音问数十年矣。一九八〇年八月夏承焘。

《放翁词编年笺注》写定在1963年。在这之前，1961年，中华上编有整理陆游集的计划，准备分两步走：第一步先出版精确的校点本，第二步在校勘本的基础上再有重点地陆续出版笺注本。整理工作约夏先生主持。《剑南诗稿》笺注本原拟包括《放翁逸稿》和《放翁词》两部分，其中《剑南诗稿》部分的笺注由钱仲联承担，夏先生承担《放翁词》部分的笺注。1962年11月29日，夏先生致信中华上编（1962年11月30日收文编号3694）：“陆放翁全集，钱仲联先生主张分册出版，我很同意（词笺校部分，不日可写成）。”这样，《放翁词编年笺注》就先单行了。此稿1963年交到出版社，编辑富寿荪（1923—1996）等提出了一些修改意见。夏先生日记载：“（1964年7月1日）上海中华书局寄来陆游词笺注，谓明年度可出版，嘱早修改。”由于遭遇“文革”，修改稿直到“文革”结束后的1979年才由上海古籍出版社编辑李国章到北京夏先生家取来，由李学颖（1930—2014）担任责任编辑。编辑审稿后，又提出了一些意见。夏先生对作为该书代序的《论陆游词》进行了较大修改，《论陆游词》篇末注云：“一九六三年三月初稿，一九八〇年八月修改。”1981年6月，《放翁词编年笺注》由上海古籍出版社出版。上海古籍出版社的书稿档案中保存了夏先生的三封来信。1980年8月20日，夏先生致信上海古籍出版社：

上海古籍出版社

编辑同志：

来信收悉。

（一）《放翁词编年笺注》署名：夏承焘、吴熊和。

（二）《论陆游词》原稿改用铅印稿，它是从拙著《月轮山词论集》上撕下的，第7页11行加一大段文字，对陆游消极出世的作品有所评述。11 行“这些都是他的缺点。”句后，接直行稿“对于他的游宴赠妓一类词，无足深论……”一大段，直到它的末行末句“等等都是。”再返过来接 7 页 14 行“但是这类句子从来不曾出现于他的词集里。……”

这里稿子上有横有直，不知排字师傅是否会有意见？或者麻烦您们找人代抄一份亦好。即以《论陆游词》作为代序。此稿如有问题，请再联系。

（三）小记已略作修改，作为后记。

（四）最后校样，我只希望看《论陆游词》（请附原稿）（代序）一篇，其余卷帙浩繁，委托您代劳了。

专复，祝

编安

夏承焘上　八月廿日

1981 年 10 月 25 日，夏先生致信李学颖：

学颖同志：

手书奉悉。抽著放翁词印出，无任感荷。敬烦代购壹百册，托邮寄京。书费及邮寄费均在稿费内扣除。（请嘱经办人邮寄包裹要使书得到保护。)

又，吴熊和稿费，请径寄杭州大学中文系吴本人收，不必由焘转寄。

匆此，敬谢，并颂

大安

夏承焘顿首

十月廿五

李学颖在信尾注：夏老所云“手书”，即寄作者样书时所附便笺。

收到信后，上海古籍出版社 11 月 3 日复信（古字第 1439 号），告前奉样书三十册亦包括吴熊和样书在内，请示知稿费处理原则。夏先生于 1981 年 11 月 6 日回信：

上海古籍出版社总编办公室

负责同志：

十一月二日古字第一四三九号来信奉悉。《放翁词编年笺注》承代购壹百册，无任感荷。书费请在承焘稿费内扣除。该书稿费，请按总数分一半径寄杭州大学中文系吴熊和收。并请注明稿费是对半平分。样书三十册已妥收，并已分赠一空。待一百本购书寄到，当寄还吴熊和十五册。

勿复，即颂

近安！

夏承焘　十一月六日

《放翁词编年笺注》以考订翔实、笺注精审而著称，出版三十余年来仍为陆游词研究的基本文献和重要的整理成果。受吴熊和的委托及指点，并得到夏承焘遗属的支持，吴熊和的学生、浙江大学陶然教授对该书作了订补，包括补笺补校、增补评语和序跋等。由陶然订补的《放翁词编年笺注》（增订本）2012年由上海古籍出版社出版，为夏门薪火相传的故事谱写了新的一章。

载《瓯风》第十七集，文汇出版社，2019年

忆京城访杨绛先生

我与杨绛先生只见过一面，已经是二十年前的事了。往事历历，印象深刻。如今先生已仙逝，我觉得有必要写下当年的访谈经过，一是表达对她的缅怀与感激之情，二是为研究其生平成就留下点滴资料。

1996 年 8 月 14 日下午，我与同事王兴康、李祚唐在北京出差期间，约好去三里河南沙沟钱钟书先生家，给杨绛先生送钱先生《七缀集》的印数稿酬，并续签《七缀集》出版合同。当时钱先生住院已近一年，其女钱瑗也因骨结核住院，杨先生要照顾两个病人，十分辛苦，但她还是很热情地接待了我们，与我们聊了一个多小时。坐下后，杨先生先问我们三人的情况，当得知王兴康是施蛰存先生的研究生、我是王水照先生的研究生时，高兴地用上海话说："施先生、王先生都是老朋友。阿拉都是自己人。"随后，她又问了施先生、王先生的近况，并告诉我们，施先生给她的小说《洗澡》一书写的书评很实在，她看了“最焐心”。回上海后，我查了施先生的这篇书评，题为《读杨绛〈洗澡〉》，写于 1989 年 10 月 7 日，刊于《解放日报》。施先生在文中称赞杨绛“自是语文高手”，并说：“语文纯洁，本来是读者对作者，或作者自己对他的作品的最低要求。但在近十年来，却已成为最高要求，在一群三十岁左右的青年作家的作品中，要找一本像《洗澡》那样语文流利纯洁的作品恐怕很不容易了。”施先生还说：“《洗澡》给我的印象是半部《红楼梦》加上半部《儒林外史》。《红楼梦》的精神表现在全书的对话中。”“《洗澡》的作者，运用对话，与曹雪芹有异曲同工之妙。”《洗澡》中“最好的一段，许彦成、杜丽琳和姚宓的三角故事，都是吴敬梓写不出来的。这个三角关系，写得非常高雅”。当然，施先生也以他的慧眼指出了《洗澡》中的几处瑕疵。施先生读得这样认真，评价又如此贴切，无怪乎杨先生会这么欣赏施先生的这篇书评。

我就职的上海古籍出版社与钱钟书先生有着长期良好的合作。早在 1978 年，独立建制的上海古籍出版社成立伊始，便把出版高质量的古籍整理和学术研究著作作为选题的重点，钱钟书先生的著作是其中之一。出版社编辑的约稿信发出后，很快得到了钱先生的首肯，同意将他的《中国诗与中国画》《读〈拉奥孔〉》《通感》和《林纾的翻译》四篇文章合为《旧文四篇》一书，交上海古籍出版社出版。次年，这本版面字数仅 6 万、不到百页的薄薄的小书问世后，以其内容的精深引起了学界的广泛关注。1985 年，钱先生又增加《诗可以怨》《汉译第一首英语诗〈人生颂〉及有关二三事》和《一节历史掌故，一个宗教寓言，一篇小说》三篇文章，合为《七缀集》，仍交上海古籍出版社出版，十余年来长销不衰。因此，我们希望能与钱先生续签《七缀集》出版合同。杨先生代表钱先生同意了我社的请求，并对《七缀集》（修订本）的印制和我社及时支付稿酬的做法表示满意。杨先生称赞我社的做法最规范，专程送稿费做得很道地。相比之下，有的出版社给钱先生的百十元的印数稿酬寄到邮局让他们去领，他们干脆不领退回了事。

杨先生还谈到了无锡修建钱钟书故居的事，她和钱先生都不赞成借他们的名义炒作。

由于杨先生晚上还要去医院看望钱先生，我们不好意思多耽搁，便起身告辞。杨先生要我们等一会，她要签名送书给我们。她风趣地说："钟书的书你们有，我的书你们没有吧。"我老实地对杨先生说，您的书我差不多都有。杨先生说，我这本新出的，你们总没有吧。她拿出了三联书店刚出不久的《杨绛散文：杂忆与杂写》，给我们每人一本，又工工整整地签名盖章。

我们回上海后不久，就收到了杨先生代签的《七缀集》的出版合同。此后，钱钟书先生去世的时候，我代

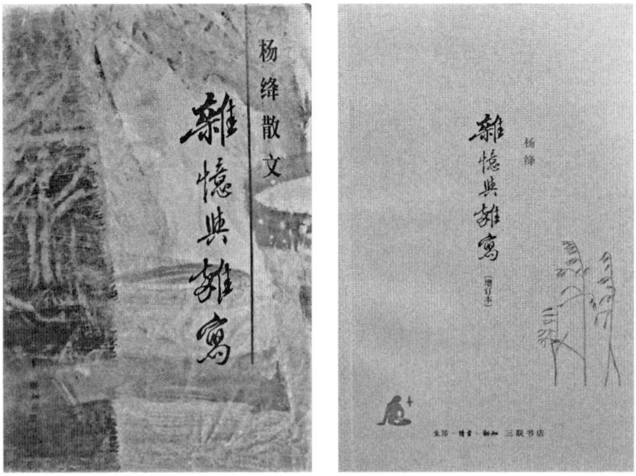

《杨绛散文：杂忆与杂写》书影

杨绛先生题字

表出版社给杨先生打了电话，表达了对钱先生的哀悼之意。杨先生说心领了。

转眼间，到了杨先生百岁诞辰的日子，三联书店又重新出版了杨先生的几种散文集。责任编辑冯金红拟送我一套留念，并告诉我她会去给杨先生拜年，于是我就请金红代向杨先生致意，可能的话请杨先生在书上签名。2011年2月10日，正是正月初八，金红去给杨先生拜年，并带去杨先生的三本书请她给我签名。金红短信告诉我："杨先生状态很好，给您签名时一丝不苟，还打了草稿。"当我收到书时，看到杨先生的签名依然是那样工整，与十五年前的签名几无二致，真为杨先生的健康而高兴，同时也为杨先生的认真而感动。

如今，杨先生已与钱先生在天国团聚，他们的文字将永留人间，沾溉后世。

载《新民晚报》2016年11月24日

满腹才华，一生颠沛

——记何满子先生

上海古籍出版社的前身是1956年11月成立的古典文学出版社。建社伊始，首任社长李俊民先生就招揽了不少学有专长甚至是已经成名的学者来做编辑，依靠他们编辑出版了一批有学术质量的古籍整理和学术研究著作，从出版人才和出版品牌方面，为上海古籍出版社的发展打下了坚实的基础。在这些编辑中，以个性鲜明、才气横溢而为人称道的是何满子先生。

十几年前，何满子先生还在世时，怀着对他的敬仰之情，我写了小文《印象中的何满子》，发表在《文汇读书周报》上，客观地介绍了何满子先生的才性，得到了何先生的首肯。限于篇幅，这篇二千余字的小文，未能尽述何满子先生充满传奇色彩的人生经历，也未能细说何先生富于个性的趣闻逸事。其实，何先生的人生经历，在其夫人吴仲华整理的《跋涉者——何满子口述自传》（北京大学出版社，1999 年）一书中得到了较为完整的披露；何先生的趣闻逸事，也在其夫人吴仲华编的《一声何满子，双泪落君前——何满子逝世周年纪念文集》（华东师范大学出版社，2010 年）一书中的众多纪念文章有多方面的记载。尽管如此，为了彰显何满子先生在创作、研究和编辑工作方面的贡献，为后来者垂范，以激励后来者，达到薪火相传的目的，还是掇拾旧闻，益以新知，续撰一文，回顾何满子先生充满传奇色彩的一生，以深切缅怀何满子先生。

一、从“孙承勋”到“何满子”

何满子先生是“五四”运动的同龄人，1919 年 2 月 24 日出生于浙江省富阳县龙门镇。龙门是一个古镇，地处富春江龙门山下，四面皆山，剡溪与龙门溪交汇于此。东汉名士严子陵曾赞叹道，“此处山清水秀，胜似吕梁龙门”，古镇也因此得名。龙门镇又是三国时代东吴大帝孙权的故里。据家谱记载，从三国时的孙权到民国二十八年（1939），孙氏已繁衍到六十五世。千百年来，经各房一代又一代的建筑，龙门从一个大家庭的聚居地，形成今日的古镇，至今完好地保存着宏大的明清古建筑群，留存着浓郁的宗族氛围和独特的民俗风情。镇上 90% 以上的居民姓孙，是孙权家族的后裔，何满子先生原名孙承勋，也是其中之一。

作为一个世家子弟，少年孙承勋过着比较殷实的生活。他的祖父在前清曾经做过一个七品小官，告老还乡后在乡间为乡亲们义诊看病，口碑很好。其父在杭州浙江陆地测量局供职。他的外祖父是前清举人。他的大外祖是前清道员，当过轮船局和铜元局（即造币厂）的总办，又是两浙师范学堂的创办人之一，熟悉洋务，又懂国学，办了一个家塾，延聘了三位家庭教师教子弟。这三位教师中教文史的是前清副榜（即备取举人），教数理化和教外语的都是留学生，其中教外语的还是剑桥大学毕业的。少年孙承勋就在这样中西合璧的教学环境中得到了最初的教育。他佩服这三位老师，虽然他也曾在杭州和龙门读过两年小学，后来家塾解散后他也去插班读过一年初中和一年高中，但是在学校读书不能满足他的求知欲，课堂上教的东西对他缺乏吸引力，于是他就辍学了。当时他在杭州，姐姐孙晓梅在杭州的小学教书，他就几乎每天到浙江省立图书馆去看书，主要看喜欢的文史方面的图书，并开始学习写文章向报纸投稿，13 岁时在报纸上发表了处女作《东北的炮声》。据他自言："在心智未开的 10 岁之前，我就读遍了除《金瓶梅》之外的中国古典小说名著，以后一直沉浸在古今中外的书海里。"（《跋涉者——何满子口述自传》）因此，他被家人称为"读书种子"。

1936 年，孙承勋的父亲病故了，父亲曾希望他去读大学，但第二年抗日战争爆发了，18 岁的孙承勋投入了抗战的洪流，进入了社会这所大学校。他在姐姐孙晓梅的推荐下，到上海参加了战地服务团。（孙晓梅后来在苏南担任新四军的地下交通员，1943 年在护送干部进入解放区的回程中被日寇抓住，不屈而死。）随着战局的失利，孙承勋从浦东开始一路流亡，到了武汉。在武汉《大汉晚报》做了不到五个月的编辑，报纸停刊了。由投稿认识的《新华日报》社的人把他介绍给八路军办事处，批准到延安陕北公学学习。但仅过了大半年他就感到不适而离去，从此漂泊南北。他对自己的个性有这样的描述："要我成为某个组织的一员，这是与我的性格格格不入的。从我进入人生之初，就给自己定下三条。也可说'三不主义'吧，我始终遵行着的：一是不做官，神气一点叫做不羡权势；二是不随人俯仰，高攀一点叫做独立思考；三是不参加任何党派组织，这条大概没有什么好名目可攀附，只是图个尽量少受约束……"（何满子《中国现代文学上头等大事中一个小人物的遭遇》，《我与胡风》，宁夏人民出版社，2003 年）他经西安到成都，在成都认识并爱上了以后的终身伴侣吴仲华。此后又跋涉在重庆、贵阳、衡阳、桂林等地，多以编报刊为业，结识了不少文艺界人士。1944 年，他又回到成都，与吴仲华结婚。抗战胜利后，夫妻俩来到南京，都以记者为业。

从 1940 年起，孙承勋就以笔名"何满子"行世，他厌恶原名有旧家族的封建色彩，渐渐地就不用原名了。“何满子”本是唐代舞曲名，相传以乐人何满子而名。白居易有《何满子》诗：“世传满子是人名，临就刑时曲始成。一曲四词歌八叠，从头便是断肠声。”自注云：“开元中，沧州有歌者何满子，临刑，进此曲以赎死，上竟不免。”张祜《何满子》云：“故国三千里，深宫二十年。一声《何满子》，双泪落君前。”前人有“《何满子》其声最悲”（《唐人万首绝句选评》）之评。世人多认为何满子这个名字不吉利，但他本人以为自己命大，不怕。随着何满子的文名日盛，孙承勋的本名渐渐被世人遗忘，他干脆以笔名代替本名，他的两个女儿也跟着他改姓何了。

二、从私淑鲁迅到“胡风分子”

三十而立的何满子在上海迎接了新中国的建立。当时，他们夫妻俩从南京来到上海，何满子先在一家报纸做了几个月的总编辑，又在一家书店编辑部当总编辑编了几个月的书。新中国建立了，他们夫妻俩想可以安身立命了，想找一份稳定的工作，于是吴仲华去上海人民广播电台做记者，何满子去上海高级机械制造学校教政治课，同时兼任上海医学院政治教员。1951 年 12 月，何满子被列入上海高等教育界第一批参加“思想改造”的名单，到苏州的华东人民革命大学政治研究院学习三个月，学员多是高校教授，其中有他认识的上海震旦大学中文系主任贾植芳（1916—2008）。贾植芳，山西襄汾人，是一个作家、翻译家、学者，为人正直，爽快风趣，比何满子大三岁，与何满子很投缘，就邀请他去震旦大学文学院任教授。何满子答应了，他绝对想不到与贾植芳的交往是他之后人生悲剧的开始。

何满子到震旦大学中文系开的课有一门是中国文学史，他接手讲课时正讲到明清，明清时期主要的文学现象是小说和戏曲。由于备课需要，何满子开始对中国古典小说做系统的研究，他一气写了三本小书：《论儒林外史》《论金圣叹评改水浒传》《蒲松龄与聊斋志异》，1954 年都由上海出版公司出版。这三本小书奠定了他在中国古典小说研究领域中的地位，其中的观点屡为后学征引，人民文学出版社 1981 年还再版了《论儒林外史》一书。

何满子一生以鲁迅先生为楷模，为文治学都步武鲁迅。他曾这样致敬鲁迅："对这位以强毅慈爱的乳汁哺育了我们的伟人，感激之情是难以言宣的。"（《文学对话》，上海三联书店，1988 年）他曾想继鲁迅先生之后，写一本《中国小说史》，由于命运的播弄和写作兴趣的转移，一直未能如愿。但对古典小说的研究，一直是他的兴趣所在。他晚年再作冯妇，又撰写出版了《古代小说艺术漫话》《中国爱情与两性关系——中国小说研究》等著作。鲁迅先生对魏晋文学深有兴趣和研究，写有《魏晋风度及文章与药及酒之关系》等文章，见解独到精辟，影响很大。何满子也就这个论题展开研究，晚年撰写出版了《中古文人风采》一书，直承鲁迅先生观点而有所拓展。他还专门撰写出版了《读鲁迅书》，谈自己的学习体会。

正当何满子私淑鲁迅向学者方向努力的时候，新中国文坛的一场大风波把他卷入了漩涡之中。

事情还得从胡风说起。胡风（1902—1985），湖北蕲春人。现代文艺理论家、诗人、文学翻译家。长期从事进步文艺活动。上世纪三十年代，曾参与中国左翼作家联盟的领导工作，其人品与学术思想为鲁迅所欣赏，与鲁迅先生关系密切，深得鲁迅先生的信任。新中国建立后，胡风满腔热忱地投入文化建设，但是他的文艺思想与当时占主导地位的观点有区别，于是遭到了批评。

1952 年 6 月 8 日，《人民日报》转载了时为人民文学出版社编辑、曾是胡风追随者的舒芜（1922—2009）在《长江日报》上的检讨文章《从头学习〈在延安文艺座谈会上的讲话〉》，编者按语中指出胡风的文艺思想“是一种实质上属于资产阶级、小资产阶级的个人主义的文艺思想”。对此，胡风表示异议。1954 年 7 月，胡风向中共中央政治局递交了一份 30 万字的《关于几年来文艺实践情况的报告》（即“三十万言书”），对批评进行了反驳。1955 年 1 月 20 日，中共中央宣传部向中共中央提出开展批判胡风思想的报告。这个报告曲解了胡风写给中央的报告中的原意，说胡风诬蔑党提出的提倡共产主义世界观、提倡作家到工农兵生活里去、提倡思想改造、提倡民族形式、提倡写革命斗争的重要题材是插在读者和作家头上的“五把刀子”，认为胡风给中央的报告和在中国文联、中国作协主席团联席会议上的发言是“很有系统地、坚决地宣传他的资产阶级唯心论”，胡风的文艺思想“是反党反人民的文艺思想”，他的活动是宗派主义小集团活动，其目的就是要为他的资产阶级文艺思想争取领导地位，反对和抵制党的文艺思想和党所领导的文艺运动，企图按照他自己的面貌来改造社会和我们的国家，反对社会主义建设和改造。他的这种思想是代表反动的资产阶级的思想，“是反映目前社会上激烈的阶级斗争”。《报告》请求对胡风的思想“展开讨论和批判”，并对胡风小集团中“可能隐藏的坏分子”“加以注意和考查”。26 日，中共中央批发了中宣部的报告，并指出，胡风“披着‘马克思主义’的外衣，在长时期内进行着反党反人民的斗争，对一部分作家和读者发生欺骗作用，因此必须加以彻底批判”。从 2 月开始，各地纷纷召开文艺界人士、高校师生座谈会、讨论会，开展对胡风思想的批判。

1955 年 5 月 13 日，《人民日报》发表《关于胡风反党集团的一些材料》，公布了舒芜辑录的部分胡风在解放前写给他的信以及胡风的《我的自我批判》，并加编者按语指出：“从舒芜文章所揭露的材料，读者可以看出，胡风和他领导的反党反人民的文艺集团是怎样老早就敌对、仇视和痛恨中国共产党的和非党的进步作家。”全国立即掀起了声讨“胡风反党集团”的运动。舒芜说：“在这里，我要提供一些有关的材料，以帮助大家更好地认识胡风思想和他的反共活动的实质。”他还表示，他本人以前“是这个集团的主要成员之一”，“直到解放后，在共产党的教育下，在参加实际斗争当中，我才初步认识到自己所犯的严重错误”。舒芜为了表示自己对共产党的忠诚，把胡风写给自己的信交了出去，并层层转到最高领导人手中，由此，点燃了这场运动的导火索。不管舒芜及其友人、同情者后来如何为他主动上交私信辩白，上交私信这一行为的恶果之大、为害之烈确实是他难以辞责的，尽管他不是这场运动的发动者。

1955 年 5 月 16 日，全国人大常委会正式作出批捕决定的前两天，胡风在家中被公安部人员拘捕。北京市高级人民法院此后判处其有期徒刑十四年。全国展开了揭露、批判、清查“胡风反革命集团”的斗争。受胡风牵连的不仅仅是他的友人。据相关资料披露，当时正式定为“胡风反革命集团分子”的有七十多人，其中骨干分子二十多人，多为诗人、作家，贾植芳就是其中之一，而受牵连者有两千余人，有的遭到迫害长达二十五年之久。直到 1980 年 9 月，中共中央下发关于“胡风反革命集团”案件的复查报告的通知，认定这是一件错案，才予以平反。

贾植芳与胡风相识颇早，在文学创作方面得到过胡风的帮助。1952 年 8 月，全国高校院系调整，震旦大学分别并入复旦大学和华东师范大学，贾植芳调任复旦大学中文系教授兼现代文学教研室主任。1955 年 5 月 15 日，贾植芳被召到上海高等教育局交待与胡风的关系，他仍坚持肯定两人是共过患难的朋友，并为胡风辩护，随即被宣布拘捕审查，关入上海公安局第三看守所单人监房，其家被抄，其妻任敏两日后也被关押到上海南市监狱。1966 年 3 月 30 日，贾植芳作为“胡风反革命集团骨干分子”以反革命罪被判刑十二年，当年 4 月 9 日被提前一年多释放，押回复旦大学印刷厂接受“监督劳动”。1978 年 9 月，贾植芳被宣布摘掉“反革命分子”帽子，回复旦大学中文系资料室工作。我 1979 年 9 月进复旦大学中文系求学，到系资料室看书就能见到贾先生。1980 年 12 月，贾植芳被上海中级人民法院复查后判决“无罪”。

何满子在震旦大学才教了一学期的课。高校院系调整时，高教局打算把何满子调到外地去，他以夫妻分居两地为由表示不同意，于是先到上海华东交通部运输局上了近一年的班，随后被安排到华东速成实验学校师资部任教。1955 年 5 月 17 日清晨，何满子在家被两个穿便衣带手枪的人上门逮捕，他们出示了市公安局的逮捕证。在看守所，何满子被提审，要求老实交代与胡风的关系，低头认罪。他与胡风没有深的交往，之前唯一见过的一次就是抗战时在桂林听过胡风的演讲；他曾写了几首诗投给胡风看，胡风回信说他的诗是“日常散文”，颇伤他的自尊，此后便无交往。因为与贾植芳的来往，何满子就受到了“胡风反革命集团案”的牵连，被糊里糊涂抓了进去关了一年又四个多月。1956 年 9 月 28 日，他被定为“胡风反革命集团一般分子”释放。对于使他坠入噩梦之端的那场胡风事件，他一直念念不忘，曾有一绝云：“浪迹江湖惯独行，也知才短此身轻。十年一觉文坛梦，赢得胡风分子名。”（《出狱戏效杜樊川体》,《一统楼打油诗钞》，湖北美术出版社，2001 年）

三、二十多年的坎坷路

何满子被释放后，被安排到上海市出版局报到。古典文学出版社社长李俊民（1905—1993）早就知道他，曾约他整理古典小说。得知他被安排到市出版局，李俊民就要求把他分配到古典文学出版社。

李俊民是一位老革命、老作家，同事都尊称他“俊老”。1953 年 10 月，刚辞去江苏省文化局长一职到上海工作的李俊民接任新文艺出版社社长。新文艺出版社成立于 1952 年 6 月，定位是“以出版中国和外国现代文学作品为主的全国性文学专业出版社”，首任社长为时任中共中央华东局宣传部文艺处处长的刘雪苇（1912—1998），总编辑是晚年盛名不衰的文艺理论家王元化（1920—2008）。新文艺出版社的领导和不少编辑与胡风有过往来，对胡风及其同人的文学观点和创作比较肯定，出版过胡风及其同人的作品。因此，新文艺出版社被称为胡风集团的“主要阵地”，在1955年公布的《关于胡风反革命集团的材料》中被点名的新文艺出版社的“胡风分子”就有王元化、罗洛、张中晓等。已调任中央文化部社会文化管理局副局长的新文艺出版社第一任社长刘雪苇、时任中共华东局宣传部部长彭柏山也因与胡风有过联系而被打成“胡风分子”，饱受迫害。李俊民到任后，一方面收拾残局，本着公道，在执行上级指示开展新文艺出版社的反胡风运动时力所能及地保护了一些受牵连的编辑，为当事人所称道；另一方面开拓新路，改变上海的出版格局。1954年，原在上海的两家著名出版社中华书局和商务印书馆迁往北京，上海没有了专业出版古籍的出版社。出于对中国古典文学的热爱，李俊民在新文艺出版社里成立了中国古典文学编辑组。1956年11月，经上海市人民委员会出版事业管理处同意，在这个小组的基础上成立了以出版中国古典文学书籍为专业的古典文学出版社，李俊民任社长兼总编辑。除了原先中国古典文学编辑组的编辑钱伯城、王勉等外， 李俊民还调来了老出版家汪原放、刘哲民和胡道静等，以及受到“胡风案”牵连的梅林、俞鸿模、何满子等人，他还动员了自己的老友、时任苏北师范专科学校（扬州师范学院前身）历史科主任刘拜山、南京大学中文系副教授于在春加盟。编辑部虽然只有十几位编辑，但都是才学之士，一时人才济济，李俊民“常戏称他主张‘人材内阁’，私下不无得意地说：我们这个班子办一个大学中文系是胜任的”（何满子《悼胡道静并琐忆往事》，《新民晚报》2003 年 12 月 22 日）。

何满子在古典文学出版社不仅没有受到歧视，还享有一定的优待与信任。例如，邀请他为“青年编辑讲习班”讲文学课；社里分配到两张苏联马戏团来上海演出的票，其中一张给他。社里还主动与公安部门联系，交还他被抄去的日记、卡片资料等。俊老的真诚相待、大胆放手的领导作风、对新旧文学的内行与把握，都令他折服。“俊老的‘用人不疑，疑人不用’的领导风度，使编辑部同仁精神振奋，干得有声有色”（《跋涉者——何满子口述自传》）。

对于何满子来说，这样快乐的日子是那样的短暂。新中国一场波及全社会的大风波，又一次把他卷入了漩涡之中。

1956 年 11 月召开的中国共产党八届二中全会，决定从 1957 年起开展党内整风运动。1957 年 4 月 27 日，中共中央公布《关于整风运动的指示》，决定在全党进行一次以正确处理人民内部矛盾为主题，以反对官僚主义、宗派主义和主观主义为内容的整风运动，发动群众向党提出批评建议。广大群众积极响应中共中央的号召，对党和政府的工作以及党员干部的作风提出了许多有益的批评、建议。但有些批评的言辞十分激烈、尖锐，有些建议甚至提出“共产党与民主党派轮流坐庄”等观点，远远超出共产党容忍的底限。1957 年 5 月 15 日，毛泽东撰文《事情正在发生变化》，要求认清阶级斗争形势，注意右派的进攻。6 月 8 日，中共中央发出《关于组织力量准备反击右派分子进攻的指示》；同日，《人民日报》也发表了《这是为什么?》的社论，提示人们“少数的右派分子在‘帮助共产党整风’的名义之下，企图乘机把共产党和工人阶级打翻，把社会主义的伟大事业打翻”。从此，开始了大规模的反击右派的斗争。1957 年 10 月 15 日，中共中央发文“中共中央关于《划分右派分子的标准》的通知”。由于对 1957 年春夏的国内阶级斗争形势估计得过于严重，致使反右运动被严重扩大化了。在具体执行中，尤其是在运动的后期，很多单位将“右派分子”的标准简单化，指定右派分子的百分比，造成许多人被冤枉。据 1978 年平反右派过程中的统计，在 1957 年的“反右运动”和 1958 年的“反右补课”中，全中国抓出五十五万名“右派”。大多数右派分子遭受长达二十多年的歧视和迫害。在 1978 年中共十一届三中全会后，90% 以上被错划的右派分子都得到了平反。

古典文学出版社在反右斗争中也不例外。遵照中共中央指示，开展党内整风运动。在整风过程中，开展了反右派斗争。在社里具体主持工作的副总编辑陈向平（1909—1974）担任了社整风领导小组组长，也责无旁贷地抓运动。他找人谈话，鼓励大家提意见，还点名要何满子在会上发言，于是何满子就谈了对处理人民内部矛盾问题及胡风问题等的看法，认为处理问题该有所区分，理论归理论，胡风问题还是思想问题，不要与政治问题混为一谈。但不久形势就发生变化，反右派斗争严重扩大化了。何满子回忆道：“社里同样也火热火爆地搞起了反右。陈向平把我找去，说钱伯城是右派，要我揭发。我同钱伯城，还有另一位小青年陈文坚同在一个办公室，自然接触较多，但我能揭发什么呢？没有什么好揭发嘛！”（《跋涉者——何满子口述自传》）结果，1957 年 8 月，经上海市出版局整风领导小组决定，钱伯城、何满子和陈文坚三人被打成“反革命”小集团，都被划为右派。古典文学出版社有六人被划为右派，除上述三人外，还有王勉、经理部副经理刘哲民和编辑王敬之，正好占全社员工的十分之一，符合当时划右派比例的上限，他们分别受到撤职、降级、开除公职、劳动教养等处分。

何满子被划为右派后，起初还在原单位照常工作，只是被开除公职，1958 年 4 月，被徐汇区人民法院以反革命罪判处管制三年，期间剥夺政治权利。当时，上海市委要求“净市”，要扫除各种社会垃圾，把有问题的人清除出上海。1958年8月，单位传达文件，号召去边疆“支边”，第一批是去宁夏。何满子心想自己在单位是个“管制分子”，不如换个环境，就报了名。其夫人吴仲华的单位知道后，要她考虑是否也报名。吴仲华想一家人死活要待在一起，没多加考虑就报了名。谁料离开上海前，吴仲华突然被单位补划为右派，批判她在反右期间“向党交心”的材料。何满子认为，吴仲华是受了他的连累。

这年9月，何满子一家被分配到宁夏中卫县，全家四人竟分住在三个地方。他被分配到县商业局储运股车队拉板车，报到那天，局长对大家说：人家是教授呢，现在就叫他文武全才吧！从此，拉车的伙伴就叫他“教授”。吴仲华被分配到离县城十多里的一个乡村小学教书，不得不住在学校。大女儿在县初中入学，也住在学校。小女儿先是跟着爸爸在城里，白天在邻居家搭伙，后来跟着妈妈住校，每周六下午回县城，一家才得以团聚。

何满子拉板车的任务，是到火车站把商业局的商品等拉到仓库，再把商品分发到各商店，包括到农村的供销社。一车货物有七八百斤重，装货、上坡对于他来说都很艰难；至于给车擦油换弹子，他更是门外汉。他曾有诗云：“一脚高来一脚低，浑如蹇卫负耕犁。江湖把式卖膏药，鞭赶疲熊爬陡梯。”（《拉车自嘲》,《一统楼打油诗钞》）诗序云：“发配宁夏拉板车两年，我拉车的狼狈相常招引路人指点取笑，有时围观如看变戏法。何劳人嘲，我先自嘲。”在伙伴们的帮助下，何满子终于也适应了这种辛劳的工作。

但即使这样的日子也很短暂。1960 年，国家进入了三年自然灾害时期，饥饿的困境在全国蔓延。天灾不断，人祸接踵而来。宁夏掀起了反右倾、反坏人坏事的“新三反”运动。10 月的一天，何满子在一次斗争会上被宣布为坏人，当场拘捕。宣布他的罪行有三条：1. 偷东西；2. 捣乱市场；3. 散布反动言论。第一条指的是商业局仓库丢东西，没抓到人就认定是何满子偷的。第二条指的是何满子平时买鸡、鱼和药酒等“高价”东西。第三条指的是何满子平时给伙伴讲故事，如讲《水浒传》中林冲发配沧州的故事就是影射自己发配到中卫，发泄不满。随后，何满子被送劳改农场劳动改造。当时缺粮严重，劳改犯人的境遇当然更差了，经常有饿死的，何满子也饿得双腿浮肿，奄奄一息，昏倒在地，不省人事，送到医院总算给救回来了。第二年 6 月，公安局便以保外就医的名义，将何满子释放回家。8 月，公安局宣布解除对他的管制，承认判他劳教是错案，撤销一切罪名。于是，这年 10 月，他就回上海治病。

回上海后，何满子去见了李俊民。在这之前，1958 年 6 月，古典文学出版社与中华书局上海办事处合并成立中华书局上海编辑所，习称“中华上编”，当时年近七十的金兆梓先生以中华书局副总编辑的身份任主任，李俊民、陈向平、戚铭渠任副主任。李俊民任总编辑，陈向平和戚铭渠两人也于1961年7月任副总编辑。俊老和陈向平、戚铭渠还是中共中华上编分党组成员，其中俊老是书记，他们三人组成了中华上编领导团队的“三驾马车”。同时，俊老还担任中华书局辞海编辑所副主任，具体负责《辞海》的修订工作。中华上编的领导了解了何满子的情况后，深表同情与理解。为体现党的知识分子政策，他们经过商议，决定帮助他治病，给他一定的工作，作为生活保障：一是让他为《辞海》写条目，每月给100元作生活费；二是让他为中华上编每月写一篇活叶文选，参加审稿，稿费约有百来元，可作医疗费。这样，何满子的生活安定下来了，他可以有钱去治病了，当时他已没有公费劳保了。经过几个月的治疗，何满子的身体总算康复了。

1962年年底，何满子回到了中卫。县商业局本希望他退职，他不愿意；于是安排他当货郎，推车去卖杂货，自负盈亏，他拒绝了。在种种努力都不奏效的绝望之中，他想起了解放前在南京做记者时认识的新华社的负责人石西民（1912—1987），当时任中共上海市委书记，分管文教工作，包括《辞海》修订工作。何满子知道石西民是尊重知识分子的，就给他写了一封长信，诉说自己的处境和回上海的想法。信发出后不到一周，就接到了上海来的电报，要他立即回上海向出版局报到。接着又收到上海市出版局来信，让他办理调动手续、办户口和粮食关系等。1964年3月，何满子正式调回上海，但未能回到老单位中华上编，而是分配到新成立不久的上海出版文献资料编辑所，参加编辑解放前上海的出版业史料。同事中名人不少，多是所谓有问题的如“右派”分子之类的人，有《文汇报》原总编辑徐铸成（1907—1991），老出版家李小峰（1897—1971），作家秦瘦鸥（1908—1993）、孔另境（1904—1972），老同事刘哲民（1908—1992）、俞鸿模（1908—1968）等。何满子到了新单位，待遇一下跌到谷底。原先他在古典文学出版社受管制期间每月还有生活费80元，到宁夏拉板车降为45元，新单位只给他每月生活费25元；而且，单位人事科始终关注着他的动向，使他总有如坐针毡的感受。

在这之前，吴仲华于1962年摘掉了右派帽子，调到城区小学任教。这时宁夏又出台了新的政策，各单位、学校要缩小编制，精简人员，动员支边的人各自回到家乡农村，为国家分担眼前的困难。于是，这年夏天，吴仲华退职，带着两个女儿来到何满子的老家浙江省富阳县龙门人民公社，与何满子的母亲一起生活。因为何满子的姐姐孙晓梅是革命烈士，所以当地对烈属家庭也很关心。吴仲华在生产队担任会计和记工员，挣工分了。大女儿本来在中卫县城读高中一年级，在何满子劳改后，被学校赶了出来，送到一个修理板车、自行车的小店当学徒工。回老家后，她进富阳中学重读高一，高中三年毕业后回生产队务农，一天只能挣5个工分，相当于两三角钱。靠母女两人的工分是很难养活一家四口的，何满子每月还要从25元生活费中省下几元钱寄给吴仲华。幸好大女儿不久在邻村的小学找到了代课老师的职位，可以自食其力了。

才又安定了两年，1966年5月，“文革”开始了，先是打倒“走资派”，接着是揭批“黑五类”（即地主、富农、反革命分子、坏分子、右派），何满子作为胡风反革命集团分子、右派分子，当然劫数难逃，被批斗、抄家，当时他住宿舍，只有随身带的几百本书和稿件、资料卡片等，也全部给抄走。紧接着，这年9月，他就被单位里的造反派押解着遣送回老家富阳接受贫下中农的批斗。吴仲华作为摘帽右派也遭到了批斗。

何满子这次在老家整整待了十二年。“文革”高潮过后，乡里生活又趋于正常，日出而作，日入而息，大家多是宗亲，没把他当作阶级敌人看待，对他没有歧视和不信任。生产队的抽水机坏了，就交托他到上海去修理。残留的宗族遗风对何满子反而起了保护作用。十二年间，何满子的老母去世了；大女儿嫁给了出身贫下中农的高中同学，他是杭州大学毕业的，在中学教书；小女儿初中毕业后一度去东北插队落户，认识了未来的夫君，后来就在东北成家。

在农村，何满子最痛苦的是没有书看，家里每年花两角钱买一本日历，日历上的一些农作物知识等他看了一遍又一遍。1973年大女儿结婚后，女婿给他借到了一套中华书局《四部备要》本《资治通鉴》，并把自己原有的一套商务印书馆《国学基本丛书》本《苏轼全集》送给了岳父，这下何满子欣喜莫名，如贫儿暴富似的。苏轼在逆境中随遇而安、不降其志的精神，使他找到了异代知音，他一头扎进苏轼作品中，如他所说，“就靠苏轼来疗饥，又贪婪，又舍不得立即读完。除了苦力的干活以外，大约一年之久的空暇时间的愉快，都是苏轼这位大恩人赐予的”（《汲古说林》后记，重庆出版社，1987 年）。为了感念苏轼这位在寂寞中给他慰藉的古代作家，他后来重新开始文字生涯时，写的第一篇论文就是《元祐蜀洛党争和苏轼的反道学斗争》。

四、充满活力和丰收的晚年

1976 年 10 月，中国发生了巨变，“文革”结束了，拨乱反正，百废俱兴。“文革”中，上海市出版局及下属的出版社包括中华上编被撤销，重新成立一个综合性的大社上海人民出版社。1977 年 11 月，中共上海市委决定撤销上海人民出版社（大社），恢复上海市出版局和各出版社的建制。据此，在原中华上编和大社古籍编辑室的基础上恢复古籍专业出版社的建制，定名为“上海古籍出版社”。1978 年 1 月 1 日，上海古籍出版社在绍兴路 5 号宣告成立，中共上海市委宣传部任命年过七旬的李俊民任社长、总编辑。李俊民做出版，一直把招揽人才放在首位，首先努力找回“文革”中被遣散的老编辑，如何满子、王勉、刘哲民等，接着向社会公开招聘编辑人员。

1978年12月，何满子接到了上海古籍出版社的录用信和户口粮食关系转移证，从此告别了十二年的农村生活，回到上海重操编辑旧业。不久，吴仲华也回到上海，与何满子一样办了右派平反改正的手续，由于已过退休年龄，回原单位工作是不可能了，但享受了离休干部待遇，又评上了主任编辑的高级职称，发挥余热，先后为多家杂志社担任编辑记者，生活充实。大女儿调到上海古籍出版社做校对，经过努力，通过了华东师范大学的大专自学考试，取得了大专文凭，后来担任了校对科科长，何满子开玩笑地说她是全家唯一的“官”。大女婿也调到上海，在汉语大词典出版社任编辑。小女儿一家在长春生活，也很安定，小女儿在长春日报社专职从事工会工作，小女婿在新华社吉林分社工作。何满子回上海后，先是住在单位五人合住的集体宿舍。在李俊民的亲自努力下，1980年，市委宣传部给何满子在闸北区分了两间房，他终于又有了安身之所。他有了一小间书房，取名“一统楼”，即取自鲁迅诗句：“躲进小楼成一统，管他冬夏与春秋。”（《自嘲》）上两句就是有名的“横眉冷对千夫指，俯首甘为孺子牛”。大女儿夫妻来上海工作后，与他们住在一起，挤得没法安顿了。1990年，单位在徐汇区天钥桥路给他重新分配了一套三室一厅的房子，才改善了居住状况。没有了后顾之

一统楼中的何满子先生

忧的何满子，有了一个充满活力和丰收的晚年，重返他研究、著述的黄金时代，使他生命中的最后三十年成为他一生中编辑、研究和著述成果最为丰硕的时期。

何满子到上海古籍出版社后，一直在文学编辑室做编辑，1983年被评为编审。李俊民对何满子有知遇之恩，对他很了解，知道他没有做官的欲望，就要求他在社里多带带青年编辑，多培养一些助手。应李俊民的要求，何满子给社里的青年编辑每周上一次业务课，一直坚持到1983年。编辑室中的中青年编辑，无不对他尊重有加，都尊称他为教授，他也从来不摆前辈、名人的架子。当时社里与他同辈的编辑有王勉、陈邦炎、钱伯城等，这三人与他同为丁酉难友，陈邦炎是编辑室主任，钱伯城负责《中华文史论丛》的编辑工作，后来还担任了社总编辑。他们对社会现象的看法和对书稿价值的判断比较接近，私交也好。社里和编辑室有重大项目出台或重要选题策划，总会咨询何满子等资深编辑的意见。他在编辑室负责的书稿主要是诗文选本和研究著作。上海古籍出版社当时有一套《中国古典文学名著选集》，以古代文学名家作品为主，如王达津先生选注的《王维孟浩然选集》，高文先生等选注的《高适岑参选集》，郁贤皓先生选注的《李白选集》，邓魁英、聂石樵先生选注的《杜甫选集》，周振甫先生选注的《李商隐选集》等；也有以文体归类的，如黄进德先生选注的《唐五代词选集》等。这套选本以普及与提高相

何满子和难友劫后合影，1982 年
前排右起：绿原、贾植芳、任敏、顾征南、施昌东
后排右起何满子、耿庸、王戎、卢鸿基

结合为宗旨，偏重文献资料的注释与考订，以及作者生平研究与作品编年汇评等，篇幅一般在三四十万字，繁体竖排印行，社里通称为中级选本，以与十万字上下篇幅的小丛书《中国古典文学作品选读》相区别。这套中级选本出版后，很快就以学术性强得到读书界的好评。这套中级选本中的许多选题和作者是何满子提出和约稿的，他自己也选注了《中国古代短篇白话小说选集》一书。

何满子的才气在社里是有口皆碑的。他少年时饱读诗书，有扎实的国学根底；青年时代起又向往新学，推崇鲁迅，有深厚的理论修养。因此，他治学范围极广，在古典文学、现当代文学和文艺理论研究等方面都有建树。作为一个专业出版社的编辑，他一直以学者的追求要求自己，认为只有这样才能做好编辑工作。他以自己深厚的学术积累，投入到审稿工作中去，与作者商榷往复，疑义相析，提高了书稿的质量，赢得了作者的信任，与许多作者成了好友。由于他本人的学术成就、真诚的待人方式，他在书稿的组织和作者的选择方面得心应手，既有名家作品，又有中青年才俊的力作。他曾与陈邦炎一起去北京拜访朱自清夫人陈竹隐，组约了《朱自清古典文学论文集》等书稿；拜访俞平伯，组约了他的《论诗词曲杂著》一书。许多中青年学者的书稿，经过他的编辑，而享誉学林。1983 年前后，他审读到复旦大学中文系副教授王水照的《苏轼选集》，钦佩王水照对苏轼作品的深切理解，称赞这本《苏

何满子和朋友们，2001 年
前排右起：王学泰、吴小如、何满子、吴仲华、方成
后排右起：邵燕祥、牧惠、谢文秀、方小宁、朱铁志

轼选集》为“古代作家选本中的杰构”。他阅稿后就请王水照前来相见，并请王水照吃饭。一位文坛前辈、编辑，请一位中年教师、作者吃饭，是很少有的，这使王水照深为感动，两人从此成了忘年之交。我当时从王水照先生读研究生，先生当时正在校阅《苏轼选集》校样，与我说起何先生对他的赏识，非常高兴。次年，《苏轼选集》出版，王水照先生凭借此书与之前在上海古籍出版社出版的《苏轼》一书和一系列苏轼研究的论文，迅速奠定了他在海内外苏轼研究领域权威的地位。南开大学中文系教授李剑国上世纪80年代初还在读研究生时，何满子与他开会时相识，交谈之下发现他治小说史极有功力，得知他在撰写《唐前志怪小说史》一书时还辑撰了《唐前志怪小说辑释》一稿，就约定在上海古籍出版社出版，何满子还为之作《小引》推荐：“撰者勤求群书，慎事比勘，商略异同，条畅源流；又复诠释名物，印证史支，使脉络分明，义理俱豁。中古以前志怪之作，虽未尽备，然撮其菁英，已堪笼罩全体矣。”李剑国在《后记》中感慨道：“稿成自知粗陋，然区区私愿，竟亦待葑菲之采。蒙何满子先生不弃，躬为指导，其规画区宇，矫正委枉，诚有不可胜言者。嗟夫！吾人恒有‘奖掖’之论、‘人梯’之言，余今知矣！余何幸耶！”李剑国现在已是海内外中国古代小说研究领域的权威。

我知道何满子的名字，还是在上世纪80年代初，那时常在报章上读到满子先生的大作，或是上下纵横的长篇

鸠栖集
三五成群集
零年零墨
狗一年猪一季
何满子
千年虫
一统楼打油诗钞
何满子
口述传记丛书
跋涉者
何满子口述自传
北京大学出版社
当代名家杂文系列
五雜侃
成都出版社

何满子部分著作书影

大论，或是议论精悍的杂文短章；后来，从王水照先生处得知满子先生是他编撰的《苏轼选集》一书的责任编辑。1986 年，我研究生毕业后进上海古籍出版社，也在文学编辑室做编辑，有幸成为满子先生的同事。当时何满子先生还没退休，在家审稿，每周来社一两次。每次他来编辑室时，我们就常去他办公室，听他高谈阔论，谈书稿，评时弊；我们也常向他请教编辑工作中遇到的问题，有时也向他求助帮忙写稿，遇到约不到作者或作者一时难以完成的书稿的出版说明、前言或小丛书之类，常央求他救急，而他也从不爽约，交出的文稿又是那么符合要求，不需编辑再加工。那些年来，满子先生仅在上海古籍出版社出版的这类著作就不下十种，如《水浒概说》《三国演义》前言等。1987 年、1988 年，上海古籍出版社先后出版的《词曲台历》《对联台历》，就是由申君（陈邦炎）编选、韩盈（何满子）注释评解的。我记得当时何满子每周来社时，陈邦炎就将选抄好的词曲或对联每首一页交给何满子，何满子就在陈邦炎抄的下面接着写，下周就将写好的交来。前后不过一个来月，365 篇注释评解就写好了，不仅有准确的注释，介绍各类知识；还有精到的评点，指出高下得失，足见满子先生不仅腹笥深厚，而且文思敏捷，操笔为文，似不假思索，信笔而成，而立意精深，文采斐然。上海古籍出版社的许多老编辑都是治学作文的高手，满子先生就是其中杰出的代表，堪称编辑中的行家里手。

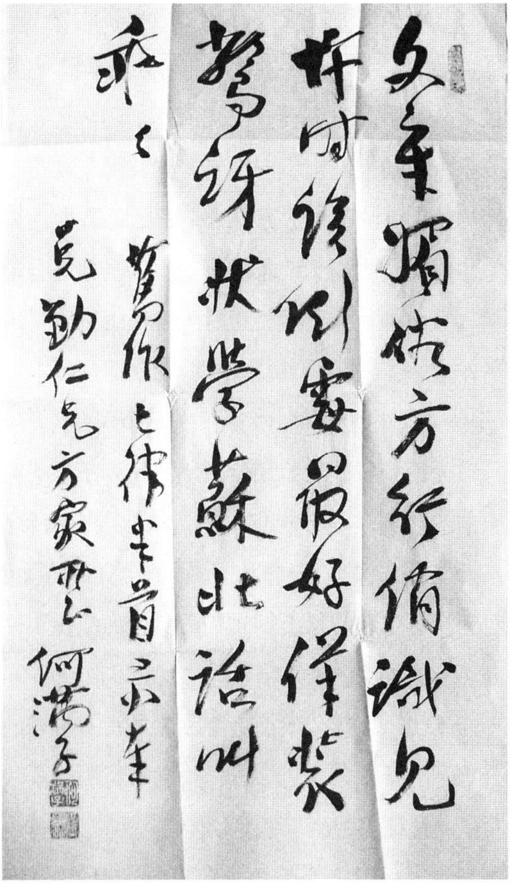

何满子手迹

1990年，何满子退休了，有更多的精力从事研究和著述，当然也不时应社里之请，为社里审稿写稿。他退休后，也常来社，或查资料，或交书稿，还常把新作送给老同事分享。我的书架上就有他签名赠我的十几种著作。他还受聘担任上海师范大学等校的兼职教授，带了好几届研究生，学生每隔一二周到他家里听他上课。他还与他赏识的青年学人上海师范大学教授李时人合作编选了《古代短篇小说名作评注》《明清小说鉴赏辞典》，促成并审订李时人所编《全唐五代小说》，部分完成了他治中国古代小说史的夙愿。

无论是身处顺境还是逆境，何满子始终关注社会和国家的进步与发展，晚年也依然如此，充满着活力和生气，甚至是火气。他不趋时，不媚俗，真诚待友而疾恶如仇，对于社会上和文坛上的一些现象，如武侠小说热、流行歌曲热、胡兰成和张爱玲热等，他看不惯，常有“骨鲠在喉，不吐不快”之感，发而为文，文中常有难抑的火气。作为亲历了抗日战争的过来人，何满子特别讲求气节。他先后写了《预评电视剧〈张爱玲传奇〉》《“道不尽的张爱玲”》等文章，斥责汉奸胡兰成和张爱玲为“一对狗男女”。对于一些人津津乐道的胡兰成对张爱玲始乱终弃而张爱玲痴情不改的故事，他尖锐地指出：“仅仅是从生物学的眼光，张爱玲的爱情才是一场动人的悲剧，即对女主角的命运说是悲剧。置之于理性的现实人生，这是一场令人腻厌的丑剧。”因为“张爱玲正是痴迷地爱恋上了汪伪政府的中宣部副部长胡兰成的女人。不必是爱国者，只要是一普通中国人，恐怕都会吐口唾沫的”。针对有人肯定张爱玲小说乃至其人的质问，他反问道：“诚然，鸳鸯蝴蝶派兼西风派的混血儿张爱玲的作品别有一功，可是，布封所谓‘风格即人’毕竟是铁律。一个作家，她的爱情追求，人生追求，可以不问么？爱上大汉奸胡兰成，爱得如此痴迷不舍的女人，其人品，其灵魂，她对中国的感情您怎么想？”（《三五成群集》，宁夏人民出版社，2007年）为此，他常被一些人目为守旧之人。对此，他自嘲道：“文章媚俗方行俏，识见忤时该倒霉。最好佯装惊讶状，学苏北话喊乖乖。”（《1989年岁朝开笔》）

晚年，何满子与“胡风集团”的难友王元化、贾植芳、耿庸等来往密切，如他所说：“因为是被一只大手把素不相识的我们拉进同一个‘集团’，既然蒙这只大手，不，天才的组织家组织了这样一个‘集团’，让我们有过大致相同的命运，这种天作之合是不可忘记的。夸张点说，颇有点铭心刻骨那样的牵挂之情。”（《天涯海角怀故人——悼何剑薰》,《虫草文辑》，宁夏人民出版社，1995年）他坚定地认为：“以文学史来说，胡风代表着自‘五四’以来的文学人民中心对抗以政治役使文学为特征的文学权利中心的最后一搏。胡风的悲剧不但使他自己和一群卫护文学人民中心的人沉沦了二十多年，而且使文学也付出了沉重的代价。”（《现代文学史和现代史都无法回避的人物——十卷本〈胡风全集〉初读卮言》,《千年虫》，广东人民出版社，2000年）对于难友的离世，他写下了不少感情真挚的怀念文章，如《永别路翎》《和芦甸相处的日子》《天涯海角怀故人——悼何剑薰》等。对于那位交出与胡风来往的私人信件而成为胡风事件导火线的舒芜，满子先生直斥他为出卖耶稣的犹大；即使当舒芜后来有悔恨之词，且在学术上取得成就时，满子先生向鲁迅先生学习，本着痛打落水狗的精神，不予宽恕，写下了一系列揭露舒芜面目的文章；并不惜情面，与为舒芜辩护的老友聂绀弩反复争论，最后使聂绀弩不得不表示收回自己的意见。

退休后的十几年，是何满子写作的丰收期。他主要写杂文，几乎是每周一篇，每年出一个甚至几个集子。如1995年出版《绿色呐喊》《虫草文辑》；1996年出版《何满子杂文自选集》《人间风习碎片》；1997年出版《狗一年猪一季》《如果我是我》；1998年出版《忌讳及其他谈片》《鸠栖集》《沙聚塔》《亦喜亦忧集》；1999年出版《见闻偶拾》《世纪末抒情》等。何满子的杂文有很强的思想性与现实针对性，在全国有很大的影响，其《何满子杂文自选集》曾荣获首届鲁迅文学奖杂文奖。友人王春瑜赞曰："年过八旬，杂文却年年增产，不受气候影响，什么火灾、旱灾，都不影响他的丰收，而且越写'火气'越大。"（《千年虫》跋）不少朋友劝他不要写这些即兴应时性的文章，往往劳而无功还遭怨，而且事过境迁也存不下来，不如专心致力于学术性著作，还可以“嘉惠后学”，何满子虽也向往这样的境界，但他认为：“生活在现实中，平时所见所闻，感触很多，总觉得不吐不快；……所以常以‘不要为了前面的玫瑰而踩掉脚下的蔷薇’来自我解嘲，依然兴来就写这些短文。自觉活在世上还能做点事，而且刊布出来，使爱我者知道我健在，恶我者也知道这讨厌家伙还是老不安分，这就够了。”（《跋涉者——何满子口述自传》）

对于何满子的杂文成就，他的挚友耿庸有很精到的评论：“满子少时就志在学术，后来也的确在学术上取得了很可喜的成绩。我因而觉得，他的写作杂文对他从事学术著作而言是一种不得已的牺牲。所谓‘不得已’，就在于尽管他待人总是温和乃至随和的，却受不了吸血前哼哼地发一通议论的蚊子的挑衅、嗡嗡歌唱着飞旋窥察的纵然是金头的苍蝇得意地落停在饭菜上边舔边拉带菌屎的刺激，会立时奋不顾身地投入对此类邪恶的战斗。这令人想起鲁迅的放下小说创作而致力于写作杂文以回应人民社会的要求。无奈满子在气头上难以冷静下来以使他的杂文臻于更高的艺术境界，不如他的学术著作的既激情又沉静。”（《姑妄说说何满子》，《人民日报》华东版 1999 年 2 月 25 日）

满子先生的横溢的才气、难抑的火气，更是他充满生气的体现。满子先生是一个热爱生活的人，即使在劫难之时，仍未放弃对生活的希望。他为人洒脱、直率，爱好听歌和看戏，喜欢抽烟和喝酒，尤喜喝好的高度白酒。他晚年还标榜一个新“三不主义”，即一不戒烟，二不戒酒，三不锻炼身体。因为好酒，他还写了一本《中国酒文化》的小书，出过港台版，还被译成韩文出版，可能是其等身著作中印得最多的一种。平时与同事在一起高谈阔论，喝酒唱酬，从不摆名人的架子。青年编辑、学生向他请益，他也是有问必答，成人之美。满子先生擅书法，同事向他索字，从不拒绝，我就有他赠我的几幅字。正是这种对生活的热爱和良好的心态，使他有了一个充满活力和丰收的晚年。鉴于他对出版工作的贡献，2006 年，上海市出版工作者协会颁予他“资深出版人”荣誉纪念牌。

2009 年 5 月 8 日， 何满子先生在上海瑞金医院去世，走完了他在人生道路上艰难跋涉的一生。他八十初度时，写有《开八秩自寿两律》，其中有“秃笔何以排愤懑，长歌不足振虺犢。一生颠沛非由己，浪掷韶华不复回”，和“无得自然不患失，置之死地后逢生。播迁一世老方定，恩怨多端今乃明”之句，可谓他一生的写照和夫子自道。他留给后人的，除了等身的著作和率真的性情之外，还有一个爱国知识分子的良知。他的一生，可以说是二十世纪中国求索真理的知识分子命运的一个缩影。

载上海作家协会《上海纪实》2017 年第三期；
又载《拂去烟尘——2017〈上海纪实〉精选本》，
文汇出版社，2019 年

随陈允吉老师读书

在大学本科教过我的老师中，章培恒和陈允吉两位老师与我在校时来往最多且在我工作后一直保持密切联系，这不仅是因为我是他俩任教的“中国古代文学史”课的课代表，而且也是因为我毕业后从事的古籍出版社编辑出版工作与他俩的研究著述有关。关于章培恒老师，我曾经撰文表达对他的怀念之情。允吉老师的大著，我也曾经写过书评表达自己的仰慕之意。值此允吉老师八秩大庆之际，回忆当年随允吉老师读书的情景，虽已有三十多年，仍记忆犹新，这是因为允吉老师上的课给我们留下了生动难忘的印象。

我是 1979 年 9 月进入复旦大学中文系学习的。1981 年上半年大学二年级下的时候，我们开始了为期三个学期的“中国古代文学史”课的学习，这是整个大学时期课时最多的一门必修课，分别由章培恒、陈允吉和李平三位老师讲授先秦至魏晋南北朝文学、唐宋文学和元明清文学。班主任让我担任这门课的课代表，这样我就有了与三位老师联系的机会。第一学期的课由章培恒老师上，章老师的课以条理清晰、富于思辨性和启发性为特色。章老师是给我们上必修课的第一位教授，那时刚从日本讲学载誉归来，还很注意仪表，西装笔挺，头发也梳得很整齐，上课时不苟言笑，确实有一副名教授的派头，很快赢得同学们的崇敬。第二学期的课由陈允吉老师上。陈老师虽比章老师小五岁，当时也就四十有二，职称还是讲师，但他瘦削的脸，干瘦的身材，衣着随意，乍见之下显得比实际年龄大。陈老师上课生动，讲话风趣。他是无锡人，可能是喜欢听评弹的缘故，上课时讲到得意处，嘴角一扬，有时还击桌感叹，声情并茂，像说书一样，很快赢得同学们的好评。

我们当时用的教科书是中国社会科学院文学研究所集体著的《中国文学史》三册本。与章培恒老师一样，陈允吉老师上课也不按照教材讲，而是按照自己的教学大纲讲，有心得的地方讲得滔滔不绝，兴趣不大的就带过，让同学们自己看书自学。章老师讲课多提出问题让大家思考。陈老师讲课多补充材料让大家增加见识。记得陈老师讲唐诗时就给我们介绍钱钟书先生《谈艺录》中“诗分唐宋”的观点，在讲李贺诗时又多次引述钱先生《谈艺录》“长吉诗屡悲光阴之速与年命短促”的观点。当时，钱先生

1999 年，陈允吉（中）于上海书城做唐诗讲座（左为高克勤，右为李国章）

《谈艺录》(补订本)尚未出版，于是我就到学校文科阅览室借阅了这本三十多年前出版的老版书，开始了读钱著的历程。

当时，许多必修课都有老师辅导学生的安排。陈老师基本上是每周有一个晚上到我寝室，给同学们解疑答难。同学们不仅会问学业上的问题，还会问老师人生、时事等各方面的问题。陈老师谈笑风生，不仅谈学问，还会谈大家感兴趣的球赛、影视。当然，也有一本正经的时候。记得当时复旦大学分校戴厚英老师写的小说《人啊，人!》引起争议，同学们问他的看法，他说没看过。同学说借给他看，他说不必，因为万一看了，别人问你对此书的看法，你不说是欺人；说了，有可能会惹是生非。

那时一吃过晚饭，同学们多抢着去阅览室或自修教室去看书了，除了复习迎考阶段，平时来问学的同学不多。于是，陈老师坐一会，见没有同学来，便拉着我围着学校正门对面的大操场(现为文科大楼)散步。他当时有胃病，所以有散步消食的习惯。我常常陪他一走就是一两个小时。允吉老师记忆力超群，一路上，他会讲复旦老师特别是中文系前辈的轶事，他自己的治学经历，还有我也感兴趣的解放军军史。陈老师告诉我，他毕业留校后，曾与潘旭澜老师住一个宿舍，潘老师研究杜鹏程的小说《保卫延安》，对解放军军史很熟悉，经常与他聊，于是他也熟谙军史了。潘老师后来以研究太平天国史闻名学界，其实他的研究专业是中国现当代文学。

陈老师那时已经在唐代文学研究领域崭露头角，发表了多篇唐代文学与佛教关系研究的论文，新意迭出，影响很大。他告诉我，他 1962 年复旦大学中文系毕业后就留系任教，随陈子展先生研读《诗经》，撰有《〈诗序〉作者考辨》。后来，兴趣转移到唐代文学研究，写了多篇研究唐代文学的论文，前辈鲍正鹄先生开玩笑说，允吉，你现在是“降格以求”啊！陈老师后来又探究佛教与中国古典文学关系的缘起，写了《东晋玄言诗与佛偈》《中古七言诗体的发展与佛偈翻译》等研究魏晋南北朝文学的论文，笑着对我说，我现在要“逆流而上”了。

上世纪 60 年代后期，陈老师因得肺结核回无锡老家休养，开始读佛经，积年而有心得，发现佛教与文学的因缘，并以此展开研究，不仅开拓了自己治学的新领域，也为古典文学研究提供了新视角。他上课时就把自己的研究成果介绍给同学。见同学们有兴趣，大学四年级第一学期，陈老师又给我班开了一门“佛学概要”的选修课，指定我担任这门课的课代表。

毕业那年，受陈老师的影响，我以《李贺诗风形成之原因初探》作为毕业论文，陈老师担任了我的指导老师。陈老师要求我不要罗列前人的观点，要有自己的分析。拙文反复修改，写了几稿，最后得到了陈老师的认可，成绩等第给了优。陈老师还写了评语：“本文探溯李长吉歌诗风格形成之原因，分析深中理实，兼能融会贯通，见解不乏精当之处，文字表达亦很清楚。这对评述李贺这位颇有争议作家的创作精神及其诗歌特色，是很有意义的。”我知道这是陈老师给我的鼓励之词，但坚定了我的向学之心。毕业之际，陈老师在我的毕业纪念册上赠言：“博观约取，温故出新。”

本科毕业后，我考上了本系王水照先生的研究生，随王先生研读北宋文学。三年研究生期间，偶与陈老师在校园相见，晤谈片刻；岁末去陈老师家中拜年，重温耳提面命的教诲。记得陈老师说过怎样写论文。陈老师说，论文一定要有发现发明才写；论文不在于多而在于精；论文写完了不要急于发表，要放一段时间，看看还有什么需要改进的地方，文字要打磨，不仅要准确，还要尽可能有文采。他基本上保持一年发表一篇论文的节奏，年年有新的成果。每次去拜年，陈老师都会把其大作的抽印本送我阅读。由此，我几乎读过了陈老师发表的所有论文。

研究生毕业后，1986 年 7 月，我到上海古籍出版社，开始从事编辑出版工作。一年后，我就接手陈老师《唐音佛教辨思录》一稿的编辑任务。这部书稿是陈老师的第一部论文集，收入论文十余篇。虽然这些文章我都看过，但我还是本着体例认真审读，并提出了修改意见，得到了陈老师的首肯。这本书篇幅不大，20 余万字，发稿后一年就出版了，在当时铅字排印的年代算是出得快的，也成了我编辑生涯中编辑出版的第一本书。这本书出版后，得到学界的高度评价，荣获第二届（1988—1991）全国古籍优秀图书奖一等奖。此后二十来年，我与陈老师不时在复旦大学开会的场合见面，陈老师还应邀参加了我班同学入校二十年的聚会，同学们看到陈老师都倍感亲切。陈老师又陆续在我社出版了他主编的《佛经文学粹编》、他与学生合作撰写的《李贺诗选评》和他的又一部论文集《佛教与中国文学论稿》等，这些书都是由我负责编辑出版的。在读这些书稿的过程中，似乎又回到了随陈允吉老师读书的年代。

允吉老师退休以后，以吟咏词章为乐，写了一组追怀复旦中文系前辈郭绍虞、朱东润、刘大杰、陈子展、蒋天枢、赵景深、吴文祺、刘季高、王运熙等先生的旧体诗，充分展现出允吉老师对前辈的尊重和他惊人的记忆力。每一诗出，允吉老师就寄我阅读，我也仿佛又回到陪他散步听他聊天的学生时代。三十多年过去了，允吉老师初心不变，生活习惯也没变多少，还坚持散步，脚力仍健。2016年夏，我社假座淮海路社会科学院会场，举行《中国古典文学丛书》典藏版发布座谈会，允吉老师应邀赴会，他从复旦住处步行来到会场，即席回忆他与我社几代编辑的来往和他与这套丛书的关系，依然是那样精神矍铄，依然是那样思路清晰和健谈。孔子曰："知者乐水，仁者乐山。……知者乐，仁者寿。"（《论语》）出生在太湖畔的允吉老师无疑是一个智者，正因为葆有良好的心态和生活习惯，他不但快乐，而且长寿。值此允吉老师欣开九秩之际，我就以此小文为老师寿。

载《文汇读书周报》2019 年 2 月 18 日

尊师楷模施宣圆

知道施宣圆先生的名字很早，但是与他熟识较晚。上世纪八十年代初期，正值拨乱反正之后不久，理论学术界思想解放，争鸣热烈，充满生气。《文汇报》的《学林》专刊往往是最先报道那些知名学者研究的近况、学术争鸣的动态的，如马寅初的平反，费孝通、顾颉刚、谢国桢等老一辈学者的研究近况等，从这些专访的署名知道了施宣圆是《学林》的编辑。最早与施宣圆先生联系，是我向《学林》投稿。1984 年底，在当时文化史的研讨中，《学林》开辟了《中国文化之谜》的专栏，向社会发起征稿，一时反响热烈。我在上大学时听章培恒老师讲过有关《古诗十九首》研究存在的问题，于是写了一篇《〈古诗十九首〉的作者是谁？》的小文，综合学界讨论的情况，指出《古诗十九首》的作者和产生时代至今还是一个未解开的谜。寄出后，收到施宣圆署名的回复。拙文后收入由施宣圆等主编的《千古之谜——中国文化史500疑案》(中州古籍出版社，1989年)。1986年，我研究生毕业后到上海古籍出版社做编辑，才见到不时来我社联系工作的施宣圆先生。直到十几年前，我任社副总编辑统筹《蔡尚思全集》的编辑出版工作时，才与参与策划编辑出版这套书的施宣圆先生有密切的来往，对他有了深入的了解。

施宣圆先生性格开朗，为人热情，善于交流，乐于助人。在我与他交往的过程中，给我印象最深的是他对老师的尊重，特别是他为出版老师蔡尚思先生全集做出的努力。

施宣圆是福建晋江人，1960年考入上海复旦大学历史系，当时的系主任是谭其骧先生，老教授有周谷城、周予同、陈守实、蔡尚思等，青年教师中有后来声名鹊起的胡绳武、金冲及等。老师们的学问给施宣圆以深刻的影响。1965年，他毕业后即进入《文汇报》做编辑，1985年任《学林》专刊主编，1994年被评为高级编辑，2001年退休。大学毕业后，施宣圆与老师们一直保持着联系，尤其是与籍贯福建德化的闽南老乡蔡尚思先生有着较为密切的来往。施宣圆在大学时就听过蔡先生的课，觉得蔡先生一口浓重的闽南话听起来特别亲切。上世纪八九十年代，他常去拜访蔡先生，也常约蔡先生的文章在《学林》发表。蔡尚思先生是著名历史学家，长于中国思想史研究，著作繁富。他与施宣圆交谈时，多次提到想出版自己的全集，他知道施宣圆交际广，请他帮忙。2004 年 3 月，年近期颐的蔡尚思先生因年老体衰入住华东医院，他放不下出版全集事，托其子蔡法交给施宣圆一纸授权书，拜托并认可施宣圆全权代理《蔡尚思全集》所有出版之事务。施宣圆受此重任后，立即进行筹备工作。他知道我们上海古籍出版社有意出版《蔡尚思全集》，即与我社谋划如何编辑出版，并根据我们搜集到的蔡尚思著作的数量，匡算了出版费用。由于当时复旦大学相关方面没有资助出版经费的可能，上海古籍出版社也没有独自承担出版费用的打算，施宣圆就把寻求资助的目光投到了蔡尚思先生的家乡。蔡先生的家乡德化县属于泉州市管辖。时任泉州市委书记施永康重视文化建设，是施宣圆的中学校友，彼此熟悉。于是施宣圆投书施永康，请求由家乡资助《蔡尚思全集》出版，“原因有三：一，蔡是我们泉州人；二，蔡曾是我的老师；三，进一步提高我们泉州的文化品位”（参见施宣圆《我与复旦三教授》，《我与学林名家》，中西书局，2016 年）。次年，泉州方面回复同意，认为能够资助蔡尚思先生出版全集是家乡人民的光荣。

2005 年 1 月 5 日，施宣圆先生带我与我社历史编辑室主任吕健一起去蔡尚思先生家乡德化和泉州，与泉州市和德化县的领导落实资助出版《蔡尚思全集》事宜。我们先到泉州，与分管副市长会谈。副市长告诉我们，资助经费已落实，合同由德化县与我社签。翌日，我们赶到德化，

与施宣圆先生合影（2005 年 1 月 8 日，左为施宣圆，中为高克勤，右为吕健）

与德化县领导见面，确定了合同等事宜。德化是著名的陶瓷产地，县领导带我们参观了当地的博物馆、陶瓷学院、陶瓷厂等，还特地参观了德化图书馆“蔡尚思图书室”和蔡尚思故居。第三天，我们又随施宣圆去他老家晋江看看。晋江是著名侨乡，经济发达。我们来回到达和出发的地点都在晋江机场。施宣圆长期关注支持家乡的文化、经济建设，做了大量宣传工作，退休后还担任上海市泉州侨乡开发协会晋江、石狮分会副会长兼秘书长，深为当地人士所尊敬。我们跟他一路走来，都受到了当地的热情接待，无论是官员、学者，还是企业家、工艺师，施宣圆都能与他们打成一片，我们深深感受到了施宣圆的活动能力和人格魅力。

从福建回来后，我们就投入了《蔡尚思全集》的编辑出版工作，力争在当年蔡尚思先生百岁寿辰之际推出。为保证《蔡尚思全集》更好地出版，我们成立了《蔡尚思全集》编委会，由施永康和时任泉州市长郑道溪为正副主任，施宣圆为执行编委。施宣圆又特意建议聘请他尊敬的两位老师、时任中共中央文献研究室副主任、中国史学会原会长金冲及和中国人民大学清史研究所胡绳武教授为顾问。经过大半年的努力，八册四百多万字的《蔡尚思全集》如期出版。全集收入迄今为止所能搜集到的蔡尚思先生的全部学术专著及论文，金冲及、施永康作序，施宣圆写了后记，叙述了出版缘起和经过。2005 年 9 月 14 日，我与吕

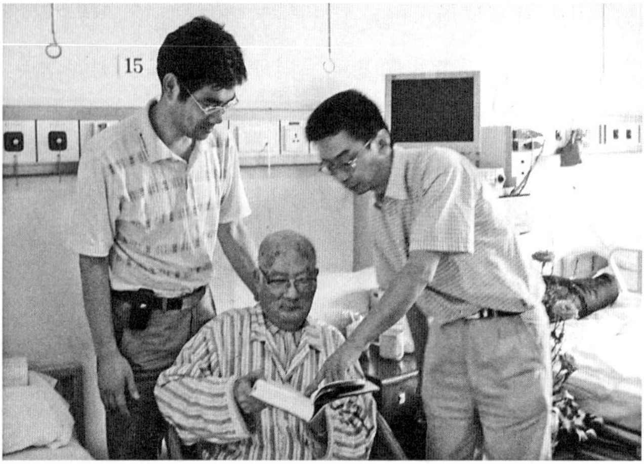

2005年9月14日，看望蔡尚思先生（中为蔡尚思，左为高克勤，右为吕健）

健、施宣圆先生一起去华东医院看望蔡尚思先生，给他送去刚出版的《蔡尚思全集》。蔡先生虽已年登期颐，仍思路清晰，向我们回忆往事，笑着说：“我的书又不是古籍，怎么在你们古籍出版社出啊！”17日，我社与复旦大学历史系、德化县人民政府在复旦大学共同举办《蔡尚思全集》首发式。会上，施宣圆先生作了发言，介绍了这部书的策划经过，表达了对蔡尚思先生的敬仰之情。会后，我又与德化县领导去华东医院看望了蔡尚思先生。

为了向家乡人民汇报《蔡尚思全集》的出版情况，2006年3月底，我们在泉州又举办了一次《蔡尚思全集》的发行仪式。我与吕健、施宣圆先生又去了德化和泉州，同行的还有我社老社长李国章先生、复旦大学历史系主任吴景平教授等。吴景平、李国章、施宣圆和施永康等在仪式上作了发言，大家都称颂了蔡尚思先生的学术贡献，认为泉州和德化资助《蔡尚思全集》的出版是很有意义的。

《蔡尚思全集》的出版圆了蔡尚思先生的“全集”梦，学生施宣圆功不可没。

此后，我与施宣圆先生在不少学术会议的场合见过面，也经常听熟识他的老同事说起他的情况。退休之后的施宣圆有更多的时间和精力，参与学术活动，访谈学术名家。我经常在《文汇报》《文汇读书周报》上读到他写的访谈文章，篇幅多比之前写得长，感觉是谈得更为深入，写得更为从容，内容充实，笔端饱含真情和激情，特别是访谈和回忆师友的文章，充分表达了他的尊师重友之情。

施宣圆先生生前把他撰写的这类文章集为《我与学林名家》一书。如今，斯人已逝，重读故人之作，回忆往事，能不恻然！唯有光大发扬前贤风范，继承前贤未竟志业，才是对前贤的最好纪念。

载《文汇读书周报》2017 年 8 月 14 日；又载《施宣圆纪念文集》，中国华侨出版社，2017 年

良师益友赵昌平

上星期日（5月20日）的下午，听到赵昌平先生心脏病突发入院抢救的消息，心就猛地一紧。子夜时分，传来了他终告不治的噩耗。太令人震惊了！他还年轻，还不到七十三岁，从工作岗位上退下来才两年多，还有许多事情要做，许多著作待写，真是天不假年啊！连日来，忙于治丧事宜，回忆与昌平先生相识三十多年来的历程，他的音容笑貌宛在眼前。对于我来说，他不仅是我相识三十多年的同事，也是我曾经的领导，更是我敬佩的前辈、我的良师益友。

1986年7月，我从复旦大学中文系研究生毕业进入上海古籍出版社工作时，赵昌平已先我四年进入上海古籍出版社工作，已经在编辑出版和学术研究方面做出了显著的成绩，脱颖而出，担任了第一编辑室副主任。当时上海古籍出版社设有六个编辑室，其中三个为文学编辑室，第一编辑室主要从事文学古籍的整理出版工作，第二编辑室主要从事古典文学研究著作的编辑出版工作，第三编辑室主要从事古典文学普及读物的编辑出版工作。我被安排在第二编辑室任编辑，当时的第二编辑室主任是年已 66 岁的词学家陈邦炎先生，编辑室学术空气浓厚，人际关系融洽，副主任是与赵昌平同时进社的同届研究生毕业的王镇远。赵昌平师从华东师范大学中文系施蛰存先生，从事唐代文学尤其是唐诗学的研究；王镇远师从复旦大学中文系王运熙先生，从事中国文学批评史研究，两人投契，不仅在编辑出版方面崭露头角，而且学术成果迭出，经常同时或先后在国内知名学术刊物上发表多篇有影响的论文。时任总编辑钱伯城等社领导对他们期望甚殷。赵昌平当时精力旺盛，学术研究进入了一个爆发的阶段。仅 1986 年一年间，他就在《中国社会科学》《中华文史论丛》《文学遗产》等知名学术刊物上发表了五篇有影响的唐诗学论文。他 1984 年发表在《中国社会科学》上的《“吴中诗派”与中唐诗歌》一文，是他的研究生毕业论文，在唐诗研究领域首次提出了“吴中诗派”一称，深入细致地研究了唐诗史上这样一个未被学者充分注意的诗歌流派，取得了创新性的成果，1986 年荣获 1979—1985 上海市哲学社会科学论文奖。我因为喜欢并关注唐代文学研究，所以也都拜读了昌平先生的大作，非常钦佩他善于融思辨与考据于一体的富有创新性的研究。工作日午间休息的时候，赵昌平

与赵昌平合影（2009年12月12日，中为赵昌平，左为高克勤，右为同事冯海荣）

经常来我室与王镇远聊天，或一起出去散步。由此，我初步领略到了他的风采，也了解了他的经历和生活习惯。赵昌平 1963 年在上海大同中学毕业后考入北京大学中文系。1968 年毕业后赴内蒙古部队农场劳动，此后又曾在内蒙古开鲁县保安中学任教，在安徽省来安县教育局教研室工作。1979 年 9 月，他考取了华东师范大学中文系唐代文学专业研究生，1982 年 10 月毕业后进入上海古籍出版社担任编辑，开始了他作为学者和出版人的生涯。赵昌平丰神俊朗，又讲究衣着，风度翩翩，着实让我们年轻人钦羡。他告诉我，那时他下班后回家，晚上等家人看完电视休息后，就开始读书撰文到子夜时分，一晚上经常要抽一盒香烟、喝两罐啤酒。他那时的精力真充沛啊！他这么多的论文著作就是这样拼出来的。1987 年 4 月，他与王镇远分别被提拔为第一、第二编辑室主任，第三编辑室的人员分别并入前两个编辑室。从此，两个编辑室的选题方向虽各有侧重，但也开始了合作和融合，如联合组稿编撰历代诗歌鉴赏集《古诗海》、分别组稿出版古诗文词曲观止系列等。1992 年 11 月，赵昌平任上海古籍出版社副总编辑，时任社长和总编辑分别为魏同贤和李国章先生。当时王镇远已赴新西兰生活，社里决定第一、第二编辑室合并为一个编辑室，由李梦生担任编辑室主任，王兴康和我担任编辑室副主任。李梦生是恢复高考后的首届研究生，毕业于杭州大学，先赵昌平一年进入第一编辑室，他对元明清文学和古代小说戏曲都有广泛深入的研究。王兴康也师从施蛰存先生，从事清代文学研究，先我一年进入第二编辑室。赵昌平分管我们编辑室，自此成了我的直接领导，我也开始感悟他的出版理念和编辑艺术。

1994 年 3 月，赵昌平任总编辑，直至 2013 年 4 月退休。他是上海古籍出版社历史上任职时间最长的总编辑。他任总编辑后，李梦生接任副总编辑，分管我们编辑室，王兴康和我相继接任编辑室主任。上海古籍出版社在魏同贤主持工作期间，已经影印出版了《文渊阁四库全书》，编辑出版了《古本小说集成》，开始编辑出版《敦煌吐鲁番文献集成》等，开启了编纂出版大型集成性文献的模式，并很快在全国出版界处于领先地位。李国章接任社长后，又历时八年，主持编辑出版了新中国成立以来最大的出版项目《续修四库全书》等重大古籍整理出版工程。这些图书不仅在海内外学术界赢得了巨大的声誉，而且也成为上海古籍出版社的重要经济支柱。赵昌平任总编辑伊始，除了参与社重大古籍整理出版工程的决策外，主要负责全社的出版选题，并分管历史编辑室和大众读物编辑室，主持编辑了曾经列为上海市中学思想教育课程教材的《二千年前的哲言》，与李国章共同创意主编了《二十五史新编》，主持策划出版了名家学术丛刊《蓬莱阁丛书》《名家说——“上古”学术萃编》和“花非花——历史小说系列”等一批有影响的图书。他虽不分管我们编辑室，但仍非常关注我们室的选题，除了审批选题外，每年还多次与我们讨论选题计划，尤其是关心我社的看家书《中国古典文学丛书》后续的编辑出版情况。记得 1994 年 11 月，他因为工作忙，让我代表他参加在浙江新昌举行的中国唐代文学学会第七届年会，凭着对当代学者研究水平的了解，他要我代向与会的河南大学佟培基教授和湘潭师范学院陶敏教授约稿，请这两位长于唐诗文献研究的学者承担这套丛书中孟浩然诗集和韦应物集的整理工作。出于对我社和昌平的信任，这两位学者接受了邀约，经过几年的努力，《孟浩然诗集笺注》和《韦应物集校注》这两种高质量的古籍整理著作如约面世，得到了学界的肯定。

2000 年 12 月，我被任命为上海古籍出版社副总编辑，旋调上海市新闻出版局版权管理处挂职副处长。2001 年 4 月，王兴康接任李国章主持全社工作，李梦生调任汉语大词典出版社社长。赵昌平重又分管文学编辑室，不久他就觉得分身乏术，给上海市新闻出版局主要领导写信，坚决要求放我回社工作。考虑到赵昌平的请求和社的实际情况，局领导让我当年 10 月回社工作，社里安排我承接了昌平分管的大部分工作，除分管文学编辑室等编辑室外，还分管编审室、美编室和校对科。我又在昌平的直接领导下工作了，他曾经对我说："你和我都是做学问的人，别走仕途了，就跟着我干吧。"在他的指导下，除了继续维护好《中国古典文学丛书》等一批品牌图书外，我们又策划出版了《新世纪文史哲经典读本》等一批有影响的图书，与中华书局联合出版了《文史中国》丛书等。后来，我又兼副社长，分管社出版、发行工作，协助王兴康社长负责出版社经营工作。在王兴康的主持下，上海古籍出版社在前辈打下的基础上，不断探索克服困难的办法，寻找可持续发展的有效途径，终于走出了经济状况低迷的局面，取得了显著的社会效益与经济效益。赵昌平作为社领导班子的重要成员，在负责编辑工作的同时，主动承担了社里许多繁重的事务，为上海古籍出版社的发展做出了重要贡献。

2009 年 12 月，世纪出版集团给我一个锻炼的机会，调我到处于经济困难状态的上海远东出版社任社长兼总编辑。兴康和昌平对我的调离都很伤感。昌平对我说："你一走，我以后策划的书让谁做啊!"他还临别赠言，说："你有童心而无机心。有童心能够赢得朋友，而无机心处世难免要吃亏。"昌平的话让我很感动。在远东社员工的共同奋斗下，经过三年的努力，远东社扭亏为盈，走出了低谷。昌平闻讯也为我高兴。

2013 年 1 月，集团让我回上海古籍出版社接任社长。昌平对我的回来很高兴，说本来担心接棒的人是否熟悉业务，这下放心了，表示坚决支持我的工作。他还提议由他和我与傅璇琮、刘石两位先生共同出任我社将要编辑出版的《续修四库全书总目提要》的主编。不久，他就办了退休手续，由社返聘，继续担任社《中华文史论丛》的执行编委，直至2015年年底他满七十岁止。那些年，他还担任上海出版协会理事长和全国古籍整理出版规划领导小组成员等职，参加和组织各类学术活动，参与制订《2011—2020年国家古籍整理出版规划》等国家古籍整理出版中长期规划，为提高上海出版人的专业素质，扩大上海出版在全国的影响力，为我国的古籍整理事业，殚精竭虑，不辞辛劳，做出了重大贡献。

去年8月，与他近半个世纪相濡以沫的夫人因病突然去世，给了他很大的打击，他长时间沉浸在悲痛中几不能自拔。为了让他走出来，我坚邀他年底来社参加《中华文史论丛》编委会，与学界老友见面。他如约而来，并对如何继续办好《中华文史论丛》提出建议。会后，他坚持不吃便饭，说是给自己一个约定，在悼亡的一年内不在外面吃饭，仍然要回家与亡妻一起吃饭。昌平先生对夫人的深情真使我们为之动容。

与昌平相识相知三十多年，他留给我的深刻印象有三：一是他对学术研究的执着追求，二是他对古籍出版的清晰认识，三是他为人处世的坦荡大气。

昌平读大学期间曾师从林庚先生等名师，读研究生后又师从施蛰存、马茂元先生等大家，打下了扎实的学术基础；在出版社又与陈振鹏、李学颖等古籍整理名家为伍，在长期的专业工作中沉潜往复，好学深思，眼界更为扩大。他在唐诗学、中国诗学、唐代文学研究领域达到的深度和广度为学界所公认，2000 年，他被推选为中国唐代文学学会副会长。近几年，他又把主要精力放在“开天辟地——中华创世神话”文艺创作与文化传播工程的学术文本撰写上，深入探寻中华文明的发生与传播，视野更为宏通。

作为一个有思想的出版人，昌平有着现代宏观的出版视野和清晰的出版理念，认为“寻找文化传统与现代社会的契合点”是中国传统文化必由的当代进路与古籍出版的考虑基点，在继承上海古籍出版社出版传统的基础上，他提出了“四个意识——市场意识、专业意识、品牌意识、规模意识”、“高品位、系列化、普及读物要精品化”等一系列有创意的出版理念。他在《新世纪古典文学经典读本》丛书的《编者的话》中这样写道：

这套丛书继承发扬了上海古籍出版社四十六年来出版普及读物的优良传统，也集结了多方面的正反经验：名家撰作，深入浅出，知识性与可读性并重，固然是其基本特点；而文化传统与现代特色的结合，更是她新的关注。学界近半个世纪以来新的研究成果，从中获得适应新时代读者欣赏习惯的浅切化与社会化的表述；反俗为雅，于易读易懂之中透现出一种高雅的情韵，是其标格所在。

他还写道：

尽管当代域外文化纷至沓来，但任何一种外来文化必须与本土文化相结合方能落地生根；中国文化的世界性，必将由她的民族性来体现。这是“五四”以来中国文化发展史上最重要的经验教训。也因此，科技知识与人文关怀并重，必然与中西文化的融通互为条件。

他在《文史中国》丛书的《出版缘起》中也写道：

有别于以往的传统文化读物，《文史中国》的宗旨可概括为一句话：题材是传统的，眼界是当代的。因此除了科学性与可读性相统一的常规标准外，丛书从选目到撰写，更要求以一种世界性的文化视域来透析中华文化的深刻意蕴。而“中华”与“上古”深厚的学术底气与近十年来的创新精神，正是践行这一宗旨的可靠保证。

有了清晰的理念，他以前瞻性的眼光，深厚的学术积累，策划出版了一大批具有很高学术质量和很大影响力的图书，至今仍为读者所欢迎。

昌平为人坦荡，处世大气。他特别喜欢与社里的年轻人交朋友，认为社的希望在他们身上。记得他任总编辑后，专门让社里给他订一份《青年报》，以了解青年的诉求。他尤其关心青年编辑的成长，对他们则着力培养，大胆启用，言传身教，为他们早日成才创造各种条件。正是有了像昌平这样一代又一代的社领导的垂范，上海古籍出版社才一直以有一支能薪火相传的出版人队伍而自豪。

三十多年的交往不是一文能说尽的。纸短情长。谨以此缅怀赵昌平先生。

2018 年 5 月 24 日

载《文汇读书周报》2018 年 6 月 4 日

致力于文化的传承与传播

——记作为出版人的赵昌平

赵昌平先生去世后不久，我应《文汇读书周报》之约，写了《良师益友赵昌平》一文，回顾了与昌平先生相识三十多年来的历程，叙述了他留给我的深刻印象，主要是他作为一个学者型出版人对学术和出版事业的执着追求和清晰认识。当时正值治丧期间，诸事繁冗，无暇对他的业绩作细致的梳理。关于赵昌平在学术上尤其是在唐诗学等领域的贡献，已有学者专文评述，不再赘言；兹应《文汇学人》之约，着重评述他的出版理念和编辑艺术。

一

赵昌平是一位有丰硕成果的学者，但他更是一位有众多建树的出版人，出版人是他的职业身份。自从研究生毕业后，他就开始了长达三十三年的出版生涯。在长期的出版生涯中，凭借着好学深思的特性，扎实深厚的功底，日积月累的实践，赵昌平形成了清晰的出版理念，提出了一系列有关编辑出版的观点，策划出版了一大批至今仍为读者所欢迎的具有很高学术质量和很大影响力的图书，成为一位有思想、有实践、有业绩的出版人。

作为一位从事古籍出版的专业出版人，赵昌平的出版理念和实践无疑聚焦于“找准传统文化与当代社会的契合点”，做到古今相通、中西相容，即做好传统文化的传承与传播；而致力于策划出版高品位、系列化、精品化的普及读物是做好传承与传播的有效途径。这一理念，随着他思考的深入和实践的积累，日益清晰和丰富。

早在1991年，赵昌平策划了《中国古代生活文化丛书》，包括中国交际文化、服饰文化、酒文化、茶文化、馔食文化、书具文化、养植文化、装饰文化、游览文化、博弈文化10种。他在丛书的《出版说明》中写道：

《中国古代生活文化丛书》的编写目的，就是向具有一般文化水平的读者，介绍中国古代、近代生活的情状；从文化角度，对生活习俗、方式作审视，分辨雅俗；从而使读者对民族传统、心理有一个大体而生动的印象，潜移默化，提高生活情趣。

他还写道：

丛书充分注意到知识性、民族性与实用性、开放性的结合。考虑到现代人的审美观念，开放的时代特点，各书虽以介绍中国古、近代生活文化精髓为主，却又纵横古今，驰骋中外，或随处引发，或专节漫谈，以帮助读者思考：如何在生活中发扬民族文化传统的同时，有机地吸取域外文化的营养，而避免东施效颦的遗憾。

2004年，中共中央、国务院明确了一项重大的文化战略："对未成年人进行以爱国主义为核心的伟大民族精神的教育"，要求通过中华民族优良传统和悠久历史的教育学习，引导广大青少年"从小树立民族自尊心、自信心和自豪感"。作为全国政协委员，赵昌平提交了《关于将高质量、规模化的未成年人民族精神教育丛书纳入全国古籍整理出版的"十一五"规划》的提案，他又策划了《文史中国》丛书，由中华书局和上海古籍出版社联合出版，首批共38本，分为四个系列：辉煌时代、世界的中国、文化简史、中华意象。其中"辉煌时代"系列10本介绍与分析中国历史上十个辉煌的时代，以显示开放心态和创新精神是中华民族发展振兴的主体精神。"世界的中国"系列10本集中表现中华文化与世界各民族文化的交流与融合，强调中国与世界的开放共荣、和谐共处是中华文化的固有精神。“文化简史” 系列包括中国音乐文化、中国古代绘画、中国书法篆刻、中国饮食文化、中国服饰、中国建筑文化、中国图书文化、中国古代体育、中国书院文化和京昆简史 10 本。“中华意象”系列 8 本选取最能够体现中华民族主体思想的、具有象征意味的如“龙凤”“金玉”“山水”“花木”等意象进行深入的解析，展示中国人特有的精神世界。他在《文史中国》丛书的《出版缘起》中写道：

有别于以往的传统文化文化读物，《文史中国》的宗旨可概括为一句话：题材是传统的，眼界是当代的。因此除了科学性与可读性相统一的常规标准外，丛书从选目到撰写，更要求以一种世界性的文化视域来透析中华文化的深刻意蕴。而“中华”与“上古”深厚的学术底气与近十年来的创新精神，正是践行这一宗旨的可靠保证。

无疑这套丛书的范围和内涵较《中国古代生活文化丛书》都有了扩大和深化，这也反映出赵昌平出版理念的发展和成熟。

正因为有这样的出版理念，赵昌平特别重视普及读物的出版，并身体力行。他曾这样阐述自己对普及读物的认识："必须走出以学术为社会效益（雅），以普及为经济效益（俗）的认识误区。虽然学术与普及的量的比例会有时代性的调整，但与一切学科一样，基础资料（古籍整理）与基础理论（学术研究），永远是专业社的核心。只有保持学术优势，方能确立品牌优势，方能高屋建瓴处理普及读物，使之具有较久的市场独占性。""普及读物，从本质上看是学术思想成果的社会化延展，所谓'提高指导下的普及'，应是这些成果与民众心理与阅读习惯的结合。因此必须确立'普及读物要精品'的意识。"（《传统文化与当代出版》，《编辑学刊》2000 年第 6 期）

2001 年，他以"开拓进取，加快发展"为主题，撰写了《坚持专业优势，将"上古"品牌拓展到各个层次》一文，围绕图书结构调整研究问题并解决问题，提出："坚持专业优势与学术骨架，将上海古籍出版社品牌拓展到各个层次，这是本社今年乃至今后数年内选题工作的中心任务：我们必须坚持发扬建社 44 年来积淀的专业优势，保持并扩大本专业的学术优势，但是又不能固步自封，在古籍出版资源十分有限的情况下画地为牢。将'上古'品牌由学术领域拓展到各个读者层次，是当前中国文化发展趋势在出版业的必然体现，也因此是本社持续发展的必由之路。"（《古籍整理出版情况简报》2001 年第 3 期）在他的主导下，上海古籍出版社的普及读物一度出现了"遍地开花"的局面，除了传统的选本、译注之外，引人注目的是出版了一批高品位的画册和图文本，如《戴敦邦新绘全本红楼梦》等名家绘画“四大名著”、《唐诗三百首》（图文本）等诗词曲图文本系列、《红楼梦》（图文本）等古典小说名著图文本系列等；还“试水”少儿读物，编辑出版了“经典拼音背诵读本”、“拼音小名著”等图书，也取得了一时的成功。虽然由于图书市场的细分和阅读习惯的变化，这类普及读物已盛况不再，但其探索和努力值得肯定，其得失和经验值得总结。

二

赵昌平的出版理念植根于上海古籍出版社的出版传统和出版实践。三十三年来，他一直在上海古籍出版社从事编辑出版工作。上海古籍出版社是一家有着悠久历史和光荣传统的专业出版社，建社以来一直以弘扬中华优秀传统文化为己任，以整理出版高质量的古籍作品、学术研究著作和普及读物为重点。几十年来，上海古籍出版社出版了一大批代表古籍整理和学术研究水平的图书，涌现了不少业界著称的学者型出版人。赵昌平 1982 年 10 月进入上海古籍出版社，在第一编辑室任编辑。第一编辑室主要从事文学古籍的整理出版工作，其担纲的《中国古典文学丛书》是上海古籍出版社编辑出版历时最长、学术含量最高、最能体现本社精品图书特色的一套大型丛书。当时主持第一编辑室工作的是李学颖先生，时任副总编辑包敬第、陈振鹏、汪贤度都担任过第一编辑室主任，他们都负责过这套丛书的编辑，并且也都承担过其中一些集子的整理工作。陈振鹏先生为著名学者钱仲联的《剑南诗稿校注》、邓广铭的《稼轩词编年笺注》做的审稿工作使两书在质量上得到很大提高，得到两位先生的高度肯定。同样，李学颖先生为钱仲联的《后村词笺注》纠正错注近百条，深得钱仲联的推许；她曾审阅王蘧常的《顾亭林诗集汇注》，王先生评价她“商榷体例，复审资料，莫不心细如发，目利于刃，真编辑中之巨匠也”。前辈的这些故事在社里都成为美谈，并成为青年编辑学习的榜样。这套丛书的编辑加工方式很有特色，诸如编辑中坚持签条制度，后审指出前审问题，用签条指导查证修改，从而以老带新，使青年编辑得到成长。赵昌平担任编辑后也受到了严格规范的训练，审稿能力特别是审读古籍、整理书稿的能力迅速提高。他先后初审、复审的古籍整理图书有《卢纶诗集校注》《嘉祐集笺注》《元诗纪事》《文心雕龙义证》《升庵诗话笺证》等。他与同门严寿澂、黄明还合作完成了《郑谷诗集笺注》。赵昌平曾感叹道：“我从陈振鹏、李学颖老师那里学到的知识，是在北大、华师大学不到的。”

编辑出版高质量的普及读物也是上海古籍出版社的传统。赵昌平曾自述他喜欢中国古典文学就是从少年时期读中华书局上海编辑所（上海古籍出版社前身）编的《中华活叶文选》开始的。《中华活叶文选》在上世纪六十年代曾风靡一时，是一代人中国传统文化的启蒙读物。上海古籍出版社还出版过两套各 80 本的小丛书《中国古典文学作品选读》和《中国古典文学基本知识丛书》，前者中的《唐诗一百首》《唐宋词一百首》等和众多的作家作品，后者中的《读诗常识》《读词常识》等和众多的作家传记，得到了无数读者的喜爱。上海古籍出版社的前辈中也有许多是擅长策划编辑并撰写普及读物的高手，如金性尧、何满子、陈邦炎等先生。金性尧先生不仅参与了《中华活叶文选》《唐诗一百首》等的编选工作，他自己撰写的《唐诗三百首新注》也以注释的浅切和评析的精到风靡一时，行销数百万册。赵昌平对金性尧先生及其《唐诗三百首新注》也很推崇。他精研唐诗，除了撰写不少高质量的有创见的学术论文外，尤致力于唐诗普及读物的撰写。他曾与马茂元先生合著《唐诗三百首新编》（岳麓书社 1985 年版），修订马茂元先生《唐诗选》（上海古籍出版社 1999 年版）；自己也编了《唐诗选》二册（上册《唐音浮沉录》，下册《唐诗性情编》，香港中华书局 1991 年版），撰写了《唐诗三百首新译》（台湾建安出版社，1999 年；复旦大学出版社 2006 年版易名《唐诗三百首全解》）。他在《唐诗三百首新译》的序中写道，“一切研究的起点是文本”，“我的唐诗研究是以极认真的文本解读为起点的，也常常有些独特的感悟”。他把具体做法归纳为四句话：“诗要熟读，又要一字一字地读，反反覆覆比较着读，从中以我心去感悟诗心。”可能是大学毕业后做过中学语文老师的经历，更可能是出版人的责任，赵昌平对撰写普及读物情有独钟。他还编写过中学教材。1987 年，他受邀与上海教育出版社老编审陆萼庭先生合作为香港商务印书馆、香港教育图书公司编写中学高年级用《中国文学教材》及参考资料各四册（撰写一、二册），出版后长期成为当时香港同一教材中使用率最高者。1997 年，他主持编撰的《二千年前的哲言》被列为上海市中学思想教育课程教材。除了唐诗选本外，他还撰有《孟子——匡时的真言》（香港中华书局 1996 年版）、《美文精读与写作（中国古代卷）》（上海古籍出版社 1999 年版）等。后者精选中国古代美文 25 篇，按内容体裁分为写景记游、写人记事、论说辩难、杂文随笔、抒情言志五辑，每篇美文均有引言、解读要领、谈美初阶、作文启示五个板块。可见他的关注所在。

2002 年出版的由他策划的《新世纪古典文学经典读本》丛书，就是对上海古籍出版社出版普及读物的传统的继承和发展。这套丛书将《中国古典文学基本知识丛书》中的作家评传与《中国古典文学作品选读》的作品注析这两种方式融为一体。他自己撰写了《李白诗选评》（上海古籍出版社 2002 年版）一书示范。他在《编者的话》中这样写道：

《冈村繁全集》出版座谈会合影，2002 年
左三，钱谷融；左四，王元化；左五、左六，冈村繁夫妇；右四，徐中玉；右三，朱维铮；右二，章培恒；右一，赵昌平；后排右六，高克勤

这套丛书继承发扬了上海古籍出版社四十六年来出版普及读物的优良传统，也集结了多方面的正反经验：名家撰作，深入浅出，知识性与可读性并重，固然是其基本特点；而文化传统与现代特色的结合，更是她新的关注。学界近半个世纪以来新的研究成果，从中获得适应新时代读者欣赏习惯的浅切化与社会化的表述；反俗为雅，于易读易懂之中透现出一种高雅的情韵，是其标格所在。

对于出版社尤其是古籍专业出版社来说，出版唐诗宋词、“四大名著”等经典作品的图书是大家不约而同甚至是趋之若鹜的事，但高下就在于如何与时俱进地适应时代和读者的需求，做到“人无我有”、“人有我优”。如果说，上述将经典作品加以浅切化、通俗化传播的选本、图文本等“新瓶装陈酿”的做法还不足以显示出编辑匠心的话；那么，借鉴或利用旧有的品牌和定型的形式，注入全新的适合时人阅读的内容这种“旧瓶装新酒”的做法就更体现出编辑策划的创新点了。1997 年，赵昌平与时任社长李国章共同创意主编的《二十五史新编》（15 册）可以说是“旧瓶装新酒”的范例。这套丛书用读者耳熟能详的“二十五史”的旧名，但在具体书目上有所变化，请当代在相关方面有精深研究的学者在旧史的基础上写新的断代史，内容上以读者欢迎的“传记”为主，辅以反映历史梗概的“纪事”、表现政治制度等的“志”和记载王朝帝系传承的“表”，多角度、多层次、经纬交织地建构中国五千年的历史，既汲取了旧史的精华，又注入了现代史学研究尤其是考古发现的新成果。这套丛书出版后，果然很受读者欢迎，并荣获中国图书奖。香港中华书局通过版权贸易几乎同步推出了全书的中文繁体字版，至今畅销不衰。类似《二十五史新编》这样的案例，在上海古籍出版社还可找出不少。

近二十多年来，赵昌平的出版理念和实践不仅影响着上海古籍出版社的编辑出版，而且影响还波及上海出版界和全国古籍整理出版界。书比人长寿。他为中国当代的出版尤其是古籍整理出版做出的贡献，将永远为同人所铭记。

载《文汇报》2018 年 7 月 13 日

第二辑　编书记

题签之疑引出的故事

——沈燮元《屠绅年谱》出版始末

九十五岁的著名版本目录学家、南京图书馆退休研究馆员沈燮元先生，1958年在上海的古典文学出版社出版了他早年就读无锡国学专修学校时开始编撰的处女作《屠绅年谱》。

沈燮元在接受南京师范大学王锷教授采访时谈到《屠绅年谱》的编撰："作《屠绅年谱》时，当时我很年轻，还在学校里读书，喜欢戏曲小说。鲁迅《中国小说史略》一书中就讲到了屠绅。"同时他看到梁启超的《中国历史研究法》提出，作年谱有两种人最难作，一种是功业大的、事情多的难作，一种是材料少的也难作。他说："屠绅是属于材料少的。我之所以作他的年谱，一个是因为比较喜欢戏曲小说，另一个原因，就是因为他材料少，我就偏偏要去试试。"完成后，"1957年，因工作调动，我到了南京，上海古典文学出版社胡道静先生来组稿，我就把《屠绅年谱》交给了他。”“这本书的题签，还是请吴湖帆先生写的，瘦金体，很美。可惜当时把写有题签的一页宣纸拿到出版社去了，没留下来做个纪念。”（见王锷主编《允也君子》，凤凰出版社 2017 年版）

友人安迪喜书法，熟悉近现代书家风格，他觉得《屠绅年谱》的题签不像沈先生说的是吴湖帆写的瘦金体，而像沈尹默写的，遂撰文质疑（《题签故事》，《深圳商报》2018 年 3 月 20 日），并让我找一下档案求证。因为 1956 年成立的古典文学出版社是我供职的上海古籍出版社的前身，所以《屠绅年谱》的书稿档案完整地保存在社里。其中有沈燮元当时致古典文学出版社的一封信（1957 年 11 月 13 日收文号：01594）：

古典文学出版社编辑部负责同志：

拙作《屠绅年谱》已完成，今奉上，请查收。

自维学殖荒落，故质量甚低，句读可能亦有错误，祈不吝指正。另有序文一篇及屠绅小像一帧（因照相尚未印就），当在本星期内另行寄奉。

吴湖帆先生题签一纸，封面上不必印“吴倩题”字样，扉页可照印（式样依你社出版之《元次山年谱》即可）。如书出版时请你社惠赠数册，以便分赠友人。毋任感祷，专此即请

撰安

沈燮元　十一月十二日

沈信中明确《屠绅年谱》题签为吴湖帆所写。可惜档案中只留存供制版的“屠绅年谱”四字，“吴倩题”三字已不存。

查了档案，我对《屠绅年谱》的编辑出版经过产生了兴趣。通过档案发现，在《屠绅年谱》这样一本小书的编辑出版过程中，有那么多现在被公认的名家参与其中，觉得有披露出来的必要，一是为了纪念前辈的劳绩，二是给后来者留下垂范的实例。

一

屠绅在历史上算不上名人，只是因为写了一部文言小说《蟫史》得到了鲁迅的评价而为后人注目。屠绅（1744—1801），字贤书，一字笏岩，别署黍余裔孙、磊砢山人、竹勿山石道人，江苏江阴人。乾隆二十八年（1763）进士。历官云南师宗县知县、寻甸州知州、广州通判。著有《蟫史》等。《蟫史》叙官军镇压少数民族起义事，称不上是一本名著，只是在小说史上独具一格而已。鲁迅《中国小说史略》第二十五篇《清之以小说见才学者》曰：

“欲于小说见其才藻之美者，则有屠绅《蟫史》二十卷。”又评曰：“《蟫史》神态，仿佛甚奇，然探其本根，则实未离于神魔小说；其缀以亵语，固由作者禀性，而一面亦尚承明代‘世情书’之流风。特缘勉造硬语，力拟古书，成诘屈之文，遂得掩凡近之意。……虽华艳而乏天趣，徒奇崛而无深意也。《蟫史》亦然，惟以其文体为他人所未试，足称独步而已。”

《屠绅年谱》是一本名副其实的小书。32 开，平装，全书共 58 页，1 又 7/8 印张，字数 33000，其中屠绅像和序各 1 页，年谱正文 24 页 14000 字；附录两种：屠笏岩先生诗文辑存、屠笏岩先生轶事，共 32 页 19000 字。印数 1800 册，定价 0.20 元。作者沈燮元当时也不是名人，仅是一位三十出头的好学的图书馆研究人员。但是，这样一位年轻作者的这样一本小书竟然为古典文学出版社接受出版，而且参与这本小书编辑出版工作的都是年长于沈燮元的学者型编辑，其中不少当时已经成名，由此可见古典文学出版社的出版旨趣和编辑风格。

这里，有必要简单介绍一下古典文学出版社。这家社是时任新文艺出版社社长李俊民于 1956 年 11 月在新文艺出版社中国古典文学编辑组的基础上成立的。李俊民（1905—1993），江苏南通人，是一个富于传奇色彩的人物。他 1925 年加入中国共产党。大革命失败后从事教学、创作和学术研究。“七七事变”后回乡从事抗日救亡工作，曾任联合抗日部队副司令。新中国成立后，曾任江苏省文化局局长等职。1953 年 10 月到上海任新文艺出版社社长。1954 年，中华书局和商务印书馆迁往北京，上海没有一家专业出版古籍的出版社，出于对中国古典文学的热爱，李俊民成立了古典文学出版社，他任社长兼总编辑。社里编辑除了原先编辑组的钱伯城、王勉等外， 李俊民还调来了老出版家汪原放、胡道静等，以及时任苏北师范专科学校（扬州师范学院前身）历史科主任刘拜山等。编辑部虽然只有十几位编辑，但都是才学之士，一时人才济济，李俊民“常戏称他主张‘人材内阁’，私下不无得意地说：我们这个班子办一个大学中文系是胜任的”（何满子《悼胡道静并琐忆往事》,《新民晚报》2003 年 12 月 22 日）。这样的一个出版社有这样的一批编辑，接受出版沈燮元的这样一本小书就不足怪了。

二

《屠绅年谱》是胡道静组稿的。胡道静（1913—2003）是著名的科技史学家、古文献学家，当时已经出版了他的力作《梦溪笔谈校证》。档案中保存的第一封信 [1957 年 6 月 24 日，发文编号：编务（57）字第 545 号]，就是胡道静拟文，寄南京颐和路二号南京图书馆沈燮元的，信中说：“前月我社由胡道静同志前来奉访时，了解到您对于明代著

《屠绅年谱》书影

述目录，计划制成一个完备的总目，我们觉得这个工作，对于学术界很有贡献，希望您这一著述完成时，能够交给我社出版。并且希望您在工作中经常与我社联系。又，尊著《屠绅年谱》我社敬表欢迎，脱稿后盼即惠寄为荷。”

档案中保存的沈燮元的复信（1957 年 10 月 16 日，收文号：01328，原件无断句）：

道静兄：

久未函候，时以为念。前谈拙作《屠绅年谱》已修改完成，目前正在誊录，不日可寄上指正。现有插图数页，系弟历年苦心搜集而得，未悉能随文一并刊出否？（共三页）

一、屠绅小像　二、《蟫史》原刻本书影　三、《琐蛣杂记》书影。

此三种书籍翻刻本甚多而原刊百不一见，仅见刘翰怡及吴瞿安先生各藏一种而已，其罕见可想。今所摄取者，即吴梅先生藏本。弟之意见，希望以铜板及铜版纸印出，未悉能如愿否？请与编辑部诸同志洽商后赐示，俾便与文字一并寄上。又，“古典文学研究汇刊”第二期何日出版，亦祈示知。专此即请

撰安

弟沈燮元上　八.十四

彦通先生附笔代候

信中所提“彦通先生”为陈寅恪的弟弟陈方恪（1891—1966），字彦通，当时在南京图书馆工作，与沈燮元来往颇多（参见潘益民、潘蕤《陈方恪年谱》，江西人民出版社 2007 年版）。

1957 年 10 月 21 日，胡道静拟文，寄沈燮元（发文编号编务〔57〕字第 1090 号），信中说：“获悉尊著《屠绅年谱》已完稿，甚为欣慰。插图三页，可以铜版精印。‘古典文学研究汇刊’第二辑短期内恐尚不能付刊。我们希望尊著能稍增附录，当提前单行出版。如何之处，尚请斟酌是幸。”

从以上两信看，《屠绅年谱》最初拟作为专文刊于《古典文学研究汇刊》第二辑，因“第二辑短期内恐尚不能付刊”，所以胡道静建议“尊著能稍增附录，当提前单行出版”。

沈燮元不久复信（1957 年 11 月 27 日收文号：01696，原件无断句）：

古典文学出版社编辑部：

今寄上拙作《屠绅年谱》序一篇及屠绅像一帧，祈请检收。有何意见，请随时赐示为感。专此即请

撰安

沈燮元上　十一.廿六

插图另请加印数字，式样具别纸。

书稿到后，由汪原放初审。汪原放（1897—1980）是用新式标点和分段对中国古典小说进行整理的首创者，对中国古典小说有广泛深入的研究。1957 年 11 月 14 日古典文学出版社来稿处理单（编号：536）上汪原放的意见认为："此稿，可以接受出版，但仍需寄回，请编者略加修饰。"在列举了几处句读错误后，总结道："这本年谱，对《蟫史》的读者是大有帮助的，故主张接受出版。《蟫史》全书共廿卷，是我们社里应该整理的一部旧小说。"胡道静的二审意见认为："谱主屠绅是清代的通俗文学作家，以所著小说《蟫史》闻名。他的诗文著作散逸，行谊亦甚晦。本谱作者博搜屠氏同代人的诗文集及笔记记载，录其事迹，编年排比，又辑录他的逸诗遗文附后，对于研究清代通俗文学史者为一可贵的参考资料。"意见中也列举了几处需修改的地方。

编辑部主任意见：

本稿年谱部分才一万字，附录约一万六七千字，全稿字数稍嫌短少，惟屠绅生平知者不多，所著《蟫史》在小说史中地位颇为重要，因此是书刊行对于小说史研究和重新定位《蟫史》价值俱有作用，年谱写法亦颇诚实谨严，拟予接受出版。

署名“勉”，当为王勉，时间1月3日。王勉（1916—2014），毕业于清华大学社会学系，对明清文学有深入研究，晚年常用笔名鲲西，著有《吴伟业》《三月书窗》《清华园感旧录》等。这可能是王勉在当时签署的最后一份意见，不久他与钱伯城等被打成“右派分子”，直到二十年后才被改正，重回编辑队伍。

总编辑意见栏有一署名“城”，当为钱伯城。钱伯城，1922年生，著名的出版家、学者，对明清文学也有深入研究，撰有《袁宏道集笺校》等。钱伯城、王勉当时均为编辑部秘书，总编辑为李俊民，未设副总编辑。

总编辑意见栏有吕贞白意见：

《屠绅年谱》是南京图书馆工作人员沈燮元著的。屠绅是清代通俗文学家，所著的《蟫史》在鲁迅先生《中国小说史略》中提到。屠绅的作品不多，事迹也不多，谱中所辑录的不过是屠同时的洪北江、赵怀玉等诗酒往还的资料。由于事迹不多，虽然作者费了不少劳动来搜辑，所得亦不过于此。

第一审汪原放认为可用，第二审胡道静亦认为可用。因此编辑部门拟予出版。经与刘拜山检查，以为这部稿子，系属资料性的，尚平稳。拟即同意编辑部意见，予以接受出版。

署名“贞白”，时间1月13日。吕贞白（1907—1984），当时为古典文学出版社秘书，长于版本目录之学，著有《淮南子斠补》《吕氏春秋斠补》等。意见中提到的刘拜山（1909—1965），当时任古典文学出版社编审，长于文史，与富寿荪合撰有《千首唐人绝句》。

后附“向平”署名，当为时任古典文学出版社副社长陈向平，时间1月15日。陈向平（1909—1974），是1938年加入中国共产党的老报人，著有散文集《春天在雪里》。他抗战时主编《东南日报》（金华版）的《笔垒》副刊，除了团结一批进步文人外，还发现培养了一些青年人才，刊发了日后以金庸名世的查良镛的第一篇文章，被金庸认为是自己办报、从事写作的第一位启蒙老师。

此单备注：“已于1958年1月18日发稿，文归档。”《屠绅年谱》的发稿单日期为1958年1月18日，编务科科长袁冰签字。

胡道静于1958年1月17日拟文，寄沈夔元，告诉他《屠绅年谱》已准备付排，并请处理稿中的问题。

沈夔元于1958年1月23日回信（收文号：00169，原件无断句）：

古典文学出版社编辑部负责同志：

一月二十一日来函收到，嘱示将拙作《屠绅年谱》序文中会稽周豫才先生《中国小说史略》云云改为鲁迅先生

《中国小说史略》，完全同意。至屠氏诗文辑存内之《送蒋晓村别驾还河南》诗序下缺出处事，系誊写时匆促而遗漏，俟校样寄来时填入。另附奉你社所发之著者情况表一式二份，请查收。以后并盼加强联系。专此奉覆。顺颂

撰安

沈夒元上　一月廿三日

沈夒元于1958年1月28日又来一信（收文号：00195，原件无断句）：

古典文学出版社编辑部负责同志：

日前曾上一函，谅已收到。拙稿《屠绅年谱》有题字一纸，已于去年十一月随同稿件一并寄上，内有吴倩题耑字样。请你社在铸版时，此数字不铸，仅“屠绅年谱”四字即可。专此即请

撰安

沈夒元上　一月廿八日

此后两个月间，古典文学出版社与沈夒元就《屠绅年谱》校样等问题又有四次书信往还。

1958年4月8日古典文学出版社编务（58）字第534号致信沈夒元，告知拟定《屠绅年谱》稿酬：序及年谱每千字10元，附录每千字4元，“如荷同意，即请示复，以便订立出版合同”。沈夒元于1958年4月12日回信（收

1958年1月30日 195 019 20

古典文學出版社編輯部負責同志：

日前曾上一箋諒已收到[illegible]

拙箸屠紳年譜有題字

一紙已於去年十一月隨同拙作一併寄上，內有

吳倩題耑字樣，請貴社在鑄版時山妻字不

鑄進屠紳年譜之字[illegible]請

撰安

沈燮元上 一月廿八日

沈燮元先生1958年1月28日来信

文号：00670，原件无断句）：

古典文学出版社编辑部负责同志：

编务（58）第五三四号来函收到，同意你社所拟定的稿酬。出版合同请仍寄颐和路二号。稿酬因近日时有不定期义务劳动及会议等，请寄南京牯岭路二十六号陈方恪同志转本人收（汇票请仍写本人姓名以便领款）。奉复顺请

撰安

沈燮元上　四月十二日

古典文学出版社与沈燮元于4月签订了《屠绅年谱》出版合同（古字第60号），同月《屠绅年谱》出版。《屠绅年谱》的版权页上印有“内容提要”：

屠绅是清代乾、嘉年间的通俗文学作家之一，他所著的《蟫史》，在古典小说中有一定的地位，鲁迅先生曾在《中国小说史略》中做了专章的论述。屠氏的生平事迹，也和历史上其他的通俗文学作家们一样，很少材料可得。本谱作者博搜乾、嘉时代的文献，使屠氏一生经历，能有一个明显的轮廓可供稽考。又搜辑散见各处的屠氏诗文，附载于后。对于研究我国俗文史者是一种有用的资料。

三

《屠绅年谱》出版后不久，1958年6月1日，经上海市出版局批准，在国务院古籍整理出版规划小组统一规划下，古典文学出版社与中华书局上海办事处合并成立中华书局上海编辑所，习称“中华上编”。当时年近七十的金兆梓（1889—1975）以中华书局副总编辑的身份任主任，李俊民、陈向平、戚铭渠任副主任。中华上编受上海市出版局和中华书局总公司双重领导，但所属单位不同，中华上编是受上海市出版局领导的地方出版社，中华书局是受文化部直接领导的出版社；中华上编与中华书局在人事和经济方面各自独立，而在编辑出版业务上接受总公司的领导，两家共用一个社名，但中华上编出版的图书在版权页上则注明“中华书局上海编辑所编辑”。

1958年5月9日（原古典收文58年5.14/877），陈向平接到了中华书局总经理金灿然的来信：

向平同志：

《屠绅年谱》的样书看到了。假如要为屠绅这样的人出版年谱，那么，要出版年谱的人就太多了。这儿显然已看不出我们的出版方针。这部年谱在内容上也是很贫乏的。建议结合你们的运动发展情况，对这一部书的出版问题作一检查。

又，曾次亮同志唐诗选目请寄还。

金灿然 9/5

金灿然（1913—1972）曾经是李俊民三十年代初在山东济南教过的学生。陈向平当时具体负责编辑工作。中华上编在这封信上有署名“贞白”和批语“存档 19/7”，当为吕贞白所书。

金兆梓到任后，指出中华上编（实际是古典文学出版社）存在着一些问题，如出书品种单一，偏重在古典文学方面；出书方向不明确，主次不分明等，需要整改（参见李志茗《一波三折：金兆梓的出版生涯》，《春华秋实六十载》，上海古籍出版社，2016 年）。应该是与金灿然的意见一致吧。

为了写这篇文章，我写信征求了沈燮元先生的意见，沈老对公布有关信函表示同意，并谦虚地说：“唯此书系余少作，今日视之，不胜汗颜。”

载《掌故》第 5 集，中华书局，2019 年

半个多世纪打造的精品

——《中国古典文学丛书》

《中国古典文学丛书》是上海古籍出版社历时最长、学术含量最高、最能体现本社精品图书特色的一套大型丛书，也是体现新中国古籍整理出版成就的一个标志性项目。2013 年，在国家新闻出版广电总局、全国古籍整理出版规划领导小组向全国推荐的首届优秀古籍整理图书目录中，这套丛书有 75 个品种入选，成为入选子目最多的一套丛书，获得了学术界的高度肯定。

这套丛书中的每一种各有自己的特点，又有共同的特点，而这些共同的特点主要来自出版社及其编辑的创意策划、组稿加工，主要表现为选目的制定、稿件的组约亦即整理者的选择，以及编辑的加工。

一、选目：全而见精

上海古籍出版社向以古典文学典籍的整理出版为重点，经过半个多世纪以来的辛勤耕耘，已成为海内外古典文学典籍出版的重镇。早在上世纪50年代，上海古籍出版社的前身——1956年成立的古典文学出版社和其后组建的中华书局上海编辑所，就出版了不少经过整理的古典文学典籍，其中有钱仲联增补集说校勘的《鲍参军集注》、马其昶校注的《韩昌黎文集校注》、钱仲联系年集释的《韩昌黎诗系年集释》、萧涤非整理的《皮子文薮》、邓广铭编年笺注的《稼轩词编年笺注》、夏承焘笺校的《姜白石词编年笺校》、王佩诤校点的《龚自珍全集》等。这些集子的原作者都是中国古代著名的文学家，其作品流传不衰，堪称中国古典文学的名作；这些集子的整理者又均为当代造诣深厚的学者，其整理方式严谨细致，堪称古籍整理的典范。这种原作及其整理者、整理方式的选择，为日后上海古籍出版社形成自己的出版特色奠定了扎实的基础。

1978年恢复建制的上海古籍出版社成立伊始，就由第一编辑室（文学室）担纲，推出了《中国古典文学丛书》，其编辑说明指出：

我们编辑出版这套《中国古典文学丛书》，就是为了给一般研究工作者、大中学校教师及有关文化工作者提供一套比较系统的中国古典文学基本资料，以便读者分析研究，作为发展和繁荣社会主义新文化的借鉴和参考。

《中国古典文学丛书》将有选择地出版我国先秦以来较有代表性的优秀文学作品，其中以诗文别集为主；少数著名的总集及影响较大的戏曲、小说也酌量收入。

《中国古典文学丛书》根据不同情况分别采用前人旧注或集注本，一般均作必要的校勘并加新式标点；有些品种也将采用今人新注的形式。

据此，上海古籍出版社拟定了一个含200个品种的丛书书目，几乎网罗了文学史上所有有影响的作家作品。后来，依据对这个书目中各种文集的版本、整理现状的调查，以及开始组约稿件、选择整理者工作以来的进展情况，为集中精力、突出重点，便于工作的有序推进，又将书目调整压缩为尤其重要的100种，并开展了广泛的组稿和编辑、出版工作。值此春回大地、百废待兴之机，上海古籍出版社首先重印或修订重版了“文革”前十年古典文学出版社和中华书局上海编辑所出版的近10种古典文学典籍整理本，并将其纳入丛书之中；随后出版了朱东润编年校注的《梅尧臣集编年校注》、钱伯城笺校的《袁宏道集笺校》等一批老学者从事多年的整理著作；之后的二十来年间，基本上以每年出版2—4种的速度，不断推出丛书的新品种。2009年夏上海书展期间，丛书出齐100种（其中部分为原计划100种中没有的品种）。上海古籍出版社召开“《中国古典文学丛书》100种出版座谈会”，听取专家学者的意见，邀请他们为丛书的后续出版出谋划策，决定丛书扩容。扩容的标准和策略是：一是填补空白，尽快重新组约原列入100种之内，后来因种种原因延搁的在文学史上有重大影响的作家作品，如洪本健校笺的《欧阳修诗文集校笺》、高克勤点校的《王荆公诗笺注》、陈振鹏标点并由李学颖校补的《陈维崧集》等；二是丛书已有原作，后起学人新整理者也予收入，如龚斌校释的《世说新语校释》；三是依据学术研究深入发展的态势，将原来未列入丛书百种而单行出版的重要作家作品的不同的有影响的注释本也予收入，而不仅限一种，这一工作，在此前已有所推进，如杜甫诗原已收入清人杨伦笺注的《杜诗镜铨》为百种之一，扩容后又收入了林继中辑校的《杜诗赵次公先后解辑校》（修订本）、清人钱谦益笺注的《钱注杜诗》，即将出版的当代学者谢思炜新校注的《杜甫集校注》也将列入其中；四是与“三”同样理由，将以前出版的一些未收入丛书而整理质量不错的文集整理本也纳入丛书，如项楚校注的《王梵志诗校注》（增订本），蒋寅校注的《戴叔伦诗集校注》，严寿澂、黄明、赵昌平笺注的《郑谷诗集笺注》，沈文绰校点的《王令集》，钱伯城校点的《白苏斋类集》和《珂雪斋集》等。尤其是词集，在新增的品种中占了很大的比重。丛书出版的前100种中仅有4种词集。上世纪80年代，上海古籍出版社曾出版《宋词别集丛刊》十余种，偏于中小词家，影响相对不大。为了集约品牌，打造精品，《宋词别集丛刊》中的不少品种经过修订，纳入了《中国古典文学丛书》，如马兴荣等的《山谷词校注》、徐培均的《淮海居士长短句笺注》、邓子勉的《樵歌校注》、曹济平的《芦川词笺注》等；同时更增补了一些名家整理的重要词集，如龙榆生的《东坡乐府笺》、罗忼烈的《清真集笺注》、钱仲联的《后村词笺注》等。截至2014年底，丛书已出版了129种。估计再花5—10年的时间，丛书的规模可扩大至150种。丛书可预期的目标还是达到200种。这次调整起到了一箭双雕的作用，既适时应变，使已成为本社第一品牌的丛书发挥持续效应，又整合了本社有关的分散资源，使之在丛书的品牌效应下产生更大的双效益。

这套丛书从选目上来说，全面见精，勾勒了中国文学史的发展概貌。丛书已出版的129种，以朝代论，大致为唐前15种，唐五代33种，宋29种，元2种，明17种，清33种。本世纪初，上海古籍出版社又启动了《中国近代文学丛书》的编辑出版，作为《中国古典文学丛书》的姐妹篇，以构成更全面的文学别集统系，这可称是又一形式的扩容。截至2014年底已出版了23种，其中多为晚清作家。合而计之，上海古籍出版社整理清代作家作品的数量是最多的，这也与清代作家作品的存世量最多相一致。因此，唐前和元明时期的作家作品应该是今后增入这套丛书选目的重点。以文体论，总集 4 种，文论 2 种，笔记、小说 3 种，戏曲 5 种，词集 17 种，余均为诗文别集，其中文论、笔记、小说和戏曲较少。这是因为选目的重点是放在诗文别集方面，且白话小说的经典《三国演义》《水浒传》《西游记》《红楼梦》等已有多种整理本；此外，上海古籍出版社自本世纪初又启动了《中国古代文学批评要籍丛书》的编辑出版，已出版了《沧浪诗话校笺》《原诗笺注》等多种，从而形成文学史资料与文论史资料交相辉映的格局，也因此，这套丛书中文论方面的选题不拟增加。再从整理方式来看，有标点、校点、笺校、笺注、校注、集注、集释等。其中笺校、笺注、集注、集释占三分之二，多为今人所撰，也有前人旧注。传世佳注尽量保留，仅作标点，如《文选》唐李善注、《王右丞集笺注》清赵殿成笺注、《杜诗镜铨》清杨伦笺注、《钱注杜诗》清钱谦益笺注、《三家评注李长吉歌诗》清王琦等三家评注、《樊川诗集注》清冯集梧注、《玉溪生诗集笺注》清冯浩笺注、《温飞卿诗集笺注》清曾益等笺注、《苏轼诗集合注》清冯应榴辑注、《山谷诗集注》宋任渊等注。宋以前的诗文集前人无注或简注者，多请当代古典文学名家和史家予以笺注或集注。

二、整理者：专家专业

既然丛书中的每一种作品都可以称得上是中国文学的传世经典，那么整理的目的就在于发掘其价值、彰显其特色，体现当代学者的学术认知高度，为当代读者提供可靠的参助。因此，对整理者的选择非常重要，整理者学术水平的高下直接决定着整理本质量的高下。上海古籍出版社在选择这套丛书的整理者时，首先把目光投向专业研究者，尤其是这个专业中的领军人物甚至是大师级的学者。凭着上海古籍出版社的良好声誉，以及编辑的专业水准和人脉，组约稿件往往能如其所愿。如这套丛书中高亨的《诗经今注》、汤炳正的《楚辞今注》、余嘉锡的《世说新语笺疏》（修订本）、詹锳的《文心雕龙义证》、瞿蜕园的《刘禹锡集笺证》、瞿蜕园和朱金城的《李白集校注》、朱金城的《白居易集笺校》、朱东润的《梅尧臣集编年校注》、邓广铭的《稼轩词编年笺注》（增订本）、夏承焘的《姜白石词编年笺校》、钱伯城的《袁宏道集笺校》、王蘧常的《顾亭林诗集汇注》等。值得一提的是瞿蜕园的《刘禹锡集笺证》的出版。经历“文革”劫火，此书原稿一度不知下落，后来在整理旧档时，发现了此稿的主体部分，一度拟以旧稿与遗佚部分的白文合成一书，然而，总觉遗憾。编辑室遂重新翻检，终于在故纸堆中发现了遗佚部分的初稿，使这部佳作基本上得成全稿。大师和领军人物的这些古籍整理著作都反映了他们的治学成果，有的凝聚了他们毕生的心血，代表了一个时期研究的最高水平，也因此获得了学术界和读者的好评。如：钱仲联先生的《剑南诗稿校注》获 1988 年全国优秀图书一等奖；詹锳先生的《文心雕龙义证》获 1994 年首届国家图书奖提名奖和 1991 年首届全国古籍整理优秀图书一等奖；瞿蜕园先生的《刘禹锡集笺证》、曹融南的《谢宣城集校注》和邵海清校、李梦生笺的《忠雅堂集校笺》分获 1991 年首届、1992 年第二届、1994 年第三届全国古籍整理优秀图书一等奖。除了这些大师名家外，整理者中也有不少是学有专长的中青年学者，如《诗品集注》的整理者曹旭、《杜诗赵次公先后解辑校》的整理者林继中，他们从事整理工作是以其博士论文为基础的，可以追溯到将近三十年前他们初读博士研究生时。而今，他们也年近古稀，分别成为海内外著名的《诗品》和杜诗研究专家。

在这套丛书的整理者中，钱仲联先生（1908—2003）是与上海古籍出版社合作时间最久、著述最繁富的一位。在近半个世纪中，钱老在上海古籍出版社出版了十余种著作，收入这套丛书的就有《鲍参军集注》《韩昌黎诗系年集释》（全二册）、《剑南诗稿校注》（全八册）、《后村词笺注》《牧斋初学集》（全三册）、《牧斋有学集》（全三册）、《牧斋杂著》（全二册，与前两种又合为《钱牧斋全集》）、《人境庐诗草笺注》（全三册）等，达千余万字。钱先生从

梦茗庵访钱仲联先生（2003 年 8 月 26 日）

青年时代开始从事古典文学研究，在长达七十余年的治学生涯中，以学问广博、勤于著述而享誉学界。他的《人境庐诗草笺注》1936 年由上海商务印书馆刊行。新中国成立后分别于 1957 年、1981 年由古典文学出版社、上海古籍出版社新版。他的最后一部古籍整理著作《牧斋杂著》收入《钱牧斋全集》，于 2003 年 9 月在他逝世前不久出版。记得书出版后，我与编辑室同仁到苏州大学他的寓所梦苕庵看望他，商谈续订版权事宜，当时的情形还历历在目。不久他就以 95 岁的高龄辞世。在古籍整理研究方面，以成果丰硕而论，大概只有比钱先生小四岁的王利器先生能与之媲美。

三、编辑：精心专业

这套丛书的出版，也凝聚了出版人的心血和智慧。上海古籍出版社本以拥有不少学者型编辑而闻名于业界。先后担任过这套丛书编辑的不少人，如陈振鹏、周劭、富寿荪、朱金城、李学颖、汪贤度、李国章、曹光甫、赵昌平、史良昭、李梦生等先生，本身就是学识渊博、长于古籍整理的资深编辑，有不少著述问世，并且也参与了这套丛书中一些品种的整理，其中有陈振鹏标点并由李学颖校补的《陈维崧集》、周劭标点的《敬业堂诗集》、富寿荪标校的《范石湖集》、朱金城笺校的《白居易集笺校》、李学颖集评标校的《吴梅村全集》、李学颖和曹光甫标点的《瓯北集》、汪贤度标点的《王子安集注》、李国章校点的《两当轩集》、李梦生标校的《揭傒斯全集》等，而《郑谷诗集笺注》，赵昌平为总其成者。此外，整理“三袁”诗文集的钱伯城、《沧溟先生集》的标校者包敬第、《王荆文公诗笺注》的点校者高克勤等也是上海古籍出版社资深编辑。这些编辑由于本身就是古典文学研究者出身，又长期从事古籍整理稿的审读，熟悉古籍整理规范，所以他们整理古籍往往有驾轻就熟的感觉，他们整理的书稿也中规中矩。由于他们有古籍整理的丰富经验，所以在审稿过程中，本着敬业和奉献的精神，凭借自己渊博的学识，能够发现来稿中存在的问题或不够完善之处，并对来稿进行大量补证，甚至做了大量计在整理者名下的校注工作。尤其值得一提的是陈振鹏先生，他责编《稼轩词编年笺注》一书的工作，得到了作者邓广铭先生的高度肯定。《稼轩词编年笺注》一书凝聚了邓广铭先生毕生的心血。在半个世纪中，此书多次修订，直至1993年由上海古籍出版社出了增订三版，增订本字数逾60万字，篇幅比初版增加了一倍以上。增补部分就包含了编辑陈振鹏先生的成果。从1985年接到邓先生的增补本来稿，到1993年出版，编辑出版工作达八年之久。陈振鹏先生为此做了大量的工作。正如邓先生在题记中所说：“陈先生对于这本《稼轩词编年笺注》的审查工作，严肃认真，一丝不苟。他签贴了数以百计的意见，将全稿寄回，要我参照修改。我翻读之后，觉得他的意见无不确切谛当；他对于原笺原注中的错误，都能指点得切中要害；他所建议添换的新的笺注，也都使本书在质量上得到很大提高。”邓先生在题记中还列举了陈先生的一些珍贵意见。这篇题记充分表现出邓先生这位著名学者虚怀若谷的治学态度和对编辑工作的充分尊重。经陈振鹏先生审阅的书稿还有钱仲联的《剑南诗稿校注》、项楚校注的《王梵志诗校注》等，同样，钱仲联、项楚也在书中向陈振鹏先生表示了感谢。像这样作者和编辑相互切磋，使著作质量得到明显提高的例子，在这套丛书中是不鲜见的，如李学颖先生也是如此。她为钱仲联的《后村词笺注》补漏增完，纠正错注近百条，深得钱仲联的推许，钱先生称赞她是“当代照圆”。她也曾审阅王蘧常的《顾亭林诗集汇注》，王蘧常先生评价她“商榷体例，复审资料，莫不心细如发，目利于刃，真编辑中之巨匠也”。

正是因为有像邓广铭先生这样的治学严谨的学者的参与，有像陈振鹏先生、李学颖先生这样的认真负责的编辑的把关，有上海古籍出版社这样的以弘扬中华优秀文化为己任、始终担起出版人责任的出版社的坚持，才有《中国古典文学丛书》这样持续半个多世纪的精品的出现。

最后必须提到的是，这套丛书的编纂，对上古社古籍整理的学术规范、队伍建设与经济效益起到了重要作用。丛书的凡例，在实践中屡经修订，而成为本社嗣后众多图书体例的范本。编辑中，坚持签条制度，后审指出前审问题，用签条指导查证修改，从而以老带新，使一编室的队伍光景常新。赵昌平同志曾感叹道："我从陈振鹏、李学颖老师那里学到的知识，是在北大、华师大学不到的。"丛书更以其驰誉境内外的品牌效应，保持了很高的重版率，至今还是本社重版书的主要渊薮。

载《经典策划 119》，华东师范大学出版社，2016 年

传承与开拓
——略谈《中华要籍集释丛书》

作为中国大陆两家最具影响的古籍专业出版社的中华书局和上海古籍出版社，在出版古籍整理、传统文化研究和普及图书方面有一致的地方，但在具体的图书选题方面曾经也有比较明显的区别，这是由两家的历史渊源所决定的。上海古籍出版社的前身是1956年成立的古典文学出版社和1958年由古典文学出版社与中华书局上海办事处合并成立的中华书局上海编辑所，按照当时的分工，中华书局上海编辑所的选题以古典文学为主，而中华书局则以历史、哲学为主。中华书局上海编辑所在整理出版古典文学典籍的同时，也整理出版了一些古代哲学典籍和普及读物，如陈奇猷的《韩非子集释》《韩非子集释补》，王焕镳的《韩非子选》，蒋祖怡的《论衡选》，王利器的《盐铁论校注》，侯外庐、李学勤校注的《东西均》等。1978年，上海古籍出版社易名并独立建制后，图书选题的范围有了大规模的拓展，古代哲学典籍及其研究、普及读物也成了选题的一个重要板块。

1978年后，上海古籍出版社首先影印出版了一批哲学典籍，如唐陆德明撰《经典释文》、清陈梦雷撰《周易浅述》《黄侃手批白文十三经》《诸子百家丛书》等；随后又着手整理出版了《朱子全书》《王阳明全集》《康有为全集》等一批大家著作，同时，也开始筹划系统地整理古代哲学典籍。当时，中华书局的《新编诸子集成》丛书已出版有十余种，其中相当一部分是清代学者校勘、注释子书的成果，如《论语集释》《庄子集释》等，为今人点校；也有一部分是当代学者新撰的成果，如朱谦之撰《老子校释》、高明撰《帛书老子校注》等，在学界已有广泛影响和好评。珠玉在前，是畏缩避让，是一味模仿，还是学习并进而超越？作为一家有追求的出版社，上海古籍出版社从不拾人牙慧，决定另起炉灶，走开拓创新之路。而恰在此时，时任上海市古籍整理出版规划小组组长的王元化先生（1920—2008）提议编辑出版一套《先秦诸子集释丛书》或《诸子集释集注丛书》。元化先生晚年提倡“有思想的学术”，推崇清代乾嘉学者严谨扎实、文必有据的学风，重视古籍整理著作的出版。经上海古籍出版社和特邀专家讨论后，认为这套丛书应与《新编诸子集成》丛书有区别，入选的图书不应局限在诸子著作，而应以中国传统文化典籍为主，包括哲学、历史、文学等各个学科；丛书各种均应选择精良的版本加以校勘，以汇集前人注释成果和体现当代学术水准为主，整理者应为在这个领域有精深研究的学者，且以当代学者为主；丛书各种应有大致统一的体例，但撰者在阐释和评注方面可有各自的特色，以体现不同的风格及整理者的学术成果。丛书定名为《中华要籍集释丛书》，由上海市古籍整理出版规划小组主持并资助出版。社里决定由我负责这套丛书的实施。为此，我与元化先生进行了多次沟通。我请元化先生出任这套丛书的主编，他坚决不同意。他对我说，我们这代人已经没有什么要求了，主要是为后人做些事。他提名由原上海古籍出版社总编辑、时任上海市古籍整理出版规划小组副组长的钱伯城先生任主编。元化先生尽管不挂名，但一直过问这套丛书的编辑出版进程，并多次推荐可以入选丛书的书目及其整理者，如推荐陈奇猷先生两种旧著《韩非子校注》《吕氏春秋校释》的修订本列入《中华要籍集释丛书》中予以出版。元化先生去世后，上海古籍出版社一本先生遗志，持续而又稳步地推进这套丛书的编辑出版工作。这套丛书的出版，还得到全国古籍整理出版规划领导小组的大力支持，丛书中的许多品种都得到了国家古籍整理出版专项经费资助。

由于丛书各种以校勘注释为主，这就对整理者提出了较高的要求，整理者不仅要对整理对象有精深的研究，而且要甘于寂寞，从事古籍整理这不求一时喧哗而能流传后世的事业。由于目前很多高校、科研机构偏重论文论著，古籍整理不被重视，不算学术成果，导致相当多年富力强的学者没时间或不愿意从事古籍整理工作。而老学者和已成名的中年学者相比之下不仅对校勘注释之学较为熟悉，而且已没有或已不看重所谓学术成果的考核，于是我们把组稿对象集中在老学者和已成名的中年学者；同时，我们尤为重视已故学者的遗稿。由于种种历史原因，有相当一些已故学者的古籍整理遗稿未能得到出版，如不及时整理出版，就会湮没。因此，我们尽可能地利用长期积累的作者和信息资源，寻找这些作者遗稿，视其为一项学术遗产的抢救工作。我们认为，从事古籍整理出版，要开拓选题，首先就要做好传承的工作；而这一工作的首要就是将已有的成果公之于世。

《中华要籍集释丛书》从2000年开始出版第一种《韩非子新校注》起，基本上年出一至两种，截至2013年年底，这套丛书已出十余种。其中张宗祥（1882—1965）的《论衡校注》、吴毓江（1898—1977）的《公孙龙子校释》、王焕镳（1900—1982）的《墨子集诂》、范祥雍（1913—1993）的《战国策笺证》等都是这些已故知名学者一生的治学结晶，具有很高的学术和文献价值，得到了学术界的肯定。张宗祥曾担任浙江图书馆馆长、西泠印社社长、浙江省文史研究馆副馆长等职，是古籍整理、版本目录学方面的一代宗师。《论衡》向无佳本，他搜罗自宋以来几乎所有刊本、校本，征引资料数百种，又予精注，抉隐发微，历六十余年于1959年始成《论衡校注》，又历五十余年由上海古籍出版社于2010年出版，成为《论衡》迄今之最善本。已故西南师范学院教授吴毓江以治墨学著名，其《墨子校注》（点校本）已列入中华书局《新编诸子集成》。这部《公孙龙子校释》依据二十余种版本校订《公孙龙子》原文，全面整理错简，力求恢复其本来面目，同时集前人之校释，并加以见解独到的按语，揭示《公孙龙子》的妙义真谛。已故杭州大学教授、浙江省文史研究馆馆长王焕镳的《墨子集诂》以晚清孙诒让《墨子间诂》为底本，选录《墨子间诂》刊行后近百年间学术界有关《墨子》校释的重要见解和发现，并从文字、声韵、义理、文例四方面进行考察，在订正错简、疏通文句、辨明篇章等方面有不少发明，成为《墨子间诂》后又一部集大成之作。自学成才的古籍整理专家范祥雍先生，学殖深厚、文史通贯，1953年以《古本竹书纪年辑校订补》一书蜚声学界，1956年由陈子展、胡厚宣、章巽三位教授联名推荐后经市高教局审核批准受聘于复旦大学中文系，后又被上海古籍出版社和中华书局聘为特约编辑。他花了近四十年精力陆续写成的《战国策笺证》，在古籍整理中融入了自己的学术判断，能做到无征不信、博观约取、敏而有断，因此得到业界的高度评价，获得首届中国出版政府奖图书提名奖。陈奇猷先生（1917—2006）

以毕生精力潜心研究《韩非子》《吕氏春秋》，其《韩非子校注》《吕氏春秋校释》两书修订本《韩非子新校注》《吕氏春秋新校释》较之初版本，不仅篇幅大增，而且注释更为精到，资料更为丰富，认识也趋深化。如他重读《韩非子集释》，发现其中最大错误是同意清人陈澧对韩非“仁、义、礼”之说的观点，即认为“韩非解仁、义、礼三字义则纯乎儒者之言，精邃无匹”，从而影响了对韩非思想的正确认识。他认为，韩非之思想确是如司马迁所说“归本于黄老”，是据老子“小国寡民”之理想社会引导出其法治之理想社会，借《老子》之文发挥其法治理论，执此韩非思想体系以注韩文，多数问题皆得迎刃而解。为此他对《韩非子集释》进行了重大修改。除了认识的深化之外，修改中主要吸收了《韩非子集释》出版后数十年间的不少新的研究成果，尤其是新出土的文物资料《老子》《黄帝四经》《马王堆帛书战国策》《包山竹简》等，对原版作了全面增补和修订，改正原版的疏误，增补篇幅多达原版的三分之一。

除了老学者和已故学者外，我们也关注一些学有专攻且从事过古籍整理的中年学者，邀请他们成为这套丛书的作者。例如，复旦大学哲学系教授李定生对文子有很深的研究，曾撰有《文子要诠》，1988 年由复旦大学出版社出版。但是，该书受体例限制，主要对《文子》思想作诠释，篇幅较简。我读过李先生在我担任责任编辑的《道家文化研究》丛刊上发表的关于《文子》的论文，得知他在完成《文子要诠》后对《文子》续有研究，就邀请他按照《中华要籍集释丛书》的体例要求，在《文子要诠》的基础上对《文子》一书作规范的整理。李先生除了参校各本《通玄真经》外，还以 1973 年河北定县 40 号汉墓出土的《文子》残简与今本《文子》校勘，详解文子有关论述，经过几年努力，完成了《文子校释》一书。长期以来，《文子》被认为是伪书，在中国哲学史上也没有文子这个哲学家。《文子校释》一书辨文子真伪，考文子事迹，阐述文子道论，恢复《文子》的本来面目，对研究《文子》的真伪及其哲学思想有重要价值。贵州民族学院王天海先生长期从事古籍整理，曾在贵州人民出版社出版过几种古籍今译著作。经复旦大学中文系王运熙教授的推荐，我们邀请他承接《荀子校释》的工作。王先生的《荀子校释》以《古逸丛书》影刊宋台州本为底本，校以宋、明十多种善本，博采历代学人包括日本学者的著作上百种，集各种异说于一书，还辑录荀子佚文，又广集历代有关荀子研究资料为本书附录，并列出引用参考书目文献二百余种，为研究荀子的学者提供了极大的方便。是书出版后，得到了业界的称赞。王天海后又受邀成为中华书局《新编诸子集成续编》的作者。

《中华要籍集释丛书》以集校集释为主，但并非仅是汇集前人注释成果，做总结归纳，而特别重视建立在新材料发现基础上的创新，重视学术上的推陈出新，体现当代学术水准。作为先秦要籍的《韩非子》，不仅仅集先秦法家的大成，影响始终不衰；而且是文学和语言宝库，极具研究价值，所以历代研究著作及名家辈出，即以《中华要籍集释丛书》而论，就有陈奇猷先生的《韩非子新校注》。上海财经大学人文学院教授张觉为复旦大学中文系古代汉语专业汉语史方向研究生毕业，从事《韩非子》研究近三十年，搜集了现存所有的《韩非子》善本，精心校勘，最大程度恢复了韩非子的原貌；又参考古今名家的研究注解，断以己意，清理和纠正前人的一些讹误，包括陈奇猷《韩非子新校注》的疏误，撰成《韩非子校疏》一书。是书篇幅远超前人，除正文校注外，还附录十种，包括韩非子佚文、本书韩非子原文所据文献及文字取舍略例、韩非子版本考述及其序跋题识辑录、韩非及韩非子研究资料辑录、陈奇猷《韩非子新校注》失误初揭、梁启雄《韩子浅解》伪校举证、本书多音字一览、韩非子人名族名索引、韩非子地名国名朝代名索引、本书提要注释采摭文献要目等。如果说陈奇猷先生的《韩非子新校注》代表了二十世纪《韩非子》基础研究的水准，那么张觉的《韩非子校疏》则显示出新世纪学者在《韩非子》基础研究方面努力的成果。

正因为有这样的追求、这样的努力，《中华要籍集释丛书》已经成为上海古籍出版社的品牌图书，赢得学术界和读者的肯定。假以时日，集腋成裘，《中华要籍集释丛书》必将蔚为大观，成为古籍整理的标志性成果。

载《古籍整理出版情况简报》2014 年第 11 期

创建不易，光大更难

——回顾“海外汉学丛书”出版历程

上世纪 80 年代后期起的十余年间，上海古籍出版社推出的“海外汉学丛书”翻译出版了世界各国汉学家著作二十余种。我曾担任这套丛书中十余种有关中国古典文学研究著作的编辑，值此丛书出版重启之时，回顾这套丛书的出版经过，对于编辑出版类似图书是有借鉴意义的。

近代以来，以研究中国文化为主要内容的“汉学”逐渐成为国际学术界一个特定名称。随着中国与世界联系的加强，国际上汉学研究者的队伍不断扩大，出现了一些具有重要影响、成果丰硕的汉学家和不少堪称学术经典的汉学研究著作。海外汉学家凭借他们的优势，运用不同的研究视角和研究方法，在著作中或提供了为中国学者不曾发现的新材料，或解决了中国学者尚未明确的学术疑案，从而促进了对中华文明的认识。然而，由于种种原因，长期以来海外汉学的研究成果不能及时为中国学者所了解。

改革开放以来，中外学术交流得到了恢复和发展。因此，上海古籍出版社也把翻译、出版海外汉学著作列为其出版重点。早在20世纪80年代初期，上海古籍出版社就出版了《海外红学论集》《金瓶梅西方论文集》等著作，并与科学出版社合作出版英国学者李约瑟主编的《中国科学技术史》，受到了学术界的欢迎和好评。于是，上海古籍出版社产生了编辑出版一套海外汉学丛书的想法，以集中展示海外汉学研究的成果。

当时，上海古籍出版社设六个编辑室，其中三个为文学编辑室，分别从事古籍整理、研究和普及图书的编辑出版，其他三个编辑室分别从事历史、哲学和工具书的编辑出版。社里把“海外汉学丛书”的策划、统筹任务交给当时负责古典文学研究著作编辑出版的第二编辑室主任王镇远。王镇远师从王运熙先生，1982年从复旦大学中文系研究生毕业后即来上海古籍出版社工作，他在中国古代文论研究方面造诣较深，又擅英文，对海外汉学研究著作的出版有相当的热情。在时任上海古籍出版社总编辑钱伯城的建议下，邀请时任上海市古籍整理出版规划小组组长的学者王元化出任这套丛书主编。

在听取专家意见后，社里决定“海外汉学丛书”的范围包括各国汉学家对中国哲学、历史、文学、宗教、科技等诸多方面有影响、有价值的研究著述。我们首先请熟悉的学者开列书单。复旦大学中国历史地理研究所的葛剑雄博士是从事人口地理学研究的学者，推荐了美国著名华裔历史学家何炳棣出版于1959年的成名作《1368—1953中国人口研究》，是书至今还是这一研究领域的权威著作。何炳棣在他的回忆录《读史阅世六十年》中对这部著作的撰写与出版后的反响有生动的记叙，这部著作的出版奠定了他在国际汉学界的大师地位。复旦大学古籍整理研究所的邵毅平先生是中国古典文学专家，推荐了日本的中国古典文学研究专家小尾郊一的名著《中国文学中所表现的自然和自然观》。是书以中国魏晋南北朝文学为研究中心，广泛探讨了这一时期文学中所表现的人的自我意识与审美意识的觉醒，以及由此带来的内容与技巧的进步。这本书写定于1962年，至1987年在日本已印行四版，对中国文学研究有很大的影响。如今闻名于中国现当代文学研究领域的德国汉学家顾彬其实是以中国古典文学研究起步的，他的成名作《空山——中国文人的自然观》写于1981年，是他在西柏林自由大学获取教授资格的论文，是继小尾郊一这部著作后有影响的同一论题专著。尽管顾彬在书中认为小尾论述的重点在六朝，材料充实却分析不够，而他的著作从先秦论述到唐代，且重在理论分析，但其著作明显借鉴过小尾郊一的这部著作。当时以撰写出版《禅宗与中国文化》而声名鹊起的青年学者葛兆光推荐了日本禅学大师铃木大拙的名著《通向禅学之路》。加拿大华裔学者叶嘉莹1986年秋应南开大学之聘利用休假期间来讲学，为研究生开设海外学人有关中国古典文学英文著作导读课程，选用美籍华裔学者高友工、梅祖麟合撰的三篇运用结构主义理论研究唐诗的论文《杜甫的〈秋兴〉——语言学批评的实践》《唐诗的句法、用字与意象》《唐诗的语意、隐喻和典故》为教材，并让学生译为中文，合为一书，取名为《唐诗的魅力之源》，推荐给我社出版。经我审读后，定名为《唐诗的魅力：诗语的结构主义批评》。于是，“海外汉学丛书”首批推出了上述 4 种。

“海外汉学丛书”首批推出后推动了相关领域的研究，如《唐诗的魅力：诗语的结构主义批评》一书中提到的诗歌的意象等概念，很快成为国内唐诗学界的热门话题。我们马上扩大选题，积极组稿。美国哈佛大学特级讲座教授斯蒂芬·欧文（宇文所安）当时虽已出版了《初唐诗》《盛唐诗》等著作，但并不为国内学者和读者所熟知。1988 年，我社《中华文史论丛》的年轻编辑郑学勤随总编辑钱伯城参加北京国际书展，在哈佛大学出版社摊位上翻到 1986 年刚出版的斯蒂芬·欧文著的《追忆——中国古典文学中的往事再观》，就鼓动钱先生为出版社资料室买了一本，他把此书推荐给王镇远，并自荐担任译者。当时，郑学勤花了四个星期的业余时间译完此书。该书视野宽广，以中国古典文学为主要研究对象，并与西方文学作了深广的比较，从而探讨回忆这种人类共有的心理活动在文学创作和欣赏中的功用。作者运用西方美学理论来分析回忆在审美活动中的地位和作用，并从中西文化背景和文学传统各自的特点着手，比较两者之间的差异及它们在理解具体文学现象中所起的作用。因此，这既是一部美学著作，又是一部比较文学著作。《追忆》一书出版后，斯蒂芬·欧文乃至宇文所安的名字在国内学界和读者中不胫而走，他的勤奋和多产也使他在国际汉学界声誉卓著。近年三联书店推出“宇文所安作品系列”，销售过万册，成了学术著作中的畅销书，其中收入的《追忆》就是上海古籍社出版的译本。我既钦佩三联书店编辑的慧眼识珠，也为我社好书的得而复失而遗憾。

自 1989 年推出首批四种著作以来，十年间这套丛书出版二十余种。汉学家分布国度和研究内容的广泛，是这套丛书的显明特色。二十余种著作的作者，来自美国、日本、法国、英国、加拿大和俄罗斯等，其中以日本最多，有十余种。这种分布也大致反映了海外汉学研究者分布的概况。从研究内容来看，二十余种著作中以文学研究最多，有十余种，其次是研究中国历史、宗教和哲学的，如《1368—1953 中国人口研究》《道教》《中国和基督教》等等，从中也可大致看出海外汉学家的研究兴趣和重点所在。

提倡实事求是的治学方法和富于创见的研究精神，是“海外汉学丛书”的宗旨，也是这套丛书入选的标准。因此，丛书入选著作中既有不少经典之作，又有一些近年来出现的汉学研究力作。这些著作虽然研究的角度和方法各有不同，但都体现出材料翔实和观点新颖的特点，可以为国内学术界和知识界借鉴。如法国学者谢和耐的《中国和基督教》一书以明清时期西方传教士来华后的境遇为线索，描绘中西方哲学、宗教思想的碰撞，基督教与儒、佛、道的冲突，科学与宗教的矛盾等等，对于中西方文化的比较提供了许多史料。该书于 1982 年出版后，已有意大利、德、英文译本，在国际汉学界影响很大。

译者的水平在很大程度上左右着对海外汉学研究成果的借鉴。“海外汉学丛书”的译者，大多是活跃在高校和科研机构的有较高学术造诣又兼擅外语的专业研究者。如《通向禅学之路》的译者是葛兆光，《1368—1953 中国人口研究》的译者是葛剑雄，俄罗斯汉学家李福清的名著《三国演义与民间文学传统》的译者之一田大畏也是国内著名翻译家。译者们不仅以流畅文笔传达出原著韵味，而且凭借自己的学术素养为读者理解原著提供了帮助，不少译者序包括许多著名学者为中译本写的序（如古典文学专家章培恒先生为《中国文学中所表现的自然和自然观》写的中译本序）本身就是一篇精要的论文。

本世纪以来，由于出版计划调整，“海外汉学丛书”一直未有新品推出，但上海古籍出版社还是持续出版了一批海外汉学专题译丛，如“早期中国研究丛书”、“日本中国史研究译丛”、“日本宋学研究六人集”等；或从海外知名出版社直接引进汉学丛书如“剑桥中华文史丛刊”；同时新推出了综合性的“域外汉学名著译丛”。然而，这些书在学界的影响都不如“海外汉学丛书”，同时，学界也有重版“海外汉学丛书”经典著作和重启“海外汉学丛书”的呼吁。为此，上海古籍出版社决定重新启动“海外汉学丛书”的编辑和出版，一方面推出新品种，如美国斯坦福大学汉学讲座教授艾朗诺所著《美的焦虑：北宋士大夫的审美思想与追求》；另一方面，把已出的原未收入“海外汉学丛书”的汉学名著译本纳入，如法国谢和耐的《中国人的智慧》、洪业的《杜甫：中国最伟大的诗人》等；同时重版已出的品种，如《中国文学中所表现的自然和自然观》，以扩大规模与影响。

从“海外汉学丛书”的出版和重启来看，图书品牌的创建不易，图书品牌的维护、光大更难。有作为的出版社尤其是专业出版社应该把打造品牌作为出版社的努力方向。

载《中华读书报》2015 年 3 月 4 日

十年磨一剑　巨著成丰碑

——简论《中国文学批评通史》的成功经验

什么是精品图书？如何出好精品图书？上海古籍出版社出版的由王运熙、顾易生主编的七卷本《中国文学批评通史》(以下简称《通史》)，以其上乘的质量和不俗的效益，对这些问题做了很好的解答。

《通史》自1989年出版第一个分卷起，到1996年最后一个分卷出版，编写出版工作历时近十年。全书规模宏大，字数达360余万；质量上乘，代表了中国文学批评史研究的最高水平，出版后深获学术界和读者的好评，连续获得第三届国家图书奖、第二届教育部人文社会科学研究成果一等奖、上海市哲学社会科学著作特等奖、上海市文化艺术大奖等国家和市的最高奖项；经济效益也不俗，十年内印刷两次，各个分卷的平均印数近一万册，这在学术著作中是很可观的。

一

精品图书应该是指富有时代精神、具有文化积累价值、质量上乘、深受读者欢迎的出版物。《通史》之所以能被称为精品图书的典范之作，正在于其具有高质量的学术水准，在中国文学批评史的研究进程中具有里程碑的意义。

《通史》的学术价值和特点，首先表现为书中反映出的作者视野的开阔和研究领域的宽广。书中所谓“文学批评”，涵盖面极广，包括文学观念、理论、具体的文学批评、鉴赏以及其他有关文学理论批评的思想资料。其次，表现为作者在书中运用的重视实证的研究方法。作者尽可能从广泛的范围内搜集各种有用的资料，包括别集、总集、史籍、小说杂记以及某些有关典籍的注释，尤其重视发掘以往批评史研究中较少受人注意或未曾注意而确实具有相当意义的资料。这一做法，不仅体现在书中对文学理论、批评本身的论述中，也体现于对有关背景的论述中。作者注重文学批评、理论与诸种事物的联系，努力从“联系”中阐释、分析理论和批评。对于这种种联系，作者不是以抽象概略的泛泛之谈予以说明，而是以具体的资料加以说明和证实。再次，还表现为作者在书中保持的力求客观、准确评价的科学态度。作者对批评家、批评著作以及一种流派，力求客观全面地反映其主要倾向，又努力避免片面

中國文學批評通史
先秦兩漢卷
主编 王運熙 顧易生
上海古籍出版社
壹 先秦兩漢卷
貳 魏晉南北朝卷
叁 隋唐五代卷
肆 宋金元卷
伍 明代卷
陸 清代卷

《中国文学批评通史》书影

性，既注重将文学理论批评置于广阔的背景上加以观察、分析，又注重理论观点与批评实践、理论批评与创作实践的联系，从而对某种理论、批评有较中肯的认识，对某些文论中的概念、范畴，不是用现代文艺理论观点来比附，而是从古代文学理论的实际情况出发，作精细的辨析、解释，并在适当的场合较集中地列举许多例证，以说明其含义，特别是说明这一概念、范畴的发展、演变轨迹。值得称道的是，作者在全面、准确地描述历史真相的同时，还注重文学批评价值的发现。《通史》不仅以材料的全面扎实见长，而且还以观点的准确新颖著称。

正因为《通史》具有高度的学术价值和鲜明的特点，所以每一分卷的出版，都引起了海内外学术界的关注。诚如著名的文学史家程千帆先生所说，《通史》为“文评史以来前所未有”之巨著，“其钩深致远，为前贤所未发多矣”。

二

精品图书的成功，主要在于其一流的学术质量，而这首先取决于作者的水平。一流的作者队伍，确保了《通史》上乘的学术质量。《通史》的作者阵容，在全国的文学批评史研究者的队伍中是很强大的。七个分卷的九位作者中，有四位博士生导师、六位教授。主编王运熙、顾易生两位先生，是国内最负盛名的中国文学批评史研究的权

2000 年 9 月 18 日，复旦大学中文系庆贺刘季高先生九十华诞
中排右起：袁震宇、王运熙、刘季高、顾易生、徐鹏、丁锡根
后排左起：颜应伯、王水照、李平、高克勤、章培恒、陈允吉、蒋凡、李钧、江巨荣
前排左起：胡中行、黄霖、陈尚君 、康萍、骆玉明、杨明

威。以他们为学术带头人的复旦大学中国语言文学研究所的批评史研究室，是国内最具规模、学术力量最为雄厚的研究机构。可以毫不夸张地说，他们的研究成果一直代表着国内中国文学批评史研究的水平。

中国文学批评历时悠久，源远流长，其溯源可以追溯到先秦时期。但作为一门学科的建立，还不过始于本世纪二十年代。1927 年，陈中凡先生（1888—1981）出版了《中国文学批评史》一书，虽然仅是一本七万字的草创之作，但毕竟标志着中国文学批评史这门学科的诞生。在这之后，郭绍虞（1893—1984）、朱东润（1895—1988）、罗根泽（1900—1960）等先生也相继出版了中国文学批评史的研究著作，皆搜罗宏富，用力甚勤，为这门学科奠定了坚实的基础。新中国成立以后，郭绍虞、朱东润两位先生长期执教于复旦大学，并继续进行中国文学批评史的研究，郭绍虞先生还主编了作为全国高等院校文科教材的《中国历代文论选》，在学术界产生了深远的影响。在他们的影响和带动下，复旦大学中文系崛起了以王运熙、顾易生先生为代表的中国文学批评史的研究群体。《通史》的九位作者中，除袁震宇先生毕业于山东大学长期在复旦大学任教、王镇远先生毕业于复旦大学后在出版社工作外，其余七位先生均是在复旦大学毕业并在复旦大学任教的。他们既学有专攻，自成一家；又师承一致，同受复旦学风的熏陶，研究方法比较接近。这一点在学术水准上为《通史》

这一集体项目的完成提供了可靠的保证，避免了时下不少集体科研项目作者良莠不齐、水准高下不一的弊端。从年龄上来说，十年前《通史》开始问世时，王运熙、顾易生两位先生不过六十开外，王镇远、邬国平两位还不到四十岁，其他几位先生也在盛年。这样的梯队结构，为《通史》的如期完成也提供了可靠的保证。

《通史》的编写方法，也为大型集体科研项目的完成提供了成功的范例。该书七个分卷，分别由对各阶段文学批评史有精深研究的专家按照全书大致统一的体例分别撰写，最后由两位主编通读定稿。因此，全书可分可合，各个分卷既是《通史》的一个有机组成部分，又是一部完整的自成体系的断代文学批评史。各个分卷的作者分别署名，既体现了作者文责自负的精神；又调动了每位作者的科研积极性，使个人的成就不致埋没在集体的荣誉之中，因而每位作者在撰稿时都尽心尽力，力图呈现出自己的科研水平。这样，全书虽有大致统一的体例，但照顾到不同历史时期的具体情况，各卷也有其特点，而不强求一律。事实证明，《通史》的撰写过程，也是培养、锻炼科研人才的过程，出书的同时又出人才。

三

精品图书的成功，也离不开出版社的努力。《通史》

的成功，是作者和出版者长期紧密合作、辛勤工作的硕果，也是上海古籍出版社名社品牌效应的生动体现。

上海古籍出版社作为国内最负盛名的出版古籍整理和传统文化研究著作的出版社，几十年来出版了大量优秀的古籍整理和研究著作，在海内外学人中享有很高的声誉，海内外学人都以能在上海古籍出版社出书作为检验自己学术水准的标志，并引以为荣。而这一切，主要归功于上海古籍出版社有一支具有高度学术水准的专业编辑队伍和一批懂行的领导。学者型编辑和学者型领导是上海古籍出版社的特色。这支队伍始终和学术界保持着密切的联系，始终关注着学术研究的动态。他们能够在学术问题上与学术界同行沟通交流，为学术界同人所信赖，因此，学人愿意把自己最好的最新的研究成果交给他们去编辑出版。

在上海古籍出版社出版的古典文学研究著作中，批评史研究著作的出版一直是一个重点。二十世纪八十年代初，由王运熙、顾易生先生主编的作为高等院校文科教材的三卷本《中国文学批评史》，出版后获得了很大的成功，荣获国家教委授予的高等院校文科教材一等奖。随着研究的深入和材料的不断开掘，作者觉得三卷本受篇幅和资料所限，已不能反映八十年代之后中国文学批评史研究的新成果，遂有编写《中国文学批评通史》的想法。这一想法立即得到了上海古籍出版社的支持。社领导凭着敏锐的学术眼光，看到了这一项目的重大学术价值，果断决策，接下了这一任务。后来，这一项目还得到了国家社会科学基金的资助，并被列为国家哲学社会科学“七五”期间重点项目。

为了及时出版这部有重大价值的学术著作，社领导打破常规，决定每一分卷作者写完后即列入出版计划。因此，《通史》的出版不是一齐推出的，也不是按卷次先后出版的。这一决定，既是对《通史》阶段性成果价值的肯定，又充分表明了对作者创造性成果的尊重。

虽然《通史》的作者力量强，各分卷的质量也很高，但是编校人员并不掉以轻心，在尊重作者的基础上还是做了精心的加工，包括核对引文、统一体例等等。在《通史》编辑、出版的十年中，责任编辑和负责二审、三审的主任编辑、总编辑均换了几任。但每一位在审稿过程中都是仔细、认真，与作者配合密切。《通史》的两任责任编辑中，前一位是五十年代大学毕业的又是三卷本《中国文学批评史》的责任编辑，与作者长期合作，审稿尤为尽心尽力。他不仅做好编辑工作，还善于与出版、校对部门密切联系，做好编辑、印刷、校对的衔接工作，使每一分卷都能比预定的时间提早出版。在他退休后，《通史》后三个分卷的责任编辑工作安排给了一位九十年代初大学毕业的青年编辑，他虚心向老同志学习，同样认真做好编校工作，使全书善始善终。编辑室的两任室主任和分管文学编辑室的几任总编辑，都亲自承担了二审和三审的工作。校对科的同志也增加校次，使《通史》的编校质量有了很大提高。在新闻出版局组织的几次图书质量评比中，《通史》各分卷的差错率均在万分之一以下，成绩优秀。

在做好编校、出版的同时，出版社还重视《通史》的宣传、发行工作。除了学者撰写书评之外，《通史》的责任编辑等也撰写了大量的介绍文章。在每次的评奖活动中，出版社都把各分卷送去参评。因此，在《通史》尚未出齐时，各分卷就以其阶段性成果获得了很大的成功，荣获国家和市级的各种奖励。《通史》出齐后，出版社更是精心组织力量，首先是统一装帧，改平装为精装加护封，精心设计，使内容和形式相得益彰；其次是集中宣传，使《通史》出齐的消息为学界和读者广为知悉。由于采取了以上措施，《通史》出齐后的发行量有了明显增长，五千套精装本两年内基本售完，超过各分卷的销售量。好书只有到了读者手中，才能发挥它的效益。而一本销量极少的书，要充分发挥其效益，是难以想象的。《通史》的成功，也是对作者和出版者的最好回报。

总结《通史》成功的经验，概括起来不外乎这么两条：一是对选题学术价值的把握，要求出版者具有较高的学术素养，对学术动态和图书市场的需求有充分的了解；二是选题确定之后，要抓好落实工作，做好编校、出版和宣传、发行工作。精品图书的出版，需要出版社全体同人的共同努力。只有出版社全体同人都树立精品意识，才能抓到有价值的可以成为精品读物的图书选题，多出精品图书，出好精品图书，为社会主义精神文明建设不断做出新的贡献。

载《编辑学刊》1999 年第 2 期，上海

老树春深更著花

——《唐诗三百首》图文本成功的启示

我们上海古籍出版社 1999 年 6 月推出的《唐诗三百首》图文本，以全新的创意策划对传统的诗词注评方式做了大胆的革新，其独特的版面设计和图文结合的形式，既保留了浓厚的古典韵味，又符合现代人的阅读习惯，因此赢得了广大读者的青睐，在图书市场上引发了一阵古典诗词图书出版热。该书初版 1 万册半个月内一销而光。重印 2 万册一个月内又销完。出版一年半内已连续 9 次印刷、25 万册。继《唐诗三百首》图文本后，又推出同样样式的《唐宋词三百首》图文本、《元曲三百首》图文本、《宋诗三百首》图文本和《古诗三百首》图文本也获得了很大的成功，印数均在 5 万册以上。由这五本书构成的“诗词曲三百首图文本系列”，累计印数已达 60 万册 1500 万元码洋。此外，这一系列的图书的版权还为香港万里机构出版有限公司购买，印行了繁体字本，在海外的销售也取得了不错的成绩。在图书市场持久低迷的情况下，这一系列图书能创出此佳绩是相当不错的。其成功的原因就在于在策划编辑图书时，在立足市场、注重创新的前提下，始终坚持高品位的文化追求，强调图书的文化品位。

《唐诗三百首》作为中国古代一本最具影响力的唐诗选本，一直为广大读者所喜爱，因此也是国内出版社争相出版的一个热门选题。上海古籍出版社作为一家以出版古籍整理及其研究著作为主的专业出版社，早在 1980 年就出版了由古典文学专家金性尧先生撰写注释、讲评的《唐诗三百首新注》，10 年间创下了销售 200 万册的佳绩。然而。进入 90 年代以后，由于受到国内同类出版物不断出版的冲击，特别是一些非古籍类读物出版专业的出版社推出大量质次价廉的同类出版物，使得我社的同类出版物的销量连年下降，《唐诗三百首新注》也不例外，年销量竟不到一万册。

面临着这样的形势，上海古籍出版社的领导和编辑寻求对策，对图书市场和读者需求作了认真分析。中国的古典诗歌内涵丰富深刻，艺术成就很高，具有永恒的魅力。这一艺术瑰宝千百年来为人们所喜爱，有一代接一代的读者。因此出版古典诗歌的读物，其内容是永远不会过时的，关键在于表现形式，永恒的题材也要由适应时代变化的表现形式。好的内容还需好的形式来表现，即俗话所说的“好马还要好鞍配”。当时充斥在全国图书市场上的《唐诗三百首》读本，除了新编的《唐诗三百首》少儿读本是彩绘本外，其他均是黑白排印本，表现形式均是唐诗原文+注释+题解或欣赏、评讲。要在图书市场上抢得先机，就必须有独异众本的创新。我社首先想到了做《唐诗三百首》插图本或画册，请当代画家为唐诗配图，或从历代画家的画作中选取诗意图。但做画册投入的成本太大，作为一本普通的读物，书的定价不宜太高。正在我们犹豫不决的时候，上海辞书出版社在1997年推出了《诗与画·唐诗三百首》画册，16开本，定价160元，首印5千册居然一销而空。该社采用的是请当代画家配图的形式，以大投入获得大产出，取得了成功。他们的成功经验给了我们触动，同时又逼迫我们另辟蹊径。正在这时，上海学林出版社出版了我社编辑盖国梁同志编著的《节趣》一书。该书用电脑将图文混排，用普通胶版纸印刷，在形式上很有创意。这本书给了我们一个启示，我们觉得借鉴《节趣》的形式，选用明人《唐诗画谱》等古代版画，出一本《唐诗三百首》的图文本，会取得不错的效果。这一想法得到了社领导的同意，并把这个选题交给盖国梁同志，由他担任责任编辑。

在策划编辑《唐诗三百首》图文本的过程中，大家集思广益，提出了许多好的想法，认为即使是普及读物，也要把它做成精品。为了充分体现古籍出版社的专业优势，我们还是按照我社古籍选注本读物的一贯做法，采取精当的注释、简练的点评等方式，尤其是选用了古代诗评家的评语及诗作的背景说明，极大地丰富了诗歌的阐释，有助于读者对作品的理解。盖国梁同志，作为一个有着20余年编辑工作经验的中年编辑，很有创新的想法，特别注重形式的作用。在编辑工作中，他在版式方面提出了很好的想法，例如将每一行诗中的注释置于该行诗下，而不是放于篇末，便于读者理解诗意。同时，美术编辑也发挥了很大的创造性，所配的图与诗文有机结合成为一个完整的整体，取得了诗情画意、诗画评合一的艺术效果。

正因为在创意、编辑方面做了大量的工作，使得这本图文本在图书市场上独树一帜，既不同于一般的浅近的注释本，又不同于价格高昂的画册；由于采用了注释、点评等方式，又配以大量精美的图画，因此既可阅读、欣赏，又可收藏，达到了我们设想中的普及读物之精品的定位，所以能受到广大读者的喜爱。香港万里机构的老总说：我们之所以购买你们这本书的版权．是因为你们在同类书中最具创意，提供的内容最丰富。

《唐诗三百首》图文本的成功，给了我们这样的启示：

一、必须始终坚持创新意识，切忌盲目跟风。只有坚持做到“人无我有，人有我优”，才能形成出版社的特色，树立品牌。跟风、模仿可能获利于一时，但永远不能占得先机。图书市场上那些模仿《唐诗三百首》图文本的图书，粗看其版式、插图与我社的差别不大，但实际上在诗与图意境的配合、诗的注释理解方面与我社的有明显的高下之别，真正的爱书人士是不会去买那些劣品的，因此这些书的印数没有一本在2万册以上。

二、必须重视图书的文化品位。正因为上海古籍出版社的编辑具有深厚的古典文学素养，所以才能想到选用古代版画来配唐诗，选用古人评语来阐释唐诗，从而使诗画评合一，达到珠联璧合的艺术效果。这一想法看似偶得之见，实际上非一朝一夕之功，是长期积累的结果。

三、必须重视形式的作用，在相同的题材竞争的情况下，形式就成了决定性的因素。由于图书的商品属性，形式给读者以第一冲击力，所以要大力重视图书形式的作用，包括图书的内在形式和外在形式，即图书内容的表达方式和图书的装帧设计、版式安排等等。

四、必须始终明确图书的定位，首先是图书的读者定位，由此而衍生出图书的包装定位、价格定位。《唐诗三百首》图文本的读者定位是广大的古诗爱好者，因此在内容和形式上力争做到雅俗共赏，既可收藏，又可阅读、欣赏；在定价上做到薄利多销，定价适中，11个印张80克胶版纸印刷，25元一册的定价略高于浅近的唐诗注释本，远低于唐诗画册，因此取得了良好的销售佳绩。

《唐诗三百首》图文本的成功，在全国图书市场上引发了一阵古典诗词图书出版热，图书市场上的模仿之作层出不穷。我社以这本书为龙头，推出了“图文本诗词曲三百首系列”和“图文本古典名著系列”，取得了良好的社会效益和经济效益。总结经验，最后还是归结为两句话：编辑要始终坚持高品位的文化追求，要强调图书的文化品位。

载《编辑学刊》2002 年第 3 期，上海

第三辑　卷前语

李贺及其诗歌简论

——《李贺诗集》前言

李商隐诗歌独特的艺术风格，一方面成因于他的生活经历和身世遭遇，另一方面也是他对古典诗歌传统继承并创新的结果。在当代诗人中，对李商隐的诗歌创作产生较大影响的是天才早夭的青年诗人李贺。李商隐写有《李贺小传》一文，记载了李贺奇特的诗歌创作方法，对李贺怀才不遇而早夭的遭遇寄予了无限同情。

李贺（790—816），字长吉，河南福昌昌谷（今河南宜阳）人，为唐初大郑王李亮后裔。他虽为唐王朝的宗室之后，但其家世已属皇室远支，其父李晋肃官职低微而且早死，家境已经破落。李贺不能依靠家世财富来获取功名，就只能通过进士考试以求仕。元和五年（810），李贺赴长安应进士举，由于李贺之父名“晋肃”，“晋”、“进”同音，按照避嫌名的习俗，李贺被迫放弃了就试机会。当时虽有韩愈这样负有盛名的一代文豪为他抱不平，作《讳辩》云："父名晋肃，子不得举进士；若父名仁，子不得为人乎？"义正辞严，仍敌不过世俗的偏见。考进士受挫对李贺是一次沉重的打击，使他初步体验到了世道的险恶，感到了前途的渺茫，以致愤怒地唱出了《开愁歌》："我当二十不得意，一心愁谢如枯兰。衣如飞鹑马如狗，临歧击剑生铜吼！"元和六年到八年的短暂的仕宦生活，是对李贺的又一次沉重打击。他在长安担任了奉礼郎这样一个从九品的小小京官，地位低下，不为人所重，丝毫不能给人以施展才干的机会。因此，李贺对此极为不满，一再形咏于诗，抱怨"奉礼官卑复何益"（《听颖师弹琴歌》），自诉"臣妾气态间，唯欲承箕帚"（《赠陈商》）。在长安，他目睹了官场的腐败、宦官的专权、藩镇的割据以及动荡的时局，感受到大唐帝国的日趋衰落，从此彻底破灭了仕进的希望。"长安有男儿，二十心已朽"，便是他这一时期的自述，他只能空望"天眼何时开，古剑庸一吼"（《赠陈商》）。元和八年，李贺托病辞去官职，离京回家。在这之后，诗人曾去潞州客游近三年，回来后不久便与世长辞，结束了他二十七岁的短暂一生。

李贺仕途受挫，生活也是不幸的。他年未弱冠，父亲便已辞世。作为长子，他过早地挑起了生活的重担。他曾有过妻子，伉俪情深。但结婚不久，妻子便去世，这对作"一日作千年，不须流下去"（《后园凿井歌》）之想的诗人来说，又是一个沉重打击。为此，他写下"劳劳一寸心，灯光照鱼目”（《题归梦》）这样沉痛的诗句。因为家境贫困，他的弟弟不得不出外谋生，李贺为此感慨万千：“愿将千里别，持此易斗粟。”（《勉爱行》）体弱多病也使李贺十分忧虑，他未老先衰，十八岁不到就两鬓染霜，如他反复所述：“咽咽学楚吟，病骨伤幽素”（《伤心行》），“日夕著书罢，惊霜落素丝”（《咏怀二首》），“终军未乘传，颜子鬓先老”（《春归昌谷》），等等。李商隐《李贺小传》描写他“细瘦，通眉，长指爪”，完全是一副病态的样子。他的一生，似乎一直被病魔缠绕着。这一切，在他的诗中也多有反映。

仕途的受挫、生活的不幸，以及体质的病弱，造成了李贺孤傲忧郁而又十分敏感的性格。他是多愁善感的，对生活中的每一件事物都十分敏感，尤其是和自己切身有关的事情，甚至生须也使他感叹：“维尔之昆二十余，年来持镜颇有须。”（《勉爱行》）他天才横溢，又颇为自负，这在他的一些诗及诗序中也多有反映。正因如此，李贺不善交友，容易遭人嫉妒。他的交游除了韩愈及韩门弟子外，几乎没有其他人在他的诗歌中被提及。这种和外界极少接触、孤独寡合的情况，使得李贺更倾向于苦思独吟，偏重于主观心灵的探索，这也使得李贺的诗带有强烈的主观色彩。

虽然，由于个人遭遇的不幸，李贺对社会现实极为不满，因此也写了一些批判现实黑暗的诗篇，讽刺皇帝的昏庸迷信，揭露达官贵人的巧取豪夺和宦官的专权、藩镇的跋扈，表现百姓的疾苦及反映动乱的时世，如《猛虎行》《贵主征行乐》《吕将军歌》《感讽》（合浦无明珠）、《老夫采玉歌》和《黄家洞》等；但是，在李贺现存的二百余首诗中，这类作品不过二十余首，仅占其作品总数的十分之一。即使是这类作品，其题材在前代和同代人的作品中也多有反映，并非是李贺的独特发现。李贺由于阅历短浅和生活面狭窄，往往从个人角度直观地去看待社会现象，因而他的作品几乎都饱含着强烈的个人情感，打着作者鲜明的印记。这种特点不仅见之于李贺的抒情诗中，其咏物诗和史诗也不例外。

从李贺的诗中，可以发现李贺的思想极为活跃。他不安于狭小的天地，颇想建功立业，希冀能“报君黄金台上意，提携玉龙为君死”（《雁门太守行》）。然而，现实堵塞了他仕进的道路。在这样一个社会里，李贺没有施展才华的地方。因此，他也曾想逃避这个世界。在《题赵生壁》《春归昌谷》和《昌谷诗》等篇中，李贺以充满羡慕的笔触描绘了山居隐士自得其乐的生活和故乡美丽的自然景色，表达了自己企慕隐逸的思想。然而，李贺又不是一个自甘寂寞的人。并且，在这样的世界里，归隐和出仕一样，都不可能是他的人生归宿。

李贺是一个有着强烈的人生欲望的诗人。他羡慕贵公子的荣华生活，并尽情地加以描写，如《贵公子夜阑曲》

《夜饮朝眠曲》等。他也强烈追求情爱的满足。在他的一些作品中，作者用秾艳的色彩、细致的笔触描绘了向往中的爱情，如《黄头郎》《大堤曲》《江楼曲》等；在有的作品中，作者还不厌其烦地描写了情人的神态及欢爱的场面，如《美人梳头歌》《洛姝真珠》和《恼公》等。同时，他又有强烈的求生欲望，希冀成仙长生。因此，在一些游仙诗中，李贺尽情描绘想象中的神仙境界和仙人生活，如《天上谣》《梦天》《瑶华乐》等。由于对生有强烈的留恋，所以死亡就成了他经常考虑的问题，并在其诗中得到各式各样的描写，使得他的一些诗充满阴森可怖的气氛。

为了满足这些欲望，李贺不断地寻觅出路，以求得到解脱。出仕或归隐已经是不可能的出路，学仙求佛对于他也是虚无缥缈的幻想。诗人目睹社会现实，遍寻历史典籍，所有的一切都只能给他以失望的结论，现实世界根本不能满足李贺的欲望，然而他又摆脱不了这种欲望，丁是他就借酒消愁。酒也成了他诗中经常歌咏的东西。这些诗充分表达了诗人失望颓唐的心情。然而，诗人并没有绝望，他还希望能像司马相如那样，“惟留一简书，金泥泰山顶”（《咏怀》其一），把艺术创作作为追求的目标，在诗歌中尽情描写现实世界中不能满足的东西，抒发对理想世界的渴望。

正因为李贺把艺术创作视如生命，在诗歌中抒发自己的心灵，所以他的诗具有独特的个性。“长吉下笔，务为劲拔，不屑作经人道过语”（王琦《李长吉歌诗汇解序》)。他骑驴觅诗，“苦吟疾书”，“情骛八极，心游万仞”，通过奇特的想象，捕捉独特的意象，从而表现在诗歌中，天上地下、宇宙万物，乃至传说中的神仙鬼怪，都得到了描绘和反映。由于李贺身上始终存在着理想和现实之间的矛盾，他有一种理想不能实现的深深的苦闷，始终沉浸在半清醒半沉醉的幻想世界，因此他的诗也就带上了一种凄迷幽怨乃至虚幻怪诞的色彩。他的诗也因而被后人称作“长吉体”。

李贺诗的这种风格在其作品中有着鲜明具体的表现。在题材选择上，李贺“能探寻前事，所以深叹恨古今未尝经道者，如《金铜仙人辞汉歌》《补庾肩吾宫体谣》，求取情状，离绝远去笔墨畦径间，亦殊不能知之”（杜牧《李长吉歌诗叙》)。李贺思想敏感而又活跃，某一史实或某一事物一旦和他的身世有联系，便浮想联翩，发而为诗。由于阅历短浅和生活面狭窄，李贺对客观事物不能加以精确的分析，因而往往从现实中跳出来，力求想象的真实。即使是他的那些反映客观现实的题材，也经过了作者主观想象的改造熔炼，如《老夫采玉歌》便是一例。在体裁选择上，李贺的诗多是乐府和古诗，近体诗很少，其中七律一首也没有。这一特点在李贺的前辈浪漫主义诗人李白诗集中也有体现。这不仅是因为乐府和古诗体裁更适于诗人不受格律的束缚，尽情地抒发自己的思想感情，而且也因为传统诗歌对李贺有着很深的影响。在表现方法上，李贺更是注重推敲，刻意求精。钱钟书先生指出："长吉穷幽入仄，惨淡经营，都在修词设色。"（《谈艺录》）正道出了李贺作诗的苦心孤诣。李贺往往用凝重的笔调、冷艳的词藻来写景描状。由于追求不平凡的表现，其诗中有些字面不免有冷艳乃至晦涩的特点，如他好用"鬼"字、"泣"字、"老"字、"死"字、"血"字、"寒"字等等，典型地凸显出其思想和性格特点。这些特点，在他的一些咏史、怀古和游仙之作中表现得最为集中突出。在这些诗中，李贺运用通感的艺术手法，捕捉多种鲜明的意象，着力描摹光线、色彩和声音，从而表现出作者的幻想境界，如他的《秦王饮酒》《梦天》《天上谣》等。这也许和李贺喜欢写梦不无关系。李贺的一些诗，本身就是记梦之作。

总之，李贺在其短暂的一生中，不停地探索人生的真谛，并把这一切表现在其诗作之中。现实生活的不满和理想世界的追求之间的矛盾，是形成李贺独特诗风的主要原因。

当然，李贺诗风的形成，也在于他受到他所生活的中唐时代的诗风，尤其是韩孟诗派诗风的影响。韩愈是当代文宗，又是最早赏识李贺的一人。李贺曾赋《高轩过》诗，赠韩愈及其弟子皇甫湜，表达了对他们的倾慕。韩愈在诗文创作上强调创新，这和李贺的艺术追求是一致的。同时，李贺的诗，也是对源远流长的我国诗歌传统的继承和发扬。李贺读书广泛而又刻苦，其诗善于用典。屈原及其《楚辞》，六朝诗歌，包括南北朝乐府、游仙诗和宫体诗，以及前辈诗人李白、杜甫等人的作品，或在思想内容，或在艺术手法方面，都给李贺以一定的影响。其中，屈原及其《楚辞》等作品对他的影响尤为突出。李贺在诗中一再表达对《楚辞》的倾慕和对屈骚传统的继承，屈原的作品使李贺产生了心灵的共鸣，以致他的一些作品在题材、意境和表现手法上与《楚辞》都有相近、相同和相通之处。如前人所说，李贺诗“盖骚之苗裔，理虽不及，辞或过之”（杜牧《李长吉歌诗叙》）；“贺则幽深诡谲，较骚为尤甚”（姚文燮《昌谷集注序》）；李贺诗“其源实出自楚骚，步趋于汉魏古乐府”（王琦《李长吉歌诗汇解序》）。

李贺的诗歌，在中国文学史上有着独特的意义。李贺之后，步趋其诗风者历代不绝，其中最著名的还推晚唐诗人李商隐。为此，我们将李贺的作品与李商隐的作品合为一编。李贺诗集，据杜牧《李长吉歌诗叙》所云，为李贺自己生前所编，共四编二百三十三首。唐宋两史的《艺文志》及郑樵的《通志略》，皆称《李贺集》。后人有不欲指出其名，而依其所居之地改名为《昌谷集》者。宋以降，为李贺诗作笺注者甚多，其中以清乾隆年间王琦的《李长吉歌诗汇解》最为著名。这次标点，即以王琦本为底本，间以《全唐诗》等本参校，不出校记。全书依白文本要求，删去笺注，定名为《李贺诗集》，标点工作由高克勤担任。

1998年6月

本文系《李商隐全集附李贺诗集》(上海古籍出版社，1999年)前言第五节，由高克勤执笔

宋诗和《宋诗精华录》

——《宋诗精华录》导读

宋代是中国古代文化高度成熟与发育定型的时期，如陈寅恪先生所说："华夏民族之文化，历数千载之演进，造极于赵宋之世。"（《邓广铭〈宋史职官志考证〉序》，《金明馆丛稿二编》，上海古籍出版社 1980 年版）邓广铭先生也认为："两宋期内的物质文明和精神文明所达到的高度，在中国整个封建社会历史时期之内，可以说是空前绝后的。"（《谈谈有关宋史研究的几个问题》，《社会科学战线》1986 年第 2 期）作为宋代文化组成部分的宋代文学，同样也达到了一个新的高度，其总体成就与唐代文学相比毫不逊色。宋代的许多文学大家，如欧阳修、王安石、苏轼、朱熹等人，同时也是文化巨人，这更是宋代文坛迥异于其他朝代的一个显著特点。

但是，长期以来，对于宋代文学的研究，较之唐代文学研究来说是很不够的，宋代文学研究总体成果和总体研究的深度与广度，与宋代文学在文学史上的地位是不相称的。即使从宋代文学研究的自身格局来说，也存在着一些失衡和空白之处，重宋词而轻宋诗就是突出的一点。前人从文体的角度，提出“一代有一代之所胜”（焦循《易余籥录》卷一五）、“一代有一代之文学”（王国维《宋元戏曲史》）的观点，并以词作为宋代的“一代之文学”。但这种观点，只有从中国文学诸文体发展的角度来看才是正确的。正如王水照先生所说：“宋词以我国词体文学之冠的资格，凭借这一文体的全部创造性与开拓性，为宋代文学争得与前代并驾齐驱的历史地位。……若认为宋词的成就超过同时代的宋诗、宋文，则就不很确当。”（《宋代文学通论》，河南大学出版社 1997 年版）因此，我们对宋诗要予以足够的重视。

以宋诗与唐诗比较而言。据北京大学出版社出版的《全宋诗》统计，已收的宋代诗人近万家，收诗 20 余万首，均为《全唐诗》的五倍。宋代的诗人上自帝王将相，下至平民百姓，涉及社会的各个阶层。尤其是北宋开国后，北宋统治者采取了包括广立学校、扩大科举、优待文人、提高文官地位等一系列开明政策，广开言路，一大批知识分子得以入仕，从而使宋代不仅名臣辈出，学者辈出，许多诗人都合名臣、学者于一身，有的还位至宰执，如韩琦、欧阳修、王安石、范成大、文天祥等，他们的诗作与当时政治有密切的关系，反映了当时的社会现实，对社会产生了广泛的影响。较之宋词，宋诗更广泛真切地反映了宋代的社会现实。 较之唐诗，宋诗的题材更加广泛，艺术表现手法更为多样。在唐代诗人已经取得巨大成就的基础上，宋代诗人并没有止步不前，而是在艺术上另辟蹊径，自成面目，出现了不少开宗立派的著名诗人，如梅尧臣、苏舜钦、欧阳修、王安石、苏轼、黄庭坚、陈与义、陆游、范成大、杨万里等，从而取得了可以与唐诗相提并论的地位。关于唐诗、宋诗的优劣和区别，今人钱钟书、缪钺先生的论述最为公允。钱先生在《谈艺录》（中华书局 1984 年版）中指出：

唐诗、宋诗，亦非仅朝代之别，乃体格性分之殊。天下有两种人，斯分两种诗。唐诗多以丰神情韵擅长，宋诗多以筋骨思理见胜。严仪卿首倡断代言诗，《沧浪诗话》即谓“本朝人尚理，唐人尚意兴”云云。曰唐曰宋，特举大概而言，为称谓之便，非曰唐诗必出唐人，宋诗必出宋人也。故唐之少陵、昌黎、香山、东野，实唐人之开宋调者；宋之柯山、白石、九僧、四灵，则宋人之有唐音者。《杨诚斋集》卷七十九《江西宗派诗序》曰：“诗，江西也，非人皆江西也。”……诗人之分唐、宋，亦略同杨序之指。……夫人禀性，各有偏至，发为声诗，高明者近唐，沉潜者近宋，有不期而然者。故自宋以来，历元、明、清，才人辈出，而所作不能出唐、宋之范围，皆可分唐、宋之畛域。

其《宋诗选注·序》（人民文学出版社 1982 年版）进一步指出：

有唐诗作榜样是宋人的大幸，也是宋人的大不幸。看了这个好榜样，宋代诗人就学了乖，会在技巧和语言方面精益求精；同时，有了这个好榜样，他们也偷起懒来，放纵了摹仿和依赖的惰性。瞧不起宋诗的明人说它学唐诗而不像唐诗，这句话并不错，只是他们不懂得这一点不像之处恰恰就是宋诗的创造性和价值所在。……宋人能够把唐人修筑的道路延长了，疏凿的河流加深了，可是不曾冒险开荒，没有去发现新天地。

他对宋诗总的评价是："整个说来，宋诗的成就在元诗、明诗之上，也超过了清诗。"（同上）这是对宋诗成就和地位的最精当的概括。

缪钺先生认为：

唐诗以韵胜，故浑雅，而贵酝藉空灵；宋诗以意胜，故精能，而贵深折透辟。唐诗之美在情辞，故丰腴；宋诗之美在气骨，故瘦劲。唐诗如芍药海棠，秾华繁采；宋诗如寒梅秋菊，幽韵冷香。唐诗如啖荔枝，一颗入口，则甘芳盈颊；宋诗如食橄榄，初觉生涩，而回味隽永。譬诸修园林，唐诗则如叠石凿池，筑亭辟馆；宋诗则如亭馆之中，饰以绮疏雕槛，水石之侧，植以异卉名葩。譬诸游山水，唐诗则如高峰远望，意气浩然；宋诗则如曲涧寻幽，情境冷峭。唐诗之弊为肤廓平滑，宋诗之弊为生涩枯淡。虽唐诗之中，亦有下开宋派者，宋诗之中，亦有酷肖唐人者；然论其大较，固如此矣。

……就内容论，宋诗较唐诗更为广阔。就技巧论，宋诗较唐诗更为精细。然此中实各有利弊，故宋诗非能胜于唐诗，仅异于唐诗而已。

唐诗以情景为主，即叙事说理，亦寓于情景之中，出以唱叹含蓄。惟杜甫多叙述议论，然其笔力雄奇，能化实为虚，以轻灵运苍质。韩愈、孟郊等以作散文之法作诗，始于心之所思，目之所睹，身之所经，描摹刻画，委曲详尽，此在唐诗为别派。宋人承其流而衍之，凡唐人以为不能入诗或不宜入诗之材料，宋人皆写入诗中，且往往喜于琐事微物逞其才技。……夫诗本以言情，情不能直达，寄于景物，情景交融，故有境界，似空而实，似疏而密，优柔善入，玩味无斁，此六朝及唐人之所长也。宋人略唐人之所详，详唐人之所略，务求充实密栗，虽尽事理之精微，而乏兴象之华妙。……故宋诗内容虽增扩，而情味则不及唐人之醇厚，后人或不满意宋诗者以此。(《论宋诗》,《诗词散论》，上海古籍出版社 1982 年版)

这是对唐诗、宋诗风格的最准确、形象的评述。

然而自宋起，就有关于唐诗、宋诗的优劣之争。欧阳修的《梅圣俞墓志铭》将梅尧臣诗与唐人之作相比较，称赞梅尧臣诗“非如唐诸子号诗人者，僻固而狭陋也”，已启唐诗、宋诗优劣之争端。而南宋的张戒则认为：“自汉、魏以来，诗妙于子建（曹植），成于李（白）、杜（甫），而坏于苏（轼）、黄（庭坚）。……子瞻以议论作诗，鲁直又专以补缀奇字，学者未得其所长而先得其所短，诗人之意扫地矣。……苏、黄之习气净尽，始可以论唐人诗。”（《岁寒堂诗话》）严羽的《沧浪诗话》更主张“以盛唐为法”，批评宋代诗人“以文字为诗，以才学为诗，以议论为诗”的风气。明、清两代诗人，或主唐音，或宗宋调。直至当代，关于唐诗、宋诗的优劣之争犹未平息（参见齐治平《唐宋诗之争概述》，岳麓书社 1984 年版）。

正因为长期以来有唐诗、宋诗优劣之争，而且对唐诗的关注超过宋诗，因此长期以来有关宋诗的辑录、选注工作远逊于唐诗，民国之前不仅没有一部如《全唐诗》一般汇集一代诗歌的《全宋诗》，而且也没有一本像《唐诗三百首》一般风靡人口的宋诗选本。 民国以前，有影响的宋诗总集主要有清康熙年间吴之振、吕留良等辑《宋诗钞初集》106 卷，和清乾隆年间厉鹗辑《宋诗纪事》一百卷。前者辑录诗人 84 家，收诗 2780 首；后者所录诗人有 3212 家。稍有影响的宋诗选本主要有清乾隆年间张景星、姚培谦等编选的《宋诗别裁集》(一名《宋诗百一抄》)，是书收宋诗 645 首，作者 137 人。直到民国期间陈衍编选的《宋诗精华录》出版，宋诗才有了一个影响广泛的选本。《宋诗精华录》也可以说是 1958 年钱钟书选注的《宋诗选注》出版前最重要的一个宋诗选本。

陈衍(1856—1937)，字叔伊，号石遗，福建侯官(今闽侯)人。他学识渊博，著述繁多，在经学、史学等方面都有很深的造诣。尤深于诗，是清代末年诗坛“同光体”(即宋诗派)的理论代表，在当时影响很大。清代乾隆、嘉庆以还，朴学考据之风盛行，注重学问、义理的所谓“学人之诗”盛行一时，其代表人物是翁方纲。翁氏论诗倡肌理，强调质实，以肌理为褒贬诗的标准，认为：“宋人精诣，全在刻抉入里，而皆从各自读书学古中来，所以不蹈袭唐人也。……唐诗妙境在虚处，宋诗妙境在实处。”(《石洲诗话》)在他的倡导下，诗坛上宗宋思潮蔚为风气。道光年间，魏源、曾国藩等人又倡宋诗运动，使宗宋派在诗坛占据了统治地位。降及同治、光绪年间，更发展为以宗宋为主的“同光体”诗派，其代表诗人为陈三立、沈曾植、郑孝胥、陈衍等。“同光体”的名称，即始于陈衍与郑孝胥（苏堪）之戏言。陈衍《沈乙庵诗序》云：“同光体者，苏堪与余戏称同、光以来诗人不墨守盛唐者。”

《宋诗精华录》是陈衍晚年在无锡国学专修学校任教授时讲授宋诗的自编教材，如程千帆先生所说，是“老人对于宋诗之‘晚年定论’”（《读〈宋诗精华录〉》，《古诗考索》，上海古籍出版社 1984 年版）。

陈衍论诗以兼师唐宋二代为宗，实际上是在为宋诗争地位。他曾提出著名的“三元说”：

余谓诗莫盛于三元：上元，开元（唐玄宗年号）；中元，元和（唐宪宗年号）；下元，元祐（宋哲宗年号）也。（《石遗室诗话》卷一）

在这里，他将北宋“元祐”之诗与盛唐“开元”、中唐“元和”之诗相提并论，正是为了泯灭唐、宋界限，将宋诗提高到唐诗一样的地位。在《石遗室诗话》中，他还指出：

今人强分唐诗、宋诗。宋人皆推本唐人诗法，力破余地耳。（卷一）

自咸（丰）、同（治）以来，言诗者喜分唐宋，每谓某也学唐诗，某也学宋诗。余谓唐诗至杜（甫）、韩（愈）而下，现诸变相，苏（轼）、王（安石）、黄（庭坚）、陈（师道）、杨（万里）、陆（游）诸家，沿其波参互错综，变本加厉耳。（卷十四）

在这里，他把宋诗看作是唐诗的发展和变化，在“力破余地”和“变本加厉”的评论中包含着对宋诗的高度评价。《宋诗精华录》的编选宗旨，即体现了陈衍的诗学思想及其对唐诗、宋词的评价。

本书卷一开篇即言：

案：此录亦略如唐诗，分初、盛、中、晚。吾乡严沧浪（羽）、高典籍（棅）之说，无可非议者也。天道无数十年不变，凡事随之。盛极而衰，衰极而渐盛，往往然也。今略区元丰（宋神宗年号）、元祐（宋哲宗年号）以前为初宋；由二元尽北宋为盛宋，王（安石）、苏（轼）、黄（庭坚）、陈（师道）、秦（观）、晁（补之）、张（耒）具在焉，唐之李（白）、杜（甫）、岑（参）、高（适）、龙标（王昌龄）、右丞（王维）也；南渡茶山（曾幾）、简斋（陈与义）、尤（袤）、萧（德藻）、范（成大）、陆（游）、杨（万里）为中宋，唐之韩（愈）、柳（宗元）、元（稹）、白（居易）也；“四灵”（徐照、徐玑、翁卷、赵师秀）以后为晚宋，谢皋羽（翱）、郑所南（思肖）辈，则如唐之有韩偓、司空图焉。此卷系初宋，西昆诸人（钱惟演等），可比王（勃）、杨（炯）、卢（照邻）、骆（宾王）；苏（舜钦）、梅（尧臣）、欧阳（修），可方陈（子昂）、杜（审言）、沈（佺期）、宋（之问）。宋何以甚异于唐哉！（括号内为笔者所注，上同）

陈衍在这里参照唐诗的分期，把宋诗也分为四个阶段。这一分法，明显是其“三元说”的发展，即将宋诗与唐诗相提并论，也反映出陈衍对宋诗的进一步认识。作者以唐诗及其诗人为标准，对宋诗及其诗人作了评价。根据这一分法，全书分为四卷，前二卷除帝王诗冠首外，为北宋诗；后二卷除女性、道释诗殿后外，为南宋诗。卷一选 39 家，117 首；卷二选 18 家，239 首；卷三选 32 家，212 首；卷四选 40 家，122 首。全书共选 129 家，690 首诗，如将摘句等加在一起，全书选列的宋诗超过 800 首（以上统计，据朱自清《什么是宋诗的精华》，《朱自清古典文学论文集》，上海古籍出版社 1981 年版）。可以说基本反映了宋诗的概貌。从选目上来看，作者对盛宋、中宋诗最为推崇，选录的篇目最多。在盛宋诗人中，陈衍最推崇苏轼，选苏轼诗 88 首，也是两宋诗人入选篇目最多的一家；其次是王安石 34 首、黄庭坚 38 首、陈师道 26 首。

在中宋诗人中，陈衍最推崇杨万里，选杨诗55首，其次是陆游53首，陈与义21首。在初宋诗人中，梅尧臣居首位，选其诗24首。在晚宋诗人中，刘克庄居首位，选其诗27首。在入选诗人的作品数量来看，基本符合诗人的创作成就，在当时的地位及其对后世的影响。除了名家名作之外，陈衍还选了唯一的一首帝王诗，即帝㬎的亡国之诗《在燕京作》；女性诗人中后蜀亡国妃子花蕊夫人费氏的《口占答宋太祖》、李清照《上枢密韩公工部尚书胡公》，僧人道潜、惠洪、道璨的一些名作也予入选，以尽可能地减少遗珠之憾。

除了在编选方面按初、盛、中、晚的次序，精选名家名作，凸现宋诗发展的轨迹之外，《宋诗精华录》在选目方面还有一个特点，就是重视五、七言近体。陈衍在本书叙中指出：

然吾之选宋诗，抑有说焉。《虞书》曰："诗言志，歌永言，声依永，律和声。八音克谐，无相夺伦。"伦理也。……故长篇诗歌，悠扬铿锵镗鞳者固多，而不无沉郁顿挫处，则土木之音也。然近贤之祧唐宗宋，祈向徐仲车、薛浪语诸家，在八音率多土木，甚且有土木而无丝竹金革，焉得命为"律和声，八音克谐"哉！故本鄙见以录宋诗，窃谓宋诗精华，乃在此而不在彼也。

《虞书》，即《尚书·尧典》，这段话被认为是我国古代诗歌理论的总纲领。除了“诗言志，歌永言”，即注重诗的内容之外，陈衍特别重视“声依永，律和声。八音克谐，无相夺伦”这一宗旨。从这一宗旨出发，注意声律和谐，重视五、七言近体是顺理成章的，所以他认为“宋诗精华，乃在此而不在彼也”。“精华”一词，“可以就音律而言，也可以就宋诗全体而言”（朱自清语，同前）。因此，全书选五、七言近体548首，几近入选作品的80%（以上据朱自清统计，同前）。这也是陈衍把自己的这一选本命名为“精华录”的一个重要原因。程千帆先生说：

唐人以情替汉、魏之骨，宋人以意夺唐人之情，势也。浸假而以议论入诗。夫议论则不免于委曲，委曲则不免于冗长。长则非律绝所任，此所以逮宋而古诗愈夥也，其极至句读不葺，而文采之妙无征；节奏不均，而声调之美遂阙。此宋人之短，非宋人之长。时流或宝碔趺，多士奉为圭臬。积重难反，盖有年矣。老人此录，独托喻乐音，多登近体，窃谓殆所以救世人学宋之弊。（《读〈宋诗精华录〉》，同前）

也指出了本书多选近体诗的目的。

除了编选方面的特点之外，本书的圈点和评语也很有特色。圈点是我国古代诗文批评中的一种传统方法，评点者将自己认为好的词句或需要注意之处用句点等符号标注在词句旁，以引人注意，去体会欣赏。但这种方法意在言外，批评者的意见主观性很强，较难传达给接受者，接受者与批评者的理解很难趋同，因此往往不能为现代的读者准确理解，更难于阐释，因此这里阙而不论。陈衍是一个宋诗派诗人，又是一个诗论家，一生浸淫于诗，有创作实践，又有诗歌理论，深得诗中三昧，所以他对诗的评语有助于读者对诗意的理解。这些评语内容广泛，“有剖析题意的，有讨论作法的，有褒贬优劣的，有寻根溯源的，有连类相比的，有叙后世影响的，有提修改意见的”（曹中孚校注《宋诗精华录》前言，巴蜀书社 1992 年版），或长或短，短的寥寥几句，要言不烦；长的有感而发，不觉冗长，大多“持论精确，立说解颐，评语之中，随在而有”（程千帆语，同前）。例如，帝㬎《在燕京作》曰：“寄语林和靖，梅花几度开？黄金台下客，应是不归来。”陈衍评曰：“末五字凄黯。……殆所谓愁苦易好欤？”他还在末五字下作圈点。此评一本“穷而后工”之说，揭示亡国之君的凄凉心态。又如梅尧臣《小村》描写淮河地区遭受严重水灾后的悲惨景象，末句云：“嗟哉生计一如此，谬入王民版籍论。”陈衍评曰：“写贫苦小村，有画所不到者。末句婉而多风。”把诗人对官府不但不加赈救，反而还不减租税的荒谬政策予以讽刺之意揭示出来，对诗意的理解

十分深刻。再如寇准《春日登楼怀归》第二联曰:“野水无人渡,孤舟尽日横。”陈衍评曰:

第二联用韦苏州语,极自然。用古人语,如渊明之“依依墟里烟”、右丞之“墟里上孤烟”,同为五言也。王介甫之改“鸟鸣山更幽”为“一鸟不鸣山更幽”,自是原句工。李嘉祐之“水田飞白鹭”二句,自不如右丞多二字之工。右丞开元初年进士,嘉祐天宝九年进士,《国史补》以为王改李者,当误。

指出寇准诗的渊源,并连类而及,论述“用古人语”这一现象,并订正前人谬说。显示出陈衍对古诗的熟谙。

陈衍诗学王安石,因此书中对王安石的评语尤多会心之论。如评《纯甫出释惠崇画要予作诗》曰:“后半带出崔白,即少陵《丹青引》为曹霸带出韩幹作法。”评《半山春晚即事》曰:“首十字从唐人‘绿阴清润似花时’来。”评《定林》曰:“颇有王右丞‘松风吹解带,山月照弹琴’意境。”皆指出王安石诗的渊源。评《勘会贺兰溪主》曰:“末二句竟开诚斋先路。”指出王安石诗的影响。评《后元丰行》曰:“专言得雨事,不能忘情于因旱被攻击也。”揭示出王安石退隐后还不忘政事的心态,这也是王安石作为一个政治家与一般隐逸诗人的区别,独具只眼。《北陂杏花》末二句曰："纵被春风吹作雪，绝胜南陌碾成尘。"陈衍评曰："末二语恰是自己身分。"王安石在诗中借物咏怀，从北陂和南陌的杏花比较中，表达了自己为坚持理想操守而不惜献身的精神。陈衍的评语本着"知人论世"的宗旨，看到了王安石诗中寄寓的这种精神，作了精到的点评。从这一点上来说，陈衍称得上是王安石的异代知音。

正因为《宋诗精华录》在编选和评论等方面有自己的特点，出版后即得到了学术界的高度关注。朱自清先生就写了《什么是宋诗的精华》，对《宋诗精华录》作了详尽而中肯的评论，并就选诗标准提出自己的看法，认为"序中'精华'云云，想是只就近体说"，称赞"本书分期，颇为妥帖自然"；评论诗家，"语虽简短而能扼要，绝非兴到振笔者可比。至于说诗，更是老人的长处"。程千帆先生也在1940年写了《读〈宋诗精华录〉》一文，认为"此老人对于宋诗之'晚年定论'，要有足供吾人之参证者也"。钱钟书先生早年曾蒙陈衍先生的过奖，以致郑振铎先生以为他喜欢宋诗，遂嘱他编选《宋诗选注》一书（参见《模糊的铜镜》，《钱钟书散文》，浙江文艺出版社1997年版）。由此可见陈衍先生此书的影响之大和久远。

《宋诗精华录》有商务印书馆1937年7月初版本，1938年5月再版本。整理本有今人曹旭校点本，江西人民出版社1984年版；曹中孚校注本，巴蜀书社1992年版。曹旭校点本的整理工作比较简单，而曹中孚校注本的整理比较彻底。校注本据《宋诗钞》和多种别集、总集进行校勘，纠正了底本的不少错误，又作了详细的注释，为目前该书最有价值的整理本。此次整理，以商务印书馆 1938 年 5 月再版本为底本，在校点中参考借鉴了校注本的部分校勘成果，但为了保持陈衍原书的本来面貌，对陈衍原书中的错误不作改动，仅在校记中注明；限于丛书体例，仅对诗题和重要异文出校，一般文字异同不出校；书中原有的圈点，也不再保留。为醒目起见，陈衍评语前加一“评”字。除了校勘外，此次整理的另一主要工作是辑录诸家诗评。为了使读者对《宋诗精华录》的价值有深入的了解，并弥补本文导读的不足，特将著名学者朱自清先生的大作《什么是宋诗的精华——评石遗老人（陈衍）〈评点宋诗精华录〉（商务印书馆出版）》一文作为附录，以便读者参阅。整理辑评工作中的不足之处，敬请读者指正。

本文为上海古籍出版社 2008 年出版的《宋诗精华录》导读，载《古典文学知识》2009 年第 1 期

陆游简论

——《陆游选集》前言

陆游是我国南宋时期最著名的爱国诗人，也是我国历史上诗作数量最多的诗人之一。陆游字务观，号放翁，越州山阴（今浙江绍兴）人，生于宋徽宗宣和七年十月十七日（公元 1125 年 11 月 13 日），卒于宋宁宗嘉定二年十二月二十九日（公元 1210 年 1 月 26 日）。他十二岁就能写诗作文，从此笔耕不辍，直到生命的结束。在七十余年的文学创作生涯中，陆游留下了九千余首诗、一百余首词及各种体裁的散文作品，以其杰出的文学成就彪炳于中华民族的史册之中。

陆游出生在一个富有文学创作和学术研究氛围的士大夫家庭。祖父陆佃，从学于北宋著名政治家、思想家、文学家王安石，为著名经学家，曾任礼部侍郎、尚书左丞等职。父亲陆宰，北宋末年曾任转运副使等职。南渡后，他由于坚持爱国思想，与主战派人士交往，而为执政的投降派秦桧所嫉，在政治上受到压抑，未能有所作为。陆宰也能诗文，喜藏书。父祖两代之学和平生志行，对陆游爱国思想的形成、诗文之学的积累，具有一定的影响。

陆游的一生，始终处于民族危机极为严重的年代。他出生的那年冬天，金兵大举南侵，次年攻陷汴京，北宋王朝遭到覆亡。宋宗室康王赵构在南京（今河南商丘）即位，是为宋高宗，建立了南宋政权。但是，赵构没有积极抗战、恢复失地的志向，反而奉行妥协投降政策，最后定都临安（今浙江杭州），从此造成了南宋屈辱可耻的偏安局面。陆游在襁褓时就随父亲流亡，六岁时又随父避居东阳（今属浙江），直到九岁才回到故乡山阴。这一段战乱中颠沛流离的生活，在陆游幼小的心灵中留下了深刻的印象，正如他在诗文中屡次说到的："我生学步逢丧乱"（《三山杜门作歌》），"儿时万死避胡兵"（《戏遣老怀》）。陆游从小就受到父辈爱国精神的熏陶，少年时"亲见当时士大夫，相与言及国事，或裂眦嚼齿，或流涕痛哭，人人自期以杀身翊戴王室，虽丑裔方张，视之蔑如也"（《跋傅给事帖》），因此从小就仇恨敌寇，立下了恢复失地的抱负，自言"丈夫不虚生世间，本意灭虏收河山"（《楼上醉书》），向往过"上马击狂胡，下马草军书"（《观大散关图有感》）的军旅生活。

陆游从踏上文坛、步入仕途开始，就始终如一地站在了爱国的主战派一边。他十八岁从爱国诗人曾幾学习诗文，二十九岁赴临安考进士，省试第一，由于名列秦桧的孙子秦埙之前，触怒了秦桧，次年殿试便以“喜论恢复”的罪名遭到黜落。秦桧死后的绍兴二十八年（1158），陆游才开始步入仕途，出任福州宁德县主簿，次年调为福州决曹掾。绍兴三十年（1160），陆游调临安担任敕令所删定官，次年调任枢密院编修官，官位虽然不高，但是身处朝廷中枢地位，得以一展身手。绍兴三十二年（1162），宋孝宗即位，赐陆游进士出身。隆兴元年（1163），主战派张浚为枢密使，陆游时为张浚部下，写了《代乞分兵取山东札子》《代二府与夏国主书》等一系列奏议、文书，鼓动抗战。这年张浚仓促发动的抗金战争遭到失败，宋与金再度议和。陆游这时调任镇江府通判，改任隆兴府通判。乾道三年（1165），他以“交结台谏，鼓唱是非，力说张浚用兵”的罪名被罢官，回家乡山阴闲居。这是陆游在仕途上受到的第一次挫折。他虽然对“箫鼓追随春社近，衣冠简朴古风存”（《游山西村》）的农村生活十分欣赏，但始终牵挂着国家大事和抗金大业，“夜阑闻急雨，起坐涕交流”（《闻雨》），不愿蹉跎岁月。

乾道六年（1170），陆游赴夔州（今重庆奉节）任通判。乾道八年（1172）初，他赴邻近宋金交界线的南郑前线任四川宣抚使王炎的幕僚官。王炎当时正在准备收复长安，与陆游宾主相得。在南郑半年多的军旅生活，是陆游生平最感快意的时期，如同他在诗词中描写的：“貂裘宝马梁州日，盘槊横戈一世雄”（《忆山南》），“诗情将略，一时才气超然”（《汉宫春·初自南郑来成都作》）。军旅生活使陆游的思想境界和创作题材日益拓展，成为他一生创作道路上一个突出的标志，正如他在诗中所说：“诗家三昧忽见前，屈贾在眼元历历。天机云锦用在我，剪裁妙处非刀尺。”（《九月一日夜读诗稿有感走笔作歌》）从此他作品中洋溢的爱国情感更加充沛深切，雄奇奔放的艺术风格更趋突出鲜明。这段军旅生活也是其后几十年中他一直回忆、吟咏的题材。乾道八年冬，王炎被调回京，陆游也改任成都府安抚司参议官。以后四年中，他辗转在蜀州（今四川崇庆）、嘉州（今四川乐山）、荣州（今四川荣县）、成都等地，担任通判、摄知事等职，淳熙三年（1176）被言官以在摄知嘉州事时“燕饮颓放”的罪名弹劾而免职。这是陆游在仕途上受到的又一次挫折。他愤愤不平地说：“何嫌流俗之见排，加之罪其无辞乎，至以虚名而被劾。”（《福建谢史丞相启》）于是，他干脆自号“放翁”，表现出狂放自傲的洒脱态度。

淳熙五年（1178），陆游奉诏离蜀东归，被任命为提举福建路常平茶事，次年改任江南西路常平茶盐公事。时江西水灾，他拨义仓赈济灾民。后又以“疏放”的罪名被言官所劾免职，回到家乡。从淳熙七年（1180）岁暮到淳熙十三年（1186），陆游在家乡过了六年闲居生活。淳熙十三年他被起用为严州（治今浙江建德）知州。两年后任满，又入京为军器少监，次年改任礼部郎中兼实录院检讨官，是年冬又被谏议大夫何澹以作诗“嘲咏风月”的罪名弹劾罢归。十年间，陆游两次遭到弹劾免官，名义上的罪名是“嘲咏风月”之类，实际上的原因还在于他直言敢谏、主张抗战、为民请命的精神为统治者所不容。陆游对此非常愤懑，他回故乡后干脆以“风月”两字命名自己在镜湖的小轩，以示对迫害他的权贵的抗议。

从淳熙十六年（1189）冬回家乡到逝世为止二十年中，陆游除了嘉泰二年（1202）夏入都修国史一年外，其余时间都退居家乡。在这漫长的岁月中，他写下了大量的诗作，现存诗作的四分之三就作于这段时间，表现了陆游爱国爱民的精神。这些诗绝大部分描写农村生活，其中不少反映了百姓疾苦，揭露了社会弊端。他虽退居田园，仍时刻关心国事，不忘恢复失地。临终前他还嘱咐儿辈：“王师北定中原日，家祭无忘告乃翁。”（《示儿》）真是“寸心至死如丹”（《感事六首》之一）。

陆游的一生，是作为一个伟大的爱国主义诗人的一生。他毕生坚持恢复失地、统一祖国的信念，爱国主义精神贯穿于他生命的始终，并成为他诗歌中永恒的主题。清人赵翼指出，陆游诗中“言恢复者，十之五六”（《瓯北诗话》）。近人梁启超更强调指出：“集中什九行军乐，亘古男儿一放翁！”（《读陆放翁集》）陆游诗内容丰富，题材广泛，“凡一草一木，一鱼一鸟，无不裁剪入诗”（《瓯北诗话》)。其诗早年受江西诗派的影响，未脱模仿藻饰的痕迹；中年入蜀后境界开阔，形成了自己雄健奔放的风格；晚年诗风渐趋平淡。因此，诗风先后不一，而以雄健奔放和清新圆润为主。陆游的诗是对我国自屈原、杜甫以来的爱国主义和现实主义传统的继承和发展，同时他的诗篇也常具有一种浓重的浪漫主义色彩，感情热烈奔放，境界雄伟壮阔，想象丰富奇特，以至时人甚至誉他为“小李白”。由于作诗数量多，陆游诗也不免有题材重见、句法雷同、词语彼此套用的毛病，有时稍嫌直露。

陆游以诗名世，其词作和散文也有较高的成就。其词作与诗相较，虽然数量不多，但同样题材丰富，风格多样，既有婉丽细腻之作，也有慷慨激昂、飘逸高妙之作，明人杨慎评陆游词曰：“纤丽处似淮海，雄慨处似东坡。”毛晋又云：“超爽处更似稼轩耳。”(毛刊《放翁词》跋)在南宋词坛上具有重要的地位。陆游的散文数量众多，主要见于《渭南文集》，此外还有《南唐书》《老学庵笔记》等。他擅长写记叙文和笔记题跋，文笔精炼自然，笔调自由活泼，透露出作者敏锐深刻的思想和很强的剪裁结构能力。

陆游现存的作品有《剑南诗稿》八十五卷(另有遗稿二卷)、《渭南文集》五十卷(包括词二卷、《入蜀记》六卷)、《南唐书》十八卷和《老学庵笔记》十卷等。本书选注了陆游各个时期各种文体的代表作共四百余首，目的在于为读者提供一个比较全面的陆游作品的读本。入选作品按诗、词、文各体分列，各体作品以年代编次，无法编年者或依“以类相从”的原则置于适当篇目之中，或置于编年部分之后。诗选部分以《剑南诗稿》为底本，词选、文选部分以《渭南文集》和文渊阁《四库全书》所收《老学庵笔记》为底本，间以他本参校，择善而从；遇有重要异文，则在注中说明。选注过程中，参考和吸取了前人、时贤的不少研究成果，其中主要的有朱东润先生的《陆游选集》、钱仲联先生的《剑南诗稿校注》、于北山先生的《陆游年谱》等，书中未能一一注明，特此说明并致以深切的谢意。

限于水平，选注工作定有不当之处，敬请读者指正。

王水照　高克勤

1994 年 12 月

本文系王水照、高克勤选注《陆游选集》(人民文学出版社，1997 年）前言，由高克勤执笔

明清小品文的价值

——《明清小品丛刊》出版说明

中国古典散文，自先秦发源，中经汉魏六朝、唐宋，发展到明清，已经进入了其终结期。这一时期，尤其是晚明阶段，伴随着时代社会的发展，文坛也出现了新的变化。这一时期的散文园地，虽然没有再出现过像先秦诸子、唐宋八家那样的天才巨子，但也是作者众多、名家辈出；虽然没有再出现过《庄子》《韩非子》一类以思理见胜的议论文，《左传》《史记》一类以叙述见长的史传文，以及韩柳欧苏散文一类文质兼胜的作品，但也有新的开拓和发展，散文的题材更加丰富，形式更加自由，从对政治、历史和社会现实的关注，更多地转向对人生处世、生活情趣的关注，从而形成了又一个以文体为特征命名的发展时期，这就是文学史上习称的明清小品文。

小品的名称并不自明清始。“小品”一词，来自佛学，本指佛经的节本。《世说新语·文学》：“殷中军（浩）读小品，下二百签，皆是精微。”刘孝标注云：“释氏《辨空》，经有详者焉，有略者焉；详者为大品，略者为小品。”可见，“小品”本来是就“大品”相对而言，是篇幅上的区分，而不是题材或体裁的区分。小品一词，后来运用到文学领域，同样也没有严格的明确的定义，凡是短篇杂记一类文章，均可称之为小品。题材的包容和体裁的自由，可以说是小品文的主要特点。准确地说，“小品”是一种“文类”，可以包括许多具体的文体。事实上，在明人的小品文集中，许多文体，如尺牍、游记、日记、序跋，乃至骈文、辞赋、小说等几乎所有的文体，都可以成为“小品”。明人王思任的《谑庵文饭小品》，就包括了几乎所有的散文、韵文的文体。尽管如此，从阅读和研究的习惯来说，小品文还是有比较宽泛的界定，通常所称的小品文，主要还是就文体而言，指篇幅短小、文辞简约、情趣盎然、韵味隽永的散文作品。

小品文作为一种文体的兴盛，在明清时期，主要在晚明阶段。而小品文的渊源，则仍可追溯到先秦时期。《论语》《孟子》《庄子》等书中一些精彩的短章片断，可以看作是后世小品文的滥觞。六朝文人的一些书信、笔记之类，如《世说新语》中所记的人物言行，“简约玄淡，真致不穷”（胡应麟《少室山房类稿·读〈世说新语〉》），更是绝佳的小品之作。唐代小品文又有长足发展。柳宗元的“永州八记”，堪称山水小品中的精品。晚唐时期，陆龟蒙、皮日休、罗隐等人的小品文，刺时讽世，尖锐深刻，在衰世的文坛上独树一帜，“正是一塌糊涂的泥塘里的光彩和锋芒”（鲁迅《小品文的危机》）。宋代文化得到空前的发展，出现了不少百科全书式的文化巨人，而其中代表宋代文化最高成就的苏轼，就是一位小品文的巨匠。苏轼自由不羁的性格，多方面的文化素养，使小品文这种文体在他手中运用自如，创作出大量清新俊逸之作，书画题跋这一体裁更是达到了极致。以致明人把他推为小品文的正宗，编有《苏长公小品》。宋代兴起的大量笔记，不少具有很高的文学价值，也为小品文的兴盛起了推波助澜的作用。

把小品文作为一种文体加以定名，并有大量作家以主要精力创作小品文，从而使小品文创作趋于繁荣，还得到晚明阶段。这一阶段，不仅有不少作家把自己的著作径以“小品”命名，如朱国祯的《涌幢小品》、陈继儒的《晚香堂小品》、王思任的《谑庵文饭小品》等；还出现了不少以“小品”为名的选本，如王纳谏编《苏长公小品》、华淑编《闲情小品》、陈天定编《古今小品》、陆云龙编《皇明十六家小品》等。而作为小品文达到鼎盛阶段标志的，还得推当时出现的许多具有很高文学成就的小品文作家，如以袁宗道、袁宏道、袁中道“三袁”和江盈科为代表的“公安派”作家，钟惺、谭元春为代表的“竟陵派”作家，以及同时或稍后的屠隆、汤显祖、张大复、陈继儒、李日华、吴从先、刘侗、张岱等，均有小品文著述传世。晚明小品文的主要特点在于独抒性灵，不拘格套，在艺术上极富创造性。晚明小品虽然在思想内涵和历史深度方面，无法与先秦两汉散文、唐宋散文等相比；但在反映时代思潮、探寻人生真谛方面，同样达到了时代的高度。

晚明小品文的兴盛，是与当时的社会现实、社会风尚和思潮的影响分不开的。晚明个性解放的思潮、市民意识的增强，是晚明小品文兴盛的重要原因。明亡之后，天翻地覆的巨变使社会思潮产生了新的变化，晚明的社会思潮和文学风尚得到了新的审视；同时，随着清王朝专制统治的加强和正统文学思潮的冲击，小品文的创作也趋于衰微。但仍有一部分作家仍然继承了晚明文学的传统，创作出既有晚明文学精神又具时代特色的小品文，如李渔的《闲情偶寄》、张潮的《幽梦影》、余怀的《板桥杂记》、冒襄的《影梅庵忆语》、沈复的《浮生六记》等；或以其潇洒的情趣，或以其真挚的情怀，为后人所激赏。

明清小品文不仅是中国古典散文终结期时的遗响，而且也是古典散文向现代散文转换中的重要一环，对后世产生了重要影响。“五四”新文学运动的不少散文作家都喜爱晚明小品，周作人在《中国新文学的源流》一书中甚至认为晚明文学运动与“五四”新文学运动有些相似之处。20 世纪 30 年代的中国文坛上，更曾掀起过一阵晚明小品的热潮。以林语堂为代表的作家大力提倡小品与幽默，强调自我，主张闲适，甚至认为“中国现代文学唯一之成功，小品文之成功也”（林语堂《人间世》发刊词）。在当时内忧外患的形势下，林语堂等人的观点无疑是不合时宜的，因而理所当然地受到了鲁迅先生的批评。但鲁迅先生对小品文本身以及晚明文学的代表袁宏道等并不持否定态度，而是认为“小品文大约在将来也可以存在于文坛，只是以‘闲适’为主，却稍不够”（《一思而得》）。鲁迅先生是把战斗的小品比作“匕首”与“投枪”，他晚年以主要精力创作杂文，正是重视小品文作用的表现。进入九十年代以后，随着思想的解放和物质生活的改善，文坛上又出现了一阵小品随笔热，明清小品的价值在尘封半个世纪之后重又为人们所发现，并开始得到实事求是的评估。为了使广大读者对明清小品有比较全面的认识，给广大读者提供较好的阅读文本，我们特出版了这套《明清小品丛刊》。

本丛刊精选明清具有较大影响和具有较高欣赏价值的小品文集。入选本丛刊者，系历史上曾单独成集者，不收今人选本。入选的小品文集一般根据通行本加以校勘，所据版本均在前言中予以注明。一般不出校记，重要异文则在注中注明。由于明清小品文作者多率性而作，又多引用前人诗文及典故，所论又多切合当时社会风尚，为给读者阅读提供参考和帮助，特对入选的小品文予以简注，对文中出现的人名、地名、典故、术语加以简明的注释，语词一般不注。明清小品文集的校注工作是一项尝试，疏误之处当在所难免，殷切地期待着读者的批评与指正。

《明清小品丛刊》首批有《闲情偶寄》等 8 册，上海古籍出版社 2000 年起出版

一个青年洋商的成长史

——《蜃楼志》前言

《蜃楼志》，又称《蜃楼志全传》，是清代中期产生的一部较有影响的社会人情小说。全书二十四回，题“庾岭劳人说，禹山老人编”，书末署“虞山卫峻天刻”。首有罗浮居士序，序云：“劳人生长粤东，熟悉琐事，所撰《蜃楼志》一书，不过本地风光，绝非空中楼阁也。”“罗浮”即罗浮山，在广东中部。“庾岭”即大庾岭，在广东与江西交界之处。“禺山”在浙江德清。从有关人的别号看，作序的罗浮居士与庾岭劳人比较接近；从序文看，罗浮居士当与庾岭劳人相识，且有一定的了解。据此，小说的作者应是庾岭劳人，他曾在广东有过一段生活经历，其姓名、籍贯及生平事迹等均不详。至于禺山老人，或为小说的编辑修订者。《蜃楼志》约成书于清嘉庆初年，现存最早的刊本刊行时间为嘉庆九年（1804）。

《蜃楼志》托言明嘉靖时故事，实则描写的是清代中期的社会生活。小说以广东洋行商总苏万魁之子苏芳（表字吉士，乳名笑官）为主人公，从苏万魁被新任海关关差赫广大（号致甫）敲诈勒索起，展开了较为广阔的生活画面，塑造了众多的人物形象，反映了当时官场腐败、官逼民反的社会现实。

小说主人公苏芳是作者精心塑造的理想人物。他出身于洋商之家，生长在接受资本主义思想最早、封建统治相对薄弱的以广州为中心的岭南地区，受业于思想开明的知识分子李国栋（号匠山），因而较少受到封建思想的毒害和封建纲常的桎梏，身心得到较为正常和自由的发展。父亲死后，他继承了大宗产业，辍学经商。苏芳吸取了父亲因牟利而结怨的教训，将父亲遗留的全部高利贷及抵押债券付之一炬，凭借正常的商业利润发家致富。遇上灾年，他把陈年积谷以低于时价而高于往年的价格出售给灾民，既救济了灾民，又做了一笔好生意。他受晚明以来资本主义思想萌芽的影响，好货好色，同时也带有传统儒家的风范，赚钱而不吝惜钱，好色而不溺于色。他经常接济亲友，尤其在女人身上舍得花钱。他对年轻美貌的异性有着强烈的欲望，并且同不下十位少女、少妇有过性关系，但是又不同于《金瓶梅》中的西门庆。他不把女性当作泄欲工具，对女性没有强烈的占有欲，对与自己有过性关系的大多数女子都付出过不同程度的感情。他才华学识过人，却从未进过场屋，拒绝走仕途经济道路，但是，他比《红楼梦》中的贾宝玉现实。苏芳不是一个只会在女儿群中厮混的痴公子，在社会的大潮中，他从一个不谙世事的少年学子成长为一个沉稳干练、处变不惊、料理内外大事从容自如的青年洋商。当他外出避难时被占山为寇的姚霍武手下人当作贤才请上羊蹄岭，他劝说姚霍武等人投顺朝廷，随后在征剿恶僧摩剌的过程中又立奇功。当皇帝下诏让他进京任职时，他仍辞官不就，一心经商，每日与妻妾诗酒陶情。作者借李匠山之口，赞扬他道："总之，酒色财气四字，看得破的多，跳得过的少。……惟吉士嗜酒而不乱，好色而不淫，多财而不聚，说他不使气，却又能驰骋于干戈荆棘之中，真是少年仅见，不是学问过人，不过天资醇厚耳。若再充以学问，庶乎可几古人。"

苏芳是《蜃楼志》中塑造得最为成功的人物形象，是我国古典社会人情小说中，继《金瓶梅》中的西门庆、《红楼梦》中的贾宝玉之后，又一个成功的人物形象。在苏芳的身上，能看到西门庆或贾宝玉的某些影子，但又有着显著的不同。作为一个具有初步民主主义和人道主义思想色彩的青年，苏芳还残留着明显的封建意识，没有贾宝玉对封建思想的那种叛逆精神。作为一个青年洋商，苏芳与西门庆一类依托封建势力的商人有着本质的不同，无论是经营方式、聚财手段，还是价值观念，都已经开始跨越封建藩篱，呈现出较为明显的资本主义色彩。

小说中还有不少人物形象，性格鲜明，刻画有一定的力度。例如，对作为封建保守势力的典型代表海关关差赫致甫的贪得无厌、荒淫无耻，番禺县河泊所税官乌必元的趋炎附势、卑鄙无耻，恶少乌岱云的缺才少德、下流无耻，等等，书中都刻画得入木三分，充分揭示了封建社会的黑暗腐朽。再如，书中对姚霍武、何武等绿林英豪受尽贪官污吏的迫害而逼上梁山的曲折经历的描写，对他们忠厚侠义性格的刻画，则体现了作者对下层百姓奋起反抗封建暴政的同情与肯定。

小说采用双线结构，以苏芳父子的活动为主线，以姚霍武被逼造反为副线。两条线索通过苏万魁、李匠山与姚霍武结识开始交叉，到苏芳逃难被姚霍武劫请上山时作绾结交织。头绪虽多，但丝牵绳引，谨严完整，浑然一体。这种起伏回折、跌宕聚散的结构艺术，正使小说恰到好处地从广阔的社会角度，表现了清朝中叶以广州为中心的岭南地区的现实生活，诚如罗浮居士序中所云："无甚结构而结构特妙。"

《蜃楼志》一书，在小说的创作手法、人物形象塑造及语言描写等方面，都受到《金瓶梅》《红楼梦》等现实主义小说的影响。从《蜃楼志》的众多细节中，都可以看到《金瓶梅》《红楼梦》中一些人物性格和一些情节的延伸、变异。但是，《蜃楼志》一书在对名著的借鉴方面还有一些不足之处，表现出因袭模仿的痕迹，如书中"女多谋图奸尝粪"一节简直是《红楼梦》中"王熙凤毒设相思局”的翻版；书中茹氏义救苏芳一段，也与《拍案惊奇》中《张溜儿熟布迷魂局》中陆蕙娘救沈秀才相似，不免有雷同之嫌。然而，瑕不掩瑜，《蜃楼志》在清代中后期的社会人情小说中，可以称得上是一部优秀之作。

《蜃楼志》的刊本主要有嘉庆九年（1804）、嘉庆十二年（1807）、咸丰八年（1858）刊本，此外还有上海神州图书局石印本及近年出版的一些校点本。本书以嘉庆九年刊本为底本，参校其他刊本，对于底本的明显错讹之处径予改正，限于篇幅，不出校记。标校工作中疏误不当之处在所难免，尚祈读者指正。

1993 年 12 月

《蜃楼志》为上海古籍出版社“十大古典社会人情小说”之一，1994 年出版；本文署名：秦克、巩军

粗糙却极写实的公案侠义小说

——《彭公案》前言

《彭公案》，亦名《大清全传》，是晚清继《施公案》之后出现的又一部影响较大的公案侠义小说。是书凡二十三卷一百回，署“贪梦道人著”。据鲁迅先生《中国小说史略》的考订，《彭公案》最早的刊行时间在光绪十七年（1891），系二十四卷一百回本。贪梦道人另著有《永庆升平后传》一百回行世，生平不详。

《彭公案》中的彭公，名朋，是以康熙间名宦彭鹏为原型的。据《清史稿》卷二百七十七本传载：彭鹏字奋斯，福建莆田人。以举人谒选，授三河知县，擢给事中，历贵州按察使、广西巡抚、广东巡抚。他为官清正，受民称颂，民间多流传有他的故事，故小说家即据其部分宦迹敷演成书。小说将彭鹏改作“彭朋”，原籍改为四川成都府驻防旗人，原名“定求”，更名“朋”，字“友仁”。至于小说情节，除彭朋初授三河知县，不畏豪强秉公执法曾被参等事外，其他也多与彭鹏事迹不合。与《施公案》等公案侠义小说一样，《彭公案》中的彭公，在小说中主要起联缀情节的作用。

《彭公案》以彭朋出知三河县、升绍兴知府、擢河南巡抚、授兵部尚书查办大同事务为线索，叙述李七侯、黄三太、杨香武、欧阳德等一班侠客协助他惩恶诛奸、除盗平叛的故事，结局无非是清官邀得圣宠，侠客受到奖赏。其内容和情节模式，都与先出的《施公案》一类小说相似。

《彭公案》的成书时间虽晚于《施公案》，但故事发生的时间却早于《施公案》。两书中的人物、情节，多有交叉和衔接之处。如在《施公案》中叱咤纵横的黄天霸，在《彭公案》中出现时，还是个初入江湖的英俊少年。再如白马李七侯、窦二墩等，在两书中都是重要人物。这是由于两书同是吸收了雍正、乾隆以来社会上的传说故事。纪昀《阅微草堂笔记》卷八《如是我闻》中，曾讲到“窦二敦”常夜入人家劫走妇女事。蒋瑞藻《小说考证》“盗御马”条引《阙名笔记》云：“窦二敦，献县无赖子也，以健斗横行于市，椎埋恶少，奉之为魁。”可能实有其人。周明泰《道咸以来梨园系年小录》引道光四年北京“庆升平班戏目”，中有《连环套》等十数出戏演的是《施公案》里的情节；又有《画春园》《武文华》《豆（窦）尔敦》《九龙杯》《左青龙》等戏，所演故事见于《彭公案》中。因此，《彭公案》一书，其实可以看作是《施公案》的姊妹篇。两书合观，可以对我国古代公案侠义小说的流变和特点，有一个比较明晰的了解。同时，由于本书与《永庆升平后传》出自一人，两书的情节也多相类之处，尤其是回前诗词，多有雷同。

与《三侠五义》《施公案》等小说相类，《彭公案》的大旨也在“揄扬勇快，赞美粗豪，然又必不背于忠义”（鲁迅《中国小说史略》）。作者旨在维护封建统治，故书中不免对封建君主作歌功颂德的描写。正如鲁迅先生在评价这类公案侠义小说时所指出：“这等小说，大概是叙侠义之士，除盗平叛的事情，而中间每以名臣大官，总领一切。其先又有《施公案》，同时则有《彭公案》一类的小说，也盛行一时。其中所叙的侠客，大半粗豪，很像《水浒》底人物，故其事实虽然来自《龙图公案》，而源流则仍出于《水浒》。不过《水浒》中人物在反抗政府；而这一类书中底人物，则帮助政府，这是作者思想的大不同处，大概也因为社会背景不同之故罢。”（《中国小说的历史的变迁》）

《彭公案》成书的时间，处于太平天国失败之后，义和团运动兴起之前，所以书中描写的虽是一个“康熙盛世”的外表，实际上却折射了清末时代的社会生活。书中反映出来的那种社会动乱、民不聊生的情景；揭露出来的那种贪官污吏贪赃枉法，土豪劣绅鱼肉乡里，官匪勾结、无恶不作的黑暗现实，无疑具有一定的认识意义。而书中对侠客除暴安良、清官为民伸冤的描写，显然也反映了百姓的愿望，今天还应当在客观上给予历史的肯定。

《彭公案》在艺术上的成就不高，保留了比较浓厚的说书的痕迹，行文较粗糙。然而，唯其粗糙，却极写实，比较贴近当时平民的欣赏趣味，在艺术上还有一些值得称道之处。书中写彭公的几次私访和遇刺，都描摹得真切自然，险象环生，波澜迭起，引人入胜。再以人物形象而言：同是心高气傲、武艺超群的侠客，黄三太和杨香武就各有性格特点，杨香武颇具几分机智，显得较为洒脱；而黄三太则沉稳庄重，颇具长者风度。同为绿林大盗，窦二墩和吴太山之流也有不同，前者是官逼民反，还有豪爽鲁莽、不贪财色的一面；后者则是占山为王，老奸巨猾，专干打家劫舍、为非作歹的勾当。他如义侠欧阳德之率意任真、神眼季全之足智多谋等，都写得生龙活虎，呼之欲出。正因如此，《彭公案》在当时广为流传，为人们喜闻乐见，影响甚大。书首孙寿彭序中说："《彭公案》一书，京中钞写殆遍，大街小巷，侈为异谈，皆以脍炙人口。故会庙场中，谈是书者不计其数，一时观者如堵，听者忘倦。"可见盛传情况之一斑。

《彭公案》刊行之时，正值京剧艺术趋于成熟之日，于是在京剧舞台上，也随之出现了一批以《彭公案》故事为题材的剧目。据陶君起《京剧剧目初探》载，当时演出的《彭公案》故事剧目有《武文华》《英雄会》《九龙杯》《画春园》等十余出。还有不少以《彭公案》为素材的连台本戏和折子戏。李七侯、黄三太、杨香武、欧阳德、窦二墩等，也成了京剧舞台上为人们所喜爱的艺术形象。由于以上原因，《彭公案》行世后，曾出现一续再续之书，最多续至三百四十一回，其后，更有续至二十集者。这些续书大多随意拼凑，千篇一律，故本丛书不取。

《彭公案》一书，流行以石印本为多，刻本较少见。本书此次校点，以上海古籍出版社《古本小说集成》所收南京大学藏光绪二十年（1894）琉璃厂藏板本《大清全传》为底本，参校上海扫叶山房石印本《绘画彭公案全传》等本。在整理时改正了原书大量错讹衍夺之文，限于篇幅，不出校记。原书中人名、地名前后不统一处，依据文义予以统一，在此不再一一说明。原刻本卷首有光绪壬辰（十八年）刻书人张继起、孙寿彭、贪梦道人三序及光绪十九年东汝居士续刊重序。今保留贪梦道人自序；余三序与书中内容无涉，皆予删去。限于学力，标校工作中疏误不当之处在所难免。尚祈读者指正。

1993年2月

《彭公案》为上海古籍出版社“十大古典公案侠义小说”之一，1993年出版；本文署名：秦克、巩军

谴责小说简论

——《十大古典社会谴责小说》丛书出版说明

中国封建社会发展到晚清时期，已经走到了尽头。封建制度的弊端暴露无遗，吏治腐败，社会动荡，阶级矛盾、民族矛盾日益尖锐，封建王朝的国家机器根本无力扭转即将崩溃的局势。内忧已甚，外患频仍。1840 年的鸦片战争，帝国主义列强凭借武力打开了中国的大门，使中国沦为半封建半殖民地社会，民族危机到了空前严重的地步。为了民族生存、国家富强，一批批先进的中国人纷纷寻找救国的出路。他们或思维新，或谋革命，或接受西方文明以求借鉴，或继承传统思想以求新变，在近代中国舞台上演出了一幕幕可泣可诉、可悲可感的活剧。中国近代出现的社会谴责小说，就是在这一历史和社会的背景下出现的，并以文学形式形象生动地反映了这一时期的重大事件和社会生活。

对于谴责小说的产生原因和特点，鲁迅先生在《中国小说史略》中有很精辟的论述，他指出：

光绪庚子（一九〇〇）后，谴责小说之出特盛。盖嘉庆以来，虽屡平内乱（白莲教，太平天国，捻，回），亦屡挫于外敌（英，法，日本），细民暗昧，尚啜茗听平逆武功，有识者则已翻然思改革，凭敌忾之心，呼维新与爱国，而于“富强”尤致意焉。戊戌变政既不成，越二年即庚子岁而有义和团之变，群乃知政府不足与图治，顿有掊击之意矣。其在小说，则揭发伏藏，显其弊恶，而于时政，严加纠弹，或更扩充，并及风俗。虽命意在于匡世，似与讽刺小说同伦，而辞气浮露，笔无藏锋，甚且过甚其辞，以合时人嗜好，则其度量技术之相去亦远矣，故别谓之谴责小说。

作为我国古典小说终结时期出现的谴责小说，具有鲜明的时代特征，它们集中出现在1900年之后的十年间，在内容和形式上也有比较相同的特点。这些小说的作者大都用现实主义的手法，以社会现实和时事新闻为描写题材，广泛而又深入地触及当时社会生活的各个层面，其描写对象上至达官贵戚、文武官僚，下至车夫贩卒、妓女流氓，几乎囊括了社会上形形色色的各等人物，抨击了社会上的一切丑恶现象，其揭露和讽刺的尖锐和深刻程度，与时代的节奏深相吻合，因此在社会上引起了强烈的反响。如李伯元的《官场现形记》揭露当时官场上种种腐朽丑恶现象，被誉为“官场之照妖镜、燃渚犀”，有着强烈的现实针对性。由于这些小说大多是在报纸杂志上连载发表的，作者边写边刊，艺术上不免粗糙，不少作品是急就章，甚至未及终篇就告中止；但其影响的广度和深度，均是以前同等主题的小说所未能达到的。如李伯元的《官场现形记》、吴趼人的《二十年目睹之怪现状》等均风行一时，影响甚大，这两部小说与曾朴的《孽海花》、刘鹗的《老残游记》（后两种小说已收入我社《十大古典白话长篇小说》丛书），被推为晚清四大谴责小说，在中国小说史上占有重要的地位。

为了全面反映谴责小说的题材内容和艺术特点，我社特从众多的谴责小说中精选十种，编为《十大古典社会谴责小说》丛书。这是我社继推出《十大古典白话长篇小说》《十大古典白话短篇小说》《十大古典白话小说名著续书》《十大古典公案侠义小说》《十大古典社会人情小说》《十大古典英雄传奇小说》《十大古典神怪小说》等七套丛书之后，在古典白话小说普及化、系列化方面做的新的尝试。至此，我社的古典白话小说丛书出了八套共八十种。可以说，中国古典白话小说已大备于此，通过这些小说中的精品，基本上可以感受到中国古典小说的丰富多彩和灿烂成就。

收入《十大古典社会谴责小说》丛书的十种小说是：李伯元的《官场现形记》《文明小史》《活地狱》，吴趼人的《二十年目睹之怪现状》《糊涂世界》，诞叟的《梼杌萃编》，黄小配的《廿载繁华梦》，张春帆的《宦海》（附彭养鸥《黑籍冤魂》），梦花馆主江阴香的《九尾狐》，和陆士谔的《新上海》。这些小说几乎涵盖了谴责小说描写的各种题材，代表了谴责小说创作的最高水平。

李伯元和吴趼人是谴责小说的代表作家，他们作品众多，成就也最高，本丛书选收了他们的主要代表作品。除了众所周知的《官场现形记》《二十年目睹之怪现状》外，其他几种作品也很有特色。《文明小史》从所谓“维新”的角度，暴露了清政府的无能，描写了西方文明进入中国后的情形，展现了新旧思想的冲突。《活地狱》则专门叙述各地衙门的黑暗和其所施用的各种残酷刑具，揭露政府衙门简直是人间地狱。其他如《糊涂世界》《梼杌萃编》《廿载繁华梦》等作品，也是揭露官场黑暗、人情险恶之作。《宦海》的故事背景主要在广东一地，而《新上海》则描写了本世纪初上海十里洋场的种种光怪陆离的丑恶现象。《九尾狐》通过上海滩一个名妓的故事，谴责了卖淫嫖娼这种丑恶的社会现象；而《黑籍冤魂》则揭露了吸食鸦片的危害。

以上十种（附《黑籍冤魂》）小说，篇幅长短不一，不少还是未完成之作，艺术成就也有高下之分，但这些书中所揭露谴责的种种社会丑恶现象，即使对今天的读者来说还有积极的作用；对于研究中国小说史、喜欢阅读古典小说的读者来说，这套丛书更有不可忽视的价值。因此我们编选了这套丛书奉献给读者，希望能受到读者的欢迎。

1997 年 1 月

“十大古典社会谴责小说”丛书，1997 年由上海古籍出版社出版

清末社会的风情图画

——《文明小史》前言

《文明小史》，是晚清著名的谴责小说作家李伯元的代表作之一。

李伯元（1867—1906），名宝嘉，又名宝凯，别号南亭亭长，笔名有游戏主人等，以字名世。武进（今江苏常州）人。幼年丧父，在堂伯父李翼清的抚养督教下成长。李翼清在山东任地方官，故伯元青少年时期是在山东度过的。伯元二十六岁时，李翼清从山东辞官归里，他也随同返回家乡。李伯元在家乡曾以第一名考取秀才，后未再中举。三十岁时，他便来到上海从事办报和写作活动，先后主办过《指南报》《游戏报》《世界繁华报》等报，创作了《庚子国变弹词》《活地狱》《文明小史》《官场现形记》等作品，在当时影响很大。

李伯元生活的时代，正值中国封建社会的末世。封建制度的弊端已暴露无遗，吏治腐败，社会动荡，封建王朝的国家机器根本无法挽救其即将崩溃的命运。鸦片战争的炮响，帝国主义列强凭借武力打开了在中国横行的大门，中国从此沦为半封建半殖民地社会，阶级矛盾和民族矛盾空前尖锐。面对内忧外患的局面，一大批头脑清醒、具有爱国感、正义感的知识分子，纷纷寻找救国富强的道路。在饱受西方列强侵略欺凌的同时，也注意吸收西方先进的文明，或图维新，或思革命。然而，1898 年（戊戌年）的戊戌政变宣告了维新派的失败，1900 年（庚子年）八国联军攻占北京，更使中华民族的危机到了空前严重的地步。谴责小说就是在这一背景下出现的。诚如鲁迅先生所说："戊戌变政既不成，越二年即庚子岁而有义和团之变，群乃知政府不足与图治，顿有掊击之意矣。其在小说，则揭发伏藏，显其弊恶，而于时政，严加纠弹，或更扩充，并及风俗。虽命意在于匡世，似与讽刺小说同伦，而辞气浮露，笔无藏锋，甚且过甚其辞，以合时人嗜好，则其度量技术之相去亦远矣，故别谓之谴责小说。"（《中国小说史略》）李伯元就是谴责小说作家中最著名的一位。

李伯元的小说向以《官场现形记》最为著名，影响也最大。这部小说对晚清社会整个官场的腐朽烂败作了最彻底的揭露，一时风行全国。然而，揭露官场的腐朽烂败，在中国小说史上，可以说是一个传统题材，《官场现形记》的揭露不过是更彻底而已；如果就作品表现的崭新内容和时代特征来说，李伯元的作品中还得推这本《文明小史》。

诚如著名的小说史家阿英先生所说：“李伯元的《文明小史》在维新运动期间，是一部最出色的小说。一般人谈起李伯元来，总会强调他的《官场现形记》，而我却不作如此想。《官场现形记》诚然是一部杰作，但就整然的反映一个变动的时代说，《文明小史》是应该给予更高的估价的。”（引自《李伯元研究资料》，上海古籍出版社，1980 年）

《文明小史》一书反映的是晚清特别是戊戌政变以后一段时期内的中国社会的现实状况，特别是反映了当时官场对新政、新学的态度，并在一定程度上刻画了新旧思想的冲突。作者在小说的楔子里，首先表明了自己的写作动机：

我们今日的世界，到了什么时候了？有个人说：“老大帝国，未必转老还童。”又一个说：“幼稚时代，不难由少而壮。”据在下看起来，现在的光景，却非老大，亦非幼稚，大约离着那太阳要出、大雨要下的时候，也就不远了。何以见得？你看这几年，新政新学，早已闹得沸反盈天，也有办得好的，也有办不好的；也有学得成的，也有学不成的。现在无论他好不好，到底先有人肯办；无论他成不成，到底先有人肯学。加以人心鼓舞，上下奋兴，这个风潮，不同那太阳要出、大雨要下的风潮一样么？所以这一干人，且不管他是成是败，是废是兴，是公是私，是真是假，将来总要算是文明世界上一个功臣。所以在下特特做这一部书，将他们表扬一番，庶不负他们这一片苦心孤诣也。

作为一个爱国的、有正义感的知识分子，李伯元对清政府的腐败极为不满，对帝国主义的侵略更为愤怒，但对当时一般维新派的假文明也很不满。楔子里说的“表扬”，不过是反面着笔，书中对那些“以吃鸦片为自由，以吃牛肉为维新”之类的假文明作了淋漓尽致的揭露和讽刺。但是，由于受到封建思想道德的局限，他对革命党人以及义和拳运动也是深恶痛绝的。在小说第五十九回里，他用了一千五百言的篇幅，借书中人物之口，指责革命党破坏“天理、国法、人情”，将革命党与义和拳相提并论，称为“北拳南革”。作者还是把希望寄托在有为的维新官吏身上，希望他们兴利除弊，“上补朝廷之失，下救社会之偏”。

尽管如此，作为一个现实主义作家，李伯元的《文明小史》真实地展现了当时社会的现实，具有不可替代的认识价值。书中揭露了形形色色的封建官吏的丑恶嘴脸，如对百姓横征暴敛、滥施淫威的傅知府，卸任时却自制万民伞、自撰德政碑、自造生祠、自买新靴，给人以万民爱戴的能吏的假象；候补知府黄世昌以按摩为名，把老婆献给制台以求升官；还有许多以维新为名而走仕途捷径的官吏，揣摩迎合上司旨意，所谓“因时制宜”，国家改维新则上维新条陈，国家信义和团则上招抚拳民条陈等等；更有不少大小官吏媚洋惧外，任何事只要一听有洋人参与就没有主张，等等。作者的这些描写充满着强烈的批判精神，其内容的深刻和揭露的尖锐并不比他的其他小说如《官场现形记》和《活地狱》逊色。而书中描写的西方思想进入中国时人们的反应及新旧思想的冲突，也很耐人寻味。如第四十二回描写一个反对新学甚烈的康大尊，憎恨宣扬自由平等这类新书把少年人引诱坏，便去府衙门告状，勒令众书店主人永远不贩卖这种书，并把搜出来的书统统付之一炬，由此可见新旧冲突激烈的程度。至于书中写到的时人盲目崇洋、追逐新潮的种种趣事，虽以讽刺笔墨出之，仍可见出作者的悲慨之情。

《文明小史》在结构上同《官场现形记》一样，没有一个中心人物，但人物和事件却能贯穿一气。作者的视野极为阔大，描写的范围也几乎达半个中国，并把笔触伸到域外。书曰“文明”，却从极顽固保守的地方入手，从僻处边陲、民俗浑噩的湖南永顺府地方一直写到江南和上海，活画出清末社会的风情图画。小说整体虽不免粗糙，但亦不乏描写精细的片断，如第五十三回写饶鸿生游历日本的一段就很有声有色。在刻画人物方面，同他的《官场现形记》等小说一样，《文明小史》也普遍采取了谐音命名的手法，给书中人物以特定的含义，如讽刺片面向往新学的三兄弟贾子猷（假自由）、贾平泉（假平权）、贾葛民（假革命），两江总督白笏绾（百勿管），势利小人魏榜贤（会帮闲），无赖恶棍陶起（淘气）等等。作者并不满足于漫画式地勾勒人物形象，也能通过精细地刻画人物的言行举止和心理活动以表现人物性格，书中不少人物的塑造还是颇具典型意义的。应该说，无论是就思想价值还是艺术成就而言，《文明小史》在晚清谴责小说中确实称得上是一部优秀之作。

《文明小史》原载《绣像小说》半月刊第 1 — 56 号（1903 年 5 月至 1905 年 9 月），共六十回，又楔子一篇，署南亭亭长著，自在山民加评，每回有插图和评语。1906 年商务印书馆出版单行本，分上、下两册，未收插图和评语。此次整理，以《绣像小说》连载的本子为底本进行标点，插图和评语则予以删去。原书中的错讹衍夺之处径予改正，限于篇幅不出校记；通假字则一仍其旧。为保持原书全貌，校点本对原书不作任何删节，作者在书中对革命党等的错误看法，反映了作者思想上的局限，今天的读者当能鉴别，故仍予保留。限于水平，校点中难免存在疏误之处，敬祈读者批评指正。

1996 年 11 月

《文明小史》，1997 年由上海古籍出版社出版；本文署名：秦克、巩军

谴责娼妓的醒世之作

——《九尾狐》前言

《九尾狐》是清末继《九尾龟》之后出现的一部社会谴责小说。与《官场现形记》《二十年目睹之怪现状》等著名谴责小说之广泛暴露社会种种丑恶现象有所不同,《九尾狐》谴责的主要对象是娼妓，并由此暴露出社会上丑恶的一面。作者在小说的第一回开宗明义就指出了写作的宗旨:

龟有九尾，狐亦有九尾。九尾龟有书，九尾狐不可无书。他为一个富贵达官写照，因其帷薄不修，闹出许多笑话，故与他题个雅号，叫做“九尾龟”。我为一个淫贱娼妓现形，因其风骚善媚，别有许多魔力，故与他取个美名，叫做“九尾狐”。……狐是物中之妖，妓是人中之妖，并非在下的苛论。试观今之娼妓，敲精吸髓，不顾人之死活，一味贪淫，甚至姘戏子，姘马夫，种种下贱，罄竹难书。虽有几分姿色，打扮得花枝招展，妖艳动人，但据在下看来，分明是个玉面狐狸。即有人娶他归家，藏诸金屋，幸而自己有命，不曾被他迷死，也可算得侥幸。只是他拘束不惯，终究要兴妖作怪，不安于室的。你想可怕不可怕？然这几句话仅就大概而言，如今在下编成这部书，特地欲唤醒世人，要人惊心夺目，故标其名曰《九尾狐》，是专指一个极淫贱的娼妓，把他秽史描写出来，做个榜样罢了。

在书中的其他地方，作者也一再重申“这部小说实为醒世起见，借胡宝玉做个引头，警戒年少之人，切勿迷恋花丛，当他们有情有义，把黄金掷于虚牝，弄得倾家荡产，丑名外溢，就是这书的功劳了”。

作为一部醒世之作，《九尾狐》以清末社会为背景，描写了沪上名妓胡宝玉由盛而衰的经历，刻画了胡宝玉这一贪财好淫、狐媚狡诈的妓女形象，并通过胡宝玉的经历和交游，展现出晚清社会的众生相和风俗图。作者笔下的胡宝玉，初做妓女时取名林黛玉，因长得风流俊俏，又善狐媚，为上海富商杨四娶为小妾。黛玉从良之后，虽蒙宠爱，但淫心难抑，姘识戏子黄月山，向杨四求去，遂改名胡宝玉，重操旧业。此后，她又先后姘上戏子杨月楼、十三旦，以满足淫欲。甚至为尝外国的“风味”，一改打扮，头上改梳前刘海，学起外国话，向外国大班卖淫。胡宝玉一方面是不择手段地满足自己的淫欲，一方面又费尽心机地从嫖客手中敛财。为了更多地敛财，以满足其奢靡的生活，胡宝玉下广东，赴宁波，上京城，扩大嫖客队伍以广开财源。及至年老色衰，仍不思从良，反而买了几个女孩，开起了妓院，并借用富商胡雪岩的庆余堂之名来命名妓院，做起了老鸨，以求财货充盈，“尽可享老年之福”。书中虽然没有写明胡宝玉的结局，但在第五十二回《胡宝玉四十庆生辰，九尾狐三更惊恶梦》中，作者在极写胡宝玉做寿场面之奢华后，却先以诗一首以包括之。诗云：“记取当年庆寿辰，杯盘交错宴嘉宾。题诗且喜来骚客，侑酒何须倩主人。满室脂香同粉腻，堆筵海味与山珍。一时盛事今安在？方信黄粱梦不真。”然后，作者又详尽地描写了胡宝玉做的一个恶梦：繁盛华丽的胡庆余堂被烧得干干净净，变成一片瓦砾之场；胡宝玉堕入孽海之中，几遭灭顶之灾，最后为一老尼领入“色空庵”中。这虽是一个梦，但可以说是预兆着胡宝玉的命运。

同属描写妓女生活的小说，《九尾狐》的作者与《海上花列传》等的作者不同，对妓女这种被侮辱与被损害的一族并不予以同情和悲悯，而是予以鄙视和谴责，在这一点上，与《九尾龟》更为接近。作者把妓女视作罪恶之源的看法显然是有失偏颇的，罪恶的社会制度才是产生这种

“恶之花”的根源。当然，作者在谴责暴露妓女的同时，还把笔触伸向了妓女周围形形色色的人物，上至达官贵人、富商豪贾，并及洋行大班、买办奴才、文人墨客、戏子优伶，下至妓院帮佣、王八鳖腿等等，从而展示了清末社会的广阔图景，在主观上揭露妓女制度罪恶的同时，客观上也揭示出产生这种罪恶的种种因素。这种批判现实主义的创作方法的运用，正是这部作品的成功之处。

《九尾狐》是继《九尾龟》之后所作，作品在艺术上与《九尾龟》有许多相近之处。作品人物形象生动，故事情节波澜起伏，尤其值得称道的是塑造了胡宝玉这样一个具有鲜明性格的妓女形象。在语言方面，与《九尾龟》一样，全书基本上用流畅的官话叙述，人物的对话视语境的不同而夹杂运用吴语和其他方言，从而使作品具有一种绘声绘色、惟妙惟肖的艺术效果，避免了《海上花列传》等吴语小说给读者阅读上所造成的语言障碍。

《九尾狐》原为六集六十二回，写到胡宝玉为夸豪富，替死去的哥哥捐官，越礼出丧为止，并未结束。作者在第六十二回末还交代了下文的许多情节，并云“这些关目，请观第七集分解”。但光绪三十四年至宣统二年（1908—1910）由社会小说社出版的《九尾狐》仅这六集六十二回，后又有民国初年出版的交通图书馆本，也是如此。作者署名梦花馆主，梦花馆主即江阴香的笔名。除《九尾狐》外，他还撰有《桃花扇演义》等。其生平事迹均不详。本书此次整理，以交通图书馆本为底本进行标点。依照丛书体例，书中的讹误之处径予改正，不出校记；通假字则予保留，以存原貌。整理中的疏误之处，还希读者指正。

1997年2月

《九尾狐》，1997年由上海古籍出版社出版；本文署名：秦克、党园

值得一读的《民国名刊精选》

——《民国名刊精选》出版说明

中国近现代社会的变迁，是与中国近现代报刊的发展密切相关的。这不仅是因为近现代报刊生动及时地展现了历史风云，而且也是因为近现代报刊对社会变迁起到了各种各样的作用。民国期间，特别是新文化运动以来，以 1915 年陈独秀主编的《新青年》杂志（该刊初名《青年杂志》，第二卷起改名《新青年》）的诞生为标志，出现了不少在当时具有重要影响的刊物。它们或宣传先进的思想和学说，或抨击不合理的社会制度和社会现象，或生动记录了风起云涌的历史事件，或真实描写了纷繁复杂的世态人情，体现了办刊人的宗旨，起到了刊物应发挥的作用。这些刊物，大多具有鲜明的时代特征和独特的办刊风格，尤其是一些文学类刊物，更是一些文学流派和文学团体宣传其主张、展现其风格的阵地，如《小说月报》《语丝》《创造》《新月》《现代》《论语》等刊物，在中国现代

访柯灵先生于其寓所（1999 年 1 月 4 日，右为柯灵先生）

文学史上都具有重要的地位。这是一笔不容忽视的文化遗产。

随着岁月的流逝，民国期间出版的许多刊物已不易寻觅。但是，真正有价值的东西是不应被人遗忘的，这不仅是为了研究历史的需要，而且也是为了给今人提供借鉴。因此，在文学前辈施蛰存、柯灵先生等的支持下，我们组织编选了这套《民国名刊精选》丛书。丛书遴选的对象，以民国期间出版的文学类杂志刊载的散文为主；编选的标准，则是兼顾资料性和文学性。入选的文章，或重其史料价值，或重其艺术追求。本着这一宗旨，丛书继《纸片战争——〈红杂志〉〈红玫瑰〉萃编》《玻璃建筑——〈现代〉萃编》《钓台的春昼——〈论语〉萃编》《午夜高楼——〈宇宙风〉萃编》和《无花的春天——〈万象〉萃编》五种出版之后，又推出《影的告别——〈语丝〉萃编》《撒但的工程——〈创造〉〈洪水〉〈幻洲〉萃编》《豁蒙楼暮色——〈新月〉萃编》《窗外的春光——〈人间世〉萃编》和《路亭——〈太白〉萃编》五种，每种书名均取自书中所选的文章的篇名。

丛书入选的刊物，均是民国期间问世的著名的文学类和文化类杂志。其中《红杂志》与《红玫瑰》一脉相承，是以普通市民为主要读者对象的消闲性文学杂志，也是鸳鸯蝴蝶派的代表刊物，所选文章以描写当时的世态人情为主，对于了解民国旧派文学的状况也颇具认识价值。《语丝》首先是“五四”落潮后新文学流派生发的标志。它在鲁迅、周作人兄弟的悉心支持下，继承和发扬“五四”新文化运动、《新青年》社会批评与文明批评的传统，以发表杂文随笔为主，形成了鲜明的文体风格，被称之为“语丝”体。创造社是“五四”以来一个有影响的新文学社团，创造社主办的《创造》季刊、《创造周报》《洪水》《幻洲》等刊物，比较完整地代表了创造社散文创作的艺术型风格的一般特色。“新月派”与“语丝派”、“论语派”一样也是中国现代文学史上的重要流派，也是因杂志而得名的。新月派虽然以诗的成就最大，但散文创作也很有特色，注意超脱，有绅士气。“论语派”的刊物主要是著名文学家林语堂及同人在 20 世纪 30 年代创办的三种文学期刊——《论语》《人间世》《宇宙风》。林语堂以提倡幽默闲适、抒写性灵而著称，这三种刊物发表的文章也以小品文为主，所刊文章题材广泛，对我国现代小品散文创作的繁荣及其风格的多样性产生过重要影响。同样，由施蛰存先生主编的《现代》杂志，展现了三十年代前期散文园地绚丽多姿的风貌，以其浓郁的文学色彩受到广大读者的喜爱；由柯灵先生主编的《万象》月刊，在四十年代敌伪统治下的上海，不与敌伪合作，敢于直面现实，发表了不少贴近市民生活而情趣不俗的作品，对于了解当时社会状况和各阶层精神面貌，有着不容忽视的认识意义。与“论语派”的倾向相对立的，是《太白》杂志，反对自我、闲适的“小摆设”的小品文，比较注意发表贴近现实的散文，以及富有战斗性的杂文。这些不同倾向、不同风格的刊物的并存发展，展现出20世纪30年代文坛的特点。

《民国名刊精选》丛书入选的十余种杂志，都是在中国现代文学史上有影响的刊物。从书所选的文章，不仅具有文学欣赏价值，而且对于了解当时社会状况和各阶层精神面貌，有着不容忽视的认识意义。这些刊物，不少在相当长的一段时间内几乎被湮没在尘封之中，没有得到应有的评价。相信随着这套丛书的问世，我们对这些刊物会有一种全新的认识。无论从文学欣赏还是从了解历史的角度而言，这套丛书都很值得一读。

《民国名刊精选》丛书10种，分两批各5种，分别于1999年9月、2000年9月由上海古籍出版社出版

一个老出版人的心路历程

——《双晖轩集》序

年届八旬的李国章先生将历年所撰文章编为《双晖轩集》，嘱我写序。我从未为他人文集作过序，何况国章先生是一位长者，但是我没有推却的理由，因为国章先生是我非常尊敬的前辈、我曾经的领导、相识三十多年的同事。

国章先生，福建莆田人，1957 年考入复旦大学中文系。大学期间，打下了扎实的古典文学基础。大学毕业后，他入伍当兵，部队转业后进过机关工作，后又调至中学任教并担任语文教研组组长，“文革”后期借调上海人民出版社辞海编辑室古典文学组参与《辞海》古典文学条目的修订、编写工作，从此与出版结缘。1979 年初，刚过 40 岁的李国章调到了上海古籍出版社，在古典文学编辑室任编辑，从此他把全部的精力都投入到他喜爱的工作中去。很快，他就脱颖而出，以扎实的业务能力和踏实的工作作风得到了领导和同志们的好评，先后担任编辑室副主任、副总编辑、总编辑。1994 年，他又挑起了社长兼党委书记的重担，成为继著名出版家李俊民先生、魏同贤先生之后上海古籍出版社的第三任社长。他在这个岗位上工作了八年直至退休。退休之后，他仍一如既往地关心着出版工作，并兼任全国古籍整理出版规划领导小组成员等社会职务，尽到一个资深专业出版人的责任。

《双晖轩集》收录作者各类文章数十篇，分为六辑，包括作者回忆师友、同事之作，关于出版工作的回顾与建议，古代诗文研究与名篇评析等，勾勒了作者求学、治学和从事编辑出版工作的轨迹，展现出作者作为一位业绩突出的专业出版人尽心力于出版而又不忘情于学术的一面。

国章先生说，他请我作序是因为我熟悉他，了解他，与他有不少的相同点。确实，我与国章先生有缘，既是校友，又是同事，只是年辈差了不少。国章先生长我两纪，早我二十多年进入复旦大学中文系求学，他的许多老师和同学后来也成为我的老师；他也早我七年进入上海古籍出版社从事编辑出版工作，我进社时他已担任副总编辑，我担任副总编辑时他正临退休，虽然他从没有直接分管过我的工作，但他的工作作风和业绩我一直耳濡目染；特别是在他卸任社长十二年之后，我也挑起了他曾经挑过的重担，对他曾经做过的工作感同身受，对他为上海古籍出版社做出的贡献有了深切的体会。因此，借作序的机会，表达对国章先生的敬意。

国章先生对古籍出版工作和出版人的责任有着清醒的认识，就是要“发挥专业优势，弘扬中华民族优秀传统文化；增强创新意识，努力做好古籍整理出版工作”。作为一个编辑出身的社长，国章先生始终把图书选题的开拓与创新放在首位。他担任社长时，上海古籍出版社已走过了近四十年的历程。这家出版社的前身是成立于1956年的古典文学出版社，1958年后又以中华书局上海编辑所的名义继续整理出版古代典籍及其研究著作，1978年更名为上海古籍出版社。该社的开创者李俊民先生是一位学养深厚、人品高洁的忠厚长者，在他的主持下，该社出版了不少在古籍整理领域具有开创性意义的著作，形成了严谨踏实、精益求精的出版风格。继李俊民先生之后，勇于开拓、奋发有为的魏同贤先生担任社长，上海古籍出版社开始投入大型集成性资料丛书的开发工作，先后影印出版了文渊阁本《四库全书》《古本小说集成》，开始出版《敦煌吐鲁番文献集成》。这些图书不仅在海内外学术界赢得了巨大的声誉，而且也成为出版社的重要经济支柱。国章先生与李俊民先生、魏同贤先生多年共事，熟悉他俩的出版理念和工作作风，深受影响，收入这本集子中的记李俊民先生、魏同贤先生两文，就表达了国章先生对他俩的深切怀念之情。在继承前辈事业的基础上，国章先生带领全社员工又有新的开拓、新的发展。

国章先生担任社长时，古籍出版已从上世纪八十年代的热闹转为冷清，古籍图书市场日见拥挤，选题重复十分严重。全国十几家古籍专业出版社都有自己的“四大古典小说”。八十年代初那种一本古典小说名著发行几十万册的日子已是一去不返，而非专业出版社的介入古籍出版，又在一定程度上加剧了无序竞争。市场疲软状况尚未扭转，图书出版的竞争却更加激烈，古籍出版社与其他出版社相比，不仅发展缓慢，更面临着生存危机。在这种情况下，古籍出版社的出路何在？收入这本集子中的《坚持正确出版方向，为弘扬民族传统文化努力奋斗》《将文化含量与规模效应相统一，走上持续发展的道路》《发挥专业优势，增强创新意识，使古籍出版光景常新》《人才是立社之本》等文清楚地表达了国章先生的认识。他上任后不久，即在社内倡导“团结、敬业、开拓、奉献”的精神，提出了把上海古籍出版社建成一个与上海这样一个现代化国际大都市地位相适应的古籍专业出版社的目标。他认为，要树立一个一流的古籍专业出版社的形象，光靠出版一些“短平快”的图书不行，“必须依靠自己的专业优势，拿出自己的品牌图书，我有，而人家没有，这样才能在竞争中立稳脚跟”。在李国章的主持下，上海古籍出版社影印出版了新中国成立以来最大的出版项目《续修四库全书》，并有《中国文学批评通史》《中国古籍善本书目》《上海博物馆藏敦煌吐鲁番文献》《二十五史新编》（这是李国章与总编辑赵昌平联合主编的一套富有创意的介绍中国历史的精品普及读物）、《中国历代人名大辞典》等图书荣获了国家图书奖、中国图书奖等大奖，使上海古籍出版社的品牌不断发扬光大，在全国古籍专业出版社中处于领先地位。

体现文化积累意义的大型集成性丛书的出版，是上海古籍出版社在古籍整理方面的一个重要开拓，也是李国章在社长任上倾注最多心血与精力的方面。在他的主持下，上海古籍出版社历时八年，完成了《续修四库全书》的编辑出版。这一项目的实施，几乎与李国章的社长任期相始终，最能体现他作为一个出版人的识见和魄力。上世纪九十年代中期，学术界和出版界都提出了续修《四库全书》的要求，上海古籍出版社决定承担《续修四库全书》的出版任务。1994 年 7 月，中国出版工作者协会同国家古籍整理出版规划小组、上海古籍出版社、深圳市南山区政府组织成立了“续修四库全书工作委员会”和“续修四库全书编纂委员会”。李国章作为工委会委员，自始至终参与了这套书的策划和整个出版工作。对于上海古籍出版社是否有条件、有能力承接这一项目，对于这一项目的学术价值以及预期取得的社会效益和经济效益，李国章充满了自信。在他的坚决主张下，上海古籍出版社抽调精兵强将组建了专门编辑室，开始投入了编辑出版《续修四库全书》的工作。经过长达八年的艰苦努力，终于完成了这一传世项目。2002 年 5 月 9 日，《续修四库全书》出版座谈会在北京人民大会堂举行。中共中央政治局常委、全国政协主席李瑞环同志出席本书出版座谈会并作重要讲话，他将编纂出版《续修四库全书》称为“功在当代，泽及后世”的盛举，认为“这是一项了不起的工程，对保存、研究和弘扬中华民族的传统文化，必将产生重大影响”。收入这本集子中的《盛世修书，继往开来——回顾〈续修四库全书〉的编辑与出版历程》和回忆“续修四库全书工作委员会”主任宋木文、《续修四库全书》主编顾廷龙、傅璇琮先生等文就真实地再现了这一项目的实施进程，总结了他在实施这一项目乃至担任社长八年间的经验。他感受最深的一点就是：困难与希望同在，挑战与机遇并存。八年来，正是始终带着生存的危机感和发展的紧迫感，不断探索克服困难的办法，寻找持续发展的有效途径，李国章带领上海古籍出版社员工冲破种种艰难险阻，取得社会效益与经济效益的双丰收。

李国章喜欢古典文学，大学期间曾从朱东润、赵景深、王运熙、章培恒先生等问学，毕业后也不时向老师请益；在上海古籍出版社，又与金性尧、陈振鹏、李学颖等古籍整理名家为伍，学问精进。国章先生对这些良师益友的言传身教，都有深情的回忆。在担任社领导之前，他也曾醉心于古典文学研究，校点出版了清代著名诗人黄仲则的《两当轩集》，撰写发表了《论黄仲则在清代中期诗坛的地位》等论文，得到了学术界的好评。担任社领导后，他沉浸于出版工作，不再有时间和精力从事学术研究，对此，他毫不遗憾。他觉得编辑出版工作充满着乐趣。他说：“在一些人看来，编辑是为他人作嫁衣的事。但只要你真正投入，对自己的进步是大有帮助的。看稿的过程，也是提高自己专业水平的过程。”他认为，敬业是做好工作的基础，唯有敬业，才能在工作中体会到真正的乐趣。为此，看到自己从事的事业取得了成功，他感到欣慰，认为“这就是写文章和从事学术研究之外的另一种乐趣”。尽管如此，在繁忙的工作之余和退休后的十余年间，国章先生还是勤于笔耕，写了不少有关古典文学研究和古代诗词文名篇评析的文章，铢积寸累，也有数十篇之多，这次集中收入这本集子，可一窥国章先生的古典文学根底及其兴趣所在。

国章先生为人谦和厚道，性格乐观开朗，处事大气，始终葆有健康的心态，所以年近耄耋，仍精神矍铄。他的居处离社不远，所以他也常来社看看，关心社的发展，传授心得，献计献策，赢得全社员工的尊敬。我们衷心祝愿他健康长寿，有精力的话再多写一些文章，为后人留下更多的精神财富。

载《中华读书报》2019 年 2 月 20 日；《双晖轩集》，
2019 年 2 月由文汇出版社出版

第四辑　品书录

浓缩十七史的精华

——谈吕祖谦的《十七史详节》

上海古籍出版社的“大学经典”丛书推出了宋代著名史学家吕祖谦编纂的《史记详节》《汉书详节》《后汉书详节》《三国志详节》后，受到了读书界的欢迎。如今，包括了这四种书在内的《十七史详节》全书又由上海古籍出版社一齐推出。全书凡精装8册，340余万字。这是《十七史详节》问世八百多年来的第一个整理本，也是近年来古籍整理及其出版的一个重要成果。

众所周知，中国古代有重视修史的传统。至宋代，公认的纪传体正史已有十七种，即《史记》《汉书》《后汉书》《三国志》这著名的“前四史”，及《晋书》《宋书》《南齐书》《梁书》等。但十七史卷帙浩繁，仅“前四史”就有数百万字，阅读起来诚非易事；而且对一般非专攻历史的读者而言，似乎也不必全读。其实，对经典的学习和继承，古代学者很早就有了成功的经验，这就是选本和节本的方法。历史经验表明，阅读合适的选本或节本能够尽快地了解原典，也是亲近原典的一种理想方式。历史上出现过很多优秀的选本和节本，经受了时间的洗礼和考验，其本身也成为了经典之作。这样的经典之作，就应该是我们今天的读者可以一选的读物。《十七史详节》就是这样的史部经典节本。

吕祖谦是宋代著名学者，著作宏富，博大浑厚。他既是经学家，又是史学家，主张经史结合，充分重视史学。他曾说过："中国所以不沦丧者，皆史官扶持之功也。"（《东莱博议》卷八）他曾任史官多年，参与编修《徽宗实录》，以读书著述为生命。他熟谙史实，娴于史学，其著述讲学亦以史学文献为主，一生的精力大都倾注在考订古代经籍、编纂史书等方面。在他不长的一生中，除了参与编修《徽宗实录》，他还留下了《东莱博议》《大事记》《历代制度详说》《十七史详节》等大量的史学著作，成就斐然。深厚的史学修养，养成了吕祖谦宽博的学术胸怀。

《十七史详节》是吕祖谦的史学名作，包括《史记详节》《汉书详节》《后汉书详节》《三国志详节》《晋书详节》《南史详节》《北史详节》《隋书详节》《唐书详节》《五代史详节》，凡十种，273 卷。可以说，《十七史详节》浓缩了十七史的精华，宋以前的史实在这部书中已大致具备。

《十七史详节》的篇幅远少于原书，适合一般读者阅读。以前四史为例。这四部分在篇幅上删节力度很大，总量不及原来的五分之一，大大节省了一般读者的阅读时间。其次，《十七史详节》约存与删落的重点也与今天读者的趣味不谋而合。比如，“志”、“表”部分，除总论文字外，一律刊除。这样的处理，很容易让人误以为删纂者并不重视典章制度。其实，吕祖谦另有专著《历代制度详说》。这里着重于人物纪传的内容，可能也是照顾到了宋代一般读者的兴趣和需要。而对“纪”、“传”部分，一些精彩的章节，如《史记》中廉颇、蔺相如的故事，《十七史详节》就基本全文保留。

值得一提的是，《十七史详节》所用底本，为吕祖谦当时所见宋本，保留了当时的面貌，其中有优于今本者；同时还择要保留了前人的注释和校勘，如素称“艰涩难读”的《汉书》，《十七史详节》还吸收了宋代学者的研究成果，体现出很高的学术水平。这不但方便了后人特别是今人的阅读，而且给研究者提供了有价值的文本，具有可贵的文献价值。

《十七史详节》不仅是吕祖谦为“教人看史”所作的踏踏实实的基础性工作，处处体现了为后学设想的体贴，还集中体现了他独特的史学旨趣。他的史学思想中突出的一点，是重视前人的优秀言论和可资借鉴的行事方式：“看史非欲闻见该博，正是要识前言往行，以蓄其德。”（《吕东莱文集·杂说》）学习和借鉴“前言往行”的目的是“以蓄其德”，进而“经世致用”。由此可见，《十七史详节》不仅是经典的简易读物，也是研究和了解吕祖谦本人的重要文献。

这次由古籍整理专家黄灵庚主编、浙江师范大学学者校点的《十七史详节》，精选底本，参校各种精善之本，并出校记，书末附该书历代书录解题、评述、版本序跋、藏书家题记等，是目前为止《十七史详节》整理的最佳版本。当得知浙江师范大学有这样一部高质量的古籍整理著作要出版时，上海古籍出版社当即表示接受，并由社分管领导负责，组织了资深的编辑校对人员承担编校任务，在一年多的时间内赶出了这部大书。这部书的出版进度和质量，无疑在同类出版物中创下了一个领先的记录。

载《文汇读书周报》2008 年 7 月 4 日

梁启超的《清代学术概论》

清代，尤其是乾嘉时期，在中国学术史上是一个繁荣昌盛的时代。清代学者，不仅对二千多年的中国学术进行总结，写出一批集大成的著作；而且在中国古代文献的搜集、整理方面，也做出了巨大贡献。清代学术史绵延近三百年，涉及许多领域；因此，要对清代学术作一个全面的考察，似乎是比较困难的。在这方面，梁启超的《清代学术概论》至今仍是一部有价值的学术著作，被视作鸟瞰清代学术的入门书。

《清代学术概论》一书写于1920年10月，次年2月由商务印书馆印行。此书原是梁启超为蒋方震著《欧洲文艺复兴时代史》一书所作之序。梁氏认为，“泛泛一序，无以益其善美，计不如取吾史中类似之时代相印证焉，庶可以校彼我之短长而自淬厉也。乃与约，作此文以代序，即而下笔不能自休，遂成数万言，篇幅几与原书埒。天下古今，固无此等序文。脱稿后，只得对于蒋书，宣告独立矣”。梁启超才思敏捷，据他自云，此书“自属稿至脱稿，费十五日”。人称“梁启超有创造历史纪录的一面”，此书的写成也算是一大创举。

在《清代学术概论》写成之前十八年，作者曾撰有《中国学术思想变迁之大势》一文，可以看作是这本书的胚胎。在《清代学术概论》印行之后两年，作者又撰写了《中国近三百年学术史》一书，比前者的叙述更为详尽，然而不如前者影响之大。比较而言，《清代学术概论》是一部分量适中、简明扼要的著作。一书在手，便可以对清代学术有一个大概的了解。

《清代学术概论》一书，仅五六万字，勾勒了清代学术发展的轮廓。全书共三十三节。第一节略论时代思潮及其特点；第二节概述清代思潮的发展过程及其特点；第三节论宋明理学之弊，介绍清学兴起之背景；随后以二十七节的篇幅，对自顾炎武到晚清的各个学派、学人作了评介；最后三节对清代学术和文艺复兴时代的学术作了简单的比较，并探讨了清代科学不发达之原因，从而指出了本书的写作宗旨。全书脉络清楚，全面而又有系统。

作者借鉴佛学的生、住、异、灭的分类方法，把思潮之流转分为四个时期，即启蒙期、全盛期、蜕分期和衰落期。作者开宗明义，指出清代思潮就是“对于宋明理学之一大反动，而以‘复古’为职志者也”。作者把顾炎武、胡渭、阎若璩作为启蒙期的代表，认为“此期之复古，可谓由明以复于宋，且渐复于汉唐”；把惠栋、戴震、段玉裁、王念孙父子作为全盛期的代表，指出“其治学根本方法，在‘实事求是’、‘无征不信’；其研究范围，以经学为中心，而衍及小学、音韵、史学、天算、水地、典章制度、金石、校勘、辑佚等等，而引证取材，多极于两汉；故亦有‘汉学’之目”。作者认为，“清学之蜕分期，同时即其衰落期也”，而代表人物则为康有为和梁启超。

在叙述中，作者以时代为经，以学派、学人为纬，对各时期的代表人物及重要学派作重点论述，同时也旁及其他。举凡清代哲学、史学、天文历算学、经学、小学、音韵学、典章制度学、地理学、金石学、校勘学、辑佚、文学、佛学等等，在书中都加以论述。同时，作者在每一时期的叙述中，力求探讨各学派兴起的原因，概括各学派、学人的特点，从而能给读者以明确的概念。

作者认为，“凡一新学派初立，对于旧学派，非持绝对严正的攻击态度，不足以摧故锋而张新军”。作者在评价各学派、学人时，也表现了鲜明的倾向性。《清代学术概论》一书可以说是梁启超史学理论的一次实践。这部著作不是一般的资料性长编，而能做到史论结合。在书中，作者肯定了顾炎武等的治学成就，赞扬了乾嘉学派的学风特色，同时也对每个学派和学人的不足和错误作了分析的批判。

值得注意的是作者在本书中对自己也作了评论。自序中说："本篇纯以超然客观之精神论列之，即以现在执笔之另一梁启超批评三十年来史料上之梁启超也。吾惟对于史料上之梁启超力求忠实，亦如对于史料上之他人之力求忠实而已矣。"在书中，作者对自己的叙述有两节之多，评价基本上还是公允的。作者论自己道："其保守性与进取性常交战于胸中，随感情而发，所执往往前后相矛盾；尝自言曰：'不惜以今日之我，难昔日之我'；世多以此为诟病，而其言论的效力亦往往相消；盖生性之弱点然矣。"梁氏为文，行文流畅，感情随之倾注于其中，故感染力颇强。这也是不同于其他一些学术著作的地方。

然而，这部书和梁氏的其他著作一样，也存在着一些错误。作者在评价学派、学人的时候，不免受到自己主观意识的支配，亦有失当之处，如对康有为的《大同书》的评价及对佛学的褒扬。此外，在探讨原因和比较异同时，亦不免有简单排比和罗列之病。

署名高岳，载《书林》1984 年第 4 期，上海人民出版社，1984 年 7 月

朱光潜的《诗论》

《诗论》是著名学者朱光潜先生四十多年之前的旧作。书中对有关文艺理论的各种问题作了相当全面的论述，深入分析和探讨了诗的起源、境界和表现，并旁及语言、音乐、绘画等各个领域，能给人以众多的启发和教益。

运用比较的方法，是本书的一大特点。书中不仅比较了诗和谐隐、诗和散文、诗和音乐以及诗和绘画等等，指出了它们之间的联系，区别了它们之间的不同，揭示了它们各自的风格和特征，还对各种诗论进行比较。作者自言在这部书中，“试图用西方诗论来解释中国古典诗歌，用中国诗论，来印证西方诗论”。如在评论德国美学家莱辛提出的“诗画异质说”时，作者指出：“莱辛以为诗只宜于叙述动作，这是因为他所根据的西方诗大部分是剧诗和叙事诗，中国诗向来就不特重叙事。史诗在中国可以说不存在，戏剧又向来与诗分开。中国诗，尤其是西晋以后的诗，向来偏重景物描写，与莱辛的学说恰恰相反。”再如对王国维的“境界说”进行探讨时，作者借鉴了西方诗论，认为王氏所谓“以我观物，故物者著我之色彩”，就是“移情作用”。移情作用是凝神注视，物我两忘的结果，叔本华所谓的“消失自我”。所以，王氏所谓“有我之境”，其实是“无我之境”——即忘我之境。而他的“无我之境”，都是诗人在冷静中所回味出来的妙境，没有经过移情作用，因而，实际上是“有我之境”。

中西诗歌的比较，也是全书中较为引人注目的部分。尤其是在1984年新版本中增入的《中西诗在情趣上的比较》一文，从人伦、自然、哲学和宗教等方面比较了中西诗的不同，揭示了它们各自的特色。以爱情诗为例，作者认为：“西方爱情诗大半写于婚媾之前，所以称赞容貌、诉申爱慕者最多；中国爱情诗大半写于婚媾之后，所以最佳者往往是惜别悼亡。西方爱情诗最长于‘慕’，中国爱情诗最长于‘怨’。总观全体，西诗以直率胜，中诗以委婉胜；西诗以深刻胜，中诗以微妙胜；西诗以铺陈胜，中诗以简隽胜。”作者还对造成这种差异的原因进行了探讨和比较，如比较了中西恋爱观，认为西方人重视恋爱，中国人则重视婚姻而轻视恋爱，“可以说，西方诗人要在恋爱中实现人生，而中国诗人往往只求在恋爱中消遣人生”。又如，作者通过比较，感到“西方诗比中国诗深广，就因为它有较深广的哲学和宗教在培养它的根干”。

书中有关中国古典文学的某些问题的看法，也很值得我们注意。如对于“赋”在文学史上的地位，一般流行的观点往往不重视，而作者的观点却恰恰相反，认为中国古诗的演进，“转变的关键是赋。赋偏重铺陈景物，把诗人的注意渐从内心变化引到自然界变化方面去。……经赋的兴起，中国诗才渐由情趣富于意象的《国风》转到六朝人意象富于情趣的艳丽之作”；指出：“诗和散文的骈俪化都起源于赋，要懂得中国散文的变迁趋势，赋也是不可忽略的。”又如在对于中国“六朝”诗歌的评价上，作者认为：“六朝是中国自然诗发轫的时期，也是中国诗脱离音乐而在文字本身求音乐的时期。从六朝起，中国诗才有音律的专门研究，才创新形式，才寻新情趣，才有较精妍的意象，才吸哲理来扩大诗的内容。就这几层说，六朝可以说是中国诗的浪漫时期，它对于中国诗的重要，亦不让于浪漫运动之于西方诗。”

署名高青，与陈麦青合撰，载《书林》1986 年第 5 期，上海人民出版社

人类文化史的形象画卷

——《文明与野蛮》

在某种意义上，我们可以这样说：人类物质文明和精神文明的发展，构成了一部人类文化的演进历史。然而这部漫长悠悠、包罗万象的文化历史，究竟该“从何说起”？那些稀奇古怪、错综复杂的文化现象，又应当怎样去认识、理解？这实在是一项艰巨的工作。最近新版的《文明与野蛮》一书在这方面是下过一番工夫的。

这本由美国著名人类学家罗伯特·路威专门为一般读者了解文明史写成的著作，有一个最明显的特点：即没有那些枯燥乏味、使人望而生畏的高深理论，而是用丰富多彩、生动形象的日常事例来引出话题，娓娓叙来，说明问题。全书内容范围甚广，为了叙述方便和读者能集中阅读，它采取了按专题分类叙述的形式。举凡国家民族、地理种族、衣食住行、习俗婚嫁、艺术宗教、科学卫生……无所不包。每个专题之中，所举的例子又十分广泛，上下古今，无一不谈。“从吃饭穿衣说到弹琴写字，从中亚土人一分钟捉八十九个虱子说到法国国王坐在马桶上见客，从马赛伊人拿太太敬客说到巴黎医院里活人和死人共睡一床”。作者正是通过这样十分有趣的叙述，归纳了一些人类文化史上有一定意义的东西，从而使读者在感到有趣之余，领悟一些较为深刻的道理。

更值得一提的是，作者始终贯串全书的几个写作出发点，无论在文化史研究领域，还是在整个社会科学研究方面，都应当引起我们的深思。

首先，作者从反对种族主义的立场出发，力求阐明文明的真实历史。此书英文原名为“Are We Civilized ?”（即《我们文明吗？》），就是为了抨击白人种族主义者的一些谬论，破除西方“文明世界”的自大狂，而着眼于全人类对文化的贡献。显然，这是一种实事求是的态度，是一种进步的立场观点。但是我们也必须看到，由于社会历史发展的不同，地理环境的差异等等，人类社会的文明进程在各个地区存在着程度上的不同，文明和野蛮的标准也有着认识上的差别。译者把书名翻成《文明与野蛮》，是经过一番斟酌推敲的。对于我们这个有着悠久文化历史的古老民族，固然要为自己辉煌灿烂的文化而自豪，但同时也必须认识到自己的“宝贵遗产里掺杂了许多渣滓”。我们应当学习其他民族、其他国家的文化，吸取其精华之处，而切不可产生阿Q式的“自豪”。

与此紧密相关的，在书中作者一再强调的另一个观点是：文明是一件东拼西凑的百衲衣，谁也不能夸口是他的“独家创造”。在文明的进程中，各民族间的相互影响是必然存在的，也是十分重要的，即作者认为的“转借”是文化史中的重要因子。他明确指出：“显而易见，我们现代的科学实在是一件百衲衣。埃及、巴比伦、希腊、罗马、印度、阿拉伯，什么地方的布条子都有。”因此作者在阐述时运用了比较研究的方法，给人以一种全景的、联系的认识。这在方法论上是可取的。本来，比较就是文化史研究中的重要组成部分。拿中国文化来说，我国的丝绸、瓷器以及举世闻名的“四大发明”，都曾给世界其他民族以影响。同样，西方文化的输入，也给中国文化带来了影响。因此，“东学西渐”和“西学东渐”同样成为我们文化史研究的重要课题。本书例举的大量事实也说明了这一点，即人类文明不是哪一个或哪几个民族的功劳，而是许多民族相互学习、共同创造的产物。

最后，要向大家推荐的是：此书虽涉及的领域极为广泛，基本上为我们勾勒出了一部简明扼要的文化史的轮廓，但它的篇幅却不长。译者吕叔湘先生的流畅文笔又很好地传达了原著的韵味，能使人读之不忍释卷。试在此先举一例：“人生是一个大谜。你竭智尽力去打猎，空着两手回来；那个懒骨头饭桶阿三却满载而归。”如果说文化史、文化的种种对你是一个“谜”的话，那么，读了这本书，你不会空着两手回来的，而一定是有收获的。

署名高青，与陈麦青合撰，载《书林》1985年第3期，上海人民出版社

金性尧和他的《闭关录》

年近九十的金性尧先生，最近把近年写的文史随笔和忆旧之作七十余篇，编为一集，取名为《闭关录》，由上海古籍出版社出版。作者自言：“书名《闭关录》，固然可以理解为闭户著书、闭户读书之意，但对我来说，也便是关门书的别称。今后零星的文章虽然还是写，但要出书，却办不到了。这既可说是规律，也可说是命运。”这些话中透露出作者对年华老去的无奈，也是作者晚年心态的真实反映。一个在文坛徜徉了一生的老人，始终系念的还是为文著书，实在让人感慨不已。

自上世纪三十年代走上文坛以来，金性尧一直从事随笔创作和学术研究，著述繁富。新中国成立后，他长期在上海古籍出版社及其前身中华书局上海编辑所从事编辑工作，编过产生了很大影响的《中华活叶文选》等，同时笔耕不辍。作为诗学名家，他选注的《唐诗三百首新注》《宋诗三百首》和《明诗三百首》等选注本，充分显示了他深厚的文史功底和诗学素养，早已风行海内外，至今仍是青年学子学习古典文学的基本读物。作为随笔作家，他上世纪四十年代即有《星屋小文》《风土小记》等集子行世，晚年更是文思敏捷，健笔纵横，先后出版了《炉边诗话》《闲坐说诗经》《夜阑话韩柳》《清代笔祸录》《清代宫廷政变录》等文史小品和《伸脚录》《不殇录》《饮河录》等随笔集。金性尧认为："随笔的好处是小大由之，所谓宇宙之大，苍蝇之微，皆可入我毫端。"因此，其随笔往往由读书的感悟出发，论诗谈史，或叙或议，挥洒成文，大都别具只眼，启人深思，并饶有情趣。《闭关录》就充分展示了其随笔的这些特点。

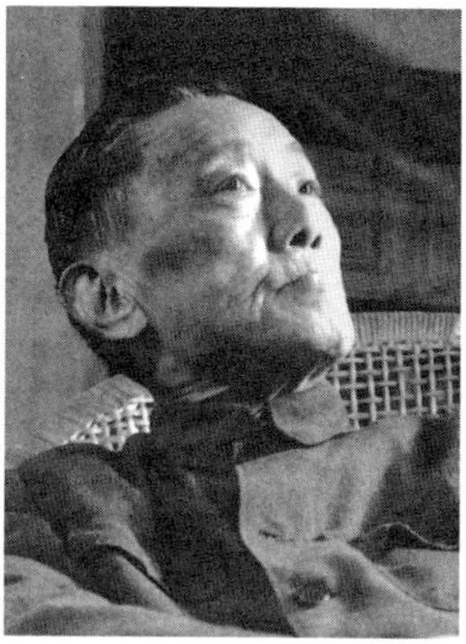

金性尧先生

这本集子中的大部分文章是谈史论诗的。从先秦的伊尹、末喜，到近代的"张文祥刺马案"、杨乃武与小白菜案中的葛品连之死；从《诗经·邶风·凯风》这一首"七子之歌"，到现代文人为林徽因父女写的挽联，涉及的范围极其广泛。作者谙于史实，熟于掌故，同时又深于诗学，精于读书，所论或纠正前人所说之误，或阐述前人所

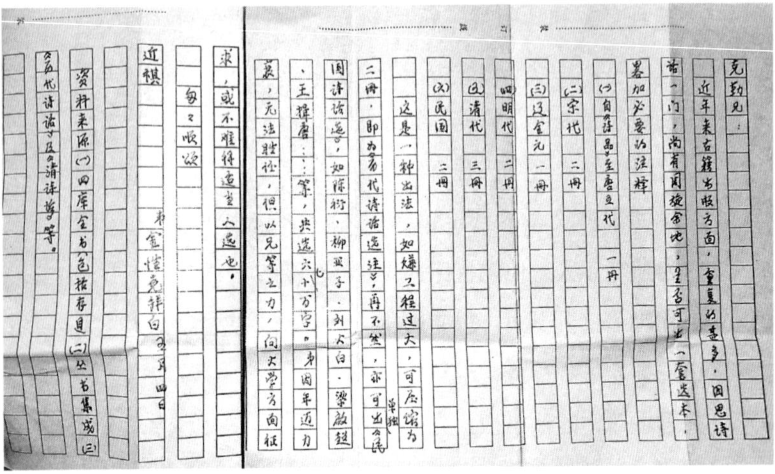

克勤兄：

近年来古籍出版方面，重复的甚多，因思诗话一门，尚有周旋余地，是否可出一套选本，略加必要的注释

（一）自诗品至唐五代　一册

（二）宋代　二册

（三）辽金元　一册

（四）明代　二册

（五）清代　三册

（六）民国　二册

这是一种出法，如嫌工程过大，可压缩为二册，即为历代诗话选注，再不然，亦可单独出民国诗话选，如陈衍、柳亚子、刘大白、梁启超、王揖唐……等，共选六七十万字。弟因年迈力衰，无法胜任，但以兄等之力，向大学方面征求，或不难得适当人选也。

匆匆顺颂

近祺

弟金性尧拜白　五月四日

资料来源（一）四库全书（包括存目）（二）丛书集成（三）《历代诗话》及《清诗话》等。

金性尧手札

未论及者，多于史有据，直切文心。如他从《吕氏春秋》和《竹书纪年》等的记载中，发现传为商初贤相的伊尹曾经做过商汤的间谍，助商灭夏之后，又成为商之叛臣；而夏桀的宠妃末喜则是一个亡夏的女间谍，是亡吴的西施的前辈了。再如《尤物与丑物》一文，根据文献记载，说明在汉代蟾蜍并未被视为丑物，反倒看作是三千岁的长寿之物，可以镇乱保安，所以会有蟾蜍在月宫的传说。这样的文章在书中是不少的，这些论题都是可以成为长篇大论的题材，而作者却以一二千言的文字轻松地写出，读来饶有兴趣，这更让人感佩此老读书之细、思考之深和议论之精。

值得一提的是，集子中还收入了金先生的一些忆旧之作。如回忆自己三十年代参与编杂志《文史》等，与中共地下党传奇人物袁殊的交往；巴金先生编辑出版了他的第一本书《星屋小文》；他出席鲁迅先生的丧仪，以及他对陈子展、孔另境等先生的回忆，等等。作家和编辑的双重身份，使金先生成为上世纪三十年代以来文坛许多事件的亲历人。这些文章不仅颇有史料价值，而且写得情思绵邈，充满人生感慨，令人嗟叹不已。

当今健在的与金性尧先生同辈的文坛老人已经不多了；而像金先生这样熟谙文史、笔耕不辍，在编辑与著述两方面都做出很大成绩的老人更是不多了。在社会分工日趋明确、市场竞争日趋激烈的今天，今后再出现像金先生这样创作、研究兼长的编辑，就更难了。这就是我读《闭关录》后感慨不已而写此文的缘起。

载《文汇报》2004 年 12 月 4 日

说部研究中的考论结合

——读《西游记及明清小说研究》

东北师范大学教授苏兴先生，是一位较早致力于《西游记》及其他古典小说研究的学者，先后著有《吴承恩年谱》《吴承恩小传》等著作和大量论文。最近，他把三十多年来发表过的论文遴选一过，编为《西游记及明清小说研究》一书，交上海古籍出版社梓行。从中，可以看到这位老学者多年探索的印迹。

考论结合是苏兴小说研究的主要特点。作为古典名著的《西游记》，其故事情节和人物形象早已家喻户晓，有关研究论著也不计其数。然而，关于《西游记》的作者是否是吴承恩，海内外一些学者尚有疑问。吴承恩一生经历中也存在着一些问题有待考证。苏兴先生是力主《西游记》为吴承恩所作的学者。在《也谈百回本〈西游记〉是否吴承恩所作》一文中，他对海内外一些学者怀疑吴承恩是百回本《西游记》作者的观点作了商榷。至于吴承恩创作《西游记》的年代，苏兴认为吴承恩在中壮年时就已经在写或者已经完成了《西游记》一书的创作。书中还考辨了吴承恩应号射阳居士，而非“射阳山人”；订正了吴承恩考取岁贡生的年代，以及他任长兴县丞的时间等等。在分析《西游记》的思想倾向和艺术特色时，苏兴也注意联系作者吴承恩所处的时代环境。如《〈西游记〉对明世宗的隐寓批判和嘲讽》一文，比照明代历史典籍，从而指出，如《西游记》一类的神魔小说，也有作者所处的现实世界的影子。再如《〈西游记〉的地方色彩》一文，则从吴承恩的籍贯进一步确证：孙悟空的原型是淮扬一带流传的无支祁，《西游记》某些次要的人物或故事也有淮安的地方性。值得一提的是，苏兴为文，力求考证翔实，议论稳妥，并注意新资料的发现。其《杨致和〈西游记〉摭谈》一文，因今已证明该本是明代作品，有明末朱苍岭本存世，作者是阳至和而非杨致和，故废而不用，未收入本集。这种学术态度是值得赞赏的。

此外，本书还收入了作者论明清小说的一些论文。如《〈京本通俗小说〉辨疑》等文，考证这部书是缪荃孙伪造的，话本不假，汇集为此书是假；《天花藏主人及其才子佳人小说》考天花藏主人为嘉兴张匀，而非时论所谓的烟水徐震。再如《玉娇丽（李）的猜想与推衍》，也是新义迭出、启人思索之作。

载香港《大公报》1990年3月19日《读书与出版》

对先逝者的纪念

——读《文心识隅集》

已经是十年前的事了，当时我还是复旦大学中文系的学生，给我们讲授中国文学批评史课程的是李庆甲先生。他那魁梧的身材，充沛的精力，爽朗的谈吐和豁达的笑声，给我们留下了深刻的印象。几年后，在一九八四年冬上海举办的中日学者《文心雕龙》学术讨论会上，我又遇见了他，当时他是大会的秘书长，他不辞辛劳的工作获得了中外学者的高度赞扬。谁料半年后，凶恶的癌症就夺去了这位五十三岁的中年学者的生命。庆甲先生去世后，夫人刘琦同志将其遗稿编为《文心识隅集》交上海古籍出版社付梓问世。作为这本集子的责任编辑，我也由此对庆甲先生的学术成就有了比较全面的认识。

庆甲先生长期从事中国古代文学理论的教学与研究工作，先后参加了《中国历代文学作品选》《中国历代文论选》和《中国文学批评史》的编选和撰写工作，发表了十数篇颇有影响的学术论文，在《文心雕龙》研究领域创获尤多。《文心雕龙》作者刘勰的卒年史无确载，庆甲先生为此先后撰写了《刘勰卒年考》和《再谈刘勰的卒年问题》两篇文章。《梁书·刘勰传》载刘勰出家为僧之后“未期而卒”，因此考定刘勰出家的具体年限，也即考出了刘勰的卒年。庆甲先生根据从《大藏经》《续藏经》史传部里发现的《隆兴佛教编年通论》《佛祖统纪》《释氏通鉴》《佛祖历代通载》和《释氏稽古略》等五部著作中所载的刘勰出家为僧的具体年限，经过细致的比较和分析，考定刘勰出家是在公元五三一年，其卒年以五三二年的可能性为大。他的这一结论为《辞海》等所采用。刘勰还撰写过一些与佛学有关的论文，其中《灭惑论》是一篇重要著作。如果这篇反映了佛学唯心主义思想的论文撰于《文心雕龙》之前或同时，那就说明刘勰的唯心主义佛学世界观早就形成，在研究《文心雕龙》时就不能不考虑佛学思想与这部古典文论巨著的关系，因此《灭惑论》的撰年值得一考。王元化先生在《〈灭惑论〉与刘勰前后期思想变化》一文中提出，《灭惑论》成于梁，是刘勰入仕以后之作。此说得到庆甲先生的响应，他先后写了《刘勰〈灭惑论〉撰年考辨》与《关于〈灭惑论〉撰年与诸家商兑之商兑》两篇力作，对王文的一些论据加以补充，做出了更精确的论证。文章论证了《灭惑论》的撰年是在《文心雕龙》成书之后，认为刘勰从接触佛学到接受佛学唯心主义世界观是经历了一个转变过程的；《文心雕龙》本身尽管糅杂着不少唯心主义糟粕，但它们在书中并不占主导地位，它们渊源于传统的儒家思想，与唯心主义的佛学并无什么关系。在《〈文心雕龙〉与佛学思想》一文中，作者进一步论述了《灭惑论》不能代表刘勰早期思想，刘勰早期世界观的主导思想是儒家入世思想，《文心雕龙》是一部与佛学唯心主义对立的儒家文论。庆甲先生的这些文章立论谨严，考证翔实，而决非敷衍成篇之作，因而每一文出，便得到学术界的热烈反响。

除了中国古代文论的研究和教学工作之外，庆甲先生还花费大量精力从事古籍整理研究的工作，先后校点整理了《文赋诂汇》《楚辞集注》《词综》和《瀛奎律髓汇评》等著作。其中《词综》的校点参校了多种版本，考证出底本中大量讹误错脱之处，写出了许多详实的校勘记，深为学术界所重视。他整理《瀛奎律髓汇评》，前后花了七年时间。其间他向全国近三十个主要图书馆进行调查，并亲自到吉林、北京去寻觅孤本，倾注了大量心血，使这本百万字的著作成为近年古籍整理研究的硕果，堪称传世之作。从这本论文集中收录的《〈词综〉校点前言》和《略谈方回的〈瀛奎律髓〉》两文中，我们可以看到庆甲先生在这方面的劳绩。

庆甲先生的师友都十分关心这本集子的出版。九十高龄的朱东润先生生前为学生的遗著题写了书名，著名学者王元化先生为亡友的遗著撰写了序言，王运熙先生等对本书的整理给予了具体的指导和帮助。对于先逝者来说，这本集子的出版是对他最好的纪念。

载《复旦学报（社会科学版）》1991 年第 1 期

树棻先生的洋场情结

老作家树棻先生自上世纪80年代驰名文坛以来，出版了40多部长篇小说和小说、散文集，其中最为人所称道的是他那些描写旧上海十里洋场的作品。这些作品真实地展现了老上海波澜壮阔的历史风云，生动地再现了十里洋场光怪陆离的生活场景，形象地塑造了老上海形形色色的人物群像，在读者中影响很大，以至“树棻”这个名字几乎成了“老上海专家”的代名词，他的作品也成了老上海的形象历史。树棻先生这一成就的取得，是与他独特的人生经历分不开的。

年已古稀的树棻先生长期生活在上海。他出生在旧上海一个买办之家，在上世纪三四十年代十里洋场的氛围中成长，对旧上海的生活有着真切的体验和无法消解的情结，所以把这种体验尽情地表现在其作品之中，使得他的叙述描写不同于时下一些专从故纸堆中找材料来写老上海的中青年作家的作品，而是有着自己生活经历的烙印。上海古籍出版社最近将树棻先生描写老上海的四部长篇小说《洋场浪子》《乱世风雨》《黑道风云》和《末路贵族》，以“树棻洋场小说系列”为名一齐推出，使读者可以集中了解树棻先生的洋场情结及其小说创作成就。

这四部小说所叙述的时代背景均为上世纪20年代至40年代，这一时期正是十里洋场最黑暗最混乱的年代，同时也是中西合璧、古今杂糅的海派文化的风格趋于成熟的年代，海派生活精致乃至奢华、腐朽的特点在这一时期也得到了全面的展现。这四部小说描写的场景也极其广阔，举凡歌厅舞场、剧院赌场，乃至老城厢、洋租界的各个角落无不涉及，作者用他的生花妙笔描绘了一幅十里洋场的风俗长卷。这四部小说塑造的人物众多，几乎涵盖了老上海的各色人等，有吃喝嫖赌的富家子弟，有横行不法的流氓恶霸，有卖笑卖身的舞女妓女，以及下野军阀、黑道人物等等。值得一提的是《末路贵族》一书，通过对“白俄”这一上海滩上特殊群体的描写，表现了旧上海华洋杂处的国际大都市的特点。

树棻先生是讲故事的能手，这四部小说充分展现了他的叙事和描写的才能。四部小说篇幅均在20万字以内，故事曲折，情节紧凑，书中人物的命运结局扣人心弦，可泣可叹，可悲可恨，令人一气读来有不忍废卷之感。

载《上海新书报》2003年9月21日

立论严谨，勇于争鸣

——读《唐宋文学论集》

复旦大学中文系教授王水照先生所著《唐宋文学论集》，已由齐鲁书社出版。这本书收录了作者二十多年来撰写的有关唐宋文学研究方面的论文二十余篇，其中不少文章在发表时就引起了学术界的重视。这次编为一集，使我们可以看到这位中年学者在这一领域中辛勤跋涉的足迹。

实事求是，勇于争鸣，是该书一个最显明的特色。作者往往能够抓住学术界关注的重大学术问题，勇于论述自己的见解。如在《唐诗发展的几个问题》中，作者指出，“唐诗的繁荣首先是跟唐代的经济高涨和文化高涨密不可分的”，“庶族地主阶层是唐代诗坛的主要社会阶级基础，唐诗的繁荣又决定于这一阶层力量的勃兴和发展”，“唐代以诗赋取士为重要内容的科举制度，是打破世族垄断统治，为庶族大开仕进之门的新的官僚选拔制度，也是促进唐诗繁荣的一个直接因素”。在《再谈唐诗繁荣的原因》一文中，作者进一步论述了自己的观点。

60年代初期，国内学术界展开了关于杜甫的讨论，作者撰写了《杜甫思想简评》和《关于杜甫诗歌艺术特色的一些评论》两文。作者从杜甫“致君尧舜”的政治思想来分析其思想的阶级属性，指出了杜甫思想中的两面性。针对当时有人任意拔高杜甫提出了疑问，认为用空泛模糊的“人民性”来衡量一个作家是不符合事实的。的确，贴政治标签绝不能代替深刻的分析。在分析杜诗艺术时，针对一些文章用词语的堆砌来代替具体的分析，用前人诗话中的评论来代替自己的分析，以至把杜甫说得是浑身解数的情况，作者指出：“在诗歌艺术分析中，我们不能拒绝运用现代某些艺术原理和美学原理，也不能抛弃我国古代丰富的诗歌理论遗产，但必须坚持实事求是的科学态度，防止硬搬或因袭；其次，作为读者，我们要求深入浅出、不晦涩、不玄虚的文风。”

实事求是的学风，必然产生不人云亦云、不看风落笔的科学态度。作者是国内较早致力于宋代散文和苏轼研究的学者，先后有《宋代散文选注》《苏轼》和《苏轼选集》等著作问世。近年来，作者对宋代散文作了进一步的研究。我国古代散文的分类问题至今还没有得到科学的解决，这是因为古代散文家的作品中有不少文章并不符合现代散文分类的概念，这种情况在宋代作家中表现尤甚。针对这种情况，作者在《曾巩散文的评价问题》一文中指出："从我国古代散文历史形成的具体特点出发，似不宜把散文艺术性理解得太狭窄。我国古代文论家强调文章的神理气味、格律声色，强调结构剪裁、用笔用字，强调间架枢纽、脉络眼目等等，对于述意、状物、表情都是极其重要的表现手段，理应属于艺术性的范围。即以议论文而言，我们不应把一切议论文都归入散文之列；但如砍去议论文，无异取消了大半部中国散文史。"作者的这一观点，是符合我国古代散文发展的实际情况的。

当前古典文学研究界思想活跃但争鸣似不多，该书的问世，将使我们的研究工作深入一步。

载《书讯报》1988 年 10 月 3 日

注重实证，开拓视野

——读《唐音佛教辨思录》

在中国文化的发展过程中，外来文化的影响具有相当重要的作用。印度佛教的输入作为历史上第一次大规模的中外文化交合，对中国文学的发展有着深远的影响。对于佛教与文学关系的研究，前辈学者如陈寅恪、梁启超、郑振铎、钱钟书、向达、饶宗颐等已经做了许多开创性的工作。由于从事这项研究的难度与学识素养上的较高要求，每每使人望而止步，所以总体上还是相当薄弱的。复旦大学中文系陈允吉先生，是国内近一时期致力于这方面研究并取得显著成绩的学者。十余年来，他发表了一系列研究佛教与唐代文学关系的论文。由于他曾潜心研读过数十种佛教典籍，对佛教本身有较深入的了解，同时又耽悦唐诗，所以他能将佛教与唐代文学结合起来进行研究。他的这些论文研究深入，视野开阔，为海内外学术界所瞩目。上海古籍出版社新近出版的《唐音佛教辨思录》，汇集了他这方面研究的成果。

陈氏治学，讲求实证和开拓视野的研究相结合的方法。考证是中国传统的研究方法，考证所得到的对史实的正确认识，是理论研究必不可少的基础，否则往往会有空疏不实之弊。陈氏很重视运用考证方法，同时也注重扩大思维空间，自谓："常欲调和新旧，一如理事，纳须弥入尘毛芥子，寓义理于考据文章。"书中所论王维、杜甫、白居易、韩愈、李贺、刘禹锡等唐代诗人与佛教之关系的文章，多能通过丰富的实证材料和细致的分析评论，把时代与社会的因素同诗人的人生观、哲学观以及心理特征和美学思想等加以综合的观察、纵深的开掘。在研究佛教与文学的关系时，他着重注意佛教对文学的题材、形象、情节、语言及创作思想的影响，抓住这两者的内部联系。在《论王维山水诗中的禅宗思想》一文中，作者具体剖析了有"诗佛"之称的王维所接受的那套佛教哲学思想，如何作为一种理念性的东西，渗透到他所描绘的自然美的形象之中；从王维山水诗的感性形象中，找到其哲学思想的根源。李贺是唐代一位天才早夭的诗人，有"诗鬼"之称，其诗风格奇特瑰怪，颇难把握。陈氏论李贺的几篇文章，涉及了一些李贺研究中向未被人注意的问题。在《李贺与〈楞伽经〉》一文中，作者以李贺的思想与他所爱好的佛典《楞伽经》之间的关系为主线，从整体上研究了李贺的宇宙观、人生观和创作思想，探寻了诗人思想的矛盾冲突及其在作品中的表现，从而明晰而具体地揭示了李贺诗的一些基本特征。《从〈欢喜国王缘〉变文看〈长恨歌〉故事的构成》一文，则通过具体详实的考证，指出《长恨歌》演绎的故事情节大部分是摹袭、附会了《欢喜国王缘》变文这个蓝本，而其中方士寻觅贵妃踪迹的一段则是受到《目连变》的影响，其文学渊源可以追溯到印度佛经中的有相夫人生天缘起和有关目连的传说。文章由此提及从欧亚大陆直到日本的各国文学发展过程中，存在着相互关连的和一些共同性的东西，表现出十分开阔的思考。在《论唐代寺庙壁画对韩愈诗歌的影响》一文中，则更结合韩诗具体例证，阐述了画与诗这两种不同艺术之间的相通相生的关系。

《唐音佛教辨思录》是近年来唐代文学与佛教研究的新成果。陈氏这一成就的取得，得自于他坚持实证和开拓视野的研究这一治学方法。当今治学方法瞬息迁变，陈允吉先生的这部著作，无疑给了我们深刻的启示。

载香港《大公报》1989 年 5 月 22 日《读书与出版》

陈允吉和《佛教文学精编》

八十年代以来，古典文学的研究一改过去政治分析的单一模式，而呈现出多元化的发展格局。学者们在注重社会政治、经济等因素对文学的影响之外，还广泛注意到社会心理、民俗宗教、中外文化交流等因素对文学的影响，取得一系列丰硕的成果。其中，复旦大学中文系教授、博士生导师陈允吉先生，是这一时期以来从事佛教与文学关系的研究并取得显著成绩的学者。他从“文革”期间开始研读佛典，对数十种主要的佛经、禅宗典籍、僧传及其他有关著作，都下过工夫，对佛教本身获得了较深入的了解，然后将佛教与唐代文学结合起来研究，发表了一系列研究佛教与唐代文学关系的论文，并结集为《唐音佛教辨思录》，十年前由上海古籍出版社出版。该书视野开阔、研究深入，引起了海内外学术界的广泛瞩目。十年来，他在这方面继续进行深入的研究，沉潜其中，厚积薄发，最近由上海文艺出版社出版的他主编的《佛教文学精编》一书，就展现了他最新的研究成果。

作为世界三大宗教之一的佛教，在世界文化的发展进程中具有重要的地位，有着广泛的影响。佛教产生于印度，但自汉代传入中国后，作为历史上第一次大规模的中外文化交合，即对中国文化产生了深远的影响，在中国文学中留下了深刻的印迹。这一影响的取得，一方面固然是佛教作为一种宗教，具有自身信仰的吸引力；另一方面，也因为佛教在传播过程中，借助了文学的方式，使深奥的佛教义理得到了形象的表达。正如陈先生在《佛教文学精编》一书中所指出的："宗教与文学异株同体，一样根植于人类的社会生活之中。佛教自它诞生之日起，即从肥沃的印度文明土壤中汲取养料。释迦牟尼本人有很高的文学造诣，他的说法语言纯朴，多用诗偈，引譬连类，娓娓动听，充满着慈爱和智慧。公元一世纪后产生的大乘佛教，更在理论上认可通过色声形相表现佛教精神的合理性，故大乘经典尤喜运用譬喻、故事及神话传说来辅助说理，文学意味有了明显增强。如在我国最流行的《妙法莲华经》《维摩诘所说经》《观无量寿佛经》《大般涅槃经》《大方广佛华严经》等，均体现出经文畅达闳美、内容引人入胜的特点，其中名篇迭出，异彩纷泊，文学性之强为世界上众多学者所公认。这些典籍从南亚传入中国，经过译经家的精心转述缀润，成为我国翻译文学的重要部分。"

为了展现中国佛经翻译文学和佛教文学的整体面貌，陈先生精心主编并选注了这部《佛教文学精编》。该书择取佛经中富于文学性的篇章、本行缘起、寓言譬喻，和中国雅俗文学中浸润佛理禅趣的诗词传奇、变文小说，分佛经文学、通俗文学、诗文小说三编共十二部分，上溯汉魏之际，下以唐宋为限。汉魏至唐宋时期，正是佛教文学由翻译引入、生成发展直至繁荣昌盛的时期。宋之后佛教在中国文学中的影响虽仍呈日渐深广之势，但以该书二十余万字的容量，必不能网罗此时如白话小说之类长篇大章，故宋以下时段的作品该书不予收入。尽管如此，佛经文学中的精彩篇章、通俗文学中的著名传说，以及诗文小说中的传世佳作，大致都已收罗在内。例如佛经文学“缘起本生”中的《九色鹿》《舍身救鸽》，“寓言譬喻”中的《驴入牛群》《盲人扪象》；通俗文学“化俗诗歌”中的王梵志诗、寒山诗、拾得诗，“传说志怪”中的《布袋和尚》《阳羡鹅笼》；诗文小说中的王维、黄庭坚诗，周敦颐的《爱莲说》，唐传奇中的《枕中记》《离魂记》《南柯太守传》《柳毅》等，都是或脍炙人口或影响广泛的作品。每篇作品均选择精当的版本，加以简要的注释，每组作品前还缀以小序，介绍这类文字的源流和特点。使读者一编在手，对佛教文学就可以有大致的了解。

值得一提的是陈先生为该书写的序，仅二千余字，用骈文写成，简叙佛教与文学的关系、佛经文学在中国的流传、中国文学中的佛教影响、佛教文学的研究概况，文简义丰，词采斐然；是近年序文中不可多得的一篇佳作，尤为该书生色不少。

载《书城》1997年第6期

替人读书

当人们去陌生的地方旅行时，尤其是在攀登崇山峻岭或穿行茫茫林海时，最需要的是一个熟悉路径知晓风情的向导。同样，当人们在望不到头的书林中跋涉时，尤其是读陌生领域的书时，如吾辈习中国文学的读西方文学书时，也需要有一个熟悉书情并能指点优劣的读书人的指点。这样的读书人可谓书林向导。《替人读书》（上海书店出版社出版）就是一位书林向导写的书评集。

这本书的作者吕大年，是北京大学的学士、美国伯克利加州大学的博士，现在中国社会科学院外文所工作，出入中西之学，研究的也是西方的文学。作为专业读者，有这个水平，能看出书的优劣，又以替人读书为业，当然不能读过了事，要把读后的心得让人分享。这本书就收入了作者的 8 篇书评，长短不一，短的不到 2000 字，长的达到 3 万字，内容或是语词漫谈、西书介绍，或是译文推敲、小说评论，如对商务印书馆出版的《罗马帝国衰亡史》等的译文推敲，对十八世纪英国畅销小说《帕梅拉》等的评论等，虽是专门之学，议论却或庄或谐，无枯燥乏味之感。

作者对翻译颇有研究，因此看到译文不通或者是牵强的情况，如骨鲠在喉，不得不吐，予以指出。在《歧义相与析》一文中，作者举例说：

有时候一个词单摆着，并无上下文，但仍然有它的“语境”，翻译的时候要注意协调。比如经常在电脑软件说明书里读到的“菜单”。它的原文是“menu”，此处译为“功能一览”或者“功能选择”更明白一点。再比如“田野调查”。这是英文“field work”的译名。考古、地质、地理，有田野调查，那确实是在野外进行的工作。但是从事社会学和语言学的人，也经常把自己的工作叫做“田野调查”。说“实地调查”似乎更好一点。英语“field hospital”译作“野战医院”而非“田野医院”，“field marshal”译作“陆军元帅”而非“田野元帅”。“田野”只是“field”的众多含义之一。翻译是变通的艺术，我们用不着“从一而终”，在一棵树上吊死。

作者举了“在一棵树上吊死”的一个例子，就是“人道主义灾难”一词。它指的是伊拉克战争对平民造成的伤害。作者认为：“无论原文是什么，‘人道主义灾难’是说不通的。人道主义指的是人对人的尊重和关怀，它既不会引起灾难，也不会是灾难的后果。之所以这样翻译，大概是因为此前已有‘人道主义援助’的成例。但成例是不能随便地套用的。战争殃及无辜，可以说是‘人道的灾难’。”

值得一提的是，作者在评论小说的时候，并不依通行的译文，而是根据自己的理解，如《帕梅拉》一书的所有征引都是自行翻译，充分显示出作者精湛的语言和文学功底。

作者对英美文化和文学有深入的研究，尤其是对十八世纪前后的英国历史有详细的了解，书中所论大都集中在这一时期。他的书评，不是就书论书，而是从书中所论推及到当时的社会背景、风俗人情，深化和扩展了书的内容，犹如向导在指点景物时连类而及，让人产生丰富的联想，甚至有令人神往之感。如《乔治时代的童年》一文，从读英国乔治时代的儿童绘画画册说起，谈到十八世纪英国社会的种种现象，列举《十八世纪英国社会》里所用的证据，从英格兰北部山区小镇上一家杂货店的进货账簿的记载，说明当时社会的生活状况，从一个侧面反映乔治时代开放、宽松的特点。作者由读书读画得来的零散印象，归纳到童年这一人类都有的经历和乔治时代这个复杂有趣的年代来展开议论，反映出作者视野的开阔和议论的闳通。

这本书中评述的书，对于不习英国文学的人如吾辈来说，大都没有读过，如书中提到的十八世纪的英国名著《克莱丽莎》，大 32 开，1500 多页，一般要半个月才能读完。如果不是专门研究者，很难想象会去读这样的书，正是因为有了像作者这样的书林向导，才使我们知道了有这样一本书，这本书讲了什么。从这个意义上来说，有这样替人读书的作者，吾辈读书人是有福的了。

载《文汇报》2008 年 6 月 21 日

后记

本书的编成出版，首先要感谢凤凰出版社给了我机会。

凤凰出版社，原名江苏古籍出版社，因所在地南京古有凤凰台而更名。凤凰出版社成立三十五年来，始终秉承“传承文明、传播文化、贡献学术、服务大众”的出版理念，出版了一批具有专业特色、地方特色的高质量高品位的图书，受到学术界、出版界的充分肯定。

沪宁比邻，凤凰出版社与我工作的上海古籍出版社俱为以编辑出版古籍整理和研究著作为主的专业出版社，出版宗旨相同，出版特色相近，两家出版社交流频繁。我进入上海古籍出版社三十多年来，因工作的关系，与凤凰出版社的历任领导和不少编辑相识，凤凰出版社近两任社长姜小青和倪培翔兄，与我年齿相近、经历相似，出版理念也多相合，尤为投契。我也读过凤凰出版社出版的不少好书，也有幸多次在在凤凰出版社的品牌期刊《古典文学知识》上发表拙文。

今年8月上海书展期间，倪培翔兄来沪参加活动，见面时告诉我，他们社拟推出收录学人随笔的《凤凰枝文丛》，邀我也加入这套丛书的作者队伍。培翔兄还告知了有关编选方面的一些要求。按照培翔兄的要求，我从历年发表的文章中选了未曾结集的文章编为一集。在此感谢所有发表过拙文的报刊社和出版社的编辑。此次结集的文章均保持发表时的原貌，根据出版社的建议，增加了一些图片。在此也要感谢责任编辑李相东兄，他出色的工作为本书增色不少。

本书诸文所述，或有疏误之处，期待得到读者的指正。

高克勤

2019年10月

凤凰枝文丛

三升斋随笔	荣新江 著
八里桥畔论唐诗	薛天纬 著
跂予望之	刘跃进 著
潮打石城	程章灿 著
会心不远	高克勤 著
硬石岭曝言	王小盾 著
云鹿居漫笔	朱玉麒 著
老营房手记	孟宪实 著
读史杂评	孟彦弘 著
古典学术观澜集	刘　宁 著
龙沙论道集	刘　屹 著
春明卜邻集	史　睿 著
仰顾山房文稿	俞国林 著
马丁堂读书散记	姚崇新 著
远去的书香	苗怀明 著

友于书斋漫录

王华宝 著

凤凰枝文丛 / 孟彦弘 朱玉麒 主编

凤凰出版社

图书在版编目（CIP）数据

友于书斋漫录 / 王华宝著. -- 南京 : 凤凰出版社, 2021.8
（凤凰枝文丛 / 孟彦弘，朱玉麒主编）
ISBN 978-7-5506-3464-0

Ⅰ. ①友… Ⅱ. ①王… Ⅲ. ①随笔—作品集—中国—当代 Ⅳ. ①I267.1

中国版本图书馆CIP数据核字(2021)第138221号

书　　名	友于书斋漫录
著　　者	王华宝
责任编辑	张永堃
特约编辑	黄如嘉
书籍设计	徐　慧
出版发行	凤凰出版社(原江苏古籍出版社) 发行部电话025-83223462
出版社地址	江苏省南京市中央路165号,邮编:210009
出版社网址	http://www.fhcbs.com
照　　排	凤凰零距离数字印前中心
印　　刷	苏州市越洋印刷有限公司 江苏省苏州市吴中区南官渡路20号　邮编:215104
开　　本	880毫米×1230毫米　1/32
印　　张	9.75
字　　数	195千字
版　　次	2021年8月第1版
印　　次	2021年8月第1次印刷
标准书号	ISBN 978-7-5506-3464-0
定　　价	68.00元

(本书凡印装错误可向承印厂调换,电话:0512-68180638)

王华宝

1965年生，江苏扬州人，中国古典文献学博士。曾从事古籍编辑工作20多年。现为东南大学人文学院教授、博士生导师、历史系主任，东南大学古典文献学研究所所长，民进江苏省委文化出版传媒工作委员会副主任，兼任中国训诂学研究会副会长、江苏省语言学会常务副会长、江苏文脉整理与研究工程编委等。著有《古文献问学丛稿》《段玉裁年谱长编》《徐复先生传略》《〈史记〉金陵书局本与点校本校勘研究》等，联合主编《俞樾全集》《古文观止》《文白对照史记精选本》等，独立整理《四书集注》《近思录》《诸子平议》等，参与整理《册府元龟》校订本、《史记》修订本、《宋人轶事汇编》等。

弁　言

“凤凰台上凤凰游”，是李白《登金陵凤凰台》之诗句，昔年我江苏古籍出版社立足南京、弘扬文史，而更名所由也。

“碧梧栖老凤凰枝”，是杜甫《秋兴八首》所吟咏，今日我凤凰出版社为学林添设新枝，而命名所自也。

30多年来，凤凰出版社围绕中华传统优秀文化，彰显传承文明、传播文化、服务大众、贡献学术的出版理念，坚持以整理出版中国文、史、哲古籍及其研究著作为主的专业化方向，蒙学界旧雨新知之厚爱、扶持，渐已长成“碧梧”，招引了学界“凤凰”翩然来栖。箫韶九成，凤翥凰翔！嘤其鸣矣，求其友声！

“凤凰枝文丛”是本社与学界同人共同打造之文史园地，除学术研究论文外，举凡学人往事、经典品评、学术札记之文化随笔，旧学新知，无所不包。是作者出诸性情而诗意栖息之地，读者信手撷取而涵泳徜徉之处。

“凤凰鸣矣，于彼高冈。梧桐生矣，于彼朝阳。”

愿“凤凰枝文丛”成为我们共同的文化家园。

2019.5.22

前言

“明窗净几，前经后史”，与书为友，书过留痕。这是读书、做古籍编辑、继而教书最为惬意的生活，虽时常黄灯枯坐、玄思冥想、大耗精力，仍痴心不改、乐此不疲、物我两忘。近有机缘，将过去的记录与感想汇为一集，因费时日检讨过往，选出30余篇或涉及名家名作、或反映个人心性，又相对轻松可读的文字，题为《友于书斋漫录》。

“友于书斋”取与书为友之义。昔年读鲁国尧先生推荐的明人吴应箕《读书止观录》，中有南宋人“王梅溪曰：‘明窗净几，前经后史。整冠肃容，端拜圣贤于千古；瞑目攘臂，呵斥奸谀于已死者，此吾之友于书者也。’读书者当观此”，心有所感，因以自名书室。倘有人以《尚书》“惟孝友于兄弟”之“友于”作解，本指兄弟相处甚笃，后代指“兄弟”，亦指兄弟有爱，泛取友爱之义，则为“心中有佛，所见皆佛”，当属上善解释。“漫录”者，全稿系往日随笔记录之文，前贤有《学林漫录》《传奇漫录》之作甚佳，因效之也。全稿分四个部分：

一是“仰望前贤”6篇，记录并评述五位在学术文化方面作出杰出贡献的徐复、钱玄、周勋初、吴金华、薛正兴先生，以及对编辑出版工作具有指路明灯意义的叶圣陶先生在国学方面的贡献；

二是“品书寻道”10篇，品味前贤和时人著作，探寻“尊德性而道问学”之义，这在文题“传国学之真谛”“瓣香私自奉高邮”“花落春仍在　书存味自长”以及“营造古籍整理精品的要义在于‘敬畏’与‘创新’”等中多有表露；

三是“前言序跋”7篇，为拙著或他书之前言或序言，谈写作缘起、主要内容、整理或研究的特色等；

四是“流年碎影”9篇，以时间为序，或简要介绍责编的图书，或谈书外故事，或缅怀先师，以记录多年沉淀下的所历所感为主。

这是作为一名出版人与研学者的双重身份而留下的近四十年的身影，既有对传承传播中华优秀传统文化的放声礼赞，也有对古籍整理研究与出版工作的反思感悟。

承蒙倪培翔、卞惠兴、吴葆勤、林日波诸君之厚爱，鼓励我汇编此书并收入“我们共同的文化家园”《凤凰枝文丛》，黄如嘉女史编辑此书，他们均对本书内容和编排等提出过宝贵意见，谨此致谢！

2020 年 12 月 12 日　东大九龙湖

目录

第三辑　前言序跋

第四辑　流年碎影

第一辑　仰望前贤

徐复：学林巨匠　教苑楷模

徐复先生像

徐复先生是章太炎先生与黄侃（季刚）先生的嫡传弟子，是传播和弘扬中国传统语言文字学的一代宗师，他生前为继承章黄之学作出了重大的、创造性的贡献，他是我们从事中国传统语言文字学教学和研究的精神支柱。

——王宁（北京师范大学教授）

一、追忆

沈祖棻教授曾作诗《丁巳暮春，偕千帆重游金陵，呈诸故人》：

重到栖迟地，苔墙认旧痕。谈经逢老友，引吭闹雏孙。风雨春游阻，弦歌讲舍存。徐公在城北，朝夕供盘飧。

诗中所咏老友“徐公”，即南京师范大学徐复教授。

徐复，字士复，一字汉生，号鸣谦，1912 年 1 月 8 日生于江苏武进，2006 年 7 月 24 日逝于南京。在先生诞辰一百周年之际，南京师大在随园校区中大楼前设立其半身塑像，与相邻的唐圭璋先生、孙望先生铜像一起，继续陪伴并关注着后辈学子。

十年之祭，铭记先师恩泽之时，最为感怀的是，徐先生亲炙章太炎、黄季刚等大师，终生奉行“刻苦为人，殷勤传学”的师训，从教七十载，为中华传统文化的复兴，传承文化精神，培养后继人才。

二、传薪

我是 1983 年拜识徐复先生的，其机缘就是先生在南京师范学院始建中国古典文献学专业。开设新的专业，特

作者与徐复先生在一起

别是传统学科的冷门专业，无论何时何地何人，都属难上加难之事。对于是否开设，学校有的领导颇为担心和犹豫，因为当时仅北京大学设立了古文献专业，而年逾古稀的徐先生，敏锐地察觉到传统文化在当代复兴的契机，以极大热情和大无畏精神，找学校、高教局领导协商，与钱玄、赵国璋等先生经过反复争取，终于成功创办，于 1983 年首次招生。

如今，星星之火成燎原之势，南师大古文献专业已发展成为特色品牌专业，培养了近 50 名博士、300 余名硕士和 500 余名本科毕业生，为中华传统文化的传承，输送了大量人才。

2003 年 10 月 18 日，徐先生出席“南京师范大学古文献专业成立二十周年暨学术研讨会”，作大会发言鼓励广大师生多读书，多出成果。先生弟子、复旦大学吴金华教授作《呈徐先生——母校古文献专业二十华诞志喜》:

转眼栽植二十年，欣看桃李欲满园。吾师今年九十二，畅论今昔数千言。胜似《梅花》奏《三弄》，高山流水风雅颂。台上台下齐鼓掌，经久不息春雷动。花甲之年笑我忙，此心如旧鬓已苍。追随吾师不知累，忘却子孙来身旁。身旁诸生亦卓卓，置酒祝嘏难推却。君不见长江后浪追前浪，万里奔腾前程阔。

许多学生都记得，徐先生亲自授课，那是学校一景。校内外的好学之士，纷纷赶来，几代人共处一室。特别是先生的老学生吴金华、王继如教授等坐在第一排，还经常争着冲上讲台帮着擦黑板。

大家都知道，徐先生不仅以章太炎先生为学问北斗，更崇仰他的革命精神和伟大人格，以得列章氏门墙为荣，以承传章黄血脉为己任。先生在讲课中，时时称引章黄学说，传授为学“资粮”。太炎先生指示青年必读二十一书，季刚先生增益为二十五，即经学十五书：十三经加《国语》《大戴礼记》；史学四书：《史记》《汉书》《通典》《资治通鉴》；子部二书：《庄子》《荀子》；集部二书：《文选》《文心雕龙》；小学二书：《说文》《广韵》。

在《师门忆语》一文中，徐先生写道：

以上二十五书，包括中国四部中最重要的典籍，可以囊括一切，也是治各门学问的根柢。当时社会上盛行梁启超、胡适开列的《一个最低限度的国学书目》，列书一二百种，（季刚）先生认为泛滥不得要领，没有揭示出重点，故提出以上二十五书以纠正此偏向。

徐先生的学术理念，可以概括为根柢意识、高峰意识和前沿意识三个方面：一，细读先秦两汉的书，打好学术的根柢；二，学习代表性的研究成果，如清代乾嘉大师的著作，那是学术的高峰；三，关注和了解当前的学术动态和最新成果，那是学术的前沿。

徐先生对学生关心和帮助之事不胜枚举。先生授课最重戴（震）、钱（大昕）、段（玉裁）、王（念孙、引之父子）之学。当时，他正在推动出版《高邮王氏四种》，并在扬州大学开讲扬州学派研究。同学们颇受鼓舞，万久富、孙叶锋、王强等人与我商量计划成立“扬州清学伐薪会”，也想研究扬州学派。

初生牛犊，不知学问之艰，我便去向徐先生汇报。先生大加鼓励，让我们研读张舜徽先生的《扬州学记》等著作，还专门抽出时间给我们做讲座，指示读书途径、研究方法。

此时的徐先生与淮阴师院的于北山教授，有编选《清经解　续清经解》一百种的计划，让我整理扬州籍乡贤学者阮元的《诗书古训》。这极大地激发了我们读书学习的热情。

在诸位老师的不断教导和持续关爱下，古文献专业首届 20 名学生浸润于中华传统文化之中，其中 7 人先后攻读了中国古典文献学或汉语史博士学位，多人攻读了硕士学位，几乎都一直坚守在传统学术这一领域。常国武教授在徐先生八十华诞之时称赞他“桓桓上庠，殷殷桃李，绛帐春温，聿育多士”，道出了大家的心声。

办班讲学、主持论文答辩也是徐先生重要的学术活动。1979 年秋天，国家高教部委托南京大学中文系洪诚先生举办训诂学研究班。洪诚先生邀请徐复先生和山东大学的殷孟伦先生共同讲课。来学习的都是全国重点高校担任训诂学教学的骨干教师，共 28 位。

学习期间，研究班倡议成立了中国训诂学研究会。山东大学杨端志教授是学员之一，后来，看到徐先生《訄书详注》后，兴奋地找出了当年先生两次讲解《清儒》的笔记。笔记虽然不算详细，但读起来，徐先生当年讲课的大家风采，历历如在目前。

章太炎先生的一篇《清儒》，经过徐先生的讲疏，变成为一部清代学术史。

徐先生还曾培养多名外国高级访问学者。据先生《我与外国高级访问学者》一文记载，20 世纪 80 年代曾接受多名外国学者访学，如日本早稻田大学坂田新、苏联国立基辅大学列左年克、日本高级访问学者末冈宏、德国耿幽静、瑞士冬玛轲等。

在德国弗赖堡大学任教的冬玛轲曾给徐先生写信："我从前在中国学的都应说是基础，跟您学的才可以算研究。您教我的治学方法，使我终身受益，这一辈子都忘不了。"

最终，冬玛轲成为国际汉文字学专家，出版了德文版《说文解字手册》，这是向瑞士及德语国家介绍中国文字学的开山之作。扉页上题写了一句话："此书是在徐复教授指导下完成的。"

当年，冬玛轲教授专程来华，登门谢师，奉上此书，先生快慰地说：“我总算为中国传统文化走向西方做了些工作。”

三、三乐

徐先生一生奉行三乐：知足常乐，助人为乐，读书最乐。他在《我只在乎祖国学术的成败》一文中解释：“为什么要帮助人，我觉得许多事情一个人不行，得需要一批人。”“读书最乐，大家都知道的道理，不读书不能成功。”

“好事大家做”是徐先生的口头禅，他与同道一起创办学会，召开学术会议，出版学术成果等，共同推动了传统文化在20世纪80年代的复兴。

2002年11月1日，徐先生亲赴常州，出席“赵元任诞辰110周年学术讨论会暨江苏省语言学会第十五届学术年会”，并与赵元任之女等为常州工学院的赵元任塑像揭幕。

徐先生回忆说，1981年，赵元任应邀来华访问，5月24日抵达南京，当时他正与张拱贵、鲍明炜等筹建江苏省语言学会，在有关部门的安排下，25日上午即到赵元任下榻的南京宾馆拜访，聘请赵元任担任学会名誉顾问，并请题词纪念。

徐先生通过办会，传授治学经验，培养与鼓励青年投

1985年4月，徐复先生（中）与出席全国首次纪念许慎学术讨论会的代表合影。

身于传统语言学的研究。他常说：

我们的年轻同志，要好好读书，要多动脑筋，还要把学到的东西贯通起来。只要肯下功夫，总会有心得的。大家都来搞，每人搞一点，几年下来，我们江苏的语言学研究就会兴旺起来，全国的研究也会兴旺起来。这样，我们才能做出成绩，无愧于前人！

徐先生与中国训诂学研究会的成立与发展息息相关。他强调："振兴训诂学不是某一个人、某几个人所能做到的。好事应该大家来做。"

1981 年 5 月，中国训诂学研究会成立大会在武汉召开，"群贤毕至，少长咸集"，徐先生当选为副会长。1982 年 11 月，苏州召开中国训诂学研究会年会，到会学者达 200 人，盛况空前。许惟贤先生在《徐复先生和中国训诂学研究会》一文记载：

会议期间，还根据徐复先生等的建议，筹备纪念大训诂学家高邮王氏父子和金坛段玉裁，整理出版他们的训诂著作。两年以后，《高邮王氏四种》由江苏古籍出版社陆续印行，为训诂研究及时提供了宝贵的资料。

许惟贤评论说："训诂学会成立最初几年，徐复先生以高龄南北奔走，为振兴训诂学、为培养后学殚精竭虑，不辞劳苦，使他在训诂学界赢得崇高的威望。1984 年 11 月，训诂学会在西安举行第三次学术讨论会。陆宗达卸任会长，徐复教授被一致推举为第二任会长。”

此后，由学会出面，组织了许慎、郑玄、章太炎、黄侃等著名学者的多次纪念活动，并在徐先生倡议下，建立了一些永久性的纪念馆，如常州金坛的段玉裁纪念馆、扬州高邮的王氏父子纪念馆、河南漯河的许慎纪念馆，表彰先哲，繁荣学术。

徐先生认为：“训诂学看似作用不大，实际上非常重要，关系到国家民族的振兴。”在大家的共同努力下，尘封已久的训诂学，重新焕发出生机。新时期的训诂学研究，有学科新体系的创建，有对前人成果的整理爬梳，有前贤未及的新领域的开辟，也有为传统学术现代化所做的种种努力。现在，这门几成绝学的古老学科，研究队伍不断壮大，学科体系不断完善，学术论著纷纷发表，在当代学林有着重要的影响，举凡涉猎中国古代文化的学人，如果要讲清楚中华传统文化，那么，均不同程度地会向训诂学界投以关注、期待的目光。

而这位“三乐老人”，亦是乐于助人的文化功臣，他曾热心作序百余篇，推动或直接资助出版了大量的学术文化著作。如推动老友段熙仲教授遗著《春秋公羊学讲疏》、葛毅卿教授遗著《中古音研究》的出版等。

而谢秉洪则在《道德文章　山高水长——缅怀徐复先生》一文中向世人介绍了另一件不为人知的事情：

汤国梨先生（章太炎夫人）一生写下了上千首诗词，她的一些作品，特别是词作，受到夏承焘先生等词学大家的赞誉和推崇，新中国成立前后虽有两个油印本，但流传很少。汤先生生前一直想将所有诗词结集出版，却始终未能如愿。

徐先生对这位"太夫人"崇敬有加，曾向她承诺代为付梓。2000 年 2 月，他不顾九十高龄，决意兑现承诺。

徐先生先将部分《影观词》手稿交给《文教资料》编辑部，在杂志上分期刊发；后来，又让汤大民老师在章太炎嫡孙章念祖、章念驰、章念祥的说明下，与《影观诗稿》等合编，结集为《影观集》，作为《文教资料》特辑于 2001 年 5 月出版。就这样，世人所见的《影观集》，由徐先生个人出资赞助完成出版，他并为此付出了许多辛勤劳动。

"由于原稿涂损及其他原因，专集整理时，缺字和失韵的情况时有发生，而徐老对每一个细节，从不轻易放过，体现了他那注重求实的一贯作风。"谢秉洪感慨地说，"我有幸参与了《影观集》的编辑工作，耳濡目染，对徐老这种尊师重诺以及筚路蓝缕、严谨求实的治学精神感触颇深。徐老是当代学人的楷模，他留给我们的不仅仅是那些考证精详、名闻四海的宏文巨著，更多的是一种宝贵的精神财富，徐老永远活在我们心中!”

四、治学

2002年11月2日，年逾九旬的徐先生亲赴常州出席“赵元任诞辰110周年学术讨论会”，之后又在女儿徐乃建、学生马树杉教授和我的陪同下，最后一次回故乡，参观武进前黄中学。

先生之父徐晓卿，在民国初年所创办的前黄镇“三近高小”，是前黄中学的前身之一。先生亲见前黄中学今日之盛况，一路上不断回忆往事，心情舒畅。他对家世有着强烈的荣誉感，并讲述“三近”取自《中庸》“好学近乎智，力行近乎仁，知耻近乎勇”之义。

“三近”精神即“好学、力行、知耻”。可以说，徐先生终生奉之，由此更可知家风的重要。

而学术师承则确证了徐先生朴实而华美的人生轨迹，即以弘扬中华传统文化为终生之志。先生曾求学金陵大学中文系，他在《那是名家云集的年代》一文中介绍：

三十年代南京的高等学府中，名家大师云集，分别在中央大学、金陵大学兼课。现在想起来，确实是一个非常难得的机会。我跟黄季刚（侃）先生学过经学通论、《诗经》、《说文》、《文心雕龙》等课；从胡小石（光炜）先生学过文学史、文学批评史、甲骨文、《楚辞》；从刘衡如（国钧）先生学过目录学、《汉书艺文志》；从刘确杲（继宣）先生学过古文；从胡翔冬（俊）先生学过诗；从吴瞿安（梅）先生学过词曲；从汪辟疆（国垣）先生学过唐人小说。

在大学的学习中，徐先生初觇治学的门径和方法。

1936年2月，经孙世扬介绍，徐先生又到苏州章氏国学讲习会学习，向章太炎先生问学，听讲《尚书》《说文解字》，并助理编校《制言》半月刊。太炎先生病逝后，他协助太师母汤国梨夫人，续办章氏国学讲习会预备班，担任行政和教学任务。黄季刚先生是太炎先生的高第弟子，因此徐先生在章门有双重身份，即先为再传弟子，后为及门弟子。

回顾中国近现代以来的学术发展，其一脉由章太炎开其端，黄季刚等开拓而广大之，而由骆鸿凯、范文澜、陆宗达、徐复等众多学科的学者传承之。章太炎、黄季刚先生是传统学术的殿后人，也是现代学术的奠基者。他们守本趋新的时代精神、同仇敌忾的民族气节、教育固本的师表风范、师古创新的治学方法等等，“示未来以轨则”，必将永远昭示后人。

20世纪30年代，徐先生即有众多文章问世，1944年、

1945 年，更以《后读书杂志》《语言文字学论丛》，两次获国民政府教育部学术著作奖。

数十年来，徐先生笔耕不辍，自然留下了许多体现其专精与博大的传世之作。有继承王念孙学术精神的《后读书杂志》；有代表小学方面成就的《徐复语言文字学丛稿》《论稿》《晚稿》三种，《说文五百四十部首正解》；有体现文献价值和学术传承的《秦会要订补》《訄书详注》《吴下方言考校议》等；另参加《辞海》语词修订、《章太炎全集》整理，担任《汉语大词典》副主编，指导《高邮王氏四种》《段玉裁全集》整理，等等。

清代沈德潜《说诗晬语》说："有第一等襟抱，第一等学识，斯有第一等真诗。"徐先生的第一等襟抱、学识，成就了他的第一等真学问。20 世纪 80 年代以来，耄耋老人一直保持旺盛的学术活力，接续学术文化传统，推动学术新范式的建立，也由此形成了他人生的又一辉煌。

徐先生总结说："余之治学，名物训诂，典章制度，八字而已。"一个"而已"，道尽了学术的高境界和人生的真风流。他推崇清初大儒的忧世与乾嘉学术的精微，其坚韧、朴实、严谨、殉道的精神，引领无数学人。

徐先生继承和发展乾嘉朴学的优良方法，强调"比合、会通以求真是"，强调"学贵精"，"精即发明创造，是推动学术发展的原动力。清代朴学之盛，当以此为第一义"；"通谓贯通，亦谓淹通"；"专是说专门之学、专家之业。专的基础是精和通，然后再就一书或一题作深入专门的研究，做到有所发现，有所创造”。

先生之学，大抵以语言学立根基，以文献学致宏大，以考据学致会通，以古籍整理、辞书编纂等致实用，“精”“通”“专”为其显著之特色，而根本宗旨则是继承和弘扬中华学术文化精神。

徐先生还有做古文献研究的基本条件“三好”之说，即脑子好、身体好、坐功好。

“坐功好”就是要能坐冷板凳。此举一例：《訄书详注》被当代学人赞誉为“我国传注史上的又一座丰碑，一次学术极限的超越，一个不朽的生命”。而《訄书》是章太炎先生的一部思想学术自选集，就内容而言，系统地考察了中国古代各种学说，涉及哲学、宗教、社会学、语言文字学、历史学等诸多学科，并对当时中国的现实问题包括政治制度、立法司法、教育改革、民族宗教问题等，对西方的各种社会科学与自然科学等，均有论述；涉猎广泛，文字古奥，内容艰深，非常难懂。

为了传承太炎先生的真精神，徐先生投入了近三十年的精力，特别是晚年的主要精力。可以说，只有具备“三乐”精神和“三好”条件的徐老，才能成就这一学术佳话。

徐先生的授业传道，推动了当代传统学术的复兴，也必然对未来传统文化的发展起到良好的推动作用。学术界为先生多次举办学术研讨会并结集为《朴学之光》《朴学

《帖书详注》书影

之路》和《古文献研究集刊》徐复先生专辑等。大家认为，学而不厌，诲人不倦，是先生身体力行的师德；知足常乐、助人为乐、读书最乐，是先生为学为人的情操；立足本国，放眼世界，是先生传播学术的宽广胸怀。

2016年7月24日，是先生仙逝十周年的忌日。最后选取一则南京大学的挽联作结，以表达学术界的心声：

道述博大精深，堪称现代学林巨匠；
胸怀光明磊落，不愧当今教苑楷模。

谨以此文缅怀为中华传统文化在当代复兴作了最大努力的徐复先生！

原载《光明日报》2016年9月8日

耄耋之年创辉煌：记三礼学家钱玄先生

1999年12月3日上午10时，接到秉洪兄的电话，我当即赶往钱府，而我们敬爱的老师钱玄先生，已于一个多小时前乘鹤而去了。哀立于先生的床前，注视着先生清癯的面容，耳际便回想起先生慈祥的声音和亲切的教诲。十多年来，先生指导我们读书、写作的一件件事、一幕幕情景，历历如在目前。

先生又名小云，号朴斋，1910年生于江苏吴江县同里镇。早年受学于钱穆先生。1930年考入中央大学，从黄侃先生学经学、小学，尤喜“三礼”，黄侃先生赏识小云先生的才志，亲自为他改名为“玄”，寓祖慕东汉经学大师郑玄之意；又随胡小石先生学古文字学，学问根柢愈益湛深。早在二十世纪三十年代，他就在当时颇有影响的《国学论衡》杂志上发表了一系列三礼研究文章。

新中国成立后，钱玄先生一直从事教育工作。但那时

“三礼”被划入“封、资、修”的另册，无法进行正常的学术研究。直至“文革”结束之后，极“左”思想被清算，昌明学术风气才逐渐形成。钱玄先生其时虽已年届古稀，但却进入了他的学术研究的黄金时期。在此后二十多年的时间里，钱玄先生以前所未有的热情投入到传统学术的研究之中，为汉语史研究、三礼学研究和古文献整理的人才培养，倾注了大量的心血，学术论著不断问世。先生发表和出版了《校勘学》《秦汉帛书简牍通借字》《论古汉语虚词双音化》《金文通借释例》等论著；而《三礼名物通释》《三礼辞典》《三礼通论》的出版，更奠定了他在三礼学领域的崇高地位。

三礼（指《周礼》《仪礼》《礼记》，还包括《大戴礼记》）研究，旧有“累世不能通，当年不能究”之说。近五六十年，很少见到以三礼命名的新著，真是所谓“绝学”了。三礼研究之难，钱老对此深知底细。记得1987年先生作《三礼略说》专题讲座时讲治礼学之难有四点：一是篇幅繁多，事情纷杂，三礼约占“十三经”的38%；二是历时久远，文献不足征；三是文字简奥；四是异说纷纭。在“文革”结束后学术复兴的大环境里，先生毅然承担起学术的使命。虽已年届古稀，但不避艰难，重新开始对“绝学”的研究，其精神尤为难能可贵。

三礼的内容，大多是枯燥的职官、名物，特别是所记礼仪中的升降揖让等，真能给人读天书的感觉，但它对

钱玄、钱兴奇《三礼辞典》书影

于上古文化史的研究，对于考古工作，却是不可多得的资料。就是对一般人来说，知晓一点三礼书中所载的名物等内容，在日常生活中也不无帮助。记得一次我和几个同事去看望先生，闲聊中谈到了古装电视剧。先生问我们有没有看那部写秦始皇的电视剧．是否注意到秦始皇戴的前后有流苏的平顶帽子。先生说，那就是“冕”。但电视中的冕做得有错误。接三礼所记，冕的命名取其前低后高，其上的装饰都有说法，前面的流苏叫“旒”，其用意是不妄视。而电视中的冕后面也有旒，不知取何意。如果说是为了前后对称，那也是后来的事，在秦始皇时是不该有后面的旒的。这个错误可能源于郑康成注三礼，他认为前后都有旒，但在当时及后代都已有人指出郑氏这个错误。大概是郑康成的名声大，所以后人多相信他的误说，反而不注意正确的说法。我当时听了先生的话，只觉得有意思，现在细细想来，这不正是先生研究三礼的目的吗？先生研究三礼，就是要把古代文化的源头介绍给读者，这也可以说是三礼研究的重要学术价值和现实意义。

先生研究三礼，谨遵黄侃先生治礼次第、治礼方法。从梳理资料着手，对重要问题和疑难问题逐一考辨，并进行现代三礼学的建构。先生所著《三礼名物通释》，旨在普及三礼知识，因而简单介绍了古代吃穿住行四个方面的主要名物。《三礼辞典》是对四部礼书中的名物制度等用词典方式进行解释，为阅读三礼提供一本实用的工具书。

他在86岁高龄时向读者奉献的《三礼通论》，洋洋50万言，以专题的形式，综述形制，考订原委；结合近几十年考古出土中有关文物，征引前贤研究成果，详加考辨。这对当今学者了解礼制发展的全貌和礼学研究的历史等都有帮助。该书既是学林所赞“现代学者研究古籍而获得较大成果的学术专著”，也可谓近几十年来系统研究三礼学的代表性成果。这三部著作体现出钱玄先生由部分的、微观的研究，向全面研究、宏观建构迈进的发展轨迹。

先生为三礼学研究耗尽了晚年的心血。《三礼通论》撰述工作进行到一半时，视力急剧下降，原来的老花镜不顶用了。而历代研究三礼的著作，木刻本本来就少，加上借阅不便，能够找到的大多是缩小的影印本，如《皇清经解》正续编等。先生做学问向来严谨，虽然对三礼资料了如指掌，但遇到征引书证，必然找原文仔细核对，所以先生用的放大镜每每隔几个月就得换一个放大倍数更大的。

先生在三礼研究上取得了极大的成就，形成了自己的特色，但他淡泊名利，始终不肯答应别人撰文介绍，即使有学术期刊以“我与三礼学”作题邀请撰文，先生也婉言谢绝。每当有人为他的学术著作出版向他表示祝贺时，先生总是淡淡地笑着说：“我只不过是在余生之年抢回了二十年的学术生命罢了。”这当然是他的过谦之辞，我们可以说：对三礼学的重新定位，确立三礼学在当代的学科地位，推动三礼学在八九十年代的复生与发展，先生之功莫大焉。三礼之学，有季刚先生倡之于前，小云先生继之于后，并多所开拓，别树一帜，“绝学”可谓不绝了。

先生一贯重视对后辈和年轻人的培养，并从各方面关心大家的成长。李灵年教授深情地忆及几十年来钱老对自己学术上的指导和工作上的支持与帮助，敬爱之情溢于言表。施谢捷兄对古文字的研究，得到先生许多具体的指导和有益的建议，甚至开始执教于大学讲坛的备课笔记，先生也曾仔细批阅，指出讲课的重点，强调板书的重要。先生耄耋之年，仍在培养接班人，开具大批书目，并具体指导方向东兄整理《大戴礼记》等。

先生深居简出，不少学生常去看望先生。我记得每次去拜望先生，先生都关切地询问最近在做什么，读了什么书，有什么心得体会。在获知正在读某书时，先生总是欣欣然，并提醒读书的注意点，要重视的问题，强调要读出体会。先生年届古稀之后有些耳背，到后来听力愈益不济，我们平时去看望他都是靠笔谈，并把字写得大大的。但是先生对我们请教的问题，绝不凭记忆作数，非得找出书来亲自查出相关的地方让我们看。先生对每一个学生都是如此，这种深切的关爱，是我们永远的精神食粮。先生教导的“博通群籍，是治学的必要条件”，“以专带博，以博辅专”，“学风要平实，学术必创新”等等，也将永远鞭策着我们。

更让人感动的是，先生近几年不断将自己的藏书分赠给学生。先生购藏了大量的学术著作，对书的宝爱也是

方向东《钱玄先生传略》书影

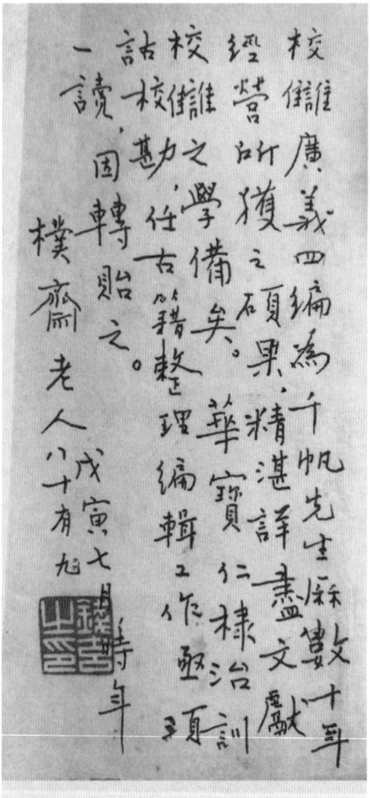
校讎廣義四編為千帆先生歷數十年
經營所獲之碩果，精湛詳盡，文獻
校讎之學備矣。華寶仁棣治訓
詁校讎甚勤，任古籍整理編輯工作，亟須
一讀，因轉貽之。
戊寅七月時年
樸齋老人八十有九

钱玄先生手迹

细致有加，许多书都重新包装。这些学术图书，曾经先生多年研读，浸润了先生大量的心血，也饱含着先生无数的情感，而先生是为用而藏的学人，为了将所藏图书发挥最大的效用，先生及身散之。复旦大学吴金华教授、苏州大学王继如教授、南京师大赵生群教授，许多师友都得到先生所赐图书，这一份关爱，一种深情，将永远照拂着我们。有的书上还有简评，有读书要求与指导，将成为研讨先生学术思想的一个重要方面。如我所得其中一种为著名学者程千帆先生、徐有富先生所著《校雠广义》，先生写道："《校雠广义》四编，为千帆先生历数十年经营所获之硕果，精湛详尽，文献校雠之学备矣。华宝仁棣治训诂校勘，任古籍整理编辑工作，亟须一读，因转贻之。"如今该书荣获国家图书奖，正可印证先生识见之卓越，而我于此书，亦将一读再读，常读不辍了。

先生走了，"他的逝世，是中国学术界，尤其是礼学界的重大损失。我们失去了一位可敬的导师"（清华大学彭林教授语）。他的学术成就"使他生命的光辉更加绚丽夺目"（赵生群先生语）。先生的崇高风范永留人们心中，先生的治学精神永远激励着我们。

原载《书与人》2000年第1期

周勋初：朴学就要“求真求是求通”

2017年4月11日，周勋初先生迎来了88岁生日。也正是在今年初，他的《文心雕龙解析》荣获“第六届中华优秀出版物提名奖”，已是米寿之年的周先生可能又创下一个新的纪录，即获奖最年长者。周先生晚年屡获学术大奖，代表性的如主编的《册府元龟（校订本）》获首届中国出版政府奖；个人整理的《唐语林校证》等三书入选首届向全国推荐优秀古籍整理图书书目（共91种），为个人入选之冠；个人学术文集《周勋初文集》、主编的《唐人轶事汇编》《宋人轶事汇编》等，均获国家级和省部级大奖。

一、具有民族特色的文史研究之路

对于自己的学术人生，周先生以“艰辛与欢乐相随”

周勋初《艰辛与欢乐相随》书影

做概括，而早在2000年《周勋初文集》出版之后，程毅中先生撰写《寻求新朴学发展的道路》一文就指出："文献学与综合研究，体现了一种具有朴学精神的治学方法，也许可以说是开拓了一条具有民族特色的文史研究的道路。"

1929年4月11日，周勋初生于上海市南汇县西周家宅的一个中小地主家庭，而他却在高三年级时患上严重肺病。周先生在《学术小传——我与传统的文史之学》中回忆说："三年床褥，濒死者再，只是依仗父母的慈爱、兄妹的护侍，才能苟延一息。第二年时病情恶化，幸亏链霉素进入上海，才免于一死。但家庭经济日益陷于困境，只能不断变卖家产度日。"正是这种不幸经历，让周先生一生中尤重亲情伦理，与人为善，与世无争，并形成了沉稳宁静的性格与逆境中坚忍不拔的毅力。

1950年，周先生考入南京大学中文系，半年后却旧病复发，两年后才恢复健康，正常学习。

当时南京大学中文系大师云集，对于这一学习经历，周先生说，"学中文，研究的是一门综合型的学问，胡小石先生博学多能，汪辟疆先生鉴定古籍版本的功力深厚。他们的学问都覆盖好几个领域，这对我很有吸引力"，"我在入门之时，即是新旧杂陈，不拘一格"，特别是第四年听胡小石先生的文学史课，"奠定了我日后研究工作的基础"。

大学毕业，分配到中国文字改革委员会汉字整理部工作两年半后，1956 年底，周先生又考回南京大学中文系当副博士研究生，师从胡小石先生。

1959 年，因讲授“中国文学批评史”的罗根泽教授重病在身，中文系即让正在读书的周先生改为助教，直接为大学五年级学生授课，而且从“孔夫子”到“王国维”，一人承担。

“文革”前夕，中华书局上海编辑所约周先生写作“中国古典文学基本知识丛书”中的《中国文学批评简史》一书，改写后以《中国文学批评小史》一名问世。

为什么使用“小史”一名，周先生解释，做研究工作，与其趋同，不如立异，在中国文学批评史类的著作日盛一日，大家都向篇幅长的方向发展之时，“我则将自己所写的一本定为‘小史’。这当然与我喜欢独立思考有关，这书也体现出了追求少而精的努力方向”。

罗根泽先生是中国文学批评史领域的开拓者之一，周先生治学上重视传统文论的底色，受他影响较大。年轻时的周先生，在集中精力备课的同时，独立思考，在《中华文史论丛》1964 年第 5 辑发表了《梁代文论三派述要》一文。该文也是周先生早期的代表性学术成果之一，受到海内外学术界的重视。

后来，周先生教过四个学期《文心雕龙》，先编有讲义，2000 年编为《〈文心雕龙〉解析（十三篇）》，后来审

周勋初《文心雕龙解析》书影

视“龙学”研究现状，感到由于近百年来学科发展越来越细化，研究工作者过趋专门，仍存在着很多问题，于是设计独特体例，增补或新撰长篇“前言”和“解题”等，后加在九位学生帮助注释其他30多篇之后，于2015年推出全本《文心雕龙解析》，将该书“放在学术史的长河中加以考察，这样既显示出了自己的研究心得，又可克服目下普遍存在的流弊，努力使学界走上一条更康庄的治学大道”。

“文革”十年，周先生因家庭出身问题，一直政治地位低下，“却还有那么一点使用价值，故而后期被起用”，先是参加江苏五所高校集体编写《马恩列斯文艺论著选读》的注释工作，后又随洪诚先生参加《辞海》的修订，编撰语词，前后历数年。1974年，又奉命参加法家著作《韩非子》注释组，负责拟订体例和统稿等工作。

有了读书学习的机会，周先生总是充分利用空隙时间，留下一些印迹。他写下了《韩非子札记》一稿，1980年在江苏人民出版社出版。日本学者东京大学法律系长尾龙一教授1982年在美国国会图书馆读到此书，写了以下一段话：“在那儿，我发现了研究韩非子的、具有敏锐智慧和渊博知识的大陆学者周勋初的著作。在‘文革’的狂风暴雨中，居然有这样的智慧幸存下来，这使我深为感动。”

“文革”结束，周先生又受命将注释稿改写成学术性著作，增加校勘等方面的内容，以《韩非子校注》一名

周勋初《韩非子校注》书影

于1982年正式出版。鉴于此书在学术圈的高度认可，应出版社之邀，周先生再次投入宝贵的精力进行修订，并于2009年推出新版。《韩非子校注》修订本于2013年获江苏省首届新闻出版政府奖。

1972年，郭沫若《李白与杜甫》出版，教师才有机会阅读有关图书，周先生遂集中精力研究高適，写成《高適年谱》初稿，先行在《文学评论》发表文章，再于1980年公开出版。

周先生在与常人相同的处境中做出了与众不同的成绩，多部论著连续发表，这在20世纪80年代初期是非常少见的。

周先生常说："我是一名教师，教好书，培养人才，是首要任务。看到学生们事业有成，是我最大的满足。"

周先生在担任南京大学古代文学专业的导师时，多先让学生提问，教师随方解答，或由教师提出问题，由学生回答。"授业问难，教学相长"这种方式，继承了中国书院教学时积累的一些经验，有从游之乐，有观摩濡染之效，可因材施教，还有感情交流，学生从中受益良多。

学生余历雄记录了周先生三年的讲课情况，并整理成《师门问学录》一书公开出版。该书反映了周先生启发式教育、创新性思维的特点，手把手教学、"教书是在传承文化，同时也是传承一种感情"的教育理念，广受赞誉。

对于周先生的教育工作，莫砺锋教授曾说："尽管社会工作十分繁忙，周勋初先生仍把最主要的精力投入到南京大学的教学活动和学术活动中去。作为一位教师，他既呕心沥血地辛勤笔耕，从而著作等身，也循循善诱地培养学生，从而桃李满天下。”傅杰教授认为：“他与程千帆先生共同培养出一批杰出的学生，成为国内古典文学研究人才培养的成功范例，已是当之无愧的教授之教授，博导之博导。”

20 世纪 80 年代以前，周先生的学术研究时断时续，而且经常被动地变换研究方向，但是坚实的基础使他左右逢源，触手生春，从而不断地写出高水平的论著来。20 世纪 80 年代以后，周先生一方面全力投入学术研究，在楚辞学、诸子学、目录学、文学史、文学批评史、学术史等领域取得丰硕成果，一方面与程千帆先生、莫砺锋先生等奋力开拓，培养人才，不断推出重要学术成果。

二、“我一直主张综合研究”

周先生在谈治学经验时说：“综合研究，锐意开拓，这是我的终生追求。屈原在《离骚》中说：‘路漫漫其修远兮，吾将上下而求索。’可以作为我的座右铭。”

《周勋初文集》收录《九歌新考》《〈韩非子〉札记》《韩非》《张骘文士传辑本》《〈文心雕龙〉解析（十三篇）》《中国文学批评小史》《文史探微》《文史知新》《高

周勋初《周勋初文集》书影

适年谱》《诗仙李白之谜》《唐诗文献综述》《唐人笔记小说考索》《唐代笔记小说叙录》《当代学术研究思辨》《西学东渐和中国古代文学研究》《无为集》等 16 部书，其内容贯穿古今，显示出“淹博”的特点。其中最能呈现“综合研究”特点的，要算《九歌》研究、李白研究以及唐代文学研究等。

《九歌新考》是周先生对胡小石先生《楚辞》学的继承与发展，周先生从神话学、宗教学、民俗学和哲学、历史学、地理学等方面入手，对《九歌》诸神一一进行分析研究，证明了诸神来源不一、屈原创作《九歌》有广泛基础，从而使《九歌》性质研究不再受祭歌等说的束缚，为进一步正确认识《九歌》扫清了障碍。

《九歌新考》体现了周先生的学术理念，文章的深度与力量，不完全依靠穷尽所有的史料，有时是源自一种对时代氛围、文学风气、学术思潮的整体把握；同时，即使运用一段材料，举出一个例证，解决一个具体问题，也要有综合研究的能力。

周先生治学范围很广，在先秦、魏晋南北朝、宋代文学、近代学术以及文学批评史等方面均有专著，而在唐代领域成果最为丰富，更能体现结合交叉的特点。除《高适年谱》、李白研究成果三种外，还有考索之功、独断之论兼具的《唐人笔记小说考索》《唐代笔记小说叙录》，古籍整理的典范之作《唐语林校证》，主编的《唐诗大辞典》

《唐人轶事汇编》，以及《全唐五代诗》（第一主编）等。

周先生认同文史不分的传统，强调思维的融会贯通，传统和现代的沟通与结合。对于综合研究的益处，他曾说过："我在学习文学作品时，往往连类而及，也相应地读一些史书或哲学著作，这样做，是希望对古代学术能有更完整的认识。因为在历史上，无论是一种风尚、一个流派、一部著作的形成、发展和变化，都是纷糅交错地呈现出来的，后人当然可以分别从文、史、哲等不同角度进行探讨，但若能作综合的研究，也就可以理解得更全面、更深入。""在探讨问题时往往可以取得触类旁通的良好效应。"

胡小石先生做研究，具有"语不惊人死不休"的气概，这对周先生影响极大，"追求创辟之功，写作论文时，总想发前人未发之覆"，"不管你面对的是老经学还是新经学，都应保持清醒的头脑，不要随波逐浪，人云亦云，而要独立思考"。

在全面掌握有关资料的基础上，周先生往往有着强烈的还原求真意识、探赜索隐兴趣，因为只有放回到古典思想的整个脉络当中去，我们才有可能真正领会到古典学的真精神，能于常见资料中发掘出有意义的问题。

比如，曹氏三代都把出身贫贱的女子立为后妃，一般认为这一现象是曹氏家族的非礼妄为，而未挖掘其中的深层含义，周先生撰写《魏氏"三世立贱"的分析》一文指出，曹氏这么做，不但有阻止后族干政的目的，还意味着对传统道德观念的离弃。曹氏如此家风，对“慷慨以任气，磊落以使才”的建安文学影响深刻。

关于李白的研究，周先生联系他的家世、两次就婚相府所铸成的家庭悲剧、剔骨葬友的奇特行为进行探索，且与其友辈，诸如杜甫等人进行比较，扩及很多层面，诸如宗教信仰、仕宦出处、文艺爱好、民族观念等领域，从多种角度进行综合研究，发掘李白的文化特征，提出李白为多元文化的结晶之说。

对于学术研究方式问题，周先生有自己独特的思考，并基于研究实践，有着高度的文化自信。对于学术传统，他认为：“清代朴学的兴起，成就巨大，所以能步步深化，靠的就是实事求是，操作规范，从文本出发。”在研究方式问题上，他曾有意识地谈到：

我在做研究时，也常是在探究研究中国学问的方式这个问题。中国人研究“中国学问”，不能完全套用西方的研究模式，也不能只是将“中国学问”作为“西方式研究”的一种取证。我研究唐代小说时，对以西方小说为标准甄别中国古代小说的做法很感困惑，总以为这么做没有注意到中国古代小说的特征。《文心雕龙》研究的西化痕迹也很重，这在词语、范畴、结构等方面十分明显，我并不排斥西方，我只是觉得中国问题有其特殊性。

这就点明了当下某些层面的艰难处境，并直言“重视中国古典文学特点的研究”，为后来者开拓了无限的发展空间。

三、古籍整理者应有一种使命感

文献整理对于学术文化的整体研究而言具有基础性的意义。打好文献学基础一直是南京大学的传统，研究生培养至今仍有讲授《四库全书总目》等书的传统。周先生传承发展了这一学术传统，并取得丰硕的成果，他无论在整理的观念、态度，还是在整理的路径、方法上，都有足为人们琢磨和取鉴之处。

2013 年，国家新闻出版广电总局、全国古籍整理出版规划领导小组组织开展的“首届向全国推荐优秀古籍整理图书”活动，经多轮评选，最终确定了 91 种，周先生个人整理或主持整理的有 3 种，入选数目之多，独一无二。

赵守俨介绍《唐语林校证》时说：“从事古籍整理的人常常说，要在研究的基础上进行整理，认为这样才能保证品质，这部书可以说是当之无愧的。”

《唐钞文选集注汇存》为周先生在日本讲学时带回部分材料，又得日本、中国台湾地区与内地朋友相助，多方搜集，汇集而成，并有引导深入研究的“前言”。许逸民评价：“它标志着‘新《选》学’研究在资料的占有上，

《册府元龟（校订本）》书影

达到了一个前所未有的新高度。其影响之巨大和深远，想来不会在李善注、五臣注、六臣注等各类版本以下。”

学界认为，《册府元龟（校订本）》是一部校勘精审、体例完善、使用便利的整理本，赞誉为“近百年来古籍整理图书史上的典范”。该书 2007 年荣获首届中国出版政府奖，目下正在筹划进行一次更全面的整理。

周先生主编的《唐人轶事汇编》《宋人轶事汇编》，王水照、侯体健评论说：“俗话说‘一人劳而万人逸’，而今新辑《宋人轶事汇编》，传续《唐人轶事汇编》的编撰精神，不但注重材料的丰富性，也兼顾可靠性，在广搜博采的基础上精挑细选，由博返约，展现了一幅姿态万千、骨肉饱满的宋代人物书卷。”

周先生认为，文献整理是国家文化建设的基础工程，因此古籍整理者应有一种使命感，以传承祖国的优秀文化为荣。他在文献整理方面投入了大量精力，除上述作品外，还参与了全国高校古籍整理研究委员会主持的《古代文史名著选译丛书》工作，1986 年到 1992 年先后审阅了《列子选译》《龚自珍诗文选译》等 17 种。

《全唐五代诗》的编纂历经艰难，作为第一主编，周先生感到责无旁贷，而身荷文化使命需要担当精神。2011 年在多方支持下，他毅然决然大力推动，终于在 2014 年 10 月由陕西人民出版社推出了《全唐五代诗》初盛唐部分。学术界对此书予以高度评价，认为将全面取代清编

《全唐诗》，将唐诗研究推向新的高峰。已近九旬的老人，满怀信心等待着该书近期问世。

四、以传承祖国的优秀文化为荣

20 世纪 80 年代后期，我有幸到南京大学旁听了周先生开设的“近代学者治学方法”课程，此后又有机会参加了周先生主编的《册府元龟（校订本）》《宋人轶事汇编》工作，并见证了周先生多部著作的问世过程，有较多机会面聆教诲。周先生学问博大精深，实非此文所能全面评介。只是希望通过对周先生学术经历与著作的介绍，有助于读者理解、走进那一批学人的精神世界，从一个局部了解近数十年传统文史之学的发展历程。

周先生身处有着深厚学术传统的南京大学，天道酬勤，取得了如上所说的成果。他素心问学，诚朴做人，坚守在传统文化领域，他相信“一个人的收获，总是与他的投入成正比的”。周先生在研究过程中，上下求索，顺其自然地攀登，又发扬传统，开展综合性研究，体现出求真、求是、求通的实证精神，形成了博通而专精、创新又朴实的学术特色，赢得了世人的尊重。

文化是一个民族的血脉和灵魂，传承和发展中华文化，建设中华民族的共同精神家园，是海内外中华儿女的共同心愿。当前，在世界大格局中，中华文化应怎样交流互鉴？如何做好中华文化的对外传播？如何展示中华文化独特魅力？周先生用他的实践在向世人说明。他一方面发扬师门学术，奉献丰硕成果，努力造就南京大学古典学特色，并肯将金针度与人，培养出优秀的古典学人才和一支团结的学术梯队；另一方面，南京大学定期举办各种国际学术会议，邀约海内外同道前来交流，并招收国外学生，周先生参加美国、日本、韩国、新加坡、马来西亚等国举办的国际会议并在众多高校作学术演讲，在对外文化交流中传播中华文化，展示出对中华传统文化的执着与自信。

在汉学全球化的当下，“西学东渐”与“东学西渐”必然成为并蒂莲花，作为具有民族特色的文史研究方法开拓者之一的周勋初先生，必然越来越受到海内外读者的广泛关注。周先生大量的学术论著与古籍整理精品，以及学术成果背后所蕴含的“以传承祖国的优秀文化为荣”的精神信仰，开拓创新的担当精神，从一个方面体现着那一代学人文史不分的学术传统，展示出他们的文化自信，也必然成为当代传承发展中华优秀传统文化的宝贵财富！

原载《光明日报》2017年4月12日；《新华文摘》网刊2017年第12期全文转载

吴金华先生研治《三国志》的特点与贡献

中国秦汉史研究会会长王子今教授在其著作《20世纪中国历史文献研究》的“《三国志》研究”一节中[①]，历数现代《三国志》研究专家十余人，复旦大学吴金华教授是最后且最重要的一位。

吴先生是江苏南京人。名金华，诞生于1943年11月27日夜晚，因第二日报童高呼“金华大捷”，尊翁即以胜地名之。字企玄，其师徐复（鸣谦）先生所赐。号慕朗居士，以《蜀志·向朗传》载向朗年逾八十犹手自校书，先生慕其老而笃习，因自取此号。1966年毕业于南京师范学院中文系，适逢时艰，1968年分配至徐州地区赣榆县的中学任教。1978年考回母校，师从鸣谦先生，学业精

① 清华大学出版社2002年版，328—339页。

进。1981年留校任教，1995年调入复旦大学古籍整理研究所，2013年6月2日驾鹤而去。

先生毕生从事汉语史与文献学的研究，侧重于“中古汉语”的词汇研究与《三国志》整理研究，所关注的学术研究领域是训诂学与校勘学。学术专著有《三国志校诂》（江苏古籍出版社1990年）、《世说新语考释》（安徽教育出版社1994年）、《古文献研究丛稿》（江苏教育出版社1995年）、《三国志丛考》（上海古籍出版社2000年）、《古文献整理与古汉语研究》（江苏古籍出版社2001年）、《古文献整理与古汉语研究续集》（凤凰出版社2008年）等。如今，《三国志今注》（凤凰出版社）已有初校样，点校本《三国志》（中华书局）修订工作已打下基础。而《三国志》研究的系列性项目，《三国志》新校本、《三国志简注》、《三国志》新注新译、《三国志》文本系统的研究、《三国志专题索引》、《三国志大词典》、《三国志》研究概论等等[1]，或有初步计划，或有部分样稿，或有部分成果，竟不能亲自完成，世人岂不为之一恸！

先生是我的授业恩师，亲授《史记》、训诂学、语法学等多门课程。30年来，面聆先生开示不计其数，谈《三国》更是家常便饭。因从下列四个方面，述介先生研治

① 先生2007年即有“《三国志》整理研究系列”计划。

《三国志》的特点和贡献，记叙先生准备做而未及做或未及完成的一些工作，期待学人能全面了解先生的道德风范与学术成就，继续推动《三国志》整理研究的深入。

一、以词语考释为主的《三国志》语言学研究

先生于1978年师从徐复先生攻读汉语史专业研究生，读书期间即担任语言学家、三礼学家钱玄（小云）先生的助教，为中文系本科生辅导古代汉语课程。并协助徐复先生查证《汉语大词典》编纂过程中所需要的资料卡片，在“斋舰”“顾返”等语词研究方面受到称赞，徐先生在《读〈义府续貂〉识语》中就有提及[①]。早期对《三国志》的研究，即以语词考释、语法研究为主，发表了《〈三国志〉解诂》、《〈三国志〉考释》、《试论“R为A所见V”式》、《〈三国志〉拾诂》、《〈三国志〉词语札记》《〈三国志〉词语简释》等十多篇文章。这些厚重的成果，得到了学术界的赞赏，也为先生赢得了荣誉，1985年获江苏省哲学社会科学优秀成果奖，1986年获中国社会科学院青年语言学家奖。

这些文章以及一些未刊的研究成果，达700余条，汇

① 见《徐复语言文字学丛稿》，江苏古籍出版社1990年版，第367页。

为先生的第一部研究专著《三国志校诂》。笔者写过两篇小文介绍此书[①]，认为该书的主要特色是“重视发明、讲求实用”。具体可以分为五个方面：（一）新校新释。（1）传讹至今，尚无人校理者，先生为之校定。（2）古义时语，迄今未见注释，或云“未详”者，为之训释。先生的独到创见，随处可见。（二）辨证误校、误释。（1）古今校者有误处，为之辨证。（2）又有古今注家误释，或辞书误解者，为之辨误。（三）释疑祛惑。古书疑义，众说纷纭、莫衷一是者，以及古今校注者致疑之处，先生列举翔实的史料，为之辨证，解决了许多悬而未决的问题，颇具卓识。如第 145 页《魏志二十六 · 满宠传》“樊城得水”，或疑“得”一作“待”，或疑皆非是，先生以为“得”字不误。释疑祛惑方面，先生做了大量的工作，博考典籍，所校释多成定论。（四）申证前说。（五）中华书局标点本标点不当，影响文义者，为之辨正。而广征博引，考校翔实，训释精允；校勘多揭出其致误之由，训释多连类而及，举一反三，则成为《三国志校诂》的基本特色。此外，该书择录卢弼《集解》问世以来的研究、整理《三国志》的有关成果 101 条，有的条目后附有先生自己的观点，成《三国志考释集锦》。书末附有《三国志标点本两版校记》，举

① 分见《古籍整理出版情况简报》第 249 期、《文教资料》1995 年第 2 期。

吴金华《三国志校诂》书影

出 67 处形成阅读障碍的文字，予以说明、辨证。这种工作显示出先生兼收并蓄、充分尊重别人的劳动成果、方便读者的严谨学风，该书也起到了集大成的作用，对于读者总体把握《三国志》研究、整理的状况，很有益处。该书后来获得了“全国古籍优秀图书奖”。

从 1978 年到 1990 年前后，先生充分运用文字、音韵、训诂、语法等方面的知识，全方位地开展《三国志》语言研究，并对标点本存在的标点问题做了初步的梳理，解决了大量的问题，取得了初期的成果。1995 年调复旦大学古籍整理研究所，又有编入《古文献研究丛稿》的十余万字的《校诂外编》《校诂订补》《校诂外编补正》等文。2000 年完成上海市社科基金资助科研项目《三国志语言研究》，将考释与校勘工作推向深入。此外，攻读博士学位的学生从事《三国志》异文研究、成语研究、与中古汉语词汇的比较研究等，也都融入了先生大量的心血。

需要强调的是，先生的《三国志》语言研究是与中古汉语研究相结合的。先生认为，在“中古汉语”研究中，《三国志》不愧是大型的优质语料库，无论你选择语义学、语法学、语音学的什么课题，它都能提供丰富的语料。这一点在《〈三国志〉语词笺释》一文中有所体现，先生认为“我们的目光常常投向蕴藏于《三国志》的中古语词，于是便产生了如下三点印象：印象一：新词、新义层出不穷；揭示这些内容，可以大幅度增添汉语史研究的鲜活语

吴金华《古文献研究丛稿》书影

料，有助于填补大型辞书的诸多空白。印象二：误读、误注、误译的现象不胜枚举。讨论这些内容，可以丰富古文献学的研究资料，有助于提高古籍整理研究的学术水平。印象三：要揭示上述内容，必须在宏观考察的背景下，开展以《三国志》本体研究为基础的个案分析。”[①] 先生的研究成果，得到了中古汉语研究者的高度重视，“注重创新，注重方法，注重深度”的学术理念，也受到学术界的高度赞扬。

二、以文本校勘为主的《三国志》文献学研究

训诂与校勘本是难以严格区分的问题，在先生的研究中也常常是同步进行的。如1982年发表《〈三国志〉标点献疑》、1984年发表《三国志校点拾疑八则》[②]。但从对材料的运用与成果的呈现来看，在不同时期先生的研究还是有所侧重的。先生在《三国志丛考》的《弁言》中谈到：“《校诂》是1987年撰成的，那时我还没有全面的调查过《三国志》的七种重要版本，还没有悟出陈乃乾《三国志》校点本（中华书局1959年）的误文往往来自金

① 见《古文献整理与古汉语研究》，第147页。

② 分别见《中国语文通讯》1982年第3期、《中国史研究》1984年第4期，后收入《古文献研究丛稿》。

陵活字本。”此后，则进行了系统的《三国志》文献学研究，取得了突破性的进展，并为做集大成式的校注打下坚实的基础。代表性成果《〈三国志〉斠议》[①]，洋洋洒洒27000字，文分六部，例举九十，是一篇校勘学的经典文章。文本研究的主要成果也汇为先生的另一专著《三国志丛考》。在《三国志》文献学研究方面，先生主要做了以下工作：

一是通过对以前集大成著作的研究，肯定已有的成绩，指出其中的不足，有了系统、全面校注的计划。先生在《三国志丛考·弁言》谈到："二十世纪是《三国志》整理研究成果层见叠出、异彩纷呈的时代。仅就《三国志》文本的校理而言，完成于三十年代的重要成果就有易培基《三国志补注》（台北艺文印书馆 1955）、卢弼《三国志集解》（古籍出版社 1957）、张元济《三国志校勘记》（商务印书馆 1999）三种。毫无疑问，从文化学术史的角度深入认识这些成果的历史价值和现代意义，是我们不断推进研究起点的重要途径。"

先生也正是在此基础上向前推进的。关于易著，先生发表《略论易氏〈三国志补注〉》《易氏〈三国志补注〉今证》，揭示其历史贡献和实用价值；发表《易氏〈三

① 见《三国志丛考》，第 161—197 页。

国志补注〉评述》，揭示其不足。关于卢著，先生则有65000字的长文《〈三国志集解〉笺记》[1]，客观评价《集解》"汲取了历代集解式著述的丰富经验，展示了广采众善的博大气象，体现了筚路蓝缕的创新精神，显示出有疑则阙的治学态度"，肯定其为里程碑式的巨著，是"目前关于《三国志》的最详注本"，但同时指出三点问题：一是在版本的取舍上似乎带有情绪化色彩，二是不熟悉语言文字的学问，三是在引证文献上，还有许多空白。

二是通过对《三国志》版本系统的梳理，揭示出校点本的工作底本是金陵活字本。1989年下半年，岳麓书社约请先生整理《三国志》。先生就有意识地对《三国志》版本系统做了深入的研究，对传世的几十种传本，按照抄写刻印的时代及其形态等做了分类，分别指出其源流与价值，并取得一些新的成果。如揭示出"权威本"中华书局校点本以四种版本择善而从，而以清同治六年金陵书局活字本为工作底本的事实。这让学术界对校点本的"致误之由"有了清晰的认识。

由岳麓书社于1990年推出以商务印书馆据宋绍兴本、绍熙两种刻本配合影印的百衲本为底本、以后出旧刻通行本为互校本的《三国志》新整理本。由《出版说明》可

① 见《三国志丛考》，第53—150页。

吴金华《三国志丛考》书影

知，岳麓版《三国志》在文字方面，订正讹衍脱倒之处甚多；在标点方面，则大部分因袭了校点本，只有600余处有所不同，所做工作主要是存异、匡谬、补缺和加工。在印刷8次累计印数达158000册之后，先生又进行了认真的修订，从1999年所做的《修订后记》可知，先生认为“学术事业是没有止境的，新视角、新方法、新资料总是把老工作推上新台阶，岳麓本的修订也不例外”，“今天从事《三国志》的校勘，比以往拥有更多的优越条件。一是可参考的资料比过去丰富；二是又有幸读到一些有关的新论著，受到不少新的启发；三是电脑时代的到来，使我们的研究具备了比过去更便利的方法与手段”。因此，先生的修订工作取得较多的成果，改动达900多处，使此新整理本更加完善。

先生全面系统整理《三国志》文本，梳理版本系统，也为此后开展点校本《三国志》修订工作奠定了坚实的基础。

三是重视出土文献和已有成果，将研究工作推向深入。先生一直重视新资料的利用和老资料的新利用。如1989年发表《晋写本〈魏志·臧洪传〉残卷初探》[①]，对残存的375个字进行充分的运用，肯定其“确有‘一字千

① 原载南京师大学报1987年增刊《古文献研究文集》第2辑，收入《古文献研究丛稿》。

金’的价值”，并对另外3种晋写本残卷，也做了一定的探讨。此外，利用日本古写本《群书治要》解决一些校勘与语言研究方面的问题。

先生对时事不太关心，很少参加各种会议，但对学术研究的动态非常关注。试举一例。2012年12月3日收到先生邮件，为先生的讲义“《魏志·倭传》助读”六讲，计78000字。《今注本二十四史》中的《三国志》12册，巴蜀书社2012年出版，市场上尚未发行，而先生文中已有这样的文字，“前不久，看到杨耀坤先生等校勘注释的《三国志》，其中也提出了不少值得进一步讨论的问题”，“杨先生是我钦敬的《三国志》研究专家，他的《今注》严谨弘博，跟他的旧著《陈寿评传》等等一样，质量很高，当今罕见其匹，读了获益匪浅；但这里的‘欲’字是不是一定要改？我有点疑问，可惜现在不能当面请益，只好把浅见记在下面”。这也验证了先生平时所言，“四川人《三国志》研究水平很高，要关注他们的成果”。

四是主持点校本《三国志》修订工作，并对新世纪如何从事古籍整理研究工作做了大量的思考。先生在修订岳麓书社版《三国志》的同时，于1999年8月修订旧稿《中华书局校点本〈三国志〉修订刍议》，发出修订点校本的倡议。这在全国来说应当属最早的。先生在宏观观照与微观分析的基础上，提出了一整套修订原则、方法和具体的工作方案，具有重要的理论价值与应用价值。对推动点校本“二十四史”的全面修订，具有一定的作用。此文最先发表于由笔者担任责任编辑、江苏古籍出版社 2001 年出版的《古文献整理与古汉语研究》一书。受先生学术理念的影响，我也于 2002 年撰写了《〈史记〉新整理本刍议》[1]一文，认为《史记》点校本也存在较多问题，同样需要修订，作了学术上的响应。

2007 年 5 月，先生受聘主持由教育部、新闻出版总署暨中华书局联合立项的“点校本《三国志》”的修订工程。笔者参加了点校本“二十四史”暨《清史稿》修订工程第一次工作会议，又有机会面聆先生教诲，共游香山。当前《三国志》修订样稿已获通过，只是先生不能亲自完成修订了。先生挚友汪维懋先生感叹：“你通晓汉魏六朝语境、熟悉佛学语言，从语言学家、文献学家的角度研究《三国志》，达到了前所未有的高度。可你就这么走了，把这些新发现、这些新成果、这些将要解决的疑难问题，统统又交回给历史，统统又变成不可知的问题留给了后人。后人要解决这些疑难问题又不知要走多少弯路、付出多少艰辛啊！”但我相信，有《三国志整理研究长编》在，有先生仙逝前一个多月撰写的《点校本三国志修订细则》等

① 原载中国史记研究会论文集《史记论丛》，陕西人民出版社 2004 年版；又载《淮阴师范学院学报》2002 年第 6 期，与赵生群教授共同署名。

在，有先生培养的研究团队和弟子们在，有先生的哲嗣吴葆勤博士（现为凤凰出版社总编辑，编审）在，在中华书局的有力领导与协调下，修订工作一定能高质量地完成。先生所播撒的《三国志》研究种子，必然会开花结果。

三、由实践向理论转化的《三国志》综合研究

先生长期从事语言研究与文献整理的实践工作，到复旦大学后，更加重视跨学科研究的理论与方法，有意识地运用理论方法，对各种现象进行归纳总结，从宏观上来重新审视一些老问题，如发表《新世纪之初〈三国志〉校勘问题的思考》等文章，作题为《全球化视野中的古文献学》[①]等演讲，作《进入网络时代的“中古汉语研究”》等讲座。在《〈中日《三国志》今译与中古汉语词汇研究〉举要》一文中指出：“一位严谨学者的力作，一项全球化视野中的专题研究成果，一部充满新意而富有创见的学术专著，总是有许多值得读者尤其是同行的读者细细品味的内容，倪永明博士的《中日〈三国志〉今译与中古汉

① 此为先生 2003 年的讲演标题，似未单独发表，仅见于笔者所撰《〈南京师范大学古文献专业成立二十周年暨学术讨论会〉综述》，《古籍整理出版情况简报》第 393 期。

语词汇研究》一书就是这样。”[1]并对古籍今注今译的理论与实践提出了一系列新的见解。在《古文献问学丛稿序》中提出：“传统的考释学，特别讲究本证与旁证的互相支撑；西方的阐释学，特别强调整体和局部的双向循环。”[2]又应汉学家、挪威科学院院士、奥斯陆大学教授何莫邪（Christoph Harpsmeier）先生之邀，共同主持《〈三国志〉中英文对照译本》的科研项目。

先生曾有编纂《三国志大词典》的想法，故对山东教育出版社1992年出版的《三国志辞典》（张舜徽先生主编）做过认真的研究，撰写了《〈三国志辞典〉商兑》[3]一文，“所讨论的问题只侧重于辞书的立目与词语解释两个方面”，分为十二个方面。需要说明的是，先生在研究工作中非常注意对前人劳动成果的尊重，对别人所做的贡献给予应有的客观的评价，如该文的结尾，先生写道：“最后，我们还要强调说明一点，即山东教育出版社的《三国志辞典》为二十世纪专书辞典的园林增添了新的景点，对推动文化事业的发展做出了新的贡献。我们认为，在充分认识其新贡献的同时，结合某些值得商兑的问题进一步探索辞书编纂的难点和盲点，会使这部《辞典》更富有利用价值和启

① 见《古文献整理与古汉语研究续集》，第93页。
② 见王华宝著《古文献问学丛稿》卷首，中华书局2009年版。
③ 见《古文献整理与古汉语研究》，第187—207页。

吴金华《古文献整理与古汉语研究》书影

发意义。文中恐有不当之处，欢迎批评指正。”

先生还曾将《汉语大词典》与《三国志》相关的所有条目做了全面的考察，发表了《〈汉语大词典〉书证商榷》《〈汉语大词典〉中有关文献考察的若干问题》《〈汉语大词典〉商补》《〈汉语大词典〉商订八题》等系列论文④，揭示其不足与失误，全方位地提出修订意见，并第一次提出且论述了汉语辞书中“假目”“误目”“疑目”等特殊现象。可以说，这些见解均发人之所未发，对辞书编纂具有不可忽视的指导意义。

先生的《三国志》研究，早已在语言与文献研究的基础上，精熟史书体例、三国史事及文化习俗，走向理论与综合研究。如2010年的《〈三国志〉的叙事、评议与抒情》《关于“曹操墓”热议的述评》等；最后半年所写系列文章《三国志发微》之一《陈寿详略之笔与〈三国志〉的繁简之处》的《目次》为“一，详录‘虚实难明’的陆凯遗表”，“二，‘荀勖’仅见《上诸葛亮集表》”“三，《蜀志》《魏志》屡记刘备帝王之相”；之十二《〈三国志〉何曾虚饰王平？——刘知几〈史通〉“不可轻信”举例》。还

④ 第1篇原载《南京师大学报》1995年第3期，收入《古文献研究丛稿》；第2篇原载《文献》1998年第3期，第3篇原载《南京师大学报》1997年第1期，第4篇原载《辞书研究》1999年第3期，第2、3、4篇并收入《古文献整理与古汉语研究》。

有与《三国演义》的比较研究等。或考证史实，或研究史笔，或议论史评，或品鉴文学，真知灼见，层出不穷，令人叹服。

当然，先生对与《三国志》有关的《后汉书》《世说新语》《建康实录》等文献，也做过精深的研究，专著《世说新语考释》，更是得到学界的一致好评。先生对佛经语词研究、对辞书编纂等有很大的贡献，显示出开阔的学术视野和综合研究的学术理念。

四、培养人才，开拓创新，将《三国志》研究推向时代高峰

先生是章（太炎）黄（季刚）学派的传人，也是中华学术文化的热心播火者。先生在 1985 年因协助徐复先生创办南京师大古文献专业有突出贡献，被评为省级劳动模范，省政府授予“江苏省优秀教育工作者”称号。1992 年起，因从事高等教育工作有突出贡献，享受国务院颁发的“政府特殊津贴”。2008 年受聘为复旦大学特聘教授。据何凌霞博士所撰《吴金华先生传略》可知，除联系博士后 8 人以外，已招收海内外博士生 34 人，硕士生 12 人，可谓门下人才济济。其中有不少学生撰写了与《三国志》有关的学位论文。已出版的有王文晖博士《〈三国志〉成语研究》（湖北人民出版社 2004 年）、苏杰博士《三国志

异文研究》（齐鲁书社2006年）、倪永明博士《中日〈三国志〉今译与中古汉语词汇研究》（凤凰出版社2007年）、马丽博士《〈三国志〉称谓词研究》（中国社会科学出版社2010年）、王彤伟博士《〈三国志〉同义词及其历时演变研究》（巴蜀书社2010年）等。另外还有储泰松《〈三国志〉裴松之音注浅论》、季忠平所译《吐鲁番、敦煌发现的〈三国志〉写本残卷》（片山章雄撰）、陈健梅硕士学位论文《裴松之年谱》（2003年，获上海市研究生优秀学位论文）、邓军《三国志代词研究》（2001年博士学位论文）、崔泳准《中韩〈三国志〉今译与古汉语专题研究》（2003年博士学位论文）、阎玉文《〈三国志〉复音词研究》（2003年博士学位论文）、萧瑜《敦煌吐鲁番出土〈三国志〉古写本用字研究》（2006博士学位论文）、何凌霞《〈三国志〉专名研究》（2009年博士学位论文）[①]。何博士认为："先生学术视野开阔，治学不主一家，由古及今，自东徂西，兼收并蓄，善采众长。先生的治学理念亦贯穿于弟子的学术成果中。"南京师范大学何亚南教授的博士论文《〈三国志〉和裴注句法专题研究》[②]，也得到

① 参见何凌霞《吴金华先生学术年谱简编》，见《吴金华集外集选编》第478页。

② 南京大学2000年博士论文，导师为柳士镇教授。南京师范大学出版社2001出版。

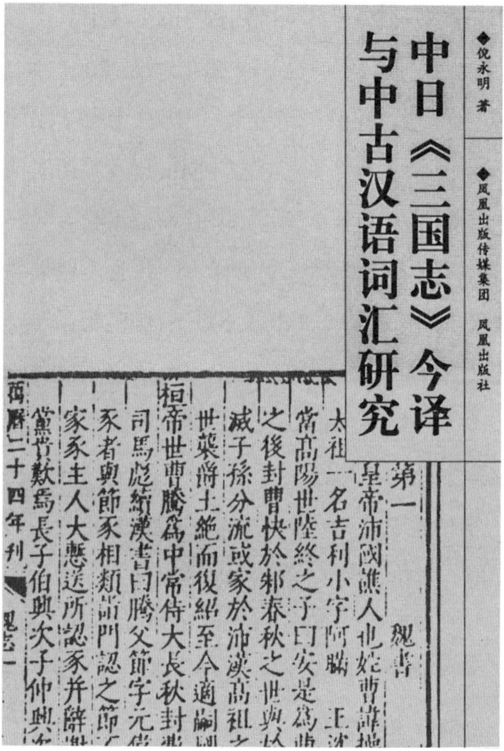

倪永明《中日〈三国志〉今译与中古汉语词汇研究》书影

了先生的很多帮助。此外，先生曾主办“《三国志》研究第一届国际学术讨论会”及“中古汉语第三届国际学术研讨会”，为推进学术研究不遗余力。笔者在先生指导下，撰写《南京图书馆藏〈三国志〉版本简论》[①]一文以参加2002年11月在复旦召开的研讨会，多了一次学习的机会。这些成果，与先生的研究论著共同反映出新世纪《三国志》整理研究的深度和广度。可以说，先生将《三国志》研究推向了时代高峰。

先生培养学生，投入了大量精力，对后辈有着很高的期待，在生命的最后的旅程中，先生还编写了《〈魏志·倭传〉助读》六讲，并“旨在通过《魏志·倭传》的研读，了解古文献研究和古汉语研究中的必须注意的问题，跟共读的同学一同寻找新的、前沿性的、原创性的研究课题”。

先生还有许多计划要做，《三国志汇校集释》就是其中的一项。先生来信商议此事，嘱做方案草稿，我曾呈交一份近3000字的初稿。关于课题研究的意义及研究现状评述，当时写道：“20世纪30年代，卢弼汇集历代学者对《三国志》正文和裴注所作的注释、版本校勘和考证，结合个人的成果，编纂为《三国志集解》（古籍出

① 原载《古籍研究》2003年第1期，收入《古文献问学丛稿》。

版社 1957 年）。中华书局 1959 年出版的《三国志》点校本，就是在《集解》提供的学术基础上推出的‘权威本’。易培基《三国志补注》（台北艺文印书馆 1955 年），周一良《三国志札记》，张元济《三国志校勘记》（商务印书馆 1999 年），赵幼文遗稿、赵振铎等整理《三国志校笺》（巴蜀书社 2001 年）等，或考订名物制度，或训释词语，或进行校勘，或研究版本等，均取得一些成绩，是我们不断推进研究起点的重要资源。然而遗憾的是，各书校注遗误不少，或版本取舍不当，或疏于语言文字考释，或引证文献有误，或已有成果吸收不足等，未能如意处仍多，约略统计，人名、地名、史实、典故、语词训释、标点之误等数以千计。从学术史角度看，现已过去多年，这些成果多有不足，订补论著也多而分散，借鉴乾嘉考据学和现代学术方法，选录前贤和今人可信的成果，融入吴金华教授及其学术团队的研究成果，对《三国志》做一全面的汇校集释，推出一部代表 21 世纪《三国志》学术研究水平的集大成之书，是非常有必要的，且是可行的。”在结语部分，当时写道：“以上成果和积累的经验，收集的研究资料，以及《三国志》整理研究最强的学术带头人和处于领先地位的学术团队，都为《汇校集释》创下了独有的学术条件，打下了很好的学术基础，提供了能够实现的学术保障。”如今最强的学术带头人不幸仙逝，此类重大课题，不知何时何人能够完成了。

先生在《三国志》研究方面，取得了蜚声海内外的、令人敬佩的成就。这与先生语言学与文献学的高度造诣及其二者的相互结合，与先生对史书体例、三国史事与文化习俗的精深理解，与先生的学术理念等等是分不开的。

先生在《跨世纪的徐先生》[①]一文中阐述："在学术研究上，徐先生常常提到的字眼是'新''博''通''专''精'。假如我没有误解的话，那么，在这五位一体的治学要诀中，'精'是要诀的核心；如果在上述五项中偏重某一方面而忽略其他方面，就难免出现偏差，比如只'博'不'专'则流于浅薄，只'专'不'博'则难免狭隘，等等。"在《训诂学家的乐趣——徐复先生二三事》[②]一文中写道："先生最大的乐趣，在于从语言文字学的角度不断地发现训诂的疑点、盲点和难点，并不断地解决有关问题。"了解先生的人都知道，其实这也是夫子自道。就如《企玄室记》所说："企玄之学不在玄，在乎创新之义也。创新之作，得之静而出之勤也。"明确学术的要义是"创新"，实现"创新"的途径是"静"与"勤"。

在2013年10月20日召开的"点校本二十四史及《清史稿》修订工程第五次修纂工作会议"上，工作委员会主

① 原载《朴学之路——徐复教授九十寿辰学术讨论会论文集》，江苏教育出版社2004年版。
② 原载《文汇读书周报》2006年9月1日。

任杨枚之先生沉痛地说道："《宋史》主持人裴汝诚先生、《三国志》主持人吴金华先生因病去世。他们都是我们修订工作者的杰出代表人物，对古籍整理事业，对修订工作，都做出了重要的贡献，是值得我们尊敬、值得我们纪念的。我们要铭记他们的精神，朝着我们共同的方向，坚定、踏实地前进。"大家铭记的正是这种绵延不绝的献身学术的人文精神。

原载《语言研究集刊》第9辑，江苏教育出版社2015年出版

薛正兴先生学术简表

薛正兴编审，男，1942 年 9 月 15 日出生，江苏江阴人，文学硕士。是一位学者型出版专家，在语言研究、辞书编纂、古籍整理等领域享有很高的声誉。曾任江苏古籍出版社社长兼总编辑，江苏省《汉语大词典》编纂领导小组办公室主任等职。社会兼职主要有：全国古籍整理出版规划领导小组成员，中国训诂学研究会常务理事，江苏省语言学会副会长，江苏省古籍保护工作专家委员会委员等。曾主持出版了大量有文化影响和传承价值的图书，个人点校整理古籍数百万字，发表语言文字学和古文献学方面的论文数十篇，并应邀到西欧和中国台湾、香港等国家和地区进行访问讲学。为享受国务院特殊津贴的有突出贡献专家。2010 年 9 月 14 日因突发心脏病在南京不幸去世，享年 68 岁。

1966 年 7 月毕业于南京大学中文系，学制五年。师从名师，打下根基。

1968年1月至12月在南京地质学校任教师。

1968年12月至1978年10月，在浙江省第二地质大队、浙江省地质局工作。

1978年10月至1981年12月，在南京大学中文系攻读汉语史研究生，导师洪诚教授；洪先生去世后，转由南京师范学院中文系徐复教授指导，撰学位论文《〈古代汉语〉注释疑义讨论》，获文学硕士学位。同届同学有滕志贤、柳士镇、万业馨先生。

《〈古代汉语〉注释疑义讨论》，载《南京大学学报》1981年第1期。

1981年12月至1984年3月，在江苏人民出版社辞典编辑室任编辑。

《"落英"辨析》，载《中国语文通讯》1983年第2期。

1984年3月至1992年9月，在江苏古籍出版社任副总编辑兼第三编辑室主任。

1984年起，兼任江苏省《汉语大词典》编纂领导小组办公室主任。担任《汉语大词典》编委，第十卷分卷主编。并于1988年11月至1992年12月，在省词办专职从事审稿、定稿工作。《汉语大词典》正文共12卷，30余万条目，5000万字。江苏省承担了71个部首的编写和审定工作，占全书200个部首的三分之一强；编写词条11

万多条，也占条目的三分之一左右。在江苏省新闻出版局和《汉语大词典》工作委员会副主任高斯先生的领导下，经众多专家学者的共同努力，江苏省于1992年底如期完成所有审稿和定稿任务。《汉语大词典》1994年获国家辞书专项奖一等奖、首届国家图书奖一等奖。薛正兴先生等为《汉语大词典》的编写和出版做出突出贡献的专家和工作人员在北京人民大会堂受到了江泽民等党和国家领导人的亲切接见。

《“勤”字产生“努力、用功”义的时代》，载《中国语文通讯》1984年第1期。

《〈中国历代语言文字学文选〉述评》，载《南京大学学报》1984年第1期。

《〈左传〉记言省“曰”字三例质疑——与辛秋农先生商榷》，载《中国语文》1984年第3期。

《我国上古时代的四次地震》，载《古今中外》第22辑，江苏科学技术出版社1984年版。

《释“三九”、“九九”、“十九”》，载《古今中外》第25辑，江苏科学技术出版社1984年版。

《〈古书疑义举例续补〉校点失误举例》，载《镇江师专学报》1985年第1期。

《〈古代汉语〉注释原则及疑义讨论——与赵克勤、许嘉璐同志商榷》，载《徐州师范学院学报》1985年第1期。

《〈古代汉语〉（王力主编）注释疑义再讨论——与赵克勤、许嘉璐同志商榷》，载《苏州大学学报》1985年第1期。

《谈王念孙的推理校勘》，载《社会科学战线》1985年第2期。

《训诂学研究的新成果——简评〈训诂学〉》，载《中国出版年鉴》1985年。

《特色鲜明 内容丰富 充满情趣——简评〈江苏岁时风俗谈〉》，载《新书报》1986年3月19日。

《"固"字本义考——兼释"固塞"一词》，载《词典研究丛刊》第7辑，四川辞书出版社1986年版。

《〈报任安书〉注释疑义讨论》，载《南京师大学报》1986年第3期。

《汉语数词词组的多义现象》，载《古今中外》第38辑，江苏科学技术出版社1986年版。

《谈文字起源与阶级学说》，载《语言研究集刊》第一辑，江苏教育出版社1986年版。

《关于文字起源研究的几个问题》，载《社会科学战线》1987年第1期。

《〈清嘉录〉校点琐议》，载《苏州大学学报》1987年第1期，又载《古籍整理出版情况简报》第183期，1987年。

《〈两汉文学作品选〉注释商榷（上）》，载《滁州师专学报》1987 年第 1/2 合刊。

《〈两汉文学作品选〉注释商榷（下）》，载《滁州师专学报》1987 年第 3/4 合刊。

1988 年 4 月，获副编审资格证书，并被聘任。

1988 年起，担任中国训诂学研究会常务理事。

《〈吴越春秋〉词语校释》，载《社会科学战线》1988 年第 3 期。

《金圣叹逸诗二首胜语》，载《文教资料》1988 年第 4 期。

《〈湘山野录〉〈玉壶清话〉点校本补议》，载《古籍整理出版情况简报》第 199 期，1988 年。

《〈吴越春秋〉点校本校补及勘误》，载《古籍整理出版情况简报》第 200 期，1988 年。

《漫谈江苏版图书的特色》，载《编辑学刊》1988 年第 3 期；又载《江苏省出版科研论文集》，江苏人民出版社 1988 年版。

《古汉语词义札记》，载《语言研究集刊》第三辑，江苏教育出版社 1989 年版。

《古辞书及注疏书要籍平议》，载《语言研究集刊》第三辑，江苏教育出版社 1989 年版。

1990 年被汉语大词典出版社聘任为《汉语大词典》（简编本）副主编。

1992 年 9 月至 1995 年 8 月在江苏教育出版社任副总

编辑。

1993 年 4 月，获编审资格证书，并被聘任。

《古为今用 造福桑梓——〈江苏地方文献丛书〉编纂琐记》，载《江苏出版史志》1993 年第 2 期；又载《新华日报》2000 年 1 月 15 日。

《李审言和他的文集》，载《书业导报》1994 年 8 月 25 日。

《通俗实用的〈袖珍字海〉》，载《书与人》1994 年第 4 期。

与赵所生共同主编《中国历代书院志》，并撰写《〈中国历代书院志〉弁言》，江苏教育出版社 1995 年版；《弁言》又载《文教资料》1995 年第 4、5 合刊本。

《〈客座赘语〉校点商兑》，载《语言研究集刊》第四辑，江苏教育出版社 1995 年版。

1995 年 8 月至 2000 年，担任江苏古籍出版社社长兼总编辑。在此期间，带领全社干部群众克服困难，奋力拼搏，出版了一大批具有重大文化价值、弘扬民族精神的优秀图书，如《江苏地方文献丛书》《中国地方志集成》《嘉定钱大昕全集》《敦煌文献分类录校丛刊》《侵华日军南京大屠杀图集》《雨花台忠魂图集》等。策划开发了一大批具有双效的大众普及性图书，如《中学生语言文字规范手册》《小学生常用汉字形音规范手册》等，使出版社走出了经济困境，获得良好的社会效益。

至順鎮江志
至順鎮江志
泰州舊事摭拾
龍江船廠志
南明史料（八種）
丹午筆記·吴城日記·五石脂
宋平江城坊考
吴歌·吴歌小史
過雲樓書畫記·續記
吴門表隱
吴郡歲華紀麗
百城烟水
清嘉録
吴地記
吴越春秋
揚州圖經
太湖備考
吴郡志

《江苏地方文献丛书》书影

1996年2月被批准为享受国务院特殊津贴有突出贡献专家。

《悲壮的颂歌——漫谈〈国殇〉的思想和艺术》，载《古典文学知识》1996年第2期。

点校《东周列国志》《太平广记钞》《春秋衡库》等，收入《冯梦龙全集》，署名辛正，江苏古籍出版社1996年版。

《唐宋诗文中的“长江”》，载《古典文学知识》1997年第1期。

《〈庚巳编〉点校辨误》，署名辛正，载《语言研究集刊》第五辑，江苏教育出版社1997年版。

选注《新编古代名家散文选》，署名辛正，江苏古籍出版社1997年版。

主持整理《李伯元全集》，江苏古籍出版社1997年版。点校的《南亭四话》《南亭笔记》2000年重版。

撰写《〈水浒与武打艺术〉序言》，载王资鑫著《水浒与武打艺术》卷首，江苏古籍出版社1998年版。

注释《百喻经故事一百则》，署名辛正，江苏古籍出版社，1998年版。

1999年起，担任江苏省语言学会副会长。

点校《百城烟水》《太湖备考》，江苏古籍出版社1999年版。

撰写《〈过云楼书画记·续记〉弁言》，载《过云楼书画记·续记》卷首，江苏古籍出版社 1999 年版。

《〈语言文字规范手册〉的几处差错》，载《语言研究集刊》第六辑，江苏教育出版社 1999 年版，署名辛正。又部分见《书品》1999 年第 4 期。

《简化字与〈简化字总表〉略说》，载《语言研究集刊》第六辑，江苏教育出版社 1999 年版。

《〈西溪丛语〉〈家世旧闻〉点校琐议》，载《中国典籍与文化论丛》第五辑，中华书局 2000 年版。

撰写《〈高邮王氏遗书〉弁言》，载《高邮王氏遗书》卷首，江苏古籍出版社 2000 年版。

校点整理《刘熙载文集》，江苏古籍出版社 2000 年版。

《〈皮子文薮〉整理本专名号讨论》，载《朴学之路》，江苏教育出版社 2000 年版。

《坚持地方特色 弘扬中华文化》（与吴小平共同署名），载《江苏古籍序跋与书评》卷首，江苏古籍出版社 2000 年版。

《忠魂凌青云 花雨尽碧血——〈雨花台忠魂图集〉感言》，载《光明日报》2000 年 3 月 16 日；又载《新华日报》2000 年 4 月 4 日。

《语海文心》，载《中学生语文学习》第一期，江苏古籍出版社 2000 年版；又载《读者导报》2000 年 6 月 25 日。

《〈洪诚文集〉述评》，载《文教资料》2000 年第 6

刘熙载《刘熙载文集》书影

薛正兴《薛正兴文存》书影

期；又载《书品》2001 年第 3 期。

2001 年被评为江苏省优秀出版工作者。

组织编写《高中常见文言词手册》，撰写部分稿件并撰写《前言》，江苏古籍出版社 2001 年版。

2001 年 9 月 1-5 日，赴杭州—海宁参加“章太炎黄侃先生纪念会及国际学术研讨会”。担任章太炎黄侃学术研究会筹委会副主任。

2002 年 9 月退休。返聘在凤凰出版社工作，以丰富的工作经验和学术水准，担任审读工作，言传身教，培养年轻同志。并担任《韩非子校注》（修订本）责任编辑等。

《〈文心雕龙校注拾遗补正〉读后》，载《书品》2003 年第 2 期。

校点整理《范仲淹全集》（两册），凤凰出版社 2004 年版。

与马景仑教授共同主编《朴学之路——徐复教授 90 寿辰学术讨论会论文集》，江苏教育出版社 2004 年版。

专著《王念孙　王引之评传》，收入《中国思想家评传丛书》，南京大学出版社 2008 年版。

2008 年 12 月，国家新闻出版总署任命其为全国古籍整理出版规划领导小组成员。

2009 年担任江苏省语言学会学术委员会副主任。

《刘熙载论》，载《扬州文化论丛》第三辑，广陵书社 2009 年版。

《〈九九销夏录〉点校本断句标点疑误举例》(上)，载《书品》2010 年第 4 期。

《〈九九销夏录〉点校本断句标点疑误举例》(下)，载《书品》2010 年第 5 期。

《〈金陵琐事〉及续书点校商榷》，载《中国典籍与文化论丛》第十二辑，凤凰出版社 2010 年版。

《〈说文〉段注与苏南吴语俗语词比较研究》，载《宏德学刊》第一辑，江苏人民出版社 2010 年版。

《〈九九销夏录〉点校本专名号讨论》，载《中国典籍与文化论丛》第十三辑，凤凰出版社 2011 年。

《〈九九销夏录〉点校本误字脱字举例》，载《古籍整理出版情况简报》第 484 期，2011 年。

《精心修订　求精求新——简评〈韩非子校注〉修订本》，载《古典文献研究》第十四辑，凤凰出版社 2011 年版。

《〈楚辞补注〉点校琐议》，载《薛正兴文存》，凤凰出版社 2011 年版。

《〈白下琐言〉点校琐议》，载《薛正兴文存》，凤凰出版社 2011 年版。

《〈中国地图册〉误标地名》，载《薛正兴文存》，凤凰出版社 2011 年版。

点校整理的《周礼汉读考》《仪礼汉读考》基本完稿，

与《经韵楼集》合为《段玉裁全集》之二，由凤凰出版社2011年出版。

未刊稿有《〈五蠹〉“以籍仁义”注释疑义讨论》等，另有读书笔记、审读意见、书评文字等，部分由人代为投出并陆续发表于各学术期刊，部分收入《薛正兴文存》。

薛正兴先生曾参加或主持大型学术会议，担任江苏省新闻出版局高级职称评审委员会副主任，应邀为高校研究生评阅论文或担任答辩主席，等等，难以记述。薛正兴先生为古籍出版事业和语言文字的研究与普及，奉献了一生。谨录范仲淹《严先生祠堂记》语以作纪念：

云山苍苍，江水泱泱。先生之风，山高水长。

原载《薛正兴文存》卷末，凤凰出版社2011年版，略有增订。参见《怀念“学者编辑”薛正兴先生》，刊于《古籍整理出版情况简报》2012年第5期

叶圣陶国学思想与实践对当代的启示

作为教育家、文学家和出版家的叶圣陶先生，人们从不同角度探讨研究，取得了丰硕的成果，而近几年叶老所编《开明国语课本》的再度畅销并引起热议、商金林教授所编《大家国学·叶圣陶卷》(天津人民出版社 2008 年版)的出版、新披露的叶老为古籍出版工作所做的贡献等提示我们，在“国学热”的时代背景下，还可以从“国学”这一角度来认识叶圣陶先生，系统考察他的国学思想与实践，并阐发时代价值。

一、大量的国学成果惠及当代

经济快速发展、国家日益强盛，当人们不再将过去的贫穷、落后简单地归咎于自己的文化，而是意识到源远流长、博大精深的传统文化恰恰是综合国力竞争时代中华民

叶圣陶《大家国学·叶圣陶卷》书影

族特有的资源优势之一时，“国学热”可以说是必然现象。这促使人们的思维方式有所改变，将过去认为的“历史包袱”，转化成当今的“资源优势”。对待许多人和事，也就有必要“转换视角”。思考“国学”在当代中国乃至世界多元文化中的重新定位，从“国学”视角重新评判一些人和事，成为势所必然。《大家国学》首批二十种就有以“新文学作家”名世的“叶圣陶卷”，也就不足为奇。

该书30余万字，收录54篇文章，分为七编，分别是：一、《国学丛书》绪言（5篇），二、读书指导（8篇），三、编纂校勘（4篇），四、文学欣赏（7篇），五、序跋与评论（10篇），六、中学语文教育（16篇），七、大学语文教育（4篇）。内容涉及经、史、子、集各个方面，而以古代文学欣赏为主。

《大家国学·叶圣陶卷》只是体现叶先生国学研究的大体轮廓，并未能充分展示其国学成就。比如，“寒夜一灯，指僵若失，夏炎罢扇，汗湿衣衫，顾皆为之弗倦”而成的《十三经索引》，仅有一篇千字文“自序”。实际上，“十三经”是中华传统文化最重要的文献，当时“十三经”中的语句常为人引用，但查找出处、核检原文非常困难。叶先生认为索引“于人至便”，就以通行刻本为底本，亲自断句，由家人和友人共同剪贴编排，历时一年半而成《十三经索引》，可见编制之繁琐艰辛。时至今日，该《索引》仍是文、史、哲各科经常使用的一部工具书，可以说惠及当代。

再如，新世纪推出的“三联版”《中学图书馆文库》收有多部叶先生的作品，属国学类的有《文言读本》。该书是《开明文言读本》的改编本，原由朱自清、叶圣陶和吕叔湘三位学术大师合编。1978年，叶圣陶、吕叔湘先生删去《开明文言读本》中若干篇课文，改编为《文言读本》，仍是当代一部古典文学与古汉语学习结合较好的选本。

叶先生对中国古代典籍有着精深的研究，20世纪30年代就写过《〈二十五史〉刊行缘起》、《〈二十五史补编〉刊行缘起》等需具大识见才能做的文章，也为《国学丛书》编选过《礼记》《荀子》读本等，其学术造诣国人皆知。而他为许多重要古籍、重大文化工程所做的幕后工作并非广为人知。此举一例。中华书局点校本《史记》的整理出版，叶先生也付出了许多劳动。据修订版已恢复署名的宋云彬记载：1958年3月11日，“校勘《史记》。上午接圣陶函。词意恳挚，雒诵再四，为之泪下。当作复函，并寄去《编纂〈史记集注〉计划》三份，请其分别转交古籍整理出版规划小组历史分组及翦伯赞、胡绳两君”。11月6日，“下午二时，中华邀请顾颉刚、聂崇岐、贺次君、叶圣陶、王伯祥等座谈标点《史记》及其三家注问题，余提问题甚多，大部分得到解决”。1959年6月9日，“圣陶送回《出版说明》等，改得很好”。（均见《红尘冷眼——一个文化名人笔下的中国三十年》，山西人民出版社2002年版）与此相印证的材料有，《书品》2007年第5期“二十四史点校本档案选11”收录“宋云彬叶圣陶先生关于《史记》标点的通信”。整理附记称：“在终校发现疑问时，叶圣陶是宋云彬的主要请教对象之一。”在一些具体的标点问题上，“宋云彬最终放弃了他认同的杨树达和费衮的选择，而都采用了叶圣陶的意见”。从这两方面的材料可以看出，叶老为点校本《史记》在具体的文字与标点、宏观的《出版说明》与《点校后记》等方面都作出了贡献。而这些成果，也延续在修订版《史记》之中，惠及今人。

二、叶老国学思想与实践的现代启示

叶老所做的国学研究工作、所取得的成就，还需要人们来做系统的研究和阐发。这里只能谈几点认识：

一、打好根基。叶先生只念过六年私塾、一年高小、五年中学，似乎与饱读诗书者联系不上，实际上他在青少年时期曾有详细的“读书程序”、系统科学的学习方法，并严格执行，打下了扎实而厚重的国学根基。如1914年9月29日日记就有所反映：“接（顾）颉刚一书，为学程序业为定就，条分缕析，备举无遗。苟能铭其言于肺腑，行之十年，中国学术亦足谓得其大凡矣。”此日记揭示出专业化的“治学门径”。短期失业后的叶先生为上海、杭州、北京等校聘任，进商务印书馆做编辑，商金林教授评价说："这几所学校和商务当局，看重的不仅仅是圣陶先生的创作实绩，而是他厚重的国学根基。也正是因为圣陶先生学识渊博，无论是教书还是编纂中学语文教科书和《学生国学丛书》，都能胜任愉快。"（《前言》第3页）

二、重视经典训练。朱自清在《经典常谈》序文中说："经典训练的价值不在实用，而在文化。"叶先生《介绍〈经典常谈〉》阐释说："这个话很通达。我们生在这么一个文化环境之中，如果不知道一些记录文化的书，就像无根之草无源之水似的，难望发荣滋长，流长波阔。从这个观点，无论学理科工科的人都该受经典训练；而普通教育中高中的阶段必须接触经典，也有了充分的理由。"（第216页）叶先生无论是在编辑出版方面还是个人研究方面，都非常重视经典，有较多的实践，并为《学生国学丛书》做了《礼记》《荀子》《传习录》《苏辛词》《周姜词》等，撰写了大量经典名篇的赏析（大量赏析文章被收入今人所编"鉴赏辞典"）。

三、为读者着想。叶老做事做学问，重视文化建设，处处为读者着想，服务社会大众。编纂《十三经索引》，目的是"于人至便"，已见于前文。他赞许"标点分段古籍"强化了易读性，"节省了时间就是好处"。这是他引进西方先进的出版形式对古代文化典籍所做的易读性整理改造，是为读者着想最直接的体现。编著或编辑的许多书，也多考虑方便读者。如宣传开明版《二十五史》，即指出“除每史各编参考书目外，并编成二十五史人名索引，凡各史纪传中有专载或附见人名，均为列入，一检即得，不啻一部中国人名大辞典，尤为便利无比”。

四、注意学习方法。“读书指导”部分列有8篇文章，涉及读书学习的多个方面，叶先生与朱自清合著的《精读指导举隅》《略读指导举隅》等，今天来看仍多启益。其他文中所谈，读书要“举一反三”（353页），“用批判的眼光去读”（206页），“研究学术思想，不论是古人的或是现代的，首要在确知它的真相”，要有“客观的态度，融通的习性”（11—12页），“不忽略讨究，也不忽略吟诵”，“文章是读不完的，与其漫然地瞎读，究不如定了目标来读”（250页），等等，都值得我们认真学习和领会。

五、对教材编写的启示。就语文学习而言，叶先生总体上重白话文、重语体，这是不容置疑的，但叶先生也认为“文言有阅读的需要”，“咱们相信古今的关联是割不断的，文化遗产是需要接受的”，故有大量的关于文言文的教学思想和实践，如为中学分别编了《开明新编高级国文读本》《开明文言读本》，为大学编的《大学国文》则分为“现代文之部”“文言之部”两种。叶老对文言与白话似有“分编、分教”的倾向，新时期则多强调“集中编、集中学”。这对当代教材建设中如何处理古今、文白问题颇多启示。

叶圣陶先生在国学方面所取得的成就、大量的实践活动以及关于国学的远见卓识，仍有待人们进一步系统梳理、深入探讨和不断发扬光大。

原载朱永新主编《叶圣陶研究年刊》，开明出版社 2014 年版

第二辑　品书寻道

传国学之真谛

——《嘉定钱大昕全集》评介

20 世纪 80 年代中期读书期间，有幸聆听徐复老讲戴（震）、钱（大昕）、段（玉裁）、王（念孙、引之父子）之学，时逢中国训诂学研究会主编的《高邮王氏四种》由江苏古籍出版社影印出版，同门人手一套。其书印制精良，特别是附有“词目索引”，便于检索。沾溉至今，每引以为快事。因此，近时见到陈文和先生主编的 10 巨册《嘉定钱大昕全集》（江苏古籍出版社 1997 年 12 月版），便喜不自禁，故乐撰小文以评介，期望更多的人读到这部内容丰富、收集齐全、整理精细的钱氏全集，以便从中汲取丰富的学养，从而推动学术的发展。

先说内容丰富。这是由钱大昕治学广博决定的。清代著名学者阮元《十驾斋养新录》称：“国初以来，诸儒或言道德，或言经术，或言史学，或言天学，或言地理，或言文字音韵，或言金石诗文，专精者固多，兼擅者尚少，

《嘉定钱大昕全集》书影

唯嘉定钱辛楣先生能兼其成。”江藩则更为推崇：“若先生学究天人，博综群籍，自开国以来，蔚然一代儒宗也。”稍涉传统学问，便能知道，钱学主张经史不分，经史并重，长于考异，于史学、金石学、语言学诸领域分支建树卓荦，他们的评价，并非虚誉。以语言学为例，章太炎先生《与友人书》云：“近世治音韵者……最精者为钱晓徵，独明古纽与今纽有异。其说古音无舌上、轻唇八纽，齿舌两音亦多流变。虽刊落未尽，亦前修所无也。”章先生充分肯定了钱氏在上古音声母研究中解决的两大问题即古无舌上音、古无轻唇音，实发千古未发之覆。而钱氏“古音于晓、匣、影、喻四母似不分别”等说，又直接启发曾运乾论证“喻三归匣，喻四隶定”，此说今亦成为公论。钱氏的学术名著《廿二史考异》《十驾斋养新录》《潜研堂文集》等书，常为现代学人称道，几成案头必备之书，钱氏在近现代学术界备受推崇，尤以陈寅恪“清代史学家第一人”的赞誉最为代表。

钱大昕取得远迈前人的成就，并长期以来影响着中国的学术研究，与其所采取的科学的研究方法是分不开的，有不少学人在研究工作中，都注意总结钱氏治学的特点、方法。兹引数家之说。语言学家洪诚先生总结钱氏研究声母的方法有四种：“一、根据异文或声训研究；二、从谐声偏旁研究；三、从类隔切分析；四、从译音字研究。”这四种方法，仍为今人研究时所采用，周勋初先生据之认为“足见其沾溉之深，亦可见其方法上的意义”。漆永祥先生《论钱大昕考据学成就及其学术地位》一文，谈钱氏治史的特点是：将史学理论的探讨和史书的整理考订相结合，将史文的考异补注和史事的评论相结合，将史学各分支的研究和考据学诸学科方法的运用相结合。钱氏博而能精，为一代通儒，其研究方法对现代学术研究的启示也是多方面的，这也是《嘉定钱大昕全集》“内容丰富”的一个重要的方面。戴逸先生的《序言》说，“钱大昕学问渊博，考辨审实，造诣精深”，“最大贡献是运用实证的方法系统研究了中国历代史籍”，与王鸣盛、赵翼“开启了近代历史学考证的先河”。戴先生的这番评论，对我们是很好的提示。

再说收集齐全。钱氏学术丰赡，著述宏富。其著作以前有过两次结集。首次是清嘉庆十一年至十二年间由次子钱东塾主持的家刻本《潜研堂全书》，共收 17 种 254 卷。光绪十年，第二次结集刊行的长沙龙氏家塾刻本《嘉定钱氏潜研堂全书》又增加了 5 种 19 卷。尽管做过两次结集，但由于钱大昕一生治学不辍，并不幸于嘉庆九年猝逝于紫阳书院院长任上，大量著述未能及时整理刊印，散佚之憾在所难免。着眼于“全”，以保存、传播钱氏之学便成了第三次结集的工作重点。功夫不负有心人，此次又在龙氏刻本的基础上增加了 13 种。并且，新增加的 13 种中有不少为罕见之本，如《唐石经考异》《经典文字考异》《天一阁碑目》《地名考异》均为传抄本，《元进士考》《钱大昕遗墨》则为手稿，《困学纪闻校》则是编者从南京图书馆所藏过录本中辑出，而《潜研堂文集补编》则补收许多散见的序、跋、诗、信札、楹联等，《辑录》汇录他人辑录的钱氏之文。沧海遗珠，重得拾掇，必然有利于钱学的发扬光大。编者所付出的劳动是巨大的，新搜集的资料更是弥足珍贵的。新版《全集》达到280多卷400余万字，堪称嘉惠学林，泽及后世。

最后再谈谈整理问题。以钱大昕在中国学术史上的地位，出版其全集的意义毋庸赘言，如果说广搜遗佚以期齐全是全集工作重点的话，那么校点的质量则是整个整理工作的难点和关键。我国学者读书藏书素有择版本、重善本的传统，张之洞所说“知某书宜读而不得精校精注本，事倍功半”，几成治传统学问者入门教育的必记格言。因此，校点水平成了古籍整理与出版工作的试金石。今从《校点说明》看，全集由正文、辑录、传记资料三部分组成，正文按传统的经、史、子、集四部收录。全集校点以长沙龙氏刻本为工作本，以钱氏家刻本为校本，并参考了今人整理的钱著新版本，吸收了现代学术研究成果。整理钱大昕这样一位“无经不通”“无艺不精”的学术大师的著作，本身就是一次巨大的挑战。其整理的质量如何、校点水平的高下，有待专家学者深入研讨以后加以评说。笔者这里想从一个侧面谈点感受。从事古籍整理实践工作的人都知道，对书中的人名、地名、书名、朝代名等加专名号，是一件既烦难又易出错的事。即便是一些大学者，有时也难免出乖露丑。有不少书都少了这项极为便利读者的工作，而全集的整理者做了这件苦差事，专名号全部划出。这种对读者负责的态度，让人相信该全集的整理工作是做得精细的。

陈垣先生曾在《史源学杂文前言》中称誉钱氏著作为“近代学术之源泉”，在世纪之交的今天，重新整理出版《嘉定钱大昕全集》，寿钱氏之精神，传国学之真谛，为当代学术研究开一活水，愿更多的人得其沾溉。

原载《文教资料》1999 年第 2 期；又载《江苏古籍序跋与书评》，江苏古籍出版社 2000 年 9 月版

旷世之作　历久弥新

——《洪诚文集》简介

在传统语言学研究领域，南京大学洪诚先生是一位深受人们敬重、成就卓越的大家。在洪先生诞辰九十周年、逝世二十周年之际，江苏古籍出版社隆重推出《洪诚文集》，以反映这位“文字音训，素所研习；九经三史，靡不淹该；典制名物，如数家珍”（徐复先生语）的学者所取得的主要成就，彰扬其对学术发展所作出的巨大贡献。

文集由《训诂学》、《雒诵庐论文集》和《中国历代语言文字学文选》三部分组成。《训诂学》是洪先生一生从事古代文献、语言学和训诂学研究等心得体会的总结，共分为：一、绪论，二、与训诂有关的书面上的基本情况，三、阅读必须掌握的基本规律，四、读注，五、作注，六、总结——训诂学几个重要的原则等六章，前有中国训诂学研究会第一、二任会长陆宗达先生、徐复先生二序。该书1984年初版之后，深得学术界的赞誉，曾有薛正兴、杨

洪诚《洪诚文集》书影

自强、傅卓荦、辛琦等先生撰文盛评，至今仍是高校培养古汉语研究专门人才的必读著作。根据各位先生的评价，结合本人学习的体会，我们感到该书备受赞誉的原因有这样几点。一是作者具有渊博的学识。博通群籍，曾经是我国传统治学方法的一个重要特点，乾嘉巨子迄至近代学术大师，无不如此。洪诚先生也是这一学术传统造就的一位著名学者。他在传统语言学、三礼学、先秦诸子学、古天文学等方面都具有精深的造诣。博通群籍，以博辅专，而达精通之境，也可以说是洪诚先生等老一辈学者取得成功的一个共同的特点，很值得我们借鉴和学习。二是该书对训诂学的基本问题、重要原则、基础知识和基本技能等，条分缕析，简明系统，切于实用。由于洪先生是一位精通训诂学理论、长于训诂实践的大家，加以对古代文献的精熟，对音韵、文字、训诂等的贯通，特别是对语法规律的充分认识，本书也就显现出理论联系实际、解决众多实际难题、实践又不断丰富理论这一特点。三是开展学术讨论，推动学术发展。洪先生既十分尊重前人的研究成果，又如实指出其中的千虑一失。在所举实例中，对古人注疏、今人新注，往往能发疑正读，纠谬正讹，“指名道姓，针锋相对，实事求是，直斥其误”，这“确是一种难能可贵的求是精神，也是值得提倡的优良学风”（薛正兴先生语）。

《中国历代语言文字学文选》是我国新时期关于历代语言文字学论著、论文的一部重要选本。选文三十题，附录二十二题。时间上从先秦到清末，纵贯两千多年；内容方面横跨语言学理论、文字学、音韵学、训诂学、方言学、词汇学、语法学、语文改革的理论和实践、汉语史等许多方面。薛正兴先生所作书评概括的几个鲜明特色，即选材精当、说解明畅、发掘深广，允实而精当，可以说代表了大家的共同认识。为古籍作笺本非易事，笺注象牙塔里的古代语言文字学经典文章更是难乎其难。该书注释与前言、说明三者各有侧重，又相互补充，则为我们树立了很好的榜样。

《雒诵庐论文集》则是洪先生学术论文的首次结集，其中一些文章还是第一次公开发表。17 篇论文大致分为四组：第一组 6 篇，主要探讨古汉语语法问题；第二组 5 篇，多与训诂学有关；第三组 5 篇，是关于礼学的一些珍贵文字；第四组研讨古天文的一篇文章，即《关于新城新藏〈东洋天文学史研究〉中的几个问题的讨论》。对语法的日渐重视和对语法体系的不断探索，可以说是二十世纪传统语言学研究取得一定成就的一个重要法宝。过去的学术史已经说明，能否充分认识和掌握语法规律，会在一定程度上影响到这位学者所取得成就的大小。洪诚先生曾明确提出："一个训诂学者不通语法，成绩是不会好的。"他并将这一理念贯彻运用于古汉语研究的实践之中，所撰古汉语语法研究论文《论南北朝以前汉语中的系词》（徐复先生盛赞此文"攻坚破滞，为旷世之作"）、《王力〈汉语史稿〉语法部分商榷》、《论古汉语的被动式》、《略论量词“个”的语源及其在唐以前的发展情况》、《关于上古汉语人称代词形态问题的讨论》等，均观点鲜明，材料翔实，论证谨严，或纠谬正误，廓清是非，或创立新说，发人之所未发，曾在学术界产生过很大的影响，至今仍是人们学习的极好范文。以上仅谈了对第一组语法方面的粗略认识，其他几组也多颇见分量的论文，这里就不一一介绍了。

文集所收旧作，均经洪先生弟子许惟贤、滕志贤、柳士镇、万业馨教授和薛正兴编审等整理，改正了原版中的一些讹误，新整理的论文，虽不太多，但时有卓见，弥足珍贵。我们相信，《洪诚文集》的出版，不仅是献给第十一届全国书市的一份厚礼，而且将会对古汉语研究、语言学的发展和古籍整理事业等产生良好的推动作用。

原载《新华日报》2000 年 10 月 10 日

皇皇巨著　巍巍范公

——凤凰版《范仲淹全集》简介

江苏山明水秀，风物清嘉，经济富庶，人才辈出，既具深厚的文化传统，又有灿烂的现代文明。扎根于这一丰沃土壤之上的凤凰出版社（原江苏古籍出版社），据有得天独厚的经济条件和文化环境，拥有取之不尽、用之不竭的颇具特色的文化宝藏。科学而系统地发掘整理这一历史文化宝藏，意义重大，任务也很艰巨。在社会各界的大力支持下，凤凰出版社先后出版了《冯梦龙全集》《金圣叹全集》《嘉定钱大昕全集》《袁枚全集》《李审言文集》《李伯元全集》《张謇全集》《刘申叔遗书》《高邮王氏四种》《江苏地方文献丛书》（第一辑20种）等一大批江苏地方古代学人的专集和富有江苏地方特色的文献典籍，得到了学术界、出版界和读书界的普遍好评。继承优良传统，更上层楼，可以说是更名调整以后凤凰出版人的不懈追求。新近推出的原社长、总编辑薛正兴编审校点的国家“十五”重点图书出版规划项目、国家古籍整理出版“十五”重点规划项目、江苏省“十五”重点图书出版规划项目《范仲淹全集》，即是凤凰出版社的最新奉献。

宋代范仲淹（989—1052），字希文，苏州吴县人，是我国著名的思想家、政治家、军事家和文学家。他以“先天下之忧而忧，后天下之乐而乐”的道德风范昭示千秋，以“鞠躬尽瘁、死而后已”的勤政贤臣形象垂范后世，以大批优美的富有积极意义的诗文传诵天下。重新整理出版范氏全集，可以说对江苏文化大省的建设、对弘扬中华优秀传统文化、对推动学术文化的发展等，都具有比较现实的借鉴价值和促进作用。薛正兴先生历时多年，精心研究，参校众本，订讹补阙，推出了这部内容丰富、资料齐全、整理精当、方便阅读、印制精美的《范仲淹全集》。

首先说内容之丰富。这是由范氏本身在中国文化史、中国思想史、中国文学史等方面的地位所决定的。范仲淹从政多年，主张革新政治，变法图强，仕途上三起三落；曾领兵西北，抵御西夏，巩固边防；曾为官多地，清正廉明，兴利除弊，重视教育，等等。其奏议、书信、策论、表文等，记录了范氏从事政治、军事及各种社会活动的心路历程，从多个侧面反映了当时的社会现实，具有丰富的史料价值。范仲淹在中国文学史上也具有重要的地位，其诗词文赋，多有像《岳阳楼记》《江上渔者》

《范仲淹全集》书影

那样脍炙人口的传世佳作，富有文学鉴赏价值和审美意义。另一方面，整理者对范氏作品深入的研究，也大大丰富了本书的内容。作者认真研读范仲淹的文章，深入探讨范氏的精神，所作前言44页有数万言，其中分析范氏“先忧后乐”思想，“有着三个来源和三个组成部分，那就是以人为本的民本思想，居安思危的忧患意识，以天下为己任的担当精神”（参《前言》第20—40页），揭示范氏精神彪炳千秋的内在原因，有着相当的学术价值和现实意义。整理者以范氏诗文为内证，考证范仲淹的出生地、出生日（参第756页校记）、范仲淹幼年读书之地（参第868页校记）及范仲淹在应天书院时的老师（参第1016页校记）等，丰富了《全集》的内容，亦为此整理本增添了不少学术价值。

其次说资料之齐全。新版《范仲淹全集》，是根据范仲淹十九世孙范能浚编集、清康熙四十六年（1707）范氏家塾岁寒堂刻《范文正公忠宣公全集》中的《范文正公全集》整理校点的。该本收集篇目最多，编次更为合理，校勘较为精善，“视元明旧本尤备”，是学界公认的善本。新整理本以此为基准，就保证了内容的完整。上册的《范文正公文集》二十集，以存世最早的《古逸丛书三编》之五的北宋本为底本，又保证了内容的近真。全书又主要参校了元天历元年褒贤世家家塾岁寒堂刻本、《四部丛刊初编》影印明覆元刻本、影印文渊阁《四库全书》本、清道光十年范氏家塾岁寒堂翻刻重刊本、清宣统二年范氏家塾岁寒堂重刻本、《丛书集成初编》据《正谊堂全书》排印本等版本（参《前言》第41页），凡重要异文或史事失实者，均进行考订校正，并在校勘记中加以辨析说明。为了方便读者了解与研究范仲淹及其著作，整理者参考前人的成果，新增三个附录，一是《范文正公集逸文》，二是《范文正公集续集》，三是《范文正公集著录和序跋》，为范仲淹研究增补了不少新的资料。如收入《丛书集成初编》的据《正谊堂全书》排印的《范文正公文集》，卷八附录《义庄规矩》有明范惟一《刻义庄家规叙》一文，向来为范仲淹著作版本研究者所忽略，本全集附录三即收入此文。

再其次说整理之精当。清代古籍整理的成就之所以超越前代，学者多以为关键在于清代“小学”的巨大发展，并将此运用于古籍整理。薛正兴先生师从洪诚先生和徐复先生等语言学大师，并且担任江苏古籍出版社社长、总编辑多年，为《汉语大词典》分卷主编，主编有《李伯元全集》《刘熙载文集》《江苏地方文献丛书》等，个人整理《太湖备考》《百城烟水》《太平广记钞》《春秋衡库》等古代典籍。可以说，整理者既有深厚的学术素养、严谨踏实的治学作风，又掌握有关的方法，具有丰富的经验。笔者从事古籍出版工作近二十年，切身感受到编辑过程实际上也是一种学习和提高的过程。薛正兴先生校理《范仲淹全集》，实属行家里手。新整理本参考众多版本及相关文献，校正讹文数以百计。如《天骥呈才赋》：“矫矫焉鲸跃乎沧海，昂昂焉鹤出乎烦笼。”关于“烦笼”二字，薛正兴先生出校说：“四库本作‘籓笼’，宣统本作‘樊笼’。无烦改字。”指出字形问题。并进一步论证说：“烦笼，佛家语，意思是烦恼之牢笼，例《法苑珠林》卷四一：‘烦笼幽闭，难成出离。’《敦煌变文集·维摩诘经讲经文》：‘弥勒，汝久居圣位，已出烦笼，三僧只劫修行，百万生中精进。’可证。”（第445页）元代陈基《范氏复祖茔记》：“廷方即日具资粮扉屦，不远数千里致其父之命。”扉，各本均误作“扉”。作者按文意订正之。虽无版本之证，然其说实为理校之可信者。扉，指门扇，于义未安。扉，指草鞋。《左传》僖公四年：“若出陈郑之间，共其资粮扉屦之资，其可也。”杜预注：“扉，草屦。”可参证。刻本中此二字常有相讹例。整理者在校订本书讹误之际，还时常校正他书之误。如订正“王祐”为“王祜”之误，顺带指出“《宋史》卷二六九作‘王祐’，亦误”。（第299页）订正“田画”为“田昼”之讹，顺带指出“中华书局1980年版《二十四史纪传人名索引》第797页：‘田画，《宋史》31册345卷10959页。’‘田画’亦当改为‘田昼’。”此类校记，实有益于读者举一反三。

最后谈谈阅读之方便。整理古籍的目的，是为了便于人们更好地阅读与研究古代文献，从而促进传统优秀文化的传播；从中汲取精华，作为现代文明建设的营养。故在形式上既要保留一些传统的方式，又要有利于现代阅读与研究。薛正兴先生在整理本书时，除做了分段、增加新式标点、校勘等古籍整理工作以外，还在专名号、字形的规范化等方面颇下了一些功夫，显示出一定的特色。专名号用以标示人名、地名、国名、族名、朝代名、年号、庙号、谥号、封号、建筑、寺庙等等专有名词。因专名号要标于有关字词之旁，排版麻烦，容易出错，所以现代的一般出版物大多不用专名号；但古籍中的种种专名往往不易辨识，容易造成混乱，为读者方便计，在标点古籍时最好还是标上专名号。而加上专名号的工作，可以说是古籍整理中一项比较繁琐而难度较大的工作。专名线既不能长，也不能短，还不能断。稍有不慎，就会出错，一些素称典范的图书也难免有误。如中华书局校点本《史记·李斯列传》:“君听臣之计，即长有封侯，世世称孤，必有乔松之寿，孔、墨之智。”（2550 页 13 行）“必有乔松之寿”的“乔松”，指王子乔、赤松子，二人都是传说中的仙人，不是泛指，当分别加专名线。可见加专名线之难。而《范仲淹全集》中众多的人名、人的字号、职官名称、地名、年号等等，非常复杂，整理者很好地解决了这个问题，方便了阅读。至于对异体字、简繁字、新旧字形等的规范处理，也是古籍整理中非常复杂的问题，整理者也做了大量的工作，相信读者展卷后当有体会，这里不再多说。

笔者于近二十年中常聆薛先生清教，发蒙祛惑，获益良多。今亲见《范仲淹全集》成书过程。循读再三，不能释手，因作读后感如上。末学弇陋，难窥奥秘。而巍巍范公的道德文章，光芒万丈，传承其不朽精神的《全集》，自当为世人珍爱，永世流传。

原载《苏州大学学报》2005 年第 2 期

《阳明后学文献丛书》的出版及其意义

由浙江省社会科学院院长万斌教授担任主编，浙江省国际阳明学研究中心主任钱明研究员、浙江大学中国思想研究所所长董平教授担任副主编，复旦大学吴震教授、宁波大学方祖猷教授、韩国李庆龙教授等共同参与，编校整理的《阳明后学文献丛书》第一辑 10 册，500 多万字，2007 年 3 月由凤凰出版社出版。这是国家古籍整理出版“十一五”重点规划项目，是一项宏大的文化出版工程。该《丛书》的出版既是学术界的一件大事，也是出版界的一件盛事。因从学术背景、基本内容和特点等方面，来介绍该《丛书》出版的意义。

一、该《丛书》出版的学术背景

王阳明本名守仁，字伯安，系浙江余姚人，曾筑室阳明洞中攻读、讲学，故世称“阳明先生”。他早年因反对宦官刘瑾专权，被贬为贵州龙场驿丞。其后任职江西；因镇压赣南农民起义及平定宁王之乱有功，而官至南京兵部尚书，卒谥文成。王阳明是明代著名的哲学家、教育家，继承和发展了陆九渊的学说，创立了阳明学派，他的哲学思想一度取代了程朱理学的地位，成为明朝中、后期的统治思想。其思想对朝鲜、日本的社会革新，曾起到积极的推动作用，至今在朝鲜、日本及东南亚等仍有较大的影响力。阳明思想体系的核心是“致良知”。它包括心即理、知行合一、致良知，以及万物一体之仁等几个方面。而其思想体系的基点和出发点则建立在对朱熹格物致知说的批判上面。关于阳明学的研究综述，可参钱明《十年来阳明学研究的状况与进展》(《孔子研究》1989 年第 2 期)、《当代中国的阳明学研究：1930—2003》,(《哲学门》(北京),2004 年第 1 期)等。

王阳明死后，其学一度受到排斥，其思想也一度受到攻击，但是由于其众多弟子的讲学传播和实践，其学依然风行天下，辉煌一时。所谓阳明后学，大致可以作广义和狭义两种理解。从广义上说，凡是阳明以后信奉阳明心学或在思想上受阳明心学影响的学者都可以纳入阳明后学的研究范围；从狭义上说，阳明门下及其再传弟子（包括与阳明有明确师承关系者）可以算作阳明后学的研究范围(参见吴震:《阳明后学综述》,《国学研究》第九卷，北京大学出版社 2002 年 6 月，第 233—294 页）。近年治阳明后学者一般取其狭义。

关于阳明后学的研究，最早可追溯到中国明末清初学者所撰述的学案、宗传体著作，如刘元卿《诸儒学案》，周汝登《圣学宗传》、《王门宗旨》，过庭训《圣学嫡派》，刘鳞长《浙学宗传》，孙奇逢《理学宗传》，黄宗羲《明儒学案》等。尤以黄宗羲的《明儒学案》最为突出。不仅黄宗羲对阳明学派的分类、对学者的评论长期影响着后代的研究，在阳明学者的文集不易得见的年代里，《明儒学案》所节录的文本更是大部分学者赖以研究的重要材料。《明儒学案》所列，计有浙中、江右、南中、楚中、北方、粤闽、泰州等十七个学案。其他受王学影响，并以其为宗者也不在少数。有关研究情况，也可参钱明《阳明学的形成与发展》（南京，江苏古籍出版社，2002 年）、《阳明后学研究的回顾与展望》；吴震《阳明后学综述》（《国学研究》第九卷，北京大学出版社 2002 年 6 月）；吕妙芬《阳明学士人社群——历史、思想与实践》（台北，“中央研究院”近代史研究所专辑 87，2003 年）、吴震《阳明后学研究》（上海人民出版社，2003 年）等。

二、该《丛书》的基本内容

《丛书》首先出版明代思想家王阳明的弟子及再传弟

子徐爱、钱德洪、董沄、王畿、邹守益、聂豹、欧阳德、罗汝芳、罗洪先等九人的各种著作。

浙江是王阳明的家乡，因而所谓浙中学派实际上受到王阳明的直接影响。这一源的主要弟子有徐爱（1487—1517）、钱德洪（1496—1575）、董沄（1459—1534）、王畿（1498—1583）等。

第一册为《徐爱、钱德洪、董沄集》：徐爱是王阳明的妹夫，笃信王学之第一人。王阳明也称他为自己门下之颜渊。徐爱为学的特点在于强调涵养、省察、克治、收放心，以培养心之体。他说，“心德者，人之根源也，而不可少缓；文章名业者，人之枝叶也，而非所汲汲”；“夫人所以不宜于物者，私害之也。”徐爱对早中期阳明学派的形成和发展贡献较大。钱德洪是王阳明晚期弟子之一，是王阳明的一个著名弟子。收集、整理和出版王阳明著作，热心讲学，传播王学。钱德洪学术思想主要是阐释王学的一些基本精神。其学以收敛为主，注重于事物上实心磨炼，主张在诚意之中求正心之功，反对虚忆以求悟，而不切乎民彝物则之常。曾说，“着衣吃饭，即是尽心至命之动”。其学宗旨与王畿从心体上顿悟明显不同。董沄也是王阳明晚期弟子之一，好学仗义，并有诗名。三人的著作多有散佚，钱明研究员在前人的基础上，经多年努力，搜集到三人的著述数种，以及百余篇诗文语录，并辑出有关传记、行状、墓志铭、书信、序跋等，藉以反映作者的生平事迹。

这些珍贵的资料，对推动阳明后学研究大有裨益。

王阳明长期做官讲学的江右（即江西）地区形成了颇有势力的江右学派。主要代表有邹守益（1491—1562）、聂豹（1487—1563）、罗洪先（1504—1564）等。他们因坚持王学致良知的正统观念，往往被视为王学的正宗。

第二、三册为《邹守益集》：邹守益官至南京国子祭酒。先宗程朱，后师阳明，并谨守王学传统。故而黄宗羲称其能推原阳明未尽之旨而不失其侍者。其学以主敬为根本特色，以“居敬”“戒惧”为“致良知”的主要方法和宗旨。本书在清初刻本《东廓邹先生文集》、光绪刻本《东廓邹先生遗稿》的基础上，重新编次为二十六卷，并进行校勘，增加序跋、提要、传文、碑铭等有关邹守益的资料为附录一卷，总二十七卷。整理者董平教授，研究王学多年，素有成就，是浙江大学中国思想研究所所长、博士生导师。

第四册为《欧阳德集》：欧阳德（1496—1554）是阳明后学的代表性人物之一。他与邹守益、钱德洪等强调修养功夫，人称“良知修证派”。欧阳德力主动静体用合一说，因其长期讲学，弟子甚众，影响极大。本书以明嘉靖三十七年梁汝魁刻、其门人王宗沐编校的《欧阳南野先生文集》三十卷本为底本，进行点校整理，并附录有关序跋、传记资料等。本书由浙江省社科院哲学所陈永革先生整理。

第五册为《王畿集》：王畿师从王阳明的时间比较长，后且在吴、楚、闽、越、江、浙一带讲学长达四十年，专心传播王学，影响极大，后学多以其为王学宗主。他为学主张大彻大悟，以无念为宗，将儒学的宗旨归为虚寂，具有融合儒释道的思想倾向，把王阳明的良知说引向禅学。其思想对阳明心学有继承和发展，在明代思想史上占有重要地位。一般认为，王畿的思想，是解读阳明心学体系的重要范本之一，同时也是人们了解阳明后学之思想状况以及中晚明思想演变的一个重要参照系。本书以现存最早的明万历十六年萧良干刻本《王龙溪先生全集》为底本，校以相关文献。附录王畿佚文，并收录有关王畿生平的各种资料，有关王氏著作的各种序跋题记等。本书由复旦大学吴震教授编校整理，集王畿论著及相关研究文献之大成。

第六册为《聂豹集》：聂豹，字文蔚，号双江，江西人。聂豹原本并非阳明弟子，他只是在研究了阳明学说，并与阳明辩难之后，才开始信服其学说，并在阳明死后始称阳明之弟子。其学说以“归寂”说尤为知名。所谓“归寂”，即“求寂于心”，主张通过“顿悟”达到对“心”之本体的认知。对于聂豹的归寂说，王畿等人坚决反对，纷纷指责他与师门有背，类似于禅学之语。该集为首次整理出版，吴可为编校整理。

第七、八册为《罗洪先集》：罗洪先，字达夫，号念庵，阳明后学中“归寂派”的代表，其哲学思想对王龙溪学派有矫偏救弊之作用，是阳明后学的重要代表。该书以文体为分类标准，重新收集整理了罗洪先的几乎全部著作，计三十二卷，近一百万字。徐儒宗研究员编校整理。

第九、十册为《罗汝芳集》：罗汝芳（1515—1586），明代中后期思想家、诗人。从传学系统看，王艮之学除了传其子之外，其弟子尚有林春、徐樾等。其子的弟子有韩贞、李贽等。徐樾的弟子有赵贞吉、颜均等。颜均的弟子有何心隐、罗汝芳。罗汝芳是泰州学派传人颜均的弟子。罗氏以发人良知及济人急难闻名。他提出的以“赤子良心”“不学不虑”而致“良知”的思想，具不受传统束缚的叛逆性，开明末清初顾炎武、王夫之等启蒙思想之先声。该集包括“语录”“文集”“诗集”及附录四部分，是对罗汝芳一生著述及相关研究资料的首次全面彻底的清理。收录齐全，编校严谨，也是有关罗汝芳著述的最完备的版本。本书由方祖猷、梁一群、（韩）李庆龙、潘起造、罗伽禄等编校整理。

三、该《丛书》的几个特点

总的来说，《丛书》具有以下特点：

一是网罗宏富、搜辑完备。关于阳明后学的研究资料，虽然已有一部分著作已收入《四库全书》等几部大型丛书中，但尚存在一些明显缺憾：一是有的重要思想家的著作或主要著作未被收录，如钱德洪、徐爱、董沄、黄绾、薛侃等。二是有的被收对象的著作相当不全，如罗汝芳、周汝登、陶奭龄、管志道等都有许多著作未被收录。三是有的版本并非最佳或最全，如邹守益的《邹东廓文集》、罗洪先的《罗念庵全集》等。四是缺卷、缺页现象严重，如许孚远的《敬和堂集》仅收录了四卷（原为十三卷）。五是不够完善，如利用散佚著作、传记序跋等资料显得相当困难。因此，为学术界提供阳明后学的基本研究资料，以推动阳明后学研究的深入开展，也就具有非常重要的意义。该丛书搜罗各种善本，辑补各种资料，搜罗所致，远达海外，力求完备。

二是体例严谨、形式完美。每部书大体由三方面构成，即研究性的“前言”、思想家原著、相关研究资料。各思想家的著述不仅卷帙浩繁，而且内容形式各不相同，有著作、诗赋、奏疏、铭表、序跋、书信、语录、讲章、杂著等等。不仅有自己编定之本，而且有后人所编刻之本、选编本等等。要统一其体例，殊非易事。《丛书》的编校者对此花费了很大的精力，事先进行较为完善的版本调查，制定了严谨的编纂体例和校勘体例，既照顾到每种书的自身特点，又尽量保持《丛书》形式的统一完美，同时也便于读者的阅读查找。各集均尽可能附录有关作者的志铭、行状等各种传记资料，以及论著序跋等，以利于研究者检阅。可以说，这是一部体例严谨的丛书。

三是精校精勘、一丝不苟。全书采用了目前所知的最好版本为底本，博采他本，对原书精心校勘整理，简明扼要地记录了校改的依据。在校勘的基础上，整理者依据严密的标点体例对《丛书》进行了标点，在标点过程中又解决了许多疑难问题，极大地便利了读者。主持和参加标点整理者均为阳明学和中国哲学史专家学者，极一时之人选（据钱明介绍，吴震教授近年来在阳明后学方面所取得的一系列引人注目的成果。他在日本京都大学攻读博士学位期间，对阳明后学，无论在资料收集上还是义理阐释上，都用功甚勤，创获颇多。回国后又潜心钻研，硕果累累。其所著的《阳明后学研究》、《阳明后学综述》和《罗洪先·聂豹评传》，可以说是近几年大陆在阳明后学研究领域所取得的代表性成果），耗时多年，方臻完工。在出版过程中，作者仍然不断搜集资料，力求完善。如副主编董平教授在美国发现了有关邹守益的材料，及时作了补充。常务副主编钱明研究员发现了韩国学者李庆龙教授最新的罗汝先研究成果（李庆龙《罗汝芳思想研究》，台湾大学历史所博士论文，1999年），又及时与方祖猷教授协商，吸收最新研究成果，并邀请韩国学者李庆龙教授加入此书的整理工作。这都体现出作者一丝不苟的治学态度。

《阳明后学文献丛书》的出版，完成了一项哲学古籍整理的“十一五”重点规划项目，是学术界的一件大事，也是出版界的一件盛事。此书不仅内容丰富，整理到位，而且装帧高雅，印制精美，对当前的古籍整理研究与出版工作不无借鉴作用。

原载《古籍整理出版情况简报》，2007 年第 8 期；又收入《王阳明的世界——王阳明故居开放典礼暨国际学术研讨会论文集》，浙江古籍出版社 2008 年版

瓣香私自奉高邮

——薛正兴先生著《王念孙　王引之评传》述评

20世纪80年代读书时，徐复先生就教导说，研究传统学问的人，如果不学习先秦的典籍，就不知道学术的源头；不熟悉清人的成果，便不知道学术的高峰；不了解最新的成果，则不知道学术的前沿。而戴（震）、钱（大昕）、段（玉裁）、王（念孙、引之父子）之学便是高峰中的高峰。此实是治学箴言。高邮王念孙（1744—1832）、王引之（1766—1834）父子，是清代扬州学派代表性人物，乾嘉学派的中坚，在文字、音韵、训诂、语法等传统语言学领域，在校勘等古籍整理研究方面，在辞书编纂方面等，均有丰硕的成果。清代阮元称赞说“高邮王氏一家之学、海内无匹”（《王石臞先生墓志铭》），即便是力排汉学的桐城方东树也在其《汉学商兑》中赞誉：“近人说经，无过高邮王氏。《经义述闻》实足令郑（玄）、朱（熹）俯首，自汉唐以来，未有其比也。”现代语言学家王力先生认为，段（玉裁）、王（念孙、引之）著作是中国语言学走向科学的里程碑。可见二王对中华学术文化的卓越贡献。

乾嘉学术应当是一个重要的研究课题，而因为种种原因，过去产生了一些偏见和误解，烦琐考证、钻故纸堆等贬损之辞，不一而足。现今对乾嘉学术的认识仍未必深刻和到位，但重视程度和学术成果则明显增强和提高了。像青年学者漆永祥著《乾嘉考据学研究》、刘墨著《乾嘉学术十论》、刘建臻著《清代扬州学派经学研究》等，移用北京大学孙钦善教授《乾嘉考据学研究序》的评语，均“综观探微，颇多创见”。青年学者取得可喜的成绩，是与前辈学者的成果支撑和当今较好的学术环境密不可分的。在台湾，乾嘉学术研究绵延不绝，研究论著和文献整理图书，不断推出，林庆彰、陈鸿森等先生成果丰硕。在大陆，研究工作可谓方兴未艾，《扬州学派新论》《扬州学派丛书》等相继出版，有关学术会议不断召开，集中涌现出一批高质量的学术论文；整理本《戴震全书》《新编汪中集》等，收入众多乾嘉学者论著的大型文献丛书如《续修四库全书》等的出版，更为进一步的研究打下了坚实的基础。

《中国思想家评传丛书》之一，薛正兴先生的新著《王念孙　王引之评传》，近60万字，就是一部最新的厚重的学术成果。薛先生1981年毕业于南京大学中文系汉语史专业，师从洪诚教授、徐复教授，获文学硕士学位。曾任江苏古籍出版社社长兼总编辑，兼任中国训诂学研究会常务理事、《汉语大词典》编委、《汉语大词典》（简编本）副主编等，现为江苏省语言学会副会长、全国古籍整理出版规划领导小组成员等。主编、校点有《刘熙载文集》《李伯元全集》《江苏地方文献丛书》《中国历代书院志》《范仲淹全集》等，发表《论王念孙的推理校勘》等学术论文30余篇。薛先生曾主持众多的古籍整理出版工作，对古籍整理是行家里手；对古籍研究工作，也是出色当行，如《范仲淹全集》的《前言》有三万多字，内容丰富，创获颇多，于专门研究者亦不遑多让。

据《后记》所言，薛先生三十年前读研究生时，就曾下功夫攻读高邮王氏四种，积累相关研究资料，"编写资料汇编《高邮王氏父子生平及著述》《高邮王氏父子学术交游》，写作论文初稿《王念孙与训诂学》《王念孙训诂学思想的来源》《王念孙训诂学训释方法述评》《王念孙发明新训范例》《王念孙的校勘方法》《王念孙的推理校勘》《高邮王氏遗书略述》等七篇"（见该书第852页），可见此书是数十年的学术历练、厚积而薄发的成果。该书分为五章，分别评述"高邮二王生平及著述"，探讨王念孙、王引之父子在训诂学、校勘学等方面的理论观点、运用方式及其精彩范例。下面结合此书的内容，谈谈几点感受：

一是系统梳理传主的资料，从道德、学问两方面入手，将之放入时代学术的大背景下加以考察，彰显传主的道德情操和学术地位。同时展现传主的精神风貌，告诉世人，

薛正兴《王念孙　王引之评传》书影

一流学者绝不是人们所认为的冬烘先生。第一章“高邮二王生平及著述”，有七节，分别介绍高邮的文化沃土、高邮二王家世、王念孙生平述略、王引之生平简介、高邮二王所处的时代、高邮二王学术交游、高邮二王著述叙录。作者参稽群书，勾勒出“高邮王氏世系表”，并对王氏家族以及二王本人的生平作了详细考证。像王念孙于嘉庆四年（1799）清仁宗亲政时，疏陈国事、首劾大学士和珅而名著朝野一事；王引之于嘉庆二十二年（1817），奉命往福建办案，为李赓芸平反冤狱一事，均属二人在政治方面的实绩。

王念孙幼有神童之目，长从学术大师戴震学习，钻研稽古之学，尤精声音训诂，王引之也多有创见，为一时学者推重。作者认为，他们治学面较为广博，虽不出汉学门径，但不囿于汉学藩篱，治经不专宗一家墨守成训，而诸说并列，务求其是，具有广博与精通的特点。通过对二王所处时代及其学术交游的研究，不仅可以考察扬州学派的学术观点、特色及其成就等，而且还可以进一步考察乾嘉学派的基本情况，对研究清代学术史，也大有裨益。

二是紧扣传主的学术特色，通过大量学术成果的排比分析，总结归纳传主的治学方式和学术特色，并选取精彩范例进行剖析，以突出这些研究成果的现代学术价值。这也是本书的显著特色。第二章探讨“高邮王氏训诂学”，有四节，分别为清代训诂学概况、王念孙的古音学研究、高邮王氏训诂学思想的来源、高邮王氏训诂学的学术史地位。第三章“高邮王氏训诂学训释方法分类述评”，有八节，分别为以声音通训诂（上、下）、以语境求语义（上、下）、辨析字形求义、综合比较以义证义（上、下）、高邮王氏发明新训范例。作者归纳王氏训释方法为43大类，可谓博赡。第28类“通例”中，又整理出校释古书时用字用词的通例6小类，即“古书学术传承例”“字例”“词语搭配例”“行文方式例”“习惯用法例”“古人名字例”（详见353—367页），可谓详尽。

作者曾主持中国训诂学研究会主编的《高邮王氏四种》（即《广雅疏证》《读书杂志》《经义述闻》《经传释词》）的出版工作，2000年又主编《高邮王氏遗书》，撰写过多篇关于二王的训诂、校勘研究的文章，对传主的学术成果非常熟悉，动笔之前，又一次阅读《高邮王氏四种》全书，作了许多资料方面的准备。这样下笔就能解决难点，抓住重点。中国古代文字学，重形而不重音，针对这一局限，王念孙萃十年心血，搜集汉魏以前古训，详加考证，以形、音、义互相推求，成《广雅疏证》三十二卷，对中国古代训诂学的发展作出了重大贡献。《广雅》为三国时魏张揖撰，《广雅疏证》用为《广雅》作注的形式，援引经传，旁采众说，考证精博，改正原书错字、漏字、衍字等讹误甚多，颇具创见，其学术价值不仅超越《广雅》，而且若干见解也为同时训诂家所不及。有学者称：“训诂之旨，本于声音。就古音以求古义，引申触类，扩充于《尔雅》《说文》之外，无所不达。惟声音文字部分之严，则一丝不乱。盖虽藉张揖之书以纳众说，实多揖所未知者。”本书作者紧扣“从声音以通训诂”这一特点，充分展示了王氏训诂学的特色。

王氏于音韵学也多有贡献，清代音韵学，发端于顾炎武，之后，江永、戴震尤多创获。至段玉裁，分上古韵类为十七部，密于顾氏的十部、江氏的十三部、戴氏的十六部。王念孙撰《诗经群经楚辞韵谱》，以“同声必同部”为分合标准，将至、祭、盍、辑诸部独立，分古韵为二十一部，自成一家之说。章太炎先生评价说：“古韵学到了王念孙，已经基本上分析就绪，后人可做的只不过是修补工作。”王氏的语法观念也是他们取得重要成就的一个方面。徐复先生曾说，清学之取得巨大成就，固然有融会贯通、求实创新的精神作指导，而与音韵学的发展、语法学的建立、训诂和校勘理论的不断丰富等也密切相关。

三是高邮二王不仅有大量的校勘成果，而且能以归纳法得出古书致误缘由。二王的许多推理校勘成果，为后世出土文献所证实。王念孙的《读书杂志》，校读的史部书有《逸周书》《战国策》《史记》《汉书》，子部书有《管子》《晏子春秋》《墨子》《荀子》《淮南子》，还有研究汉代碑文的材料。这些都在王念孙生前就刊印了。王念孙去世后，王引之从他的遗稿中整理出《读书杂志余编》二卷。上卷为《后汉书》《老子》《庄子》《吕氏春秋》《韩非子》《法言》，下卷为《楚辞》和《文选》。这是一部校读古籍的专著，以读书札记的形式，记录了王念孙晚年研究古籍的成果。校正文字，阐明古义，多有创见，至今仍是人们常读的经典性的著作。王引之奉道光皇帝之命，作《字典考证》十二卷，对《康熙字典》错误进行纠正。这部1716年完成的字典，旁征博引，资料宏富，但疏漏错误较多，只因康熙钦定御批，无人敢改。只有道光下令，王引之进行校订，纠正《康熙字典》错误2588条，使这部字典趋于完善。

本书的王氏校勘学，即从二王的校勘实践入手，以“校勘通例”与推理校勘为重点，可谓显示特点、突出重点。第四章探讨“高邮王氏校勘学”，有四节，分别为清代校勘学概况、王念孙的校勘通例、王引之的校勘通例、王引之的三勇改和三不改原则。第五章“高邮王氏校勘学校勘方法分类评述”，有八节，分别为古典校勘学的校勘方法（上、中、下）、对校法、本校法、他校法、理校法、高邮王氏推理校勘范例。作者先将王氏校勘方法归纳为26大类，然后再细加评述，如“订误字”有19小类，“删衍文”有14小类，“补脱文”有4小类，“乙倒文”有9小类。可谓条分缕析，精当到位。

四是理论联系实际，实事求是。本书作者研究传主多年，掌握的资料丰富，运用材料得心应手。对王氏训诂方法、校勘方法以及精彩范例的评述，显示出深厚的学养。对传主的学术精神的揭示，公允的评述，较为充分地展现了高邮王氏父子的学术特色和学术地位。尤其可贵的是，本书注重理论联系实际，结合当前的古籍整理和辞书编纂等学术研究中的实际问题，对新出版的数十种图书的二百多处疑误进行讨论分析，展示了高邮王氏学历久弥新的学术生命力。试举一例，“扺与抵二字，形音义各别”，而因形体相似，今本《战国策》《史记》《汉书》《后汉书》《太玄》《文选》等书“扺”误作“抵”，一些字书、词典如《说文解字》、《康熙字典》、新旧版《辞源》、新旧版《辞海》、《汉语大字典》、《汉语大词典》均有讹误。（详见 379—386 页）同时作者在《后记》中也指出，高邮王氏“他们在具体的校释条目中也存在着一些不足和失误”，但瑕不掩瑜。

如果说有什么遗憾的话，就是因篇幅关系，薛先生原拟写的与王氏的商榷及“高邮王氏学对后世的影响”未能一并出版，我们期待这部分成果能早日面世。

近时拟编辑出版晚清学术大师俞樾的《春在堂全书》。俞氏平生服膺高邮，曾在《曲园自述诗》中云：“此是研求经义始，瓣香私自奉高邮。”薛先生是洪诚先生和徐复先生的学生，章黄学术的传人。二十多年来笔者常向薛先生请教，稔知先生服膺高邮王氏之学，而俞氏又是乾嘉朴学至章黄学派这一学术链中重要的一环，因借以为题。

原载《书品》2009 年第 4 期

花落春仍在　书存味自长

——写在俞樾《春在堂全书》重新出版之际

晚清学术大师俞樾（1821—1907），字荫甫，号曲园，浙江德清人。他以“通经致用”为治学宗旨，以“梯梁后学”为学术取向，秉承朴学理念，绍述高邮王念孙父子之文风，在对群经、诸子的校勘训释及理论总结，文学、艺术和教育等诸多方面，均取得巨大成就，留下近五百卷的《春在堂全书》。俞氏中年仕途失意，此后一直从事教育和学术研究，先后掌教苏州紫阳书院、杭州诂经精舍长达三十多年，门下精英辈出，其中章太炎、黄以周、张佩纶、缪荃孙、吴昌硕、崔适、朱一新、戴望、吴大澂、谭献、宋恕等均在近代学术界、思想界享有盛誉。他既是晚清汉学的最后绝响，又是清末民初学术重新勃起的前奏，并对日、韩学术界影响巨大。俞氏守旧而有创新，声名显赫，影响深远，然在一些方面亦受诟病，存在争议。在国学复兴之际，俞樾是不可绕过的标志性的人物，重估他的文化价值，也必然成为一项重要的工作。《春在堂全书》的学术文化价值和出版价值不言而喻。

一、殚心著述，文化成就巨大

俞氏《群经平议序》称："尝以为治经之道大要有三：正句读、审字义、通古今假借……三者之中，通假借为尤要。"其所撰各书，大都遵循这个法则。他仿《经义述闻》而作《群经平议》，仿《经传释词》，小变其例、略加推衍而作《古书疑义举例》，颇具特色，备受学术界推崇。俞樾一生以"著述自娱"，并以"学问无穷，岁月有限"自勉，《清史稿·儒林传三》记其"生平专意著述，先后著书，卷帙繁富"。其治学涉猎广泛，经学、小学、子学、文学诸方面皆有成就，书法亦工。清末著名学者孙诒让在《哀世丈俞曲园》挽联中称："一代硕师，名当在嘉定、高邮而上，方冀耄期集庆，齐算乔松，何因梦兆嗟叱，读两平议遗书，朴学销沉同堕泪；卅年私淑，愧末列赵商、张逸之班，况复父执凋零，半悲宿草，今又神归化鹤，拈三大帙手墨，余生孤露更吞声。" 近代著名学者马叙伦称："挽近能绍乾嘉诸老之学者，莫如俞樾、黄以周、孙诒让三氏。"俞樾的生平与学术，《清史稿·儒林传》、徐世昌《清儒学案·俞曲园学案》、支伟成《清代朴学大师列传》、缪荃孙《俞先生行状》、章炳麟《俞

俞樾《春在堂全书》书影

先生传》、周云青《俞曲园先生年谱》、徐澄《俞曲园先生年谱》、台湾郑振谟《清俞曲园先生年谱》等均有介绍。台湾曾昭旭《俞曲园学记》，对俞樾的学术成就进行了系统评价，学术价值较高。

由于种种原因，有关俞樾的研究长期受到忽视。20世纪90年代中期以后，有关俞樾的研究成果逐渐增多。俞润民、陈煦《德清俞氏：俞樾　俞陛云　俞平伯》（1999年中国人民大学出版社出版）、张欣《花落春仍在——俞樾和他的弟子》（2006年广东教育出版社出版）、马晓坤《清季淳儒——俞樾传》（2006年浙江人民出版社出版）等传记，均对俞樾的生平与著述有较详细的介绍和研究。罗雄飞《俞樾的经学研究及其思想》（2005年中国文史出版社出版）、谢超凡《游心与呈艺：晚清文化视阈下的俞樾及其文学著述》（人民出版社2009年出版）等论著，则从不同角度探讨俞樾的思想、学术及文化成就，存在的不足，在文化史上的地位等，致使学术界和读书界对俞樾有较多的了解。

俞氏当时名声很大，著作甚多，不断刊刻；身后亦曾受推崇，其著述翻刻不断，且有编选、甚或托名之作，参见谢超凡《游心与呈艺》附录的“俞樾作品刊刻表”，可知仅单行本就不下百种。然自20世纪50年代出版标点本《群经平议》《诸子平议》《古书疑义举例》《九九销夏录》《春在堂随笔》《茶香室丛钞》等数种书以来，俞氏的大多数论著未获再版。而收罗俞氏著作较全、最便于了解其学术全貌的《春在堂全书》，近百年来亦未单独印行。

二、不断增补，著述版本复杂

关于《春在堂全书》的版本，谢超凡《游心与呈艺》附录 “《春在堂全书》流传情况”说：“据笔者掌握的材料，依次有清同治十年（1871）刻本、光绪三年（1877）刻本、光绪五年（1879）刻本、光绪七年（1881）刻本、光绪九年（1883）刻本、光绪十五年（1889）刻本、光绪二十三年（1897）石印本、光绪二十五年（1899）刻本、光绪二十八年（1902）刻本、光绪间刻本。”谢超凡博士查阅大量文献，做成此表，对了解《春在堂全书》版本大有帮助，功不可没。

据笔者的调查，实际版本情况更为复杂，如此外还有光绪八年（1882）275 卷本，为 2 函 64 册。《春在堂全书》收书近 40 种，是不断增补形成的。十余次刊印，所收具体品种、卷数是不同的，除石印改变出版方式外，并非每次都重新雕版，而是多据旧版或修或增，根据需要不断刷印而成，可能有补版或重雕。与今日印书之某版某次概念不尽相同。先有同治六年《群经平议》、同治九年《诸子平议》单刊本等，后汇刊为《春在堂全书》，如光绪五年俞樾《春在堂全书录要序》称“及自河南罢官归，遂

俞樾《俞樾全集·诸子平议》书影

一以著书为事，都凡刻以行世者二百五十卷”。光绪十一年俞樾《春在堂全书校勘记跋》称“余为刻附全书之后”，“已三百二十八卷矣”。据《春在堂杂文序》称“六编之刻成于癸卯，此刻之后又得文数十篇矣，余年龄衰暮，未必能刻七编，或即附之六编之后，曰六编补遗可也。光绪三十一年冬十月曲园记”。可知，《杂文补遗》六卷，可谓俞樾生前最后编定之本，而此时《春在堂全书》已有 480 多卷。光绪三十二年，即俞樾去世前略有增补，《春在堂诗编》卷二十三即“丙午编”，既收有以光绪三十二年为题的诗编，也收录“临终自喜”“临终自恨”等诗，即是明证。俞氏去世后，光绪末仍在增订重刊，如阙名辑录的《春在堂挽言》亦刻入《全书》中，是为近 500 卷本。而今各馆所藏《春在堂全书》，版本不同，所收书目卷数多寡不一，甚至最后的增订重刊本收书也略有出入，造成一定的混乱，如在介绍俞樾及其《春在堂全书》时，或称 250 卷，或称 300 多卷，或称 400 多卷，或称近 500 卷，或称 500 多卷，不一而足。即便是一些新整理本，亦非完帙。

为促进中华优秀传统文化的繁荣，推动对俞樾和清代学术的研究工作，曾出版过俞氏《春在堂随笔》的凤凰出版社特借南京博物院所藏光绪末增订重刊的《春在堂全书》，影印出版，精装七册。除将阙名所辑《春在堂挽言》移至书末外，又对文字漫漶不清、遗漏残损等加以增补替换，并于书末附录相关的俞樾研究资料两种，以方便广大读者。

三、影响深远，价值有待重估

被曾国藩称为“拼命著书”的俞樾，到了晚年总算豁达了。临终前，有十首留别诗。《别俞樾》这样写道：“平生为此一名姓，费尽精神八十年。此后独将真我去，任他磨灭与流传。”我们是否就此别过俞樾呢？显然不能。

俞氏博通典籍，绍述高邮王氏之文风，秉承朴学一贯的治学方针与理念，归于乾嘉朴学一脉，而又兼采汉宋、调和古今，集合校勘的成果，在研治群经、诸子以及小学各方面取得了很高的成就，在传承传统学术方面发挥了特殊作用，卓然一代朴学大师。

俞氏被认为“被动顺应时代潮流，以淡漠态度对待西学”，而为日本编《东瀛诗选》，深受日本学人的尊重，研究国学与西学，或所谓汉学，研究中外文化交流史等，绕不开俞樾。

俞氏曾先后主讲多家书院，在杭州诂经精舍主讲更是长达三十一年，《清史稿》记载其“课士一依阮元成法，游其门者，若戴望、黄以周、朱一新、施补华、王诒寿、冯一梅、吴庆坻、吴承志、袁昶等，咸有声于时”。可称杰出的教育家。

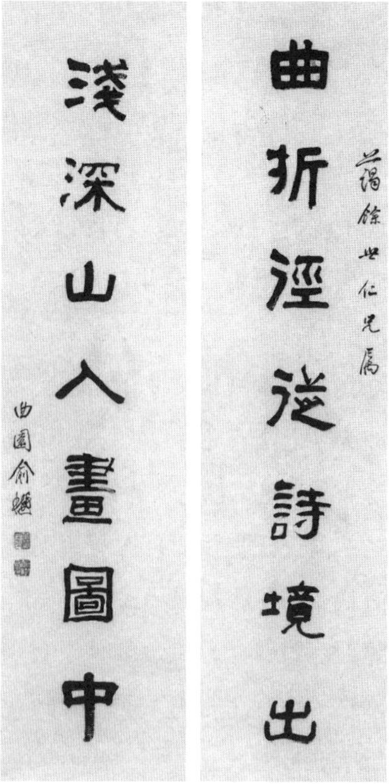

俞樾书法作品

俞氏总办浙江书局时，建议江、浙、扬、鄂四书局分刻《二十四史》，又在浙江书局精刻子书二十二种，海内称为善本，为保存中华传统文化做出贡献。

俞氏一生以“卫道”自任，俨然传统道德的守护神，已成保存国学、维护名教的象征。曾将弟子章太炎革出师门，章太炎以《谢本师》一文表示与乃师决裂，为学界公案。

俞氏重视俗文学的研究，并亲自修订《三侠五义》，改为《七侠五义》，获得“小说家”之称号，有高度赞誉，也有如鲁迅揶揄谓“此老实在多此一举”。

俞氏还提出了“医可废，药不可尽废”的观点，是近代中国主张废除中医的始作俑者。其“废医存药”思想对后世影响巨大，如鲁迅对中医深恶痛绝，称“中医不过一种有意的或无意的骗子”，也可能受到俞氏思想的影响。

俞氏颇受赞誉，也常遭诟病，似是保守与标异，亦即守成与创新集于一身的文化人，更是那个时代有代表性和标志性的人物。向读者奉献俞樾《春在堂全书》，是为了方便读者回到俞樾的时代，了解俞樾在他所处时代蕴涵的文化意义，有助于我们认清学术研究的方向、文化价值的取向。

原载《古籍新书报》2010 年 4 月

以品高质优承载博大精深的中华文化

——古籍整理出版专项经费资助项目《陕西神德寺塔出土文献》编辑体会

古籍图书因其专业性强、质量指标高，因此无论是个体为主的前期策划、编辑加工，还是合作为主的装帧印制、推介营销等各个工作环节，对古籍编辑都有着很高的要求。一名编辑的成长有赖于其个体的经验与感悟，更离不开不断地学习与借鉴。本人从事古籍编辑工作 26 年，责编图书有 30 多次荣获省部级以上奖项，其中参加编辑的《全元文》获得“中华优秀出版物奖”提名奖，《册府元龟》校订本获首届中国出版政府奖。又有《说文解字注》整理本、《清诗纪事》（影印本）、《册府元龟》校订本（多人合作）入选了“首届向全国推荐优秀古籍整理图书活动入选图书书目（91 种）”。2014 年初《陕西神德寺塔出土文献》获得第三届中国出版政府奖提名奖。现以该书的编辑出版过程为中心，谈一点编辑细节、运作技巧和感想，期待引起大家对古籍编辑实务和技巧的热议，以促进古籍出版工作。

一、掌控出版资源，提高判断能力

《陕西神德寺塔出土文献》8 开 4 册，由敦煌学研究专家、南京师范大学黄征教授主编，凤凰出版社 2012 年 5 月出版。该书全部彩色印刷，又得国学大师饶宗颐先生题签，精美大气。出版之后，深得学术界好评，举办专题学术研讨，被认为是继敦煌莫高窟藏经洞之后的又一重大发现。而此选题的获得，却是一次文献的发现与价值再发现的经典案例。

大家知道，古籍整理出版工作，对于国家、民族具有重要的战略意义，是一个民族文化传承的根基，历来受到高度重视，因此有长期出版规划，并有连续，而中华书局等以其长期积累的良好声誉与出版能力掌控着较多的出版资源，一般来说，好的选题早就“名花有主”，地方出版社获得优质出版资源的机会相对要少。而地方社要提高竞争力，势必需要有一些能与学者交流对话的学术型编辑，让那些可能产生重要学术成果的学者在产生研究想法或有学术计划之际，第一时间来与编辑沟通交流，或者在遇到什么困难时首先想到来商议解决方案。一些选题可能就从中产生。

2009 年下半年，黄征教授与我联系，说陕西有一批新的文献，他从接触到的少量信息和文献来看，有一定的学术价值。我随后查核了神德寺塔出土文献的一些报道，

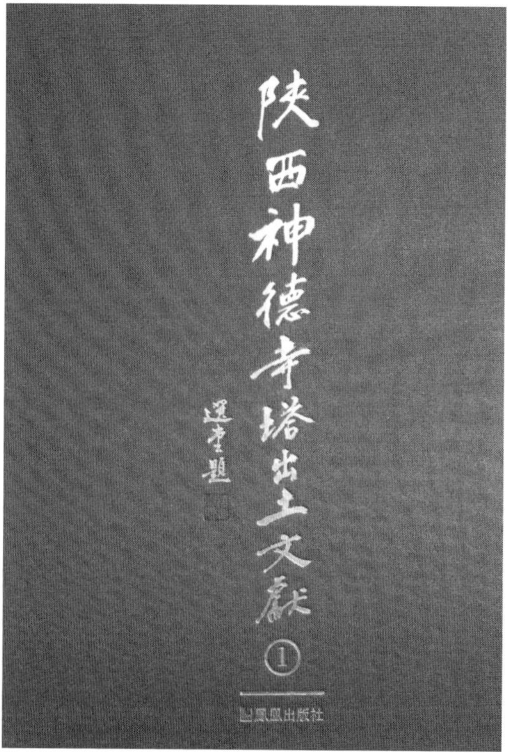

《陕西神德寺塔出土文献》书影

基于对黄征教授在敦煌学研究方面所取得的成就，以及该批文献从未出版来判断，这是一个潜在的好选题，当即请黄教授准备相关的材料，并向姜小青社长做了汇报。年底前，黄教授带着少量照片来社里介绍该批文献，姜社长等共同接待。黄教授关于此批文献所定时代可能有问题的推测，引起了我们的高度重视，尽管他还没有掌握任何证据。我们在征询了一些专家的意见和进一步论证后，认为该批文献有较大的出版价值。随后即与黄征教授商议具有可操作性的工作方案。因该批文献属陕西省铜川市耀州区博物馆，首先要获得陕西方面的授权，出版社才能与黄征先生签订出版合同；第二是文献的拍摄、整理工作及其经费落实等问题；第三是拍摄工作与出版流程的衔接等事务；第四是文献的初步研究工作；最后才是编辑出版与宣传推介。

我们对这一选题充满信心，与这一批文献的发现与价值的再发现是紧密相关的。

陕西神德寺塔位于距离古城西安市以北约 70 公里的铜川市耀州区，高达 35 米。据专家研究，神德寺唐代以前在耀州区照金镇的寺坪村，唐代移到耀州城北的步寿原下。据明代乔世宁的《耀州志·地理志》记载："大像阁在步寿原南崖下，元魏时龙华寺也。隋仁寿中建阁覆弥勒像，高二十余仞，故名焉。唐改神德寺。宋时人游览最盛，有富郑公登阁诗石刻，宣和时兵火，阁废。金承安中再建，更寺额曰‘明德’。今阁与像久废，寺改书院，独故塔存。”可见，唐代神德寺已移至今塔的所在地。今塔建造年代无明确记载，一般认为是宋塔，也有学者认为可能是唐塔。该塔结构紧凑，气势雄浑。1956 年被公布为陕西省第一批重点文物保护单位。2004 年 9 月 24 日修缮时，人们意外发现了一个藏经洞，出土了大量的文献资料。由于当时被鉴定专家认为是“金元时期”的文献，个别学者“与唐宋写经体有相近之处”的看法一直未得到重视，因而这一出土文献未得到及时修缮和研究。2006 年，该塔被公布为第六批全国重点文物保护单位，但这批出土文献仍未得到很好的整理研究。

黄征教授和西华师范大学王雪梅教授在得到出版社的承诺后，又以他们专业能力和敬业精神，获得了耀州区博物馆的高度信任和全力配合，开始了艰苦的修缮和整理工作，进行拍照、编号及考释研究。在整理过程中，他们发现了两个年款，一是“雍熙二年”，即宋太宗雍熙二年，公元 985 年；一是“开宝九年”，即宋太祖开宝九年，公元 976 年。他们又从神德寺塔出土文献的纸张、行款、俗字特征等方面分析，认为与敦煌文献高度一致。后又在文字避讳方面有了惊人发现，得到了只有唐、五代才可能出现避讳的铁证——唐太宗李世民之“民”的缺笔避讳等。

根据经卷所标年代、避讳情况以及与敦煌文献的比较研究，黄征与王雪梅教授初步认为，这是唐五代宋初的写经、刻经和版画精品，具有极高的文物价值与文献价值。这一重新发现，特别是时代的考定，大大提高了这一批出土文献的价值。正如西北大学佛教研究所所长李利安教授后来在该书《序言》中所说：“现在学界能够确证为北宋以前的刻本佛经，不过十件上下，而神德寺塔出土文献就有40多个卷号为刻本，虽然有的残缺，但也弥足珍贵，写本中更有长达8米的抄写精良之作。”

基于对这一选题价值的判断，凤凰出版社申报了“十二五”国家重点图书出版规划，后又申报进入全国古籍整理出版规划领导小组主持制定的《2011—2020年国家古籍整理出版规划》，并获得国家古籍整理出版专项经费资助。

这就给人们一些启示，首先是加深对已发现文献的研究，不盲从，也许会有比初次发现更大的新发现。二是编辑要与学者保持较多的交流沟通，从中获得选题信息，不能让有价值的选题从自己手中流失。三是不畏艰难，越是难做的书越有可能填补学术空白，成为真正有价值的好书。

二、强化学术意识，融入编辑含量

对于这一批文献，如仅是影印一下，公之于众，广为流布，似乎也说得过去，但决不会获得现在的多方肯定与各项荣誉。出版社支持作者方在认真整理的基础上，进行相对充分的研究。不只是一般的著录解题、录文断句，而是进行较详细的校勘、注释，对年代的考定、文字的辨析等，这样就能大大提高该批文献的学术价值。

这首先取决于作者的学术态度。对这批文献，黄征和王雪梅教授等做了大量的工作。首先是对所有文献进行拍照、编号和分类。全部的编号和分类情况是，“神德寺塔出土文献可编为 242 个入藏号，加上续加编号，共计 306 个卷号。其中手写纸本经卷 241 个卷号，雕版印刷纸本经卷 54 个卷号，包含带有版画者 10 种；此外还有几种纸本彩绘、绢本彩绘。这批文献除尚未定名的经卷外，包括 40 余种佛经，内容丰富，部分经卷还尚存题记、发愿文等，其中有两个经卷标有明确纪年”。（见该书《前言》）此外，更重要的是整理研究工作。据《校录整理条例》可知，内容包括全文直录、标点文句、著录解题、年代判断、校勘字词、考证疑难、注释佛教术语、辨析俗字、古今字、繁简字、避讳字等等。附录“经名索引”“印刷品索引”“绘画索引”等 8 种索引，以及关于神德寺塔出土文献最早发现经过的记录与描述、专篇论文、资讯检索，等等。

黄征教授具有丰富的文献整理经验与深厚的学术功力，在工作展开初期，即与出版社商量了文献拍摄与出版环节的衔接事宜，又不断调换更清晰的图片，精益求精。大量的不断新增的内容为本书赢得了良好的学术声誉，而在出版过程中，却有许多具体环节需要编辑严谨对待，一不小心就会让可能出现的或意想不到的问题毁掉所有的努力。比如大量的图片，经过拍摄与排版等环节后，有一些图片出现重复、错位等问题，有少量的图片出现倒置或转向等情况。因图片特别多，出现一些状况是在预料之中的，而完成编辑加工的文件由排版公司转到印刷公司出片环节，打出样稿时出现了图片、字体和版式等少量的不规则的变化情况，据说是因为软件系统不完全兼容，这完全意想不到。幸好我发现及时，做了补救。

图片上的文字与录文的对读，发现一些不对应的问题。这是图文书出版过程中常见的问题，也是编辑能够发现与解决的细节问题。至于考核研究的内容，全书大量的异体字等字形规范问题，目录、索引与正文的一致性，等等，我努力运用语言学、文献学等方面的知识，查找可能存在的问题，不断与作者商议，拾遗补阙，为提高图书的学术质量竭尽全力。

三、协调多方，系统运作

一部好书，应当是一项系统工程。有时似有某种偶然性，拿到好选题就有了可能。但也不尽然，选题好而因种种原因未获得应有好评的图书也不在少数。相反，每一部成功的图书，应当是全流程配合默契、系统运作成功的结果。这里具体说说几个方面的感受。

第一，出版社对选题价值的及时认定，让编辑有信心有底气开展组稿和编辑工作，非常重要。这是看起来似乎不成问题,而在某些单位实际工作中又会不时出现的问题。凤凰出版社连续获得国家图书大奖，积累了一些成功的经验。本书在整个出版过程中，姜小青社长给予极大的支持与关注，如前期不考虑经济问题，实施过程中多次召集人员解决各种困难，最后决定让印制费用较高而质量也高的厂家印制等等，都起到了很好的保障作用。

第二，美术编辑的作用在图文书出版过程中尤其重要。在黄征教授第一次来出版社商谈之时，美术编辑姜嵩就开始参与了，如对开本的规划、拍摄的要求等给出建议。在出版过程中与黄征教授商定，凡是连卷者每张图片切分时都保持一行重叠，以便于读者确认前后关系；残卷碎片，经过照片小图的挪动、缀合与排列，连为长卷，然后再行切分，各张切分图片之间一般也保持一行重叠。凡是未能作录文的细碎残片，切图时将其放置图录末尾以备考。为便于了解全貌或更加突出重点，全书收入部分全图和局部图片。在排版过程中，姜嵩经常到排版公司与排版员一起工作，从不放松一个细节。为了更好地保存文献原来的意味，我们多次到厂里，并曾请黄征教授带着原件的残片一同去厂里校色，反复调试，有时工作到下半夜。应当说一部图文书得到很好的呈现，美术编辑与文字编辑的完美配合起着决定性的作用。

第三，总编办的协调、出版科的配合以及其他部门的共同参与，倪培翔副总编、卞惠兴副社长等的支持，都非常重要。比如为了赶时间，保证校对质量，出版社协调停下其他书稿的校对，抽出最好的校对人员；为了解决出现的新问题，出版科刘辉同志随时出面协调，或陪同到排版公司、印刷厂，等等。这些都可能影响到其他编辑的工作安排，就需要编辑同仁的理解与支持。

第四，酒香也怕巷子深。编辑要有强烈的宣传营销意识。在每年出书数十万种的背景下，一部书要“脱颖而出”，真非易事。黄征教授及时推出了一些研究论文，如《陕西神德寺塔出土文物考察》《陕西神德寺塔藏经洞出土文献 Y0001〈金光明经〉卷第二为唐人写经考》《陕西神德寺塔出土文献编号简目》，让学术界对这一文献有了更多的期待。出书之后，2012 年 12 月，由黄征教授协助铜川市耀州区举办了“神德寺文化遗迹专家研讨会”。与会专家一致认为该书起点高，文献整理规范，学术性强，而且图片逼真，装帧精美。此次会议得到广泛关注，有了大量报道。出版社也为此书的及时推介做了一些工作。该书甫一问世，即在全国书市亮相，引起关注。姜小青社长与我多次参加学术研讨活动。责编还在《书品》上发表《〈陕西神德寺塔出土文献〉的出版及其意义》一文，从文献的发现与再发现、文献的整理与分类、该书的基本内容和出版经过、文献的学术文化价值四个方面做了系统的评介。从研究角度看，这一出土文献对佛学、民俗学、文献学、语言学、建筑史研究、印刷史研究、书法绘画史研究等，均有很大的价值。《陕西神德寺塔出土文献》的出版，应当是其研究的一个新起点。

个人认为，一名优秀编辑仅仅做好案头工作是远远不够的，需要有敏感的触角接近优质出版资源，有较高的学术眼光判断选题的价值，有过硬的编辑技能进行深度的加工，有全流程跟进的意识确保出版物的品质，有强烈的营销意识让图书发挥出应有的社会效益和经济效益；更需要具备现代出版理念，古籍是中华民族文化生命的根源，古籍出版承担着培固文化认同、加强民族凝聚力的使命，每一部新印古籍都是一个活的生命体在接续着传统与现代。古籍编辑在接纳现代性、融入全球化的过程中，需要有强烈的现实关怀与“双效”诉求，更应当明确肩负的文化责任，在实现中华民族伟大复兴的中国梦的征途上，主动高扬中华文化的主体性，并以品高质优的文化产品承载起博大精深的中华文化。

原载《古籍整理与出版情况简报》2014 年第 4 期

文化传承与重新发现

——读《刘申叔遗书补遗》《仪征刘申叔遗书》

与章太炎先生并称为“二叔”的刘师培（1884—1919年），是一位英年早逝、博学多才而富有传奇色彩的人物。黎锦熙先生是这样描述的：“刘先生是四代家传治《春秋左氏传》之‘古文’经学家，是清末的革命家，又转变为端方的侦探，入民国又为拥袁为帝的六君子之一，正当‘五四’运动时没于北大教授任内；是章太炎先生‘道不同’的旧交，是黄季刚先生‘年相若’的老师。”（语见《钱玄同先生传》）对刘氏本人的研究已有较多论著，而对其人论著的整理却不够完善，现在可以认为，万仕国先生辑校、广陵书社出版的《刘申叔遗书补遗》《仪征刘申叔遗书》（国家出版基金项目、2011—2020国家古籍整理出版规划项目）的问世，彻底结束了这种遗憾，并为全面客观公平地研究刘师培提供了最好的学术平台。而通过一系列的刘师培研究成果，人们也将会重新认识长期孜孜致力于研究整理刘师培工作的万仕国。下面谈三点认识。

一、万氏系列成果，进一步彰显了刘师培研究的价值与意义

钱玄同推举清末民初影响时势“最为卓特者”康有为、谭嗣同、章太炎、蔡元培等十二人，刘师培即为其一（见《刘申叔先生遗书序》）。刘氏早年倾向革命，抵制专制，文章纵横捭阖，表现出过人的渊博和敏锐。治学论著，出经入史，展示出惊人的精湛与宏通。后因投靠清臣端方、挂名“筹安会六君子”，晚年陷入尴尬处境，如同事黄节教授致书蔡元培校长，称“申叔为人，反复无耻”，“不当引为师儒，贻学校羞”；鲁迅更是冷嘲热讽，给钱玄同的信中暗贬之为“卖过人肉的侦心探龙”（参见万仕国《刘师培年谱》，263—267 页，广陵书社 2003 年版）。清末民初波诡云谲，尽管刘氏政治行迹上不免悖谬，然而他留下著述近百种，纵论古今学术思想，校释群书，广涉经学、史学、小学、文学、政治学、社会学、伦理学、美学诸领域，其人仍是中国思想文化史、学术史上的“奇人”、不可或缺的一环。比如 1911 年在保路运动中端方被杀、刘师培被扣押后，章太炎为他作保释《宣言》，内称：昔人曾云明成祖，“城下之日，弗杀方孝孺，杀之，读书种子

绝矣”。“今者文化凌迟，宿学凋丧，一二通博之材如刘光汉辈，虽负小疵，不应深论。若拘执党见，思复前仇，杀一人无益于中国，而文学自此扫地，使禹域沦为夷裔者，谁之责耶？”（参见《民国报》1911年12月1日）称他是“读书种子”，有“通博之才”，是文化担当之人，可见推崇之意。今人对作为思想者的刘师培评价较低，而对其学术贡献则少有争议，对刘氏研究的价值，安平秋先生为郭院林的著作写序时评论说：“对刘师培的思想与学术进行深入研究，进而探讨中国从古典进入现代这一转型期的重要学者性格、心理、思想的特点以及近代学术发展规律，是十分有意义的工作。”（见《〈彷徨与迷途——刘师培思想与学术研究〉序》，第2页）可以看出，在清末民初这段大开大阖的历史途程上，刘师培为后人留下一道难解的范式，让后人特别是知识分子在他们的精神之旅中以及应对困境时，如何协调学术与他者的关系，可以作为借鉴。人们有理由相信，刘师培在思想学术文化史上，是不会那么轻易地销蚀在时间的风雨之中的。

关于刘师培的研究，据李帆《刘师培与中西学术》“绪论”（北京师范大学出版社2003年版）、郭院林《彷徨与迷途——刘师培思想与学术研究》“刘师培研究概说”（凤凰出版社2012年版）等介绍，至今大致经历了四个时期，“1949年以前为第一个时期，是起始时期，文章主要论述生平事迹。1936年其主要著作由南桂馨、钱玄同等搜集整理，1939 年正式印成《刘申叔遗书》（74 册），掀起第一个研究高潮”；“1949—1979 年为第二个时期，是落寞时期”，研究成果大都在海外；“1979—1989 年为第三个时期，是渐兴时期”；“1989—今为第四个时期，是发展时期。这一时期大陆学者真正能用学术的眼光来研究刘氏，研究达到了一个高潮，数量相当于前三个时期的总和。刘氏的著述也大量印行，总集和选集共十六种。同时逐渐形成一支研究队伍，其中有朱维铮、汪宇、李妙根、方光华、赵慎修、经盛鸿、李帆、陈奇、万仕国、赵广洙、陈燕、冯永敏、胡志伟、宋惠如、朱冠华、李孝迁等一批中青年学者”，当然还应当包括郭院林教授。这一批研究者，我最为稔知的当属万仕国先生。他由编刘师培年谱、做补遗、点校《刘师培国学讲论丛书》，到整理《仪征刘申叔遗书》，以个人之力，做成了一位学术大师的多方位的文献资料库。这一系列成果，可以说即使作为专门研究者也不容易完成。

二、两代学人之间的彼此发现

杜预为《左传》做《集解》，人称杜预为“左氏功臣”，万仕国先生三十余年如一日从事刘师培文献的整理与研究，洵为“刘氏功臣”。

据《刘师培年谱·后记》可知，早在 1981 年，大学生时代的万仕国即有撰写计划，在徐复、张芷等老师的热情鼓励和悉心指导下，在《仪征文史资料》1984 年第 1 辑发表《刘师培》，于 1984 年 5 月得仪征市地方志办公室的资助，油印出约 10 万字的刘氏生平资料，作为毕业礼物，奉赠老师征求意见。我与仕国学长有一年同校时间，那时他与一批好学之士常来旁听徐复先生、钱玄先生等开设的古文献课程，但交往不多。尽管未能留在南京师范大学从事教学与科研工作，万兄在仪征市教师进修学校还是继续从事刘师培研究，很快在《文教资料》1985 年第 2 期正式发表了《刘师培年表》《刘师培专论目录》，署名万易。

由年谱入手，对作者及相关研究情况有较为全面的把握，再深入研究作品，可以说是一种十分有益而有效的研究途径。其时我与王强、万久富、孙叶锋等同学发起成立“扬州清学代薪会”，对扬学殿军人物刘师培有较多关注，万仕国的文章自然拜读，并写过读后札记呈交徐复先生。此后在江苏省语言学会年会等场合相见，仕国所言多涉刘氏研究。也时有成果发表，如《文教资料》1987 年第 5 期有《〈刘申叔先生遗书〉外佚作一组》，1990 年第 1 期有《刘师培与吴虞书——论小学经学门径》等。

2000 年以前，《刘师培年谱》已成稿，万兄谋求公开出版，“以此书为徐（复）先生寿”，徐先生也于 1999 年 11 月作序，多有称赞：“仕国君为申叔之同乡后学，从余学，有奇悟。时时以申叔事迹相告，并谓世多误传，失其本真，乃发愤广收材料，悉心排比，历二十年而成《年谱》一编。其于申叔生平，多所考证；所引资料，原原本本，甚便学者。观其所述，有实事求是之意，无溢恶溢美之辞。”万兄于 2000 年 4 月召开的“徐复教授九十寿辰学术讨论会暨中国训诂学研究会年会”上提交了《刘师培校勘方法说略》一文，所论翔实，为同辈所称。我知悉此事后，即转请供职刘氏家乡扬州出版机构的孙叶锋兄帮助，仕国兄的《刘师培年谱》终于在 2003 年由广陵书社推出。封面所录蔡元培先生语“向使君委身学术，不为外缘所扰，以康强其身而尽瘁于著述，其所成就宁可限量，惜哉”，陈平原先生语“生命历程体现了近代中国学人的追求与陷阱”，体现出对前辈学者“了解之同情”，“温情与敬意”。

《年谱》对刘氏“著述”做了详细著录与考证，并就“刘师培逝世后所刊行之著作及后学转述者，编为‘身后刊行著述’，为附录一；《遗书》所收手稿未刊载者，编为‘未刊手稿目录’，为附录二；周雁石《刘申叔未刊著述介词》，于刘师培研究有较高参考价值，编为附录三”等五个附录，为今后开展补遗工作和《遗书》的整理打下了坚实的基础。

《刘师培年谱》出版后，万仕国的刘申叔整理研究工作渐入佳境，广陵书社曾学文、孙叶锋先生等也适时提出整理《刘申叔遗书》，以形成真正意义上的《刘师培全集》

的设想。这与万仕国的愿望是相同的，但也可以说是“相当奢侈”的愿望。1984年起，万兄先后在仪征市教师进修学校、仪征市教育局、财政局、中共仪征市委办公室、政策研究室、人大办公室工作，作为“业余研究者”，他没有足够的时间和精力专门从事这一工作，更何况刘师培作为近代大师级又颇具争议的人物，著作宏多，研究范围非常广泛，而又散佚较多，当时还不能说都已发现，整理、出版真正意义上的《全集》，困难重重。万仕国提出先将已经发现的佚文收集起来，出版一本《刘申叔遗书补遗》，为今后编辑《全集》做一些基础工作。这个想法，得到了广陵书社的认同和支持。2006年2月，《刘申叔遗书补遗》被全国古籍整理出版规划领导小组列入《国家古籍整理出版“十一五”（2006—2010年）重点规划》。2008年，万仕国辑校、多达160余万的《补遗》隆重问世。

据《补遗·凡例》可知，全书分为“正编”“附录”“存疑”三编。以《刘申叔先生遗书》所未收、确信为申叔所作者为正编，共计547篇（部）；有关活动情况及他人记录申叔讲义等为附录，而报刊所载未可遽定为刘文者为存疑，后两编合计68种。这615篇（部）佚著中，包括刘师培未刊诗作，江南乡试墨卷，文学、历史、地理教科书，已刊未刊论文，书信，与《遗书》所收文章内容异文较多者，还有书籍序跋、按语、章程等等。最早的是光绪二十五年（1899）所作《和阮文达公秋桑诗并序》，最晚的是1919年去世前不久的《与陈钟凡书》。蒋寅先生在《中国社会科学报》(2010年4月22日)发文《一个有待于重新认识的刘师培——读万仕国编〈刘申叔遗书补遗〉》，评论说："感谢万仕国先生为刘师培遗著增添了如此丰富的内容。仅以数量而言，他的工作就使刘氏著述豁然增加了一倍。如果我们同意说，历史是叙述建构起来的，那么就可以说，人物是文献塑造出来的。一编《补遗》在手，我们熟悉的刘申叔先生，忽而膨胀得陌生起来，成了一个有待重新认识的人物。他的传奇色彩因《补遗》而刷新，吸引我们更好奇地去窥探，一个生于乱世，享年仅36岁的政治家、学者、教授、报人，如何在繁忙的社会生活中治学和写作。难道真的只有乱世才能诞育异才么?"蒋兄对两册《补遗》已有如此赞赏，如今读到皇皇十五册、多达600万字、由万氏一人利用业余时间整理的《仪征刘申叔遗书》，我真是无法以语言来赞赏，只能感叹"异才"遇到了"奇人"，当为隔代知音。这也是一种彼此的发现吧。蒋寅先生说，刘师培"成了一个有待重新认识的人物，他的传奇色彩因《补遗》而刷新"，由此引申一下，同样可以认为，万仕国先生也因为刘师培系列成果的出版，成就了他的"学术传奇"，他的学术文化贡献正在得到学术界的重新认识，南京师大聘他为兼职教授，可以说是一个新的起点。

三、旧籍整理的典范之作

刘氏好友南桂馨1934年起出资搜集整理，由全书校印执事人郑裕孚以及钱玄同、刘文典等相助，直至1938年才全部刊行，题为《刘申叔先生遗书》。全书收入刘师培著作74种，其中论群经及小学者22种，论学术及文辞者13种，群书校释24种，诗文集4种，读书记5种，学校教本6种，除一些白话文和论无政府主义的著述以及个别佚文外，可说是网罗殆尽，极大方便了学界的刘师培研究。

然而前人对《刘申叔先生遗书》也有一些议论。如关于所收文章的版权归属，《左盦外集》卷十四所收《王船山史说申议》一文，原据《黄帝魂》，而章士钊《秋桐杂记》指此文为己作，并进而猜测《遗书》中一些篇章可能出自其对祖上未刊著述的剿袭："窃念吾识申叔时，彼年不足二十，向后殚力革命，溷迹入官，距病没十余年中，殆无一日能安心伏案，从事著述。乃遗集广涉四部，卷帙夥颐，达到可惊阶段。吾意仪征刘氏，祖孙父子，伯叔兄弟，都治学有声于时，著录并未全行刊出。申叔承受遗产，左右逢源，殊不难择其精华，据为己有。以是，申叔集中，号称少作，而精湛遽能压服太炎者，吾甚窃疑，未必悉由己出。"（《辛亥革命回忆录》第一辑，中华书局1962年版，第232页）又如对所收论著的文字讹误问题，指既有原刊错讹未校正，也有新的排校舛误，且问题还相当的多。鲁迅 1927 年在广州做《魏晋风度及文章与药及酒之关系》的专题演讲时，曾多次征引刘师培《中国中古文学史》，1928 年当被问及何种文学史最好时，鲁迅的回答是："我看过的已刊的书，无一册好。只有刘申叔的《中古文学史》，倒要算好的，可惜错字多。"（《鲁迅全集》第十一卷，第 609—610 页，人民文学出版社 1981 年）今人殷孟伦先生《子云乡人类稿》也有《校读偶记——刘师培〈中国中古文学史〉里的错字》一文。今人李帆《〈刘申叔先生遗书〉编误举例》（《文献》2001 年第 1 期）一文，则做了较为系统的讨论。以上这些足以说明，《刘申叔先生遗书》大有整理的必要。

万仕国点校本《仪征刘申叔遗书》，参考其《整理例言》，可知主要工作有如下数项：第一，"本书以钱玄同编、宁武南桂馨民国二十六年印行之《刘申叔先生遗书》（简称'南氏本'）为整理底本。内容排序，今仍其旧"。而"每书新增《题解》，注明南氏本资料来源"。第二，增补了若干校记，或订正讹误，或列出异文，或交待相关内容。这是非常重要的部分。例多不举。并增补了南氏本的许多不足。此举一例，《左盦外集》卷十五《联邦驳议》，曾单独铅印。万兄据以校南氏本，于"或问曰方今江表之域"上补"或问曰行权之义"一节，计 1148 字。第三，于明显讹误、无歧义的异体字等则径行改正。第四，统一体例，

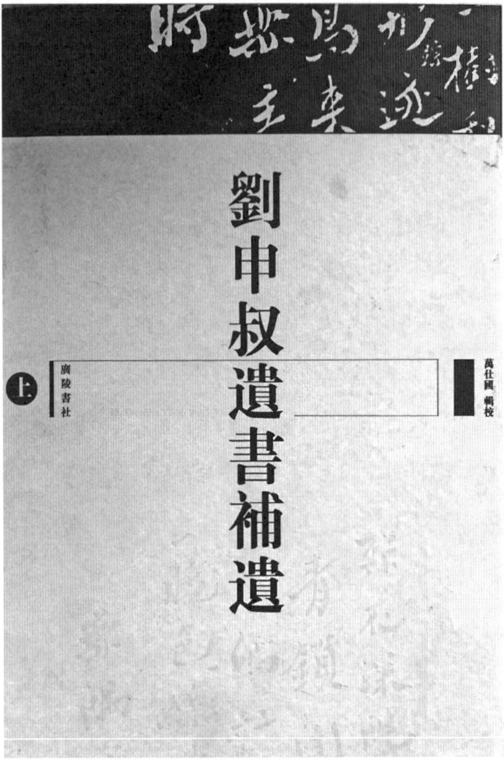

《刘申叔遗书补遗》书影

加上新式标点，分段，新编总目录等。第五，订正原作之误。“作者行文之辞有明显错误，且今可确信其误者，改其正文，且于校记中说明原字及改字。”“作者解释有误而非仅误字者，一仍其旧，而仅出校语以志疑。”第六，做技术性处理以便读。如将郑裕孚《刘申叔先生遗书校勘记》所校《白虎通义斠补》12 种“分录于各条之下，并于校记中说明”；吸收前人的成果等。第七，做《仪征刘申叔遗书引书举要》，以见参校之广；做《南氏本校者表》，以彰前贤之功。可见该书从学术角度，广搜文献，做详细考证，正讹补缺，分段标点，从总体上完成了对影印本的全面超越。万氏整理本体例完善，整理精当，成为内容完善、形式全新、资料可靠的读本，可谓嘉惠学林、泽及后世的旧籍整理典范之作。广陵书社多年以来，孜孜于古籍学术出版，在业界久负盛誉。《刘申叔遗书补遗》与皇皇六百余万字的《仪征刘申叔遗书》高质量的出版，显示了其作为古籍出版社的专业水准，尤属难能可贵。

原载《古籍整理出版情况简报》2015 年第 4 期

营造古籍整理精品的要义在于“敬畏”与“创新”

——写于《宋人轶事汇编》获奖之后

国家出版基金项目、周勋初先生主编的《宋人轶事汇编》（精装5册），上海古籍出版社2014年出版，近期荣获第四届中国出版政府奖提名奖。有关方面邀请周先生撰写文章，而先生将此重任交给我。周先生已有《体例创新附件完善——营造古籍整理精品的一些尝试》（原载《古典文学知识》2012年第5期，又载《艰辛与欢乐相随：周勋初治学经验谈》）、《唐宋两朝历史人物轶事汇编的编制》（《古籍新书报》第322期，2016年9月）等文，对该书的编纂缘起、过程、分工以及编写原则、学术追求等做了详明的表述，所以起初我颇有一些忐忑，后受鲁国尧先生在为拙书《段玉裁年谱长编》做序时所说“人之生、老、病、死的编年纪事谓之‘年谱’，书之孕、生、长、荣的编年纪事则可命名为‘书谱’”的启发，感到自己有幸成为《宋人轶事汇编》作者团队的一员，在成书的十多年中，耳闻目睹几位前辈先生的嘉言懿行，有责任为《宋人轶事汇编》留下一点做“书谱”的素材。笔者于1987年8月从事古籍编辑工作，2012年10月调入高校从事古籍整理与研究，今年正好三十载，深知古籍工作特别是出精品之艰辛。人生在世，存乎一心，心之所系，在于知所敬畏。敬畏自然万物，敬畏学术文化，敬畏祖国民族，敬畏父母师长。当人怀着敬畏之心从事古籍工作时，必然会心中有学术、守规则，下笔有规范、重程序，临事重情义、轻外物。因从“敬畏”“创新”与“情谊”出发，记述以下几点感受。

一、敬畏学术，崇尚使命

周勋初先生认为，文献整理是国家文化建设的基础工程，因此古籍整理者应有一种使命感，以传承祖国的优秀文化为荣。周先生是倡导者，也是践行者，在文献整理方面投入了大量精力，本书及姐妹编《唐人轶事汇编》以外，他还个人整理《唐语林校证》，主编《册府元龟》校订本等等，至今作为第一主编，仍主持《全唐五代诗》的编纂工作。可见他对中华优秀传统文化的赤诚情怀。

整理古籍的理念，周先生提出应在研究的基础上进行。他是这么认为的，也是这么切实做的。如短小精粹、熔文史于一炉的唐代笔记小说，一向未受到学术界应有的重视，甚至连研究唐代文史的人也关心不够，这势必会妨碍大家对唐代文学特别是唐传奇、唐代历史等领域研究的深入。周先生深感研究唐代笔记小说的重要性，在应中华书局之约撰写《唐语林校证》（1987 年版）和主编《唐人轶事汇编》（上海古籍出版社 1995 年版）的同时，对唐代笔记小说进行了系统而深入的探索，并将研究的成果汇总为《唐人笔记小说考索》（江苏古籍出版社 1996 年版）。2000 年，又在出版《周勋初文集》时，将《唐语林校证》中的附录《唐语林援据原书提要》扩展成了《唐代笔记小说叙录》一书，编入《文集》第五册中。

周先生认为，研究历史人物，如果仅依正史上的记载进行考察，则往往难以见到人物的个性与诸多侧面，也难了解其复杂的社会关系。“正史”以外的轶事，有着重要的研究价值，因此他组织团队编撰了《唐人轶事汇编》。而该书出版后，即获第二届全国古籍整理优秀图书一等奖，学术价值受到普遍认可，学术界又有了新编《宋人轶事汇编》的期待。这种“一人劳而万人逸”的工作，有着使命感的周先生，是不能不继续担当的。在《唐人轶事汇编》的三位工作人员另有科研任务的情况下，他决定重新组织团队上马。这就有了浙江葛渭君先生、南京师范大学周子来先生和我的参与。其时，我供职出版社，担任周先生《唐人笔记小说考索》的责任编辑，并参与《册府元龟》校订本的整理工作，欣喜有了向三位前辈请教的机会；同时，也深知有《唐人轶事汇编》做标杆，此书要想成为相称的姐妹篇，工作难度与压力是巨大的。

二、敬畏规范，创新体例

尽管有了《唐人轶事汇编》成功的经验，而精益求精的学术追求，又让周先生自然而然地有了新的目标和要求。新的《宋人轶事汇编》全书要以结构科学、材料可信与方便实用为最高原则，既要展现宋代文人的“群像”，便于读者认知宋代文化的整体特征，又能绘出独特的“个相”，让一个个人“活”起来。1998 年 8 月举行第一次工作会议，周先生详细介绍全书体例与工作要点，做了编撰分工，周先生主编并负责总体设计，《凡例》的确定，《前言》的撰写等；葛渭君先生以笔记小说为主，并做初步汇总；周子来先生以诗文集为主；王华宝以方志、谱牒为主，做《人名索引》等后期工作。

与《唐人轶事汇编》一样，《宋人轶事汇编》全书人物编排仿正史例，首列宋代诸帝及后妃、宗室、王子、公主，次列宋代各朝人物，大致以人物身份及其活动时代先后为序；末列不易确定具体时代者，则以所出资料的年代为序。全书以人为纲目，人物的事迹采取编年与分类相结合的方法排列，以显示人物成长的过程，并可见该人在其他方面的种种表现，年代不详者则大体按类编排。按照最高原则和新的体例，周先生要求对材料严加审辨，各书共记一事，则按照著作的先后或记载的完整程度排列；一事而涉及多人的记载，则用互见法加以解决。对材料的择取，集中于文史类典籍，原则上排除那些荒诞无稽的记载，但对涉及宗教与民间信仰，或与自然科学方面相关的特殊材料，“其记录名人佳话与反映社会风气者，则酌情采用”。全书力求在材料编排和处理等方面，更加谨慎而有序，体现出科学性；在研究方法上注意理论创新与文献考辨相结合，很好地运用比较法等，体现出学术性。

对于“创新”，除了《凡例》的谨严周详、材料的审慎考证要求外，给我触动很大的是周先生对学术性《前言》的自我苛求。先生说：“《唐人轶事汇编·前言》重点介绍笔记的价值、国史与笔记的关系、学术观念亟待更新等问题，《宋人轶事汇编·前言》要将重点放在论证唐代社会与宋代社会的不同，生活在不同时代的文士作风与观念有差异，这些如何反映在笔记之中。二者既要分别有其总体的叙述，显示两种书的不同文献价值，学者应如何对待，如何利用；还要相互呼应，说明唐宋两代人物的时代风貌。”周先生要写出能够与前书相匹配的学术性《前言》。这样做，对年已八秩的老人无疑有着不小的挑战。2010年，周先生拿出数十页密密麻麻的手写稿交给我打印、初读。其后先生修润分送几位同道征求意见，并由《中华文史论丛》2011年第3期以《唐宋人物轶事的不同风貌》为题刊发部分，以广泛听取学术界的意见。其间为了择选最有力的资料以呼应观点、反复查证原始资料、不断完善表述方式等，周先生数易其稿，耗费了大量精力。

《宋人轶事汇编》出版以后，有介绍称该书“前有二万字以上的学术性《前言》和谨严周详的《凡例》，后有详细的《引用书目》和方便的《人名索引》，真正实现了理论创新与实用价值相结合，客观评述与翔实考证相结合，为宋代文史研究提供全新的学术平台”。诚然，为了方便读者，周先生对《引用书目》与《人名索引》也特别关注，组织人力全面覆核引用文献的出处，并系统考核吸纳新出整理本的有关成果；对《人名索引》编排的科学性与使用的方便性等，均提出很高的要求。

三、礼敬前贤，追求卓越

民国丁传靖曾编《宋人轶事汇编》，那么后出当转精。新编《宋人轶事汇编》，在新的学术理念的指导和当代研究平台的支撑等有利条件之上，应当说可以从各个方面完成对旧著的全面超越。从结果的比较可以看出，在文献方面，丁书引用500余种，新书所涉近千种，大约是其两倍，搜罗更加系统和广泛，并有出处等；在所收人物方面，丁书有600余人，新书在2200人以上，为其4倍左右，反映宋代社会风貌更加全面和完整；在篇幅方面，丁书不到

70 万字，新书约 220 余万字，为其 3 倍以上，提供的资料更加丰富和翔实。

对于丁书与新书，如何评价与定位，周先生慎重落笔。在《前言》中，一方面，做到礼敬前贤，理解丁先生撰稿时代资料及研究方法等的局限，充分肯定丁书的文化贡献；另一方面，又对新书在结构科学、人物全面、内容丰富、材料准确、方便实用等诸多方面所做努力有较好的展示。如何客观呈现旧著与新书的关系，是学术史的重要课题。不少作者容易在前人缺席的情况下，忽视学术发展与科技进步所带来的各种便利，而只谈做了多少修改、有了多少提升，不够尊重前人的开创之功。周先生则理性客观，用较大笔墨揭示丁书的贡献，分析其产生不足的历史因素，对丁传靖先生表达出最大的“理解之同情”“温情与敬意”。

四、相互尊重，共创精品

做篇幅较大、历时较长的集体项目，容易因贡献大小、学术地位、署名以及经济问题等滋生矛盾。而本书的编撰则在周先生的领导下，大家协作分工，各尽所长，各竭所能，相互尊重，共创精品。该课题历十六年而愉快地完成，可以说功德圆满。

前期大家分工做资料长编，葛先生承担了笔记小说等方面辑录材料的任务，这是该书的关键，面大量广。2001

年10月，在南京大学集中讨论各人收集资料时遇到的问题，分析样稿。自2005年起，葛先生花费多年时间汇总纂成长编。周先生汇集各种意见，加工提高，2010年时，全书初稿完成。上海古籍出版社排出校样后，周先生又请葛先生细加爬剔，请周子来先生复看，并请南京大学博士生8人帮助查核出处、所用底本的文字差异等。因前期工作仍在材料排序、版本文字、标点等方面存有疑问，此后，周先生即请严杰教授帮助审稿。2013年3月下旬，周先生召集团队开会，讨论出版前的种种具体事务。大家通力合作，各竭所能，进展顺利。严杰教授在定稿阶段贡献很大，我曾建议共同具名，而周先生则表示遵守当初约定，不增加人员，在《前言》中说明严杰教授所做卓越贡献。严杰对老师非常尊重，做事认真负责，令人敬佩。

三位前辈此前并不熟识，因编撰此书积下深厚的情谊，更是令人感动。周先生常称葛先生是“今之古人”。起初我有一些奇怪，因为周先生是胡小石先生的弟子，见过许多学术大师，从不轻许于人，并且与非文教单位的葛先生此前并不相识，不知为什么如此看重葛先生。后来才知道，是上海古籍出版社赵昌平总编辑将葛先生介绍给周先生的，并说：“葛先生是一个古人，以后你一定会喜欢的。”此后三次集中讨论书稿，周先生对葛先生都照顾有加，并在稿费方面给予葛先生极大份额，周子来先生和我都欣然尊重周先生的决定。葛先生生活极为俭朴，没有什么嗜好，一直吃素，平时只是喜欢喝喝茶，周先生就常遴选好茶相赠，“学人之交醇如茶”。葛先生十多年来克服体弱多病，耗费大量心血，承担主体编撰工作，淡泊名利。通过前辈的亲身示范，我对“古人”的含义也有了真切的感受，并体会到周先生所说本书的编纂“处处散发出学术的芳香，值得珍惜”。做大项目，团队的氛围、相互的情谊也是出高质量成果的重要因素。

最后还想表达的是，一部好书，责任编辑所付出的辛劳也是不可遗忘的，编辑出版的流程对保障图书质量仍起到很好的作用。该书得到出版社历任领导的高度重视，责编郭时羽、刘赛认真负责，投入了大量精力。记得2014年6月23日，刘赛发来邮件，近2500字，讨论“引书问题”即列了“编辑已处理之宏观问题”2条，“编辑无法代做决定，请整理者处理的问题”22条，“其他编辑已核改之具体条目举例”5条；讨论“正文需处理问题”三类5条。可见出版社团队认真负责，为提高书稿质量做了不少工作。

经过长达十六年的努力，《宋人轶事汇编》终告完成，三位耄耋之年的老人倍感欣慰，学术界也给予赞扬，王水照、侯体健先生评论说：“新编《宋人轶事汇编》，传续《唐人轶事汇编》的编撰精神，不但注重材料的丰富，也兼顾可靠性，在广搜博采的基础上精挑细选，由博返约，展现了一幅姿态万千，骨肉饱满的宋代人物书卷，如果要欣赏宋人风度，体味宋人情怀，感受宋人的雅致生活与书卷气息，此书恐怕比《宋史》更为合适。”（《活泼灵动的宋代人物画卷》，载《中华读书报》2014年12月31日）该书是否能为进一步推动宋代文学、史学的研究作出贡献，当由广大读者评论。我衷心希望《宋人轶事汇编》能成为喜爱中华传统文化者的案头清供之选，因为该书布脊纸面精装，既美观大方，又坚固耐用，封面题签集苏轼字，贴合“宋代”主题，封面图案亦取自宋画，可以说从内容到形式，作者方与出版方均精心打造，努力为读者营造古籍整理精品，奉献好书。也祝愿周先生和葛渭君、周子来先生健康长寿，为人民的美好生活提供更多更好的精神资粮！

原载《古籍整理出版情况简报》2018年第2期，《古典文献研究》第21辑上卷转

博学者之实功　整理者之津逮

——读《〈周礼正义〉点校考订》有感

清代著名学者杭世骏著有《订讹类编》及《续补》，汇集其多年的读书心得，同时录存他人的考证文字，类分十七，短者十余言，长者三四百字，因而被民国学者刘承干称为“博学者之实功”。今读针对孙诒让《周礼正义》点校本的考辨之作、颜春峰与汪少华合著的《〈周礼正义〉点校考订》（中华书局2017年3月版，以下简称《考订》）一书，刘先生之论深获我心，并以为《考订》可视为古籍整理者如何有效避免失误、古籍编辑如何审读稿件的示范之作，并提示我们思考当代古籍整理中的一些问题。

一、精选底本，慎用他本做工作本

古籍整理宜重学术史的梳理，选择最恰当的版本，然后进行整理。而古籍版本情况复杂，善本又有“三性”（历史文物性、学术资料性、艺术代表性）和“九条”（对“三性”的具体化）等说，广义与狭义之分等，具体到某一具体古籍，因传承文化或目标读者的不同，整理时所用的底本，则更是千差万别。

孙诒让《周礼正义》旁征博引，对《周礼》作了总结性的研究，梁启超在《中国近三百年学术史》中称赞该书“是清代经学家最后的一部书，也是最好的一部书”，可见该书的学术文化价值与出版价值之高。中华书局 1987 年推出王文锦、陈玉霞先生的点校本，校改 200 多处，嘉惠学林。而该点校本在底本与工作本的选择上，据该书的《本书前言》“我们的做法是：以乙巳本做底本，以楚本做工作本”，似给整理工作本身留下了隐患。王、陈先生在《本书前言》中说明《周礼正义》共有四种本子。第一种是 1905 年孙氏家藏铅铸版初印本（乙巳本），第二种是 1931 年的湖北篴湖精舍木刻本（楚本），第三种是 1936 年上海中华书局《四部丛刊》排印本，第四种是 1933 年商务印书馆《万有文库》排印本。并说明了这样做的原因，即“乙巳本是经过孙氏亲自校定的本子，错字最少，自应据之点校。唯此本印刷粗劣，模糊不清，许多字很难辨认，况且小字密排，也难施标点。楚本字大纸白，刻印清晰，唯错字甚多，且每有窜易孙氏原文者”。实际上，《周礼正义》的版本较为复杂。第一，乙巳本与楚本异文甚多。据《考订》说“全面考察楚本七百多处的校改，发现误改竟超过44%”（见《考订》第3页，下同），说明两本的文字差异多达700处以上，而且校改之误超过300处。“把楚本改成乙巳本”，即将工作本改为底本，这一整理方式，涉及文字正误的问题，需要进行学术性的判断，王、陈先生“据楚本改乙巳本并出校，有152处”（第22页），已做了一些工作，然还是留下一些遗憾。《〈周礼正义〉楚本、中华本误改辨正》（原载《复旦学报·社会科学版》2014年2期）揭示14类28例的误改，其中很多条底本乙巳本不误，即底本与工作本不一，而误从了工作本楚本。

第二，台湾师范大学图书馆藏有孙诒让《周礼正义》批校本。据颜、汪研究，其校勘价值有五个方面：（一）楚本对乙巳本的正确校改，有471处与孙校本相同；（二）孙校本178处正确校改未被楚本采纳；（三）楚本9处校改与孙校本有出入；（四）孙校本引文有所权变而不墨守；（五）孙校本偶有误改。（见《考订》第21页）

尽管因为时代的因素，王、陈先生不可能有机会获睹孙校本，后人更不可因此而厚责前辈，而该书所呈现的版本、底本及工作本之间复杂关系之问题，古籍工作者当可从中获得一些借鉴与启发。

此外，古籍整理中也有“不主一本，择善而从”的情况。有古籍整理经验的人都知道，具体操作时总会用一个本子作为工作本。此时，选择工作本的学术眼光非常重要，如选择不当或工作中稍有闪失，必然遗留下该工作本独有的讹误。如点校本《三国志》据四种版本择善而从，据先师吴金华先生研究，实以讹误较多的金陵书局活字本为工作本，尽管校改很多，然遗误也多。由此可知，一般情况下，确定了底本，忌用其他版本做工作本。不主一本时，也应选择改动最少的版本做工作本。

二、重视对校，探讨致误之由

校勘是指对某种古籍进行校读勘定，使之复原存真，为阅读或研究提供一种接近作者原作的文本的学术工作。古籍校勘方法，历史学家陈垣先生在总结前人经验的基础上概括为四种，即对校法、本校法、他校法、理校法。方法虽耳熟能详，但实际运用却未必能做好，所谓知易行难也。《考订》一书，前为《考证》五篇，后为《订补》六个部分，实由2000多条校勘记组成。

作者在研究的基础上，进行全面系统的校理。撰写论文约20篇，汪少华撰《〈周礼正义〉点校琐议》，载于《吉安师专学报》1993年第3期，距今已有20多年，可见他们的学术积累时间之长。此外，全新的《周礼正义》（《孙诒让全集》本）整理本，也已问世。作者对全书的版本校勘以及对大量引文的校核，触处可见，此不细述。作者将实践经验作理论升华的良好意识，应当给予高度肯定。如十分重视《周礼正义》历次印制过程中的校改失误，分析其致误之由，以资借鉴。系统讨论楚本、中华本的误改，由楚本的近 300 处误改、中华本的近 20 处误改，归纳了不注意校释术语、表述方式、用字规则、词义、孙氏之校、所据版本，以及不追究僻义、不据原书改正引文讹误、不核原书擅改引文、所据失实、引甲书而据乙书擅改、转引而据原书回改、强求本句字面对应、误解所指等 14 种类型。前人早有总结误例的做法，可以说该书又增添了不少新的讹误类型与误例。

三、避免破句与判断引文起讫

古籍标点的目的，是要帮助读者准确无误地读懂古书。这就要求人们在标点古书时必须从语言的结构和语言所表达的内容两个方面来考虑，用标点符号把句子之间的关系、语气和应该停顿之处，准确而清晰地表现出来，将作者所要表达的内容明白无误地体现出来。然标点之复杂，特别是《周礼正义》的标点之难，是学界公认的。作者转引乔秀岩的评论："《周易正义》点校本给我们带来的舒适与快乐，凡是读过的人莫不深有体会。"（《考订》第 71 页）借以表达对前辈学者的尊敬。同时对 200 余处破句进行归纳，列举 55 条，提出 11 条"避免破句的要求或要点"。

引文起讫，看似简单，实非易事。作者《从〈周礼正义〉中华本谈引文讫止的判断》一文，也分十类列举了近90条，十个条例具有一定的共性，兹引如下：一、注疏须与经文关键词眼对应；二、疏解须与所据引文对应；三、知悉孙疏常用语；四、引某说仅有引文和注释却无论述，则其论述极可能误标在引号外；五、引若干旧注为证，则不容其中一句为孙疏；六、疏文过短，与下文语义联系较紧，则下文很可能仍是疏文；七、叙述与所引不对应，则引号有误；八、夹引夹叙时会有对应句子；九、区分郑司农、郑玄、杜子春注的界线；十、注意引文讫止的关键词。第十条又细分出“之等”“之属”总束引文等八类。

四、对当代古籍整理的启示

上述三个方面为《考订》一书的主要内容，揭示孙氏遗误、重要版本异文及点校本可商之处达2000多条。除了具体的结论可资借鉴，似又启发我们进一步讨论当代古籍整理的一些问题。

一是态度与能力。一部古籍的整理质量高低，既与整理者的态度与能力大有关系，也与出版方的把关大有关系。具备能力，又态度认真，应当是最基本的要求。而在当下，作为有关各方，是否都有足够的思想准备和知识结构，是否都能在传承发展中华优秀传统文化这个问题上形成足够清醒的理论认知，这不是一个复杂的理论问题，但却是一个紧迫的现实问题。

二是整理与研究。周勋初先生整理的《唐语林校证》，被中华书局赵守俨先生称为“当之无愧的在研究的基础上进行整理”的著作。可见，“应该在研究的基础上进行整理，这样才能保证不失水准”（周勋初先生语）。汪少华与颜春峰长期从事训诂学、古代典籍与文化的教学和研究，从 1991 年开始整理《周礼》，后来重新点校《周礼正义》，申报高校古委会课题“《周礼正义》点校本订正”，到 2015 年，合作或分别发表了近 20 篇论文。他们是在古籍整理过程中进行研究，在研究基础上进行点校整理，故能在《周礼正义》的版本、校勘与标点多方面，提出不同的观点，发人之所未发。如他们指出，点校本《周礼正义》第 8 册存在校对漏误 93 处：乙巳本正确，因漏校而误从楚本；乙巳本错误，因漏校而从楚本；校语失考；乙巳本、楚本讹脱衍误同而失校（涉上下文而讹，形近而讹，义近而讹，脱文，衍文，倒文，出处错误）；乙巳本、楚本不误，排印错讹。

三是继承与创新。古籍整理工作既要创新，能在前人或他人的基础上有所提升，更需要做好继承工作，与前人或今人相关成果相印证，吸收所有已有的正确的研究成果。而这种考镜源流的工作，实际上很难做好。当前有一些所谓的古籍整理新成果，并未能充分吸收前人特别是乾嘉学者的成果，留下不少缺憾。《考评》有意识地全面搜罗文献，汪少华赴台湾师范大学图书馆阅览了孙诒让的批校本，过录了全部批校，在材料上有所超越。又能对时人陈汉章、刘兴均、朱小健、王魏莉、姚金泱等的相关成果，悉为采纳或辨证，集研究之大成。对乔秀岩帮助核实材料，裘锡圭发现的13处问题，网上署名“檀弓”可用5处材料等，也做如实揭示。本书作者礼敬前贤，尊重同道，又重视积累、实证，等等，都显示出敬畏学术的态度和严谨的学风。

四是学术与考评。古籍整理领域有一现象，即能者不为，为者不能，有时表现为有能力者无机会，有机会者无能力。解决这一问题，一方面需要提高专业工作者传承发展中华传统文化的自觉性，以整理古籍工作为荣，另一方面也涉及当前对专业人员的考评机制问题。从政策层面来说，古籍整理工作很难出成果，又长期以来没有受到应有的重视，许多学校和科研机构将古籍整理著作排除在科研成果以外，或降等打折区别对待，极大地影响了学者从事此项工作的积极性。从出版社角度看，古籍编辑是孤独的，冷板凳一坐就是一辈子，付出很大的精力，承受巨大工作压力的同时，生活也多辛苦。这就需要各方重视，形成古籍整理与出版的良性生态，从政策层面让有能力的人愿意做，并有机会做。

现代社会需要以优秀传统文化滋润心灵，而古籍整理是传承发展中华优秀传统文化的先导工作。时至今日，我们有条件、也有必要在现代学术水平、新理论的指导、众多新发现的资料和科技高度发达等的基础上，以严谨认真的态度，对传世的古籍进行新一轮的整理，以期获得新的进展，为弘扬中华优秀传统文化提供最为可靠的文本。汪少华、颜春峰比勘乙巳本和楚本，并参考收藏于台湾师范大学的孙诒让批校本，对中华书局“清人十三经注疏”点校本作了全面梳理，撰著《考评》一书，并由中华书局出版，这为进一步完善《周礼正义》的点校提供了确切依据，也给古籍整理工作提供了有益的借鉴。

原载《书品》2017 年第 4 期

第三辑　前言序跋

《古文献问学丛稿》前言

在学习古典文献和从事古籍编辑工作的过程中，对遇到的古籍整理和词语考释等问题做点札记，或就具体问题做点研究，并将一得之愚诉诸笔端，一晃已二十多年。近时从业已发表及尚未刊出的丛稿中选取部分以考据为主的文章编成一集，是为了便于向广大读者请教，同时作为对无数曾关心帮助我的师友的回报，作为敬奉先师徐复先生、钱玄先生在天之灵的一瓣心香。

本集共收文稿 30 篇，约分为四组：第一组主要是对中华书局点校本《史记》进行的较为全面的探讨；第二组主要探讨《汉书》《后汉书》《三国志》《晋书》《水经注》等史学文献在整理、考释等方面存在的一些问题，以及综合研讨中国书院志的学术价值；第三组主要探讨《全汉赋》《文选》《搜神记》等文学文献在整理研究方面存在的一些问题；第四组（附录部分）对学术大师章太炎、黄侃、徐复等先生学术特色和学术成就进行研讨。下面对一些主要文章做点介绍。

《〈史记〉新整理本刍议》是2002年4月参加中国史记研究会第一届学术讨论会的论文。当时我正在以《史记》金陵书局本与中华书局点校本作全面的复校工作，已感到点校本与其底本金陵书局本有很多异文。经过一番思考，认为“对《史记》有重加整理的必要”，并提出“宜从文字正确、校勘精当、内容完整、体例科学、标点准确、体现现代史记学研究水平等方面着眼”的建议。此后便在赵师生群先生的指导下，对《史记》做较为全面系统的校勘工作。对校工作用了11个月，然后用了半年的时间，将张文虎《校刊〈史记〉札记》与点校本逐条对比一遍，同时广泛收集《史记》研究的各种成果，特别是最新成果，做了20多万字的读书札记，至2004年初，完成博士学位论文《〈史记〉校勘研究》（2013年台湾花木兰文化出版社出版）。过去学者对点校本十分信从，甚至有迷信倾向。而从中华书局新近披露的材料看，宋云彬先生以清金陵书局本为工作底本，参考顾颉刚先生等的整理本，进行校勘标点，最后形成了《史记》点校本（修订本已将“原点校本”署名为顾颉刚、贺次君、宋云彬、聂崇岐）。笔者根据掌握的材料，进一步说明“点校本存在着底本校对不精，某些文字处理不合古籍整理规范，漏校、误校不少，已有研究成果吸收不够，标点可商之处不少等一系列问题。因此，有必要在科学的方法指导下，充分吸收学术新成果，对《史记》文本重新进行较全面而系统的宏观考察和微观剖析，推出新的《史记》整理本”。同时指出“对任何筚路蓝缕者都不应该提出过高的要求，点校本发挥的历史作用仍不容低估”。第一组论文基本是近几年的读书札记，多为散论，而《试论〈史记〉校勘的原则》一文，则试图讨论《史记》校勘中的一些观点、方法和原则，希望丰富校勘学理论特别是古文献学基础理论。该文提出的八条原则：（一）编纂体例与史书校勘有所区别的问题；（二）史料辨别与底本是非的处理原则；（三）疑案考辨与文字校勘的关系问题；（四）训诂修辞与文字校勘的区别问题；（五）对待班马异同的原则问题；（六）版本异文与语言文化研究的关系问题；（七）有谬必纠与疑古过勇的关系问题；（八）实事求是、多闻阙疑的原则问题，多数为古籍校勘工作中共性的原则问题。《点校本〈史记〉正文校议》则分类讨论《史记》正文中200多条疑误之处。需要说明的是，做《正文校议》时力求系统全面，故所举条目与本人其他文章不避重复交叉，现在各文收入一书，则不应重复，因此对相重条目尽量删除，另有《〈史记〉整理平议》等文也未收入本集。

《〈汉书·五行志〉考论》主要从三个方面进行讨论：一、中华书局标点本《汉书·五行志》整理中存在的问题；二、从《汉语大词典》中存在的立目释义和书证问题等，谈《汉书·五行志》的语料价值，藉以显现“五行志”的文献价值；三、对“五行志”一目的设立的基本认识及其价值重

王华宝《古文献问学丛稿》书影

估。《南京图书馆藏〈三国志〉版本简论》是2002年11月在复旦大学召开的首届《三国志》国际学术研讨会提交论文，通过对言南金批校本《三国志》等的初步调查，说明“不少《三国志》版本至今沉睡在各个图书馆，有待当今学者去进一步探讨”，“换一个角度看，《三国志》整理研究仍大有可为”。《〈水经注〉新整理本之考察》，对20世纪后期问世的五种《水经注》新整理本逐一加以考察，探讨各本之得失；《三版〈水经注〉标点商兑》，对三个新整理本共同存在的26条标点问题细加剖析；与王勇博士合撰的《〈水经注校证〉校读札记》，对2007年新出版的整理本提出一些疑误之处加以商讨。这种跟踪研究，或对郦学研究、对编纂适应时代要求的《水经注》新版本不无益处，对当今古籍整理研究工作不无启发。我个人保守地认为，就古籍整理来说，做到底本选择得当，参校版本合理，吸收成果到位，富有个人创见，体例基本完善，标点比较准确，即可以算是“一次新的攀登”，体现当代最高整理研究水平。

汉赋与《文选》的研读，主要是为了自我训练，满足阅读兴趣。当时做了许多札记，仅整理出几篇小文。《赋体文献与〈历代赋汇〉》则有些职务发明的意味。凤凰出版社重印《历代赋汇》，姜小青总编辑请程章灿撰写《赋学文献综述》、请王琳等编撰《辞赋研究论著索引》，考虑到何新文先生曾提出“一些规模较大的总集如《全汉赋》、重印的《历代赋汇》等，还没有来得及编附‘篇名索引’

和‘作者索引’之类应有的资料。如此等等，当然有待于进一步修订和补充”。本次重印《历代赋汇》则尽力弥补此不足，由笔者增加“《历代赋汇》作者与篇名索引”。然书中的疏失给编制索引就带来不少的麻烦，我参考有关文献和工具书，在索引中加了一百余条按语。本文举出一些误例，如“本书所标作者姓名及所属朝代多有讹误”“本书所收赋有缺作者姓名者”“有缺作者所属朝代者”“本书所收赋有误分一篇为二篇者”“有前后重收者”，还有“一人误分为数人”，等等。《汉魏六朝语词研究考论》是古文献整理与古汉语研究、辞书编纂相结合的一篇习作。通过考释部分词语，结合《汉语大词典》等大型工具书在立目、书证溯源、释义等方面的可商之处，讨论了汉魏六朝文献整理中存在的问题，并强调应当加强对汉魏六朝文献尤其是汉赋语言研究的重视。《搜神记》的校读工作始于20世纪80年代中期，持续至今。《〈搜神记〉汪校补正》是本集中发表时间最早的一篇习作，在吴金华老师的指导下修改多次，老师的恩情至今难忘。至于该文后来列入一些目录或参考文献，为一些《搜神记》整理本所采用，那当然是过于所望的事情。续作四篇，亦是不断关注此书的结果。李剑国先生辑校的《新辑搜神记》，运用新的古籍整理方式，为学术界提供了新的《搜神记》读本。初读之后，我就思考可否将《新辑搜神记》作为一种范例来研究，探讨这种整理方式对《搜神记》是否合适，可否推及其他古籍，新辑本辑校原则与方法是否得当，重新分类编排是否得当，对各种文献的取舍、异文的取舍有无问题，在文字校勘和标点断句方面是否到位，等等。因正在做其他事，一时还无法成文。略记于此，希望同好者来共同探讨。

至于研讨章太炎、黄侃、徐复先生等学术大师的治学特色和学术成就，是为了寻求读书学习的方向感。通过与这些大师的亲近，来感受悠久的学术传统，寻求厚重之所在，以不断反省，有所依归。《一代宗师徐复先生》一文中所说："了解老一辈学者的学术经历和学术活动，学习他们的研究成果和治学精神，探讨他们的学术贡献，继承并弘扬前辈的优良学风，无论是对推动具体学科的发展，对端正当代学术方向，还是对弘扬学术文化精神等，都有极大的促进作用。"最能体现我的想法。

过去撰稿，虽说不够成熟，但多有老师审阅把关，一般不会有什么大的问题。现在下笔时不乏自信，可过不了多久就会发现有些地方应当补充甚或修正。虽说是与时俱进，"觉今是而昨非"了，但对自己写的东西总感到难以满意，故而又有些不敢出手了。积累的疑问渐多，读书的压力就更大。借本次结集出版的机会，向广大读者请益，敬请专家学者惠予指教。

原载《古文献问学丛稿》卷首，中华书局2009年版

《四书集注》整理说明

由孔子创立的儒家学说，自汉武帝“废黜百家，独尊儒术”之后，长期居于正统地位，体现儒家思想的经典，也就成为人们修身治世的思想准则和行为规范。“四书五经”为儒家经典的象征，是了解和研究儒家思想乃至中国传统文化不可或缺的著作。而朱熹的《四书集注》，是宋代理学的代表作之一，是宋代以来封建科举考试的教科书，其思想影响我国有数百年之久。可以认为，《四书集注》是人们学习和研究中国传统文化的基本著作，也是我们普及中国传统文化的最好读物之一。

一、朱子及其学说

朱熹，字元晦，一字仲晦，号晦庵，又号晦翁，晚号遁翁，别称考亭、紫阳等。祖籍徽州婺源（今属江西），出生于南剑州尤溪（今属福建）。生于南宋高宗建炎四年（1130），卒于南宋宁宗庆元六年（1200）。绍兴十八年进士，官至焕章阁待制。去世数年后赐谥为“文”，世人尊称“朱文公”。朱熹是我国古代最博学的大学者之一，他在哲学、经学、教育、语言、文学、地理、考古、自然科学等方面均有重大贡献；朱熹又是我国古代继孔子之后影响最为深远的思想家、教育家之一，其思想体系在中国思想史上以“致广大、尽精微、综罗百代”（见清全祖望《宋元学案》）著称。他在理论上以孔孟之道为本，又继承并改造了两宋期间的主要流派，包括周敦颐、程颢、程颐、张载等各家之说，成为宋代理学的集大成者。

朱熹的思想学术内容丰富，这里不多介绍，只简要探讨一下其经学特色。尽管《四书集注》重视阐发义理，是以义理解经的代表作，但朱熹也重视汉唐注疏。其注经方法如其在《论语训蒙口义》中所说：“本之注疏以通训诂，参之释文以正其音读，然后会之于诸老先生之说，以发其精微。”自义理之学兴起，宋代学者多以为得孔孟不传之统，对汉儒注疏颇为鄙薄，而朱熹未受此局限。他在注解《四书》时，字斟句酌，反复修改，力求通达和洗练。而有意识地将训诂与义理结合起来，可以说是朱熹对中国经学的一大贡献。钱穆先生评价说：“朱子于经学，虽主以汉唐古注疏为主，亦采北宋诸儒，又采及理学家言，并又采及南宋与朱子同时之人。其意实欲融贯古今，汇纳群流，采撷英华，酿制新实。此其气魄之伟大，局度之宽宏，在儒学传统中，惟郑玄堪在伯仲之列。惟两人时代不同，朱子又后郑玄一千年，学术思想之递衍，积愈厚而变益新。朱子不仅欲创造出一番新经学，实欲发展出一番新理学。经学与理学相结合，又增之以百家文史之学。”（《朱子新学案》）这较好地揭示了朱熹注经的特点。

朱熹一生著述极为丰富，是中国历史上著作最多的儒家学者之一，《宋史·艺文志》中著录者有四十余种，未著录者尚有二十余种，另外由其弟子或后人编纂的著作也有二十余种。最重要、最有影响的，当推《四书集注》《朱文公文集》《朱子语类》《朱子家礼》等。

朱子学说对后世影响深远。宋代嘉定五年（1212），朱熹《四书集注》被列为国学必读教本；淳祐元年（1241），理宗下诏学官将朱熹从祀庙堂。元代至元元年（1335），惠宗下诏建朱熹文庙，次年封为齐国公。明代永乐十三年（1415），由成祖作序的《四书五经大全》颁行于天下，为科举取士的必读书；景泰、嘉靖二朝，朝廷推行祭朱制度，与祭孔相同，每年享春、秋二祀。清代康熙五十一年（1712），下诏升朱熹配祀孔庙“十哲”之列，入大成殿立牌，康熙又命李光地等编撰《朱子全书》《性理精义》，并亲自作序，颁行全国。朱熹学说，不仅成为中国的国学，而且自 14 世纪开始，就已相继传布于日本、朝鲜等国，日本从德川幕府时代起，就以朱熹学说为官学；朝鲜的朱子学更以四书学为主。如今，朱熹学说已为国际学者所重视，“朱子学”成为国际学术界所关注的课题。

二、关于《四书集注》

《四书集注》是《四书章句集注》的简称，是宋代理学的代表作之一，包括《大学章句》1卷、《中庸章句》1卷、《论语集注》10卷、《孟子集注》14卷（或分为7卷）。朱熹编撰《四书集注》，前后凡40年，直至去世前仍在修改，可见用力之深。《大学》与《中庸》原是《礼记》中的篇章，至宋代时为理学家所重，被单独抽出。朱熹对二书加以注释，前加“序”，每章之后又进行总括。尤其是《大学》一书，朱熹以程颐的《改正大学》为底本，将《大学》分为“经”1章，“传”10章，重新编排了章节。为了阐释理学思想，还按照自己的观点编撰了一篇“格物传”补入《大学》中。朱熹对《大学》《中庸》的注释以直抒己见为主，故称为《大学章句》和《中庸章句》。《大学章句》内容丰富，有“大学之道，在明明德，在亲民，在止于至善”三纲领，有“格物、致知、诚意、正心、修身、齐家、治国、平天下”八条目，是理学之伦理、政治、哲学的基本纲领，包含了理学的主要内容，所以朱熹认为《大学》是“初学入德之门”。《中庸》是“孔门传授心法”的重要著作，含有儒家相传的思想原则，“中庸”是道德行为的最高标准，《中庸》所提出的“博学之，审问之，慎思之，明辨之”的学习过程和认识方法亦为朱熹所推重。《大学》和《中庸》在朱熹的思想体系中，占有很高的地位。《论语》《孟子》二书，分别记述孔子、孟子及其弟子的言语行事，是反映孔、孟儒家思想的基本著作，在中国思想史上占有重要地位。因为在注释《论语》《孟子》时，朱熹大量引用了程颢、程颐及他人的说法，所以二书以《集注》命名。

关于四书次序及读法，《四库全书总目》称：“定著四书之名则自朱子始耳。原本首《大学》、次《论语》、次《孟子》、次《中庸》。书肆刊本以《大学》、《中庸》篇页无多，并为一册，遂移《中庸》于《论语》前。明代科举命题，又以作者先后移《中庸》于《孟子》前。然非宏旨所关，不必定复其旧也。……大抵朱子平生精力殚于《四书》。其剖析疑似、辨别毫厘，实远在《易本义》《诗集传》上，读其书者要当于大义微言求其根本。”可以参考。

《四书集注》体现了朱熹的“道统”观。朱熹继承二程的观点，非常尊崇《孟子》和《礼记》中的《大学》《中庸》，以此三者与已成为经典的《论语》并列。他在《大学章句》中推论说，《大学》中“经”是“孔子之言而曾子述之”，而10章“传”是“曾子之意而门人记之”；在《中庸章句》中认为，《中庸》是“孔门传授心法，子思恐其久而差也，故笔之于书，以授孟子”。朱熹认为，儒家之道由孔子创立，再经曾参、子思传至孟子，形成儒家道统。而其后道统中断了。直至宋代，才出现程氏两夫子程颢、程颐“有以接乎孟氏之传”，再加上朱熹本人，道统才得以继续。这样就将程朱理学与儒家经典紧密联系起来，从而抬高了程朱理学的地位。《宋史》卷427“道学”传序称：“迄宋南渡，新安朱熹得程氏正传，其学加亲切焉。大抵以格物致知为先，明善诚身为要，凡《诗》《书》六艺之文，与夫孔、孟之遗言，颠错于秦火，支离于汉儒，幽沉于魏晋六朝者，至是皆焕然而大明，秩然而各得其所。此宋儒之学所以度越诸子，而上接孟氏者欤。其于世代之污隆，气化之荣悴，有所关系也甚大。”由此可见，《四书集注》在中国理学史和中国思想史上占有重要地位。

三、《四书集注》的版本与本书整理

《四书集注》于朱熹在世时曾多次修改，其最早刻本、最后定本现在均不可见，后世翻刻本不计其数。清嘉庆十六年（1811）所出吴县吴英、吴志忠父子刊印本，以多种古本和宋元人所作注释本相校，是现存较好的校订本。中华书局曾以此为底本出版过繁体竖排本。本书以吴氏校订本为底本，加以整理。全书简体字横排。经文部分，依照原书先后次序按章节单独排列，《论语集注》和《孟子集注》的每章节前加上序号；朱熹的双行注解，按其在

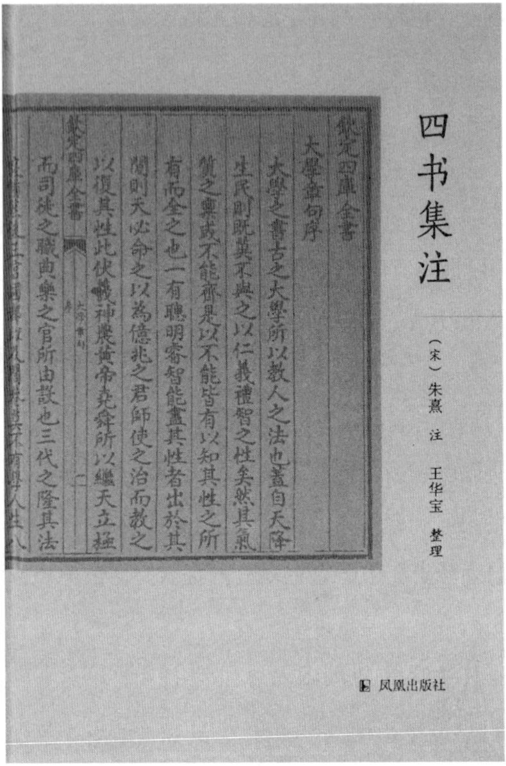

朱熹《四书集注》书影

文中出现的位置分别编出对应的数码，排在该章节正文之后。《论语集注》和《孟子集注》原分卷次，因无实际意义，今皆删去。清康熙时内府仿宋刻大字本《论语序说》后有《读论语孟子法》一文，全系引用二程之说，可以参考；底本原附吴志忠《四书章句附考》四卷、吴英《四书家塾读本句读》一卷，因参考价值不大，均予以删去，而吴英《附考序》及《四书章句集注定本辨》二文，对《四书集注》版本的论述等可以参考，予以保留。书中的讹衍脱倒，校点整理时参照众本，予以改正，不出校记。繁体字一般改为简体字，异体字等也尽量规范化，可能引起歧义的则不改；涉及注音的，如“辟”音“闢”、“舍”音“捨”，则保留“闢”“捨”。本次整理，我们参考了中华书局版《十三经注疏》《四书章句集注》，以及多种新旧《四书集注》本、相关《四书》与经学研究成果等，清华大学博士生导师彭林教授为新整理本撰写导读前言，在此一并谨致谢忱。

本次整理力求文字正确，标点准确，篇章条理清晰，版式疏朗醒目，便于阅读了解。限于学识和时间，体例或未完善，校点或有不当，谨祈广大读者批评指正，以便再版时修订。

原载凤凰出版社版《四书集注》卷首

《诗集传》整理说明

一、关于《诗经》

《诗经》是我国第一部诗歌总集，原名《诗》，或称“诗三百”，有305篇，另有6篇笙诗，有目无辞。《诗经》主要收集了周初至春秋中叶五百多年间的作品。最后编定成书，大约在公元前6世纪。传为孔子删订。《诗经》分为风、雅、颂三类。风即音乐曲调，十五国风即这些地区的地方土乐。十五国风共160篇，包括周南、召南、邶、鄘、卫、王、郑、齐、魏、唐、秦、陈、桧、曹、豳，大部分是黄河流域的民歌，小部分是贵族加工的作品。“雅”即正，指朝廷正乐，西周王畿的乐调。雅共105篇，分为大雅31篇和小雅74篇。“雅”基本上是贵族的作品，只有小雅的一部分来自民间。颂是宗庙祭祀的乐歌，许多是舞曲。颂共40篇，分为周颂31篇、鲁颂4篇、商颂5

篇。“诗”最初都是乐歌，只是由于古乐失传，后人已无法了解风、雅、颂各自在音乐上的特色。

爱情与农事、怨刺与燕飨、风俗与婚姻、战争与徭役、祭祖与赞颂英雄，为《诗经》的主要内容，深刻反映了西周初至春秋中叶社会生活的各个方面。《诗经》可以说是一轴巨幅社会画卷，是周代社会的一面镜子，当时的政治、宗教、经济、军事、文化以及世态人情、民俗风习等等，在其中都有形象的表现。

《诗经》具有很高的艺术特色。无论是在创作态度、形式体裁、语言技巧，还是在艺术形象和表现手法上，都显示出我国最早的诗歌作品在艺术上的巨大成就。赋、比、兴的运用，既是《诗经》艺术特征的重要标志，也开启了我国古代诗歌创作的基本手法。《诗经》表现出的关注现实的热情、强烈的政治和道德意识、真诚积极的人生态度，被后人概括为“风雅”精神，直接影响了后世诗人的创作。《诗经》中有众多的抒情诗篇，对后世的诗歌创作也产生了重大影响，抒情诗成为我国诗歌的主要形式之一。《诗经》的句式以四言为主，四句独立成章，其间杂有二言至八言不等，节奏鲜明，押韵方式多种多样，音律和谐生动，并且词汇丰富。《诗经》的语言优美朴素，形式形象生动，丰富多彩，往往能“以少总多”“情貌无遗”（《文心雕龙·物色》）。而《诗经》的语言也是研究公元前 11 世纪到公元前 6 世纪汉语概貌的最重要的资料。

总之，《诗经》以其艺术魄力，在中国文学史上具有崇高的地位和深远的影响，奠定了我国诗歌的优良传统，哺育了一代又一代诗人，不愧为中国古代诗歌的光辉起点。

二、关于《诗集传》的基本内容及注释特点

《诗经》中的作品，最初主要用于典礼、讽谏和娱乐等，是古代礼乐文化的重要组成部分，是实行教化的重要工具。编辑成书后，广泛运用于祭祀、朝聘、宴饮等各种场合，在当时的社会生活中具有实用价值，受到人们的普遍重视。孔子就很重视《诗》，曾以“诗”教授弟子，指出 “兴于诗”；“不学诗，无以言”；“小子何莫学夫诗？诗可以兴，可以观，可以群，可以怨；迩之事父，远之事君；多识于鸟兽草木之名”。对学“诗” 的重要意义和社会功用有多方面的阐述。

汉代《诗经》流传甚广，出现了今文的鲁、齐、韩三家诗。 三家诗在西汉被立为博士，成为官学，兴盛一时。鲁人毛亨和赵人毛苌的古文“毛诗”晚出，最终压倒了三家诗，盛行于世。今本《诗经》，就是流传下来的“毛诗”。汉儒传《诗》，使《诗》 经学化，形成的诗教传统和说诗体系。从汉至唐，《诗经》形成了较为完备的“传”“序”“笺”“疏”四位一体的汉学体系。也就是毛

亨作《传》、毛亨与子夏共同作《序》、郑玄作《笺》、孔颖达作《疏》，最后成就了《毛诗正义》，产生了深远的影响。

宋代《诗经》学研究出现了又一个繁荣时期，涌现出了诸如欧阳修《诗本义》、王安石《诗义》、郑樵《诗辨妄》、吕祖谦《吕氏家塾读诗记》、朱熹《诗集传》、王柏《诗疑》、杨简《慈湖诗传》等诠释《诗经》的代表性著作，仅据《四库全书总目》，宋代《诗经》诠释学著作就达46种之多。朱熹是其中最杰出的代表。朱熹关于《诗经》的学说，除《诗集传》外，还见于《诗传纲领》《诗序辨说》《朱子语类》和《〈吕氏家塾读诗记〉后序》等。

朱熹是八百年来对中国文化有重大影响的思想家，他的《诗集传》集古文今文、汉学宋学之大成，在《诗经》学史上是继《毛诗郑笺》《毛诗正义》之后的第三座里程碑（见夏传才《诗经研究史概要》）。《诗集传》曾是元、明、清三个朝代科举制义的标准，举子必读的教科书，至今也仍不失为较好的《诗经》注本。其影响之所以如此之大，是因为《诗集传》具有破除“诗序”、确立新的解经原则，兼收并蓄、打破汉宋界限，注释简明、方便易学等许多特点。

首先是打破了盛行千余年的“诗序”的束缚，而从诗篇本身中探求本意。“诗序”（分为大序、小序）是附列在《诗经》每篇前面解说诗篇意旨的一种解说，为毛诗中所独有。“诗序”列在诗篇前面，本身就会造成“未读经文先读诗序，序乃有似诗人所命之题，而诗文反若因序而作”（《经义考》吴澂语）的误解，再加上经师们把“诗序”说成是孔子、子夏等圣贤所作，为解诗的依据。宋代郑樵首先剥除“诗序”的神秘色彩，指出它不过是经师们的一种解说。朱熹进一步考证辨析“诗序”得失，在历史上第一个摈弃“诗序”解诗的传统，只从诗篇之中探求本意，打破了“诗序”的束缚。他说《国风》是“民俗歌谣之诗”，“赋、比、兴”是写作手法，突破了《诗序》和郑玄的解释。“赋者，敷陈其事而直言之者也”，“比者，以彼物比此物也”，“兴者，先言他物以引起所咏之词也”。这些解释简明扼要，至今仍被《诗经》研究者广泛引用。

其次是每篇述其主旨，每章言其大意，常多新解。篇章方面，纠正了前人划分诗篇章节的一些错误。文义方面，则杂采毛、郑，间用齐、鲁、韩三家，以己意为取舍，也吸收当代学者的见解，汉宋兼收并蓄。注音方面，是采用吴棫的叶韵说为《诗经》注音。由于语音的发展，宋代人读《诗经》，许多地方已经看不出是押韵的了，于是有的人认为古人作诗不一定押韵。叶韵说认为古人作诗也要求押韵，只是可以把一个字读作另一个音以求合韵。《诗集传》中有的字下注“叶某某反”，就是注明这个字应该改读作某音。其对古音学的研究和叶音实践，代表了当时我国古音学研究的最高水平，有开拓之功。朱熹表现出谨严

的学风，于所不知，则明说“未详”，既不迷信前人成说，又不自以为是，而是力求言之有据，

最后是释义简洁，明白易晓。朱熹以前的《诗经》注本都过于烦琐，西汉时，曾经达到“说五字之文，至于二三万言”（《汉书·艺文志》），后来虽加删削，到唐代《诗经正义》仍然很烦琐。朱熹把“简约易读”作为修《诗集传》的目的之一。他删除了繁杂的转相疏解，只保留一个简单明确的注释，使文字大大简省。有学者认为，朱熹传注《诗经》，则主张“章句以纲之，训诂以纪之，讽咏以昌之，涵濡以得之，察之情性隐微之间，审之言行枢机之始”。因此，《诗集传》乃成为朱子所传注的典籍著作中最注重章句训诂的一部，它不仅在当时以其朴学的简明信实的训诂风格称例于宋代诗经学的著作之林，而且对后世产生了极大的影响。

《诗集传》还存在一些缺点，如从《小雅·鹤鸣》推论出“天下之理”，是把理学思想塞进来了；《彤弓》篇借诗抨击后世政治，也不是注释中所应该有的；《大东》篇一章下对前四句诗的串解是直录原文，这种串解意义不大。另外此注本题为“集传”，但没有广为集录各家之说，也不尽合集传体例。

关于《诗集传》的总体评价，束景南认为《诗集传》“把《诗经》从《毛序》僵化了的传统说经框架中解放出来，确立了新的解经方法论原则”。这些新的方法论原则

主要有三条："一是经传相分，就经说经，以反对传统解经的据传说经，以传代经"；"二是诗史参合，以史证诗，以反对传统解经的以史说诗，史诗比附"；"三是广取博用，兼采众说，以反对传统解经的泥守成说，自立门户"。莫砺锋认为，"朱熹对《诗经》学的最大贡献在于：毛、郑等人都是从经学的角度去研究《诗经》的，而朱熹虽然主观上也是把《诗经》当作经学来研究的，但《诗集传》却在很大程度上改而从文学的角度来研究《诗经》了。从经学研究走向文学研究，这是《诗经》研究史上划时代的创举，其学术意义理应受到充分的肯定"。是比较有代表性的评论。

三、《诗集传》的版本及整理

《诗集传》有二十卷本和八卷本两个版本系统。《诗集传》现存两部宋刻本，都不全，其一藏北京图书馆，另一部原系杭州丁氏八千卷楼藏书，残存 8 卷。元刻本亦存两部，其一藏北京图书馆，另一部现存台湾。明清刻本较多。《四部丛刊三编》有影印宋刊本《诗集传》20 卷，尚可见原书面貌。有学者通过对《诗集传》历代版本注音的比较研究，考察朱熹注音的原貌及其依据，认为在传世刻本中，以《四部丛刊三编》影宋本的学术价值为最高，但其卷十二至卷十七缺损，应与北京图书馆旧藏宋刻明印本配合使用；《诗集传》八卷本的注音是经过历代篡改而致，非朱熹原注；二十卷本注音的主要依据为陆德明《经典释文》和吴棫《毛诗补音》。

束景南以对朱熹《诗集传》成书之考辨为突破口，认为朱熹诗经诠释学经历了三次大的变化。他说："朱熹作《诗集传》，乃积四十年心血精力而成是编。以其《诗》经学思想演变而言，则由主《毛序》而辑集众家之解至删去诸儒之说，为一变；由删诸儒之说进而悟《毛序》之非，又为一变；由悟《毛序》之非再进而明雅郑邪正之辨，是为三变。以其《诗》说之书演变而言，则由辑众家解说之书三次修改删订，由繁趋简而成《诗集解》；又经三次修改删订，由博返约而成《诗集传》；再经二次雠校五次刊刻，乃成今本《诗集传》之貌。"

《诗集传》最初成书刊刻时为二十卷，末附《诗序辨说》，但《诗序辨说》不知何时被删去，历代著录及今传宋刊本均未载。至清修《四库全书》，则只有八卷本，"盖坊刻所并"（《总目提要》），讹误改易之处很多，四库本作了一些校勘。解放后，文学古籍刊行社影印了宋二十卷本《诗集传》，后来中华书局上海编辑所据此本排印，这是较易见到的本子，但排印本中有一些讹误。

本书以《四部丛刊三编》本《诗集传》为底本，加以整理。全书简体字横排。经文部分，依照原书先后次序按章节排列，注音以小字夹排于正文中，朱熹的注解，排在

朱熹《诗集传》书影

该章节正文之后。书中的讹误，校点整理时参照众本，予以改正，不出校记。繁体字一般改为简体字，异体字等也尽量规范化，可能引起歧义的则不改；涉及注音的，如“辟”音“闢”、“舍”音“捨”，则保留“闢”、“捨”。本次整理，我们参考了中华书局版《十三经注疏》、多种新旧《诗集传》整理本及相关诗经学研究成果等，在此一并谨致谢忱。

本次整理力求文字正确，标点准确，篇章条理清晰，版式疏朗醒目，便于阅读了解。限于学识和时间，体例或未完善，校点或有不当，谨祈广大读者批评指正，以便再版时修订。

原载凤凰出版社版《诗集传》卷首

《近思录》前言

《近思录》是我国南宋哲学家朱熹与吕祖谦合编的一部理学入门书，是一部重要的后人了解宋代理学的思想资料选辑著作。该书据《论语·子张》子夏所说“博学而笃志，切问而近思，仁在其中矣”之义命名。近思，就是从自身日常事务出发去思辨，循序渐进地来思考问题。朱熹曾说：“四子，六经之阶梯；《近思录》，四子之阶梯。”（《朱子语类》卷十五）现代国学大师钱穆先生说：“后人治宋代理学，无不首读《近思录》。”（《读书与做人》）并曾在学术文化讲座中谈到，古代有关人生修养的必读书是《论语》《孟子》《老子》《庄子》《六祖坛经》《近思录》和《传习录》这七部书。把《近思录》抬高到儒家经典的地位，可见《近思录》对我国社会思想文化影响之大。

一、作者生平

《近思录》为朱熹与吕祖谦二人所共同编订，朱熹为主，吕祖谦为辅。但后来《近思录》的注解者，却大都不提吕祖谦。所以《四库全书总目》认为："讲学家力争门户，务黜众说而守一尊，遂没祖谦之名。但云《朱子近思录》，非其实也。"

朱熹，字元晦、仲晦，号晦庵、晦翁，晚号遁翁，别号考亭、紫阳，又号云谷老人、沧州病叟。祖籍徽州婺源（今江西婺源）。高宗建炎四年（1130），生于福建南剑（今福建南平）尤溪，死于宋宁宗庆元六年（1200）。去世数年后赐谥为"文"，世人尊称"朱文公"。朱熹是我国古代最博学的大学者之一，他在哲学、经学、教育、语言、文学、地理、考古、自然科学等方面均有重大贡献；朱熹又是我国古代继孔子之后影响最为深远的思想家、教育家之一，其思想体系在中国思想史上以"致广大、尽精微、综罗百代"（见清全祖望《宋元学案》）著称。朱熹在理论上以孔孟之道为本，又继承并改造了两宋期间的主要流派，长期在崇安、建阳讲学，历史上称朱熹的学派为"闽学"，并与周敦颐的"濂学"、二程兄弟的"洛学"、张载的"关学"，共同构筑了宋代道学的理论体系，朱熹也成为宋代理学的集大成者。其成果可参《朱子全书》等。

吕祖谦（1137—1181），字伯恭，号东莱，学者称之为东莱先生，婺州（今浙江金华）人。曾任著作郎兼国史编修官，与福建朱熹、湖南张栻（1133—1180）齐名，时称“东南三贤”。吕祖谦不宗一师，不私一说，较为博杂，人们认为其学以关、洛为宗，旁稽载籍，兼总众说，自成一家。吕氏为婺学创始人。其主要著作有《东莱集》《吕氏家塾读书记》《东莱左传博议》《东莱书说》《大事记》等等。

《近思录》以周敦颐、二程兄弟、张载四人的言论为主体内容，因此简述一下这四位理学大师的主要思想，以便阅读。

周敦颐（1017—1073），字茂叔，道州营道（今湖南道县）人。他晚年建书堂于庐山，堂前有溪，他就以家乡濂溪为名，称濂溪书堂，故人称濂溪先生。周敦颐一生著作不多，主要有《太极图说》和《通书》，但影响却至关重大。周敦颐的《太极图说》阐释了宇宙本原及其生成过程，提出了太极、理、气、性、命等一系列哲学范畴，成为理学的基本范畴。《近思录》及以后的《性理大全》和《性理精义》等书都以周敦颐《太极图说》居首，成为理学的基础，而周敦颐本人则被推崇为理学的开山祖师。

程颢（1032—1085），字伯淳，人称明道先生，他与弟程颐同称“二程”，建立了二程学派，因他们出生于洛阳，故称为“洛学”。二程兄弟早年随周敦颐学，以倡明道学为己任。现存著作有《明道文集》五卷。其中尤以

《定性书》《识仁篇》《论十事札子》等影响最大。游酢、谢良佐、吕大临、杨时，被并称为程门四大弟子。

程颐（1033—1107），字正叔，人称伊川先生。主要著作为《伊川易传》《语录》等。在哲学思想上，程颐认为性即理，理无所不在；人因气禀不同而有智愚之别，主张通过反身内求以体认天理；强调理欲之辨，提出存天理而去人欲。程颐一生主要从事著书立说，讲学授徒，弟子众多。二程之学，经杨时、罗从彦、李侗以至朱熹，蔚为理学大观。

张载（1020—1077），字子厚，世居大梁，因久居陕西眉县横渠，学者称横渠先生。因讲学关中地区，故张载的学派被称为“关学”。张载重要著作有《正蒙》十七篇、《经学理窟》、《横渠易说》等。在哲学上，主张以气为主，气充塞宇宙，太虚即气。气聚散升降的运动都体现了理，这就是太和。气生成变化为天地万物。在认识论上，张载区分了见闻之知与德性之知；在人性论上，他提出了天地之性与气质之性，主张变化气质之性而回复到纯然至善的天地之性。张载为学注重实践，有经世济民的理想抱负，并明确表达了“为天地立心，为生民立道，为去圣继来学，为万世开太平”这一内圣外王的儒家理想。张载独树一帜的思想学说对后世影响很大。

二、主要内容

本书依次辑录北宋新儒家周敦颐（濂溪）、程颢（明道）、程颐（伊川）、张载（横渠）四人关于大体而切于日用的语录，而朱熹作为编选者之见解自然也多有反映，故此一书实可囊括北宋五子及朱子一派学术之主体。朱熹《近思录前引》曾述编撰意图说："惧夫初学者不知所入也，因共掇取其关于大体而切于日用者，以为此编。总六百二十二条，分十四卷。盖凡学者所以求端用力，处己治人，与夫所以辨异端、观圣贤之大略，皆粗见其梗概。"

《近思录》十四卷，总成于淳熙二年（1175），起初只言其大纲，而无目录。朱熹说："《近思录》逐篇纲目，一、道体，二、为学大纲，三、格物穷理，四、存养，五、改过迁善克己复礼，六、齐家之道，七、出处进退辞受之义，八、治国平天下之道，九、制度，十、君子处事之分，十一、教学之道，十二、改过及人心疵病，十三、辨异端之学，十四、圣贤气象。"（《朱子语类》卷一五）现在通行的《近思录》十四卷目录，为朱熹再传弟子叶采撰《近思录集解》在朱熹上述纲目的基础上加以订立。此后相袭沿用，把《近思录》分门别类为道体、为学、致知、存养、克治、家道、出处、治体、治法、政事、教学、警戒、辨异端、观圣贤等十四卷。这基本上体现出朱熹的设想。

束景南先生在《朱子大传》中分析说："全书总分四

部分，第一卷，论太极之理的本体论和性论；二至四卷，论敬知双修的认识论与修养论；五至八卷，论大学之道；九至十四卷，杂论儒家之学。概括了四子的政治观、人生观、教育思想、反老佛异端思想等，具体而微地构造出了以实用伦理人生哲学为核心的二程理学体系。”

通观《近思录》全书十四卷，凡 622 条，选语出自四子著述共 27 种。所选语要的条数依次为程颐、程颢、张载、周敦颐。这是与四人的著作数量相应的，主要取决于著作多少，并不说明思想的重要性。因为二程著述相对较多，所以在《近思录》中所占的比重也较大。

《近思录》的内容编排，每卷都以周敦颐为始，继之以二程兄弟，张载为后。虽然张载较二程兄弟为年长，似乎应该先于二程兄弟。但在朱熹心目中，周敦颐是理学的开山祖师，是理学的奠基者，程颢、程颐提供了理学的主要理论建构，张载则是理学思想的必要补充。《近思录》没有收录北宋另一位著名理学家邵雍（1012—1077，字尧夫，赐康节，人称康节先生）的言论，这是因为邵雍之学基本上为《周易》理数之学，道家气味太浓，却极少涉及儒家特别重视的仁义等基本问题。《近思录》全书只有一处提及邵雍（《近思录》卷五《克治》）。从这个意义上说，《近思录》并不能全部辑录北宋理学家的主要论点，而是经过朱熹慎重考虑而有取舍、有简择的节选本。

《近思录》编辑原则主要是根据朱熹的哲学理念及其

道统观。全书紧紧围绕“性理”之学，以周敦颐的《太极图说》为首选，表达了儒家由太极—阴阳—五行—万物化生的宇宙论生成模式，而后再至圣人确立人道法则的人生论，全面、完整地体现出宋儒性命义理之学的思想体系，集中阐述了儒家内圣外王修养实践功夫论，成为指导儒家学者开物成务、内圣外王的范本，此书实为“性理”诸书之祖。《近思录》一书可称是后人了解宋代理学基本构成的重要选辑著作。

《近思录》的分类编排、次序规模以及所体现的理论体系，充分体现了朱熹“集大成”的理论设想，从中可以看到朱熹综合北宋五子之学的理论努力，也可以从中看到朱熹自己的理论体系的基本轮廓。

三、《近思录》的历史地位

《近思录》历经元、明、清几七百年而不衰，在中国思想文化史上具有重要影响。《近思录》十四卷，总括了宋代理学周敦颐濂学、二程洛学、张载关学三家语要，陈荣捷《近思录详注集评》“引言”称之为“我国第一本哲学选辑之书，亦为北宋理学之大纲，更是朱子哲学之轮廓”。《近思录》实际上是一部理学纲要，基本上奠定了中国儒家发展的新时期——宋明理学时代的思想格局。宋明理学绵延数百年，《近思录》一书的流传与影响也经久不衰。

《近思录》所辑录的内容基本上体现了理学的思想义理，各卷之间有脉络可寻，在很大程度弥补了“语录”体散乱的不足，不仅是一部学术价值较高的资料选辑，而且也为初学者探究理学思想提供了一部提纲挈领式的入门书。于此可切实体会朱熹所说：“四子，六经之阶梯；《近思录》，四子之阶梯。”

《近思录》的编排体例，奠定了明永乐十三年（1415）钦定《性理大全》的体例。而《性理大全》直至清光绪三十一年（1905）止，一直是我国科举取士的重要教本。《近思录》对中国社会思想文化的历史影响，还表现在续作极多。陈荣捷先生曾对此情形概述说：朱、吕编成《近思录》后，“朱子讲友刘子澄即编《近思续录》。至明而有高攀龙之《朱子节要》，至清而有张伯行之《续近思录》与《广近思录》等等十九种。或辑二程子门人，或选宋明理学家要言，或专采朱子精语，皆依朱子之《近思录》分十四目。《近思录》之内容形式竟支配哲学选录之风气达七八百年。”（陈荣捷：《朱子之〈近思录〉》，见《朱学论集》页123，台湾学生书局1982年版）“影响所及，亦操纵韩国与日本思想数百载，且成为官学。”（见陈荣捷《近思录详注集评》引言）可见《近思录》影响之深之大。

四、本书整理说明

本书以江永《近思录集注》为底本，参校张伯行《近思录集解》。全书简体字横排，每卷每条前加上序号，以便阅读。每卷卷首作简要的题解，每条后参考各书注明原文出处。全文作简注、翻译，注释以简明易懂为旨归，译文以直译为主，尽可能保持原作情调和口语特色。书中的讹衍脱倒，校点整理时参照众本，加以改正，在注释中说明。底本文字与他本有异，但文义俱通而难判是非者，一律不改字，不出异同校。传刻过程中出现的避讳字，一律改正，并在首次校改时作注说明。原本使用的避讳字，一般不改。古今字、通假字一般不改，不出异同校。异体字、俗体字径改为通行的正体字，引起歧义的则不改。本次整理，参考了陈荣捷《近思录详注集评》、陈永革注评本《近思录》、高亨《周易大传今注》等多种新旧整理本及相关研究成果，在此一并谨致谢忱。

本次整理力求文字正确，标点准确，注释简明，译文流畅，篇章条理清晰，版式疏朗醒目，便于阅读了解。限于学识和时间，体例或未完善，注译或有不当，谨祈广大读者批评指正，以便再版时修订。

原载三晋出版社 2007 年版《近思录》卷首

《百衲本史记》前言

司马迁的《史记》，是中国第一部纪传体通史。全书一百三十篇，分为十二本纪、十表、八书、三十世家、七十列传。记事起于传说中的黄帝，迄于汉武帝，历时三千余年。所述史事，详于战国、秦、汉。《史记》以"究天人之际、通古今之变、成一家之言"为宗旨，上溯黄帝，下论汉武，熔三千年历史于一炉；以"厥协六经异传，整齐百家之语"的气概，创构五体，包罗万象，汇百科性知识于一编。《史记》无愧于"史家之绝唱，无韵之《离骚》"（鲁迅《汉文学史纲要》语）的美誉，是中国文化史上一部体大思精的百科全书式的经典巨著，也是世界文化宝库中的一颗璀璨明珠。它在史学、文学和其他领域所取得的巨大成就，一直受到学术界的高度推崇。清章学诚《文史通义·释通》称"总古今之学术，而纪传一规乎史迁，郑樵《通志》作焉"，现代学者称《史记》的出现，“为中国史学的发展奠定了坚实的基础，具有划时代的意义”。

读书首当读《史记》。自《史记》问世之后就不断有人对它进行注释、评论和研究，“史记学”有着悠久的历史传统。一般认为，汉唐是史记学的形成时期，宋元明清及近代是史记学的发展时期，新中国建立以来的当代是史记学的深入和丰收时期。刘宋裴骃《史记集解》、唐司马贞《史记索隐》、张守节《史记正义》，世称“三家注”，是汉唐时代史记学集大成之作，与《史记》原文形成相辅相成，相得益彰。因此，自宋代三家注合刻以后，读《史记》者又多重三家注本。

新中国建立以来，史记学取得了丰硕的成果。如对历代《史记》研究情况作了很多研究，中国科学院历史研究所编印《〈史记〉研究的资料和论文索引》，杨燕起、俞樟华编《〈史记〉研究资料和论文、专著提要》，徐兴海主编《司马迁与〈史记〉研究论著索引》，对汉代以来的《史记》研究论著及有关资料作了较全面的整理，为查考《史记》研究的资料提供线索。张新科、俞樟华编《史记研究史略》，安平秋、张大可、俞樟华主编《史记教程》，张新科《史记学概论》等书，对历代《史记》研究的特点与成就作概括和总结。张大可、安平秋、俞樟华主编《史记研究集成》十四卷，近五百万字，系统全面地总结《史记》问世两千多年来“史记学”的发展状况、内容及历程，“融古今中外成果于一编”，做到了工具性、资料性和学术性的统一。以上成果，为人们从整体上、从各个角度研读《史记》提供了极大的便利。

研读《史记》，应关注版本。《史记》流传至今已两千多年。历代传写刊刻流传至今的，大约有六十多种，大致分为数类：一、宋代以前的抄本十七种。全部是《史记集解》本，没有白文本，可分为六朝抄本、敦煌唐抄卷子本、唐抄本、藏于日本的抄本四类。据张玉春《〈史记〉版本研究》可知，六朝抄本与唐抄本是现今能见到的最早的《史记》写本，两者之间无明显差异。而自唐至宋，经历了由写本向刻本的转变，体例有所变化，文字差异增加。二、《史记》最早的刻本《集解》单刻本。刘宋时裴骃撰《史记集解》，注文附《史记》正文以行，世称《史记集解》本。宋代刊刻的第一部《史记》就是《集解》本，以后历代均有刊刻，构成《史记集解》本系统。今存《集解》本有十行本、十四行本、十二行本。最重要的有《史记》的最早刻本刊于北宋太宗淳化五年（994），半页十行，每行十九字。今已亡佚。北宋仁宗景祐二年（1035），国子监据淳化旧本重刊，即后世所说的“景祐本”，流传至今。三、《史记索隐》单刻本。《史记索隐》单刻本不录《史记》全文，而是标字列注，即将注文列在相关的正文之下。《史记索隐》单刻本传世者仅有明毛晋刻于崇祯十四年（1641）的汲古阁本，三十卷。四、《史记集解索隐》二家注合刻本。重要的有，南宋孝宗乾道七年（1171）建安蔡梦弼刻本，是目前所知最早的二家注合刻本，及张杅桐川郡斋本、耿秉重修桐川郡斋本、中统本等。五、《史记集解索隐正义》三家注合刻本。重要的有，南宋黄善夫本、元彭寅翁本、明廖铠本、明“嘉靖三刻”本、明南北监本、清刻武英殿本、清刻金陵书局本等。清同治五年至九年（1866—1870）金陵书局张文虎主持刊刻本，参考钱泰吉等人的校本及众多古刻本、时本，吸收《史记》研究的最新成果，考证异同，择善而从，是清代后期比较好的刊本，也是中华书局点校本《史记》的底本。另外，1934 年日本泷川资言刊《史记会注考证》本，以金陵书局本为底本，引用中日典籍一百二十余种，别择缀辑在正文或三家注文之下，并时作考证。1955 年，北京文学古籍刊行社影印出版该版本。1988 年上海古籍出版社将日本人水泽利忠所作《史记会注考证校补》与此本合为一书排印发行，资料最为丰富。施之勉《史记会注考证订补》可以参阅。贺次君《史记书录》、张玉春《〈史记〉版本研究》，对《史记》版本承传、各本特点作了深入研究，对了解《史记》版本大有帮助。

三家注合刻本以宋黄善夫本为最早。一般认为，南宋宁宗庆元二年（1196）建安黄善夫刊本《史记集解索隐正义》一百三十卷（或称庆元本），是目前所知最早的三家注合刻本。此本我国过去公私方面均未见著录，至民国

《百衲本史记》书影

时张元济、傅增湘始有记载。该本仅有两部存世：一为日本国立历史民俗博物馆所藏一百三十卷本；一为中国国家图书馆所藏残存六十九卷本，即上海商务印书馆影印本（或称涵芬楼影印本）的底本。黄本上承单刻本与二家注合刻本之长，下启三家注合刻之风，也奠定了《史记》版本学的基础，功不可没。据专家研究，黄善夫本是以蔡梦弼《史记集解索隐》二家注合刻本为底本，引入《正义》而成。在文本形态方面，较其前诸本更为整齐而有条理，为后世《史记》诸本所继承。黄本在《史记》版本方面，具有无可替代的贡献，首先是开创了三家注合刻的体例，便于阅读，并为后世所效法；其次是张守节《正义》赖以流传，是至今保存《正义》最全的刊本；第三，对司马贞《索隐》也有保存之功；第四，有《补三皇本纪》等内容。此外两点也具特点，一是有耳题，一是《老子列传》为列传第一。

《史记》百衲本对黄善夫本的质量有一定的提升。傅增湘曾称赞黄本："精雕初印，棱角峭厉，是建本之最精者。"有学者曾举数十例，谓"凡此所举，不但可以刊正柯、王两本之讹脱，南宋蔡梦弼、张杅本虽亦精善，以视此本，奚翅霄壤"，称赞黄本精善。但更多的学者认为，黄本作为建刊本，明显具有建刊本的不足，即校勘不精，讹衍脱倒比较严重。为什么评价会大有不同呢？实与影印的百衲本有关。1936 年上海商务印书馆以国内所藏六十九卷，又借用日本藏本中的六十一卷，经张元济校勘，影印出版，世称《史记》百衲本。百衲本《史记》的底本为黄本，校本为清乾隆间武英殿刻三家注本，参校本有清刘喜海旧藏百衲本、明末毛晋汲古阁刻单索隐本、明王延喆刻三家注本和近人刘承干影刻宋蜀大字本。六个较好的本子互校，其成果对学术研究而言应当是相当可贵的。张元济《史记校勘记》，经王绍曾、杜泽逊、赵统等整理，1997 年由商务印书馆出版。据该书《整理说明》可知，“原校勘记共出校四千九百余条，而批‘修’‘补’‘削’字者一千八百余条”，此外，杜泽逊从水泽利忠《史记会注考证校补》中辑出影印本改字而张元济《史记校勘记》所无的二二六条作《史记校勘记补遗》，二者合计达五千一百一十多条。张元济虽对黄善夫本等做过较仔细的校勘工作，但可惜的是，张元济并未在《百衲本二十四史·史记》跋文和《校史随笔》中将黄善夫本的校勘草率、差错甚多的实情及时揭示出来，而是径改二千多处明显讹误后将黄善夫本影印出版。由于黄善夫本《史记》原件一般学者难以见到，张元济又未及时对改动作任何说明，这就造成了后来《史记》版本、校勘研究以及其他研究中的一些错误认识。杜泽逊《论南宋黄善夫本〈史记〉及其涵芬楼影印本》一文指出：“半个多世纪以来人们所说的‘黄善夫本《史记》’实际上不过是影印本而已。影印本与原本之悬殊已如上言，那么，借影印本来谈原本之优劣善否，就难免隔靴搔痒之叹。其结论之偏颇，势所必然。”

由上可知，《史记》百衲本与黄善夫本已不可视为同本。而两者的功用，也当给予实事求是的评价。我们知道，1998 年日本汲古书院据日本历史民俗博物馆所藏南宋刊《史记》黄善夫本，全本影印出版，完全忠实于原本，从而使《史记》版本研究者可以真正一睹黄善夫本的原貌。这对廓清《史记》版本史的真实面貌，澄清积误，多有裨益。而百衲本以“求是”为目的，以“存真”为原则，择善而从，诚如王绍曾所说“此实集校勘家之大成”，“《衲史》之可贵，盖在兼具校本与影印本两者之长，当非浅学者捃摭各本侈谈是非者所可比拟也”。从这个意义上讲，《史记》百衲本对黄善夫本的质量，有一定的提升。订正黄本讹误二千余处，对一般读者来说，有极大的帮助作用。因此，我们重新影印出版百衲本，以飨读者。

原载广陵书社 2011 年影印版《百衲本史记》卷首

台北本《水经注疏》影印说明

《水经注疏》四十卷，宜都杨守敬纂疏、门人枝江熊会贞参疏，以明朱谋㙔《水经注笺》（万历四十三年，1615）为正文，博考群籍，吸取历代《水经注》研究成果，融入个人创见，详加疏证，是一部考证精详、疏之有据、集大成式的历史地理学名著。

一、关于作者

杨守敬，谱名开科，榜名恺，更名守敬，字鹏云，号惺吾、星吾、心物，晚号邻苏老人。生于清道光十九年四月廿一（1839年6月2日），民国四年（1915年1月9日）逝于北京，终年七十六岁。湖北宜都陆城人。是清末民初著名的历史地理学家、金石文字学家、目录版本学家、艺术家、书法家、藏书家、泉币学家。罗振玉读其《水经注图》后，曾称赞杨氏的地理学，与段玉裁、王念孙的小学，李善兰的算学，并为清代三绝学。

杨守敬先祖协助明朝开国有功而担任武略将军，封千户侯，由江南和州出使枝江，后迁入宜都。在宜都，杨家开设店铺经商。五岁时父亲去世。十一岁起习商，读书经商两不误，一生做过米商、纸商、书商等。十九岁参加县试府试连捷，五场皆第一。同治元年（1862）二十四岁时中举。此后七次赴京参加会试，均落第。同治四年（1865）考取景山官学教习。1874年考取国史馆誊录。光绪六年（1880）四十二岁时应驻日本公使何如璋召赴东京出任使馆文化随员，同时在日本散碑帖以购书，其书法古茂恣肆，直逼汉魏，在当时日本书道界形成了一股“崇杨风”，其影响至今犹存。

杨守敬四十六岁时回国，就任黄冈教谕。六十一岁时湖广总督张之洞邀聘担任两湖书院教习，主讲地理，三年之后为勤成（后更为存古）学堂总教长。光绪二十九年（1903）开经济特科，应试名居第一。六十八岁时被选任安徽霍山知县，杨以“年老不耐簿书”而辞。1909年，被咨举为礼部顾问官，次年兼聘为湖北通志局纂修。民国三年（1914）袁世凯聘其为顾问，杨虽多次拒绝，但还是被迫迁居北京，任参政院参政。去世后民国政府派专车护送灵柩回宜都，归葬宜都祖茔龙窝。

杨守敬一生成就巨大。第一，以毕生的精力，在熊会贞的帮助下，运用金石考古等多种方法研究《水经注》，集研究之大成，撰写巨著《水经注疏》，并编绘有《历代舆地沿革图》《历代舆地沿革险要图》和《水经注图》，撰写《汉书地理志补校》《三国郡县表补正》《隋书地理志考证》等，成为学界公认的历史地理学家。学界认为，杨守敬等绘制的历史地图集，无论是在篇幅规模上，还是在学术深度上，都达到了中国古代历史地图的巅峰。第二，他在金石学方面颇有成就，撰写《湖北金石志》《日本金石志》《望党金石录》等，编辑有《寰宇贞石图》《三续寰宇访碑录》等。第三，对目录版本学造诣颇深，撰写《日本访书志》、与人合辑《古逸丛书》等。第四，书法各体均佳，并多理论探讨，撰写《楷法溯源》《评碑记》《评帖记》《学书迩言》等多部书论专著。第五，杨氏堪称近代大藏书家。在其收藏的几十万卷书中，海内外孤本有几万卷，宋版有数千册。尤其是在日本期间，购回了大量古籍，为保存我国文化遗产作出了巨大贡献。《清史稿》赞其"为鄂学灵光者垂二十年"，张之洞称其为"湖北人望"。当代学者邹华清《杨守敬学术研究》一文认为，杨氏是"清末民初一位在学术上取得多方面成就、在国内外产生了重大影响的著名学者。他于舆地、目录、版本、金石、书法诸学均有精深的研究，在经学、小学、辑佚等方面也做出了很大的成绩。他一生埋头学问，著述等身，据不完全统计，杨氏著作共有八十三种"。郗志群《杨守敬学术研究》一文认为，“本文依据大量资料，考证杨守敬著有历史地理学著作二十五种、版本目录学著作十八种、金石书法著作三十七种、校勘辑佚学著作八种、经学著作三种，共计九十一种”，“在杨守敬研究的多种学问中，以历史地理学、版本目录学取得的成就最高，其中尤以《水经注疏》《历代舆地全图》《日本访书志》等书，最为学术界称许。”1982 年，国务院古籍整理出版规划小组负责人李一氓建议重新整理出版《杨守敬集》。1984 年 5 月，由北京师范大学历史系谢承仁教授领衔的整理小组正式成立，十三册一千七百万字的巨著《杨守敬集》，由湖北人民出版社自 1988 年至 1997 年陆续出版发行。杨氏生平，吴天任《杨惺吾先生年谱》记之最详。

熊会贞，字崮芝。生于 1859 年，卒于 1936 年。湖北枝江人。据杨守敬《邻苏老人年谱》可知，熊氏于光绪四年（1878）入杨家为其三儿子授读，后离去。光绪十二年再入杨府授读，同时参加《隋书地理志考证》的编撰。从此协助编绘《历代舆地沿革险要图》，协助完成《水经注疏要删》《水经注图》等。杨氏去世后，熊氏遵其遗嘱修订《水经注疏》，“书凡六七校，稿经六易”。熊会贞在此后修订过程中，郦学思想已有极大的变化。如关于版本，熊会贞指出：“先生未见残宋本、大典本、明抄本。”关于赵戴案，熊会贞在台北本上批语：“戴多本《大典》本，不尽本《大典》，而戴之冤可大白于天下，戴之伪亦众著于天下矣。”不明言“袭”字，而评价客观，胸怀宽容。在文中删去“此亦戴袭赵之一证”之类过激之语。他拟订三十九条凡例，提出以朱《笺》而不是以《合校》本为底本，“全书方有主义”；以“戴、赵、全”而不是以“全、赵、戴”分明《经》、《注》和订正错讹。熊氏尊师重道，改杨守敬所说“文各一半”为“先生三分之二，会贞三分之一”。熊会贞将修订稿交付杨家收存，后于 1936 年 5 月 25 日去世。汪辟疆《杨守敬熊会贞传》评价熊氏：“每下一义，妥弭宁极，淖入腠理，钩深致远，实迈其师。方诸挽近，郑堂之补惠《易》，叔晚之补《论语》，或犹过之。”备至赞誉。

需要说明的是，台北本各卷杨熊的名字之旁插入了“乡后学枝江李子奎补疏”（今影印本已多删除）一行，加之汪辟疆听信李子奎一面之词，于《明清两代整理〈水经注〉之总成绩》之《附记》说“李君追随熊固芝先生最久，私淑邻苏，而又亲佐熊先生钩稽群籍，襄此鸿业”，李氏在《述整理〈水经注疏〉之经过》中自称熊先生曾致书要他“望即南旋，以续整理之业”，造成李氏似乎也是作者之一的假象。而胡适在其《手稿》第五集中册全文刊载汪先生《总成绩》下加批说“《水经注疏》稿本每卷有李子魁擅添‘枝江后学李子魁补疏’一行，此可见作伪的用意”，陈桥驿教授得熊氏后人等证实，没有“补疏”之事，李氏所谓的“誊清正本”也属子虚乌有。

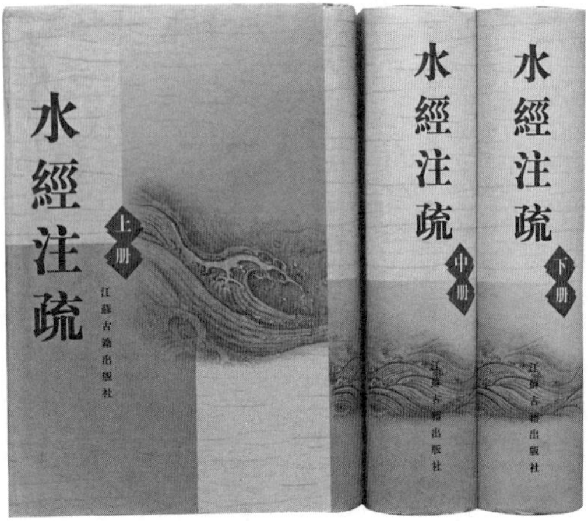

《水经注疏》书影

二、从《水经注》到《水经注疏》

《水经注》是北魏著名学者郦道元为《水经》所作的注文。名为注释《水经》,实为以一万余字的《水经》为纲,扩充为四十卷、约三十五万字的巨著。该书广引诸史、地记、杂著数百种，结合亲身考察所得，详记水道千余条，并叙其地理变迁沿革，旁及城郭、风俗、土产、人物等，是继《山海经》《禹贡》之后中国历史地理学的经典名作。

郦道元纠正了《水经》的许多错误，但由于当时南北分裂的政治形势,郦氏未能到南方实地考察,因此涉及南方的注文也有一些错误。加之郦书传至宋初,已缺五卷,后有人将三十五卷析为四十卷,又迭经传抄翻刻,《水经注》遂失其真。部分卷次误简夺讹严重,几至难以辨读,深为学人所病。许多学人将《水经注》的考订注释引为毕生之学。明清两代学者非常重视《水经注》的校理工作,留下了较多的成果。明代朱谋㙔著有《水经注笺》,清初顾炎武、顾祖禹、阎若璩、胡渭等人均曾校理《水经注》。清乾隆年间更有全祖望、赵一清、戴震三人,精心研究,各成专书。清光绪年间,又有王先谦汇列全、赵、戴三家校语,参考其他研究成果,撰写《合校水经注》,集众家之大成。他们不但从体例上分清了先前被混淆的经文与注文,补齐了脱佚的五卷佚文,而且纠正了郦氏《水经注》

中原有的不少错误，使《水经注》接近原貌。

然而，上述诸家仍存在不少问题。杨守敬说："自全、赵、戴订《水经注》之后，群情翕然，谓无遗蕴。虽有相袭之争，却无雌黄之议。余寻绎有年，颇觉三家皆有得失，非唯脉水之功未至，即考古之力亦疏。往往以修洁之质而漫施手者，亦有明明斑疣而失之眉睫者。"（《水经注疏要删·自序》）乃与门人熊会贞发愤为《水经注疏》，其编撰体例、大小纲领皆由杨守敬拟定。

从何时开始撰写此书，没有明确记载。杨守敬自撰的《邻苏老人年谱》，收有潘存（1818—1885）为其《水经注疏》初稿题《叙语》有"《水经注疏》神光所照，直与郦亭共语，足使谢山却步，赵、戴变色，文起梅村，未堪比数，霾蕴岁久，焕若神明，旷世绝学，独有千古，大雅宏达，不我河汉"之语。胡适于1947年提出质疑，"这一篇杨守敬自赞，太过火了，就露出了马脚来了。光绪己卯（光绪五年，1879），他只有四十一岁，他刚刚到武昌做卖书生意，何处有……更何处有《水经注疏》"（见《胡适手稿》第五集中册）。当代郦学家陈桥驿认为："胡氏的话或许偏激，但却是值得重视的。"汪辟疆也明白指出："潘氏题词，其为杨氏伪撰，托孺初先生以自重其书，无疑也。"香港学者吴天任在《杨惺吾先生年谱》中专文反驳胡适的说法。1991年，湖北人民出版社王永瑞为编审《杨守敬集》，在《荆州府志》原稿中捡出夹在其中的写于

1877 年的杨氏手稿，题为《校正水经注·江水篇》，杨守敬自序“今为疏之如左”。可证吴氏之说近是，杨守敬早有心愿，并作了大量的学术准备。

杨守敬屡考不中，四十八岁“绝意科名，专心著述”，立下宏愿研究《水经注》，大量收罗有关书籍资料，进行艰难的长途实地考察。杨守敬与弟子熊会贞逐一检出注语出处，并将有用资料注于书眉行间，用书八部，朱墨遍满，然后比勘前人得失，订于一时，历三十年“无间寒暑”考订著述，形成八十卷一百五十万字的《水经注疏》初稿。1904 年，杨守敬六十六岁时在《邻苏老人年谱》中记载：“郦氏《水经注》沉霾千载，至明代朱谋㙔为之笺，然独辟蚕丛，始导先路。国朝全谢山（祖望）为七校，遗书未刊。同时赵诚夫（一清）有注释，亦未即镌板。至乾隆间，戴东原（震）入四库馆。始云以《永乐大典》本校刊，辨明《经》《注》混淆，删正四五千字，海内学者翕然从之。至嘉庆间，赵氏刻本出，而所校乃与戴氏十同八九，赵氏未见《大典》本，安得与戴氏悉同？而其所据订正者，一一皆出原书，其非蹈袭他人可知。全氏之书又最后出，多与赵同，两人生前互相推挹，其从同不足怪；而亦间有与戴氏特出之见合者，未必非校刻者之所为，或遂嗤为伪作，亦过也。余研寻有年，乃知戴之袭赵，证据确凿，百喙不能为之解。至郦氏之阃奥，诸家多有未窥，间有郦氏不误，诸家改定反误者。国初刘继庄（献廷）拟为《水经注疏》而未成。道光间沈文起（钦韩）亦有此作，未付刊。余乃与崮芝发愤为之，疏厘为八十卷，凡郦氏所引之典，皆标所出，批于书眉行间，凡八部皆满。孺初先生尝题余初稿云……此先生己卯冬叙语，爱我之深，不觉推之逾量，至此二十余年，先生墓木已拱，而吾书方成，过情之誉，何堪告人！期许之私，聊以志知己云耳。”此语可见成书梗概。

杨氏深恐一旦离世，书稿不能传之于后，光绪三十一年（1905），“因先刻其图，又即疏中之最有关系者剌出为《水经注疏要删》”。（《水经注疏要删·自序》）由于《水经注疏要删》四十卷的出版工作做得匆忙、谬误较多，另一方面《水经注疏要删》出版后《水经注疏》全书仍继续进行磨勘，故又刊出《水经注疏要删补遗》四十卷及《续补》约百页，又整理出《再续补》（稿成未刊）。杨氏为了在有生之年出版《水经注疏》竭尽全力。他曾向黎元洪、梁士诒、段祺瑞、赵尔巽、周树谟等政界要人写信求援，希望得到他们在出版经费上的支持。同时向罗振玉、王先谦等寻求帮助。杨守敬多次强调“此书不刊行，死不瞑目”，但直至1915年去世，最终未能刊印。

杨在临终前将该书托付给弟子熊会贞，并嘱咐家人每年以租米二十石为熊的衣食之资。熊会贞铭记恩师遗嘱，蛰居武昌杨氏菊湾府中，“无间寒暑，志在必成”。经过二十二年的不懈努力，“书凡六七校，稿经六易，略已初定”，以长沙王先谦合校本起草厘订为四十卷，一百五十余万字。由此可见，直至1936年熊会贞去世，《水经注疏》虽有改定稿，然仍未刊出。

郦学研究向分考据学派、词章学派、地理学派。杨守敬是地理学派的代表。他集前人之大成，在《水经注疏》凡例中，明确突出水道为主，“全书以《经》顶格，注水者低一格，其泛引故事者再低一格，以清眉目”。他通融郦意，以郦《注》为纲，拨开佛学梵语的疑雾，在古昆仑山的四周寻觅出中国西部九大水系的源头，并指出卷一是四十卷《水经注》之总纲，不只注河水，还写了其他八水。昆仑是众山之脊，不是概定一座昆仑。四周九水是众水之源。杨氏的破解，既是历史学、地理学的，也是水利学的。《水经注疏》取得的成就是多方面的，如：“凡郦氏引书都四百三十种，而以史籍据多”（见《凡例》），《疏》文凡郦氏所引之书，皆注其出典，如《江水二》“自三峡七百里中，两岸连山，略无阙处……猿鸣三声泪沾裳”一段文字是对长江三峡生动逼真的描述，精彩绝伦，历来为古今文人学士所传诵，一般认为是郦道元本人所撰写，《疏》文则指出：“自三峡七百里中”至“泪沾裳”一段（按，有一百五十五字），引自盛弘之的《荆州记》，引文见《太平御览》卷五十三。《水经注疏》博采群籍，相互参证，对前人之失多所指正。《疏》文中屡有“失考”“失误”“郦所见之图籍有误”等语，态度明确。例多不举。

关于《水经注疏》的学术文化价值，前人有很高的评价。如汪辟疆《明清两代整理〈水经注〉之总成绩》评价它“抉择精审，包孕宏富。前修是者，片长必录，非者必严加绳正，至于期当；其引而未申者，稽考不厌其详。故精语络绎，神智焕发，真集向来治郦《注》之大成也”。方志学家朱士嘉说：“杨惺吾先生崛起楚北，竭数十年精力于此，遂集诸家之大成，盖近百年来治历史地理者无能出其右焉。”此不赘述。

三、《水经注疏》的流传与版本

《水经注疏》的流传与版本情况复杂，郗志群《〈水经注疏〉版本考》认为：“有关《水经注疏》版本问题，自二十世纪四十年代以来，学术界多有探讨。从 1877 年杨守敬开始撰著《水经注疏》至今，该书形成的版本包括批注本、稿本、钞本、刻本、铅印本五种，其中批注本、稿本、钞本为最重要。批注本以王先谦《合校水经注》为主要底本。稿本包括部分成稿本、初稿本、‘宋体净本’和全稿本四种；现藏台湾‘中央图书馆’的全稿本是《水经注疏》的最后稿本，而所谓‘誊清正本’或‘正本’，只是汪辟疆、李子魁对初稿本的一种夸张说法。钞本有全稿钞本（即北京本）和北京本再录本二种；北京本再录本抄成时间是在 1943—1944 年间，而非传统观点认为，抄成于二十世纪三十年代。”（《中国史研究》2002 年第 2 期）目前可知至少有三种全稿抄本、三种残本、两种新整理本。

全稿抄本之一为“北京本”。1955 年至 1957 年，北京科学出版社影印了中国科学院图书馆所藏《水经注疏》（简称“北京本”），书前有贺昌群所撰《影印〈水经注疏〉的说明》，称：“这部稿本是熊会贞生前写订的，同一书手同一时期抄录两部，一部为前中央研究院所得……另一部即此稿。”全书四十卷，共二十一册，附原稿之一（残卷），稿本是 1954 年中国科学院图书馆从武汉藏书家徐行可处购得。钟凤年《水经注疏勘误》揭示二千四百条，表明此本讹误不少。因收藏者的校勘，卷二十一《汝水》部分与台北本相似度较高，差错较少。

全稿抄本之二为“台北本”。1971 年，台湾中华书局影印“中央图书馆”所藏《水经注疏》另一稿本《杨熊合撰水经注疏》四十卷（简称“台北本”）。卷首台北中华书局编辑部的《提要》说：“原稿为红格二十四开手写本，共线装四十一册，都一百五十余万言，芒采光鲜，弥足宝爱。”影印本为十八册。此本即 1938 年 7 月杨氏后人所售之稿。因日军进攻武汉，而运到香港，再回到重庆，最后辗转到台湾“中央研究院”。关于此书特点，以下再详述。

全稿抄本之三为“京都本”。2010 年 12 月，辽宁辽海出版社出版了京都大学的藏本，八开，全二册。陈桥驿教授作序、题写书名。此即日本学者森鹿三向熊会贞求稿时所录出的一种副本。刘正《京都大学所藏钞本〈水经注疏〉概述》一文认为，总计四函三十八册，邮寄的过程中遗失卷二十七、卷二十八（《河南科技大学学报》2005年第4期）。李南晖《森鹿三与京都大学藏钞本〈水经注疏〉》一文认为，“京都大学所藏钞本国人知之最晚，其抄成、流出的经过一直扑朔迷离，中日学者各执一词。钞本的收藏者森鹿三教授对于此本的来龙去脉从未留下片言只语，而他晚年专研《水经注》时，对此本也极少利用。通过分析中日学者的记载和《水经注疏》的版本，钩沉京都本的由来，辨证优劣，可以发现，森鹿三是由于意识到该本的缺陷，故而最终选择了放弃”。（载《中山大学学报（社会科学版）》2012年第4期）

残本之一为中国科学院图书馆藏本，朱栏粗格稿本，仅卷八《济水二》一册。今附于“北京本”的影印本第二十一。此为当时杨守敬拟送山东开雕的底本，《虞初近志》卷七陈衍《杨守敬传》中有记载。

残本之二为武昌亚新地学社本，仅《河水》三卷一册，十六开，无版权页，卷首有1949年向宜甫序，称“余于一九三九年冬，晤李子魁教授于重庆沙坪坝，尝为余道其遗事，并搜集散稿，钩稽群籍，更改体例，重加整理，汇订成书”。卷末有“一九四九年十二月于武昌亚新地学社”字样。此本与燕京研究生李子魁有一定的关系。在现存的该书第三卷尾用毛笔写有“本书刊印费由姚海航、向宜甫两君及余之教学薪金凑合而成，今后再无力继续出版了”。此本与杨熊书存在较大不同，署名也较乱，不为学界重视。如杨熊书以朱氏《水经注笺》为底本，此书以殿本为底本。陈桥驿教授认为，“乃是杨熊早年所撰述”。

残本之三为重庆市图书馆藏本，见于《中国古籍善本书目》著录，仅卷三十一、卷三十二、卷三十三，其中前两卷有“李子奎珍藏”印章。此为李氏从熊家带出后于1946 年 8 月交给重庆图书馆的部分。郗志群认为是杨守敬的初稿本，后被放弃。

新整理本之一为江苏古籍出版社 1989 年版《水经注疏》点校铅排本，三十二开，三册。该书“由南京师范大学已故段熙仲教授依据一九五七年北京科学出版社出版之《影印〈水经注疏〉》为工作底本，参照明、清以来《水经注》研究者之诸刻本及经、史、子、集史料予以点校、增删、勘误。由于段先生未见台北本，故又由杭州大学著名地理学家陈桥驿教授按一九七一年台北中华书局影印出版之《杨熊合撰〈水经注疏〉》本、参以钟凤年《水经注疏勘误》、结合个人研究成果对段先生所点校之底本予以复校、增删、勘误。故此铅排本就其学术价值言，可谓杨、熊《水经注疏》最佳之本，它必将引起海内外有关学者之重视”。（见《编辑说明》）陈桥驿教授《排印〈水经注疏〉的说明》认为，“把北京、台北两影印本糅合在一起”，“这个排印本或许称得上是除了熊氏的最后定稿本以外的最完整的《水经注疏》的版本了”（第十四页）。此书重印本修订讹误近百处，又增加了索引，更便使用。

新整理本之二是湖北人民出版社湖北教育出版社联合出版于 1997 的谢承仁教授等点校本，收入《杨守敬集》中，十六开。谢承仁《重印〈水经注疏〉前言》称，该本也是以北京本为底本，“校正疏文，则用北京、台湾两种影印本互勘，两本有何不同，台湾本如何改动，亦均在注中说明”（第 25 页）。

四、关于“台北本”的几个问题

第一点要说明的是，“台北本”为《水经注疏》的“最后定稿本”。过去一段时间，因海内外学术交流较少，对《水经注疏》的流传与版本情况的了解存在一定的局限，加之在流传过程中可能存在着个别人的欺骗行为，故而对该书的版本情况出现误传和以讹传讹。陈桥驿教授撰写过《关于〈水经注疏〉不同版本和来历的探讨》《评台北中华书局影印杨熊合撰水经注疏》《关于〈水经注疏〉定稿本的下落——与刘孔伏、潘良炽二先生商榷》等文，认为“《水经注疏》的最后定稿本，在熊会贞生前已被杨勉之出售，而至今下落不明”，刘孔伏、潘良炽《关于水经注疏定稿本的下落》一文认为，台北本的底本，即是此书的最后定稿本。后来陈桥驿《汪辟疆与〈水经注〉》一文（载《史念海先生八十寿辰学术文集》，陕西师范大学出版社 1996 年版），认同台北本《水经注疏》为熊氏谢世前定稿的说法，称“今台北本的底本，也就是汪氏在《熊会贞遗事》文中所说熊氏最后‘手奉郦疏全稿置案上’的这部‘郦疏全稿’，乃是熊氏二十二年心血的最后稿本。这部稿本，并不像刘禺生所说，杨氏子孙在熊氏生前就‘阴售疏稿’，而是在熊氏死后，才由杨勉之卖给前中央研究院的”。

第二，台北本与北京本有较多异文，总体来说，台北本为优。杨熊在写作过程中，不断进行修订，北京本和台北本就是根据杨熊不同的修订稿本钞出的，因此多有不同。台北本因一直在熊会贞身边，又经不断修订，增补了许多内容，减少了一些讹误，故总体较优。台北艺文印书馆 1974 出版的吴天任《杨惺吾先生年谱》附录之一《〈水经注疏〉清写本与最后修订本校记》，实为北京本与台北本的详细对勘成果，约有二十万字，校正了许多错误。陈桥驿《评台北中华书局影印本〈杨熊合撰水经注疏〉》一文有卷四十《渐江水》的比勘结果，“北京本在郦注注文上计误六字，漏三十六字；在杨熊疏文上计误十六字，漏一百九十九字，另外还有两处词汇颠倒”，于此可见一斑。

第三，“台北本”仍存在问题，但未有“继事君子”。具有遗言性质的《熊会贞亲笔〈水经注疏〉修改意见》，称“此全稿覆视，知有大错。旋病，未及修改。请继事君子依本卷末附数纸第四页所说体例改”。今杨熊稿未经他人整理，故台北本仍有整理之价值。以台北本为底本，以北京本为参校本，应当更能反映熊会贞最后的修订状况。

第四，台北本有较多的修改，更好地反映了熊会贞的郦学思想，体现了地理学的发展和时代的进步。杨守敬去世后，熊氏又修改了二十二年。陈桥驿《熊会贞与〈水经注疏〉》评论说“在郦学研究中，他继承杨氏地理学的衣钵，把主要精力放在充实疏文的地理学内容方面。同时，在新的科学思潮的启发下，正视了旧郦学研究中的落后一面，而力图刷新新郦学研究的内容和方向，删节内容上有明显错误的疏文，加入了不少经过他反复推敲的新资料”，“从郦学研究的成果来说，熊会贞显然已经超过了他的老师”。

尽管《水经注疏》已有多种影印本和整理本面世，而目前认为是最后定稿本的台北本在大陆却未出版，为便于读者充分利用其学术成果，凤凰出版社在已出版以北京本《水经注疏》为底本的段熙仲点校、陈桥驿复校的整理本后，再一次影印出版台北本《水经注疏》。是为记。

原载凤凰出版社2014年影印版台北本《水经注疏》卷首

《口述史视阈下的古籍版本鉴定研究》序

前人有"读书宜求善本"之说，而何为"善本"，众说纷纭。清末张之洞指导学生读书，有"足、精、旧"三定义，简明宜从。20世纪80年代修撰《中国古籍善本书目》时，学术界形成"三性九条"之说。三性指"三性原则"，即历史文物性、学术资料性和艺术代表性；九条指"九项条件"，较为具体，兹不详列。古籍鉴定为古籍版本学之重要内容，鉴定者既需掌握古典学的基本理论，通过全方位、多学科的考证，知其源流，辨其真伪，品其优劣，明其价值，也需沉浸其中，积累实践经验，获得"直感"，形成"通感"。适时总结经验教训，特别是对古籍鉴定老专家"一眼入神"鉴定功夫的"实录"传承，就显得特别重要。

扬州大学图书馆古籍部赵宣团队"口述史方法下的中国大陆当代古籍版本学家鉴定经验整理集成与研究"研究课题，具有很强的现实意义，其结项成果《口述史视阈下的古籍版本鉴定研究》，则有着很鲜明的学术特色。

第一是研究对象的鲜活性和一定的代表性。作者以当代古籍版本学家作为研究对象，实际访谈了19位专家，为其中的16位专家撰写了专门篇章，另为2位去世已久的当代版本学家撰写了追忆文章，共计18篇，并形成了大量的音像资料。访谈的19位专家，既有年龄超过90岁、德高望重的老学人，如沈燮元（1924年生）、江澄波（1926年生）、丁瑜（1926年生）、王贵忱（1928年生）先生，也有成就卓著的中年学者，如陈红彦（1965年生）、韦力（1964年）、杜泽逊（1963年）先生。这些专家，还有着一定的行业代表性，5人来自高校和科研院所，12人来自图书馆和博物馆系统，2人为私藏界的杰出代表。受访者均为业界公认的大家。如图书馆之代表沈燮元先生，参与《中国古籍善本书目》《中国古籍提要》《中国古籍海外珍本丛刊》等大型书目文献的整理研究工作，发表《明代江苏刻书事业概述》等成果，是著名的版本目录学家，在古籍整理、鉴定和保护工作上作出了杰出贡献。书业世家之代表江澄波先生，经眼古籍不计其数，炼就火眼金睛，复旦大学吴格先生称赞："以七十载之铢积寸累而始成此目，其足为中国目录学史增重，自不待言。"高校和科研机构之代表安平秋先生，既是古籍研究专家，也是古籍收藏家，他对版本鉴定有着独特的感受。笔者曾有机缘受教，获益良多。安先生设帐北京大学，指导学生进行《史记》

版本研究，重一次文献，重个人创见，既要注意古籍的外在形式，更要深入研讨古籍内容的细微差异，比如异文现象等，贡献巨大。总的来说，记录他们一生心得的第一手资料，展现数十年来古籍版本研究者的群像，沾溉学林，功在千秋。2007 年，我国历史上首次由国家主持开展的全国性古籍保护工程——“中华古籍保护计划”正式启动。伴随此项工程的重点工作之一，当是对古籍的鉴定。《鉴定研究》也可谓与时俱进、应运而生。

第二是研究方法的合理性和学术性。作者以口述史料为视阈，系统考量当代古籍版本学家的鉴定经验、方法与案例，并在此基础上进行整理集成与综合研究。这种研究途径结合了学科特性，实现了口述史学与古籍版本学的交叉融合，体现出“口述史”与“文本研究”互为补充的学术新思想，彰显出充分挖掘古典学之学术资源的特色。作者以“抢救第一手资料、保存学科史料”为第一要务，在前期海量阅读近五百万字文献资料、撰写逾五十万言读书札记、逐一编制个性化访谈要点的基础上，对近二十位古籍版本学家铺开了以古籍版本鉴定为核心内容的全景式高端学术访谈，涉及古籍分类、著录方式、整理方法、目验要点、辨伪技巧等方方面面，并对各位专家的学术个性与特出贡献多有揭示，这从若干标题即有反映，如第六章各节，李致忠先生基于“虚鉴实考”理论下的版本目录学研究、史金波先生基于民族史与民族文字的西夏文古籍版本研究、韩锡铎先生基于文献整理实践的版本目录学研究、安平秋先生之汉籍引进工程与古籍整理工作、杜泽逊先生基于目验与校勘双重考量下的版本目录学研究。

第三是通过该书，让我感受到古籍鉴定的专业性和重要性。古籍的庐山真面目期待从业人员的才、学、识、德。对于古籍鉴定，既有主观因素，如书估失德，常有以假乱真之举，前人辨之甚详，也时有客观因素，眼力不足，以至判断失误。现代新版古籍，其版本问题更是五花八门。有工作方式不当，有底本与工作底本之异不分，甚至挂羊头卖狗肉的。如某社版《搜神记》读本，《前言》中明确说明工作底本是明末毛晋《津逮秘书》本，实际却是以清代张海鹏《学津讨原》本为底本，因为通行本为中华书局再版之汪绍楹整理本即以《学津讨原》本为底本。笔者比对过《搜神记》这两种版本，实有近 20 处的文字差异，不可混也。有时会因袭前说，积重难返。如近读沈津先生一文，谈到某馆藏《太学新增合璧联珠声律万卷菁华》，被当作是“宋刻巾箱本”，入选了《第一批国家珍贵古籍名录图录》，因“存疑”未得及时纠正，又有该书收入《中华再造善本》唐宋编、入选《第三批国家珍贵古籍名录图录》之事。沈文说明，经目验与考证，并与韦力、刘蔷等讨论，认为此所谓宋本，当为明本。专家层面尚存在不同的观点，可见版本鉴定之不易。

第四，作者既重视古籍鉴定的实践，又重视古籍版本的基本理论，并对访谈者做过先期研究，因而论述问题时，能把握重点，揭示特点，展示出古籍工作者发现问题的敏感和良好的研究素质，故其所论值得学术界重视。作者认为，“今后版本学研究的首要任务应是通过修订《中国古籍善本书目》和编纂馆藏善本书志这两个抓手，从实践中培养版本鉴定人才”“以版本鉴定为核心的版本学主体研究部分仍有很大的发展空间”“即使是明清本的鉴定，也绝不比宋元本容易”“古籍疑难版本的鉴定工作还远没有结束，仍需花大力气予以研究解决”，有感受，有建议，颇多卓见。至于书中的个别观点，或有进一步细化的余地，比如对行业工作侧重点的观察，“图书馆界更多的是在版本学研究的‘点’上做了大量工作，而学术界则更多的是在‘线’上作了系统的梳理并取得了重大突破”。此说未作时段上的区分，个人感到似更符合新时代专业分工明显的现象，在老辈学者身上似不很明显。

戊戌岁末，赵宣来电，相邀为其大作撰序，本不敢应承，怎奈1985年，我即由先师徐复先生介绍，有幸拜识同乡前辈赵父赵航先生，数十年来受益良多，并时与赵宣交往论学，其国家社科基金项目顺利结项，成果即付剞劂，理当祝贺，不宜推辞。况且笔者从事古籍工作三十多年，对古籍鉴定虽是外行，但也时常阅读古籍，细究版本，深知古籍鉴定之重要。然获此鉴定能力，大为不易，“眼别真赝、心识古今”的本领需要在长期实践和反复玩味中涵养，实战经验在某些方面不减于文本知识，要想成为公认的古籍鉴定专家难之又难。由此想到，后继人才培养，已是刻不容缓。对著名专家“独家秘诀”的研究总结，更是刻不容缓。

赵宣不但在图书馆古籍工作方面勤勤恳恳，多所奉献，而且继承家学，耽于古学，精进不已，屡获省级、国家级课题立项，成果不断。因穷数周之力，先睹为快。近二十位当代最杰出的古籍版本学家的真知灼见，加上赵宣等口述、文档与研究“三位一体”原则指导下综合研究的独到认知，让我受益匪浅。作为小众学科，作为从事此学科之人，更需要一种精神，一种文化情怀，赵宣总结为“丹铅无言写春秋”，赞扬他们“赤诚的学术情怀堪称这个浮躁、喧嚣世界里的盏盏明灯”。由此想到旧文中的一段话：“大师的精神品格是学术的灵魂，重在科学与求实。大师们在勇于探索的人生历程中往往蕴含着一种高尚的献身精神、敬业精神。大家铭记的就是这种绵延不绝的献身学术的人文精神。大师们的坚守与传承，是人类社会进步的一个重要推动力，也是中华民族生生不息的精神源泉。”

书此感想以为贺。是为序。2019 年五一于东南大学。

原载赵宣著《口述史视阈下的古籍版本鉴定研究》卷首，社会科学文献出版社 2019 年版

第四辑　流年碎影

《清诗纪事》（影印本）简介

著名学者钱仲联教授生前一直牵挂的影印本《清诗纪事》，由凤凰出版社近期隆重推出。以诗纪事为诗歌表现的主要内容之一，以诗研史、汇录历代诗歌纪事文献，也就成了后世学人的一种自然追求。南宋计有功编成《唐诗纪事》，导夫于前，续有清代厉鄂《宋诗纪事》，陆心源《宋诗纪事补遗》，陈衍《辽诗纪事》《金诗纪事》《元诗纪事》，陈田《明诗纪事》等，前后辉映，近人邓之诚《清诗纪事初编》继之于后。这些诗歌纪事文献总集，前后衔接，自成体系，构成了中国古代文史长廊中一道独特的风景。而邓先生《清诗纪事初编》仅选顺治、康熙两朝，范围不广，加之搜罗及评骘或有未当，学者以为有进一步扩充与提高的必要。著名文史专家钱仲联先生，对清代诗歌素有研究，邀约同好诸君费时八年，共同编选七千多位诗人的作品，成此近1200万字的清代诗歌纪事文献的总集。

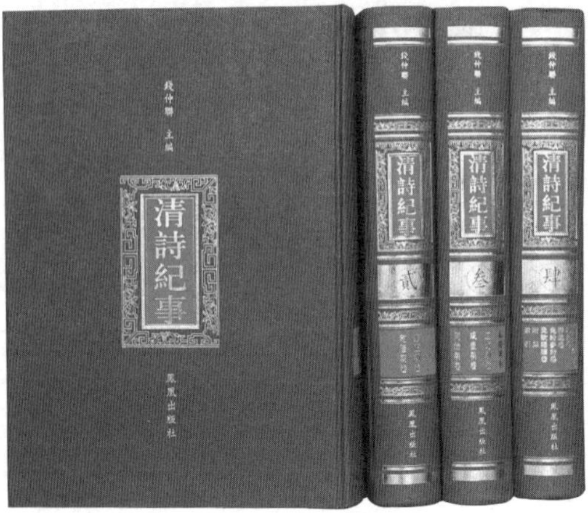

《清诗纪事》书影

该书分为明遗民卷、顺治朝卷、康熙朝卷、雍正朝卷、乾隆朝卷、嘉庆朝卷、道光朝卷、咸丰朝卷、同治朝卷、光宣朝卷，以及烈女卷、释道卷、鬼诗梦诗卷、民歌谣谚卷等。各位诗人附有简历，纪事诗作之后汇集各家诗评，评论诗人的独特成就，兼及诗作优劣得失等。钱锺书先生曾赞誉该书“体例精审，搜罗弘博，足使陈松山（田）却步，遑论计（有功）、厉（鹗）”，“举世学人，受益无穷”。周振甫先生称赞说：“这是一部传世之作，吸取了历代诗纪事之作的优点，又有了进一步的发展，这不仅材料的丰富超过了前人的各种诗纪事，编纂的体例和指导思想也是超越前人的。”《清诗纪事》20 世纪 80 年代出版后，曾荣获首届国家图书奖提名奖、第四届中国图书奖一等奖、首届全国古籍整理图书奖一等奖等。该书为清诗研究不可或缺的工具书，已绝销十余年，近年国家启动《清史》编纂工程，学术界要求重印该书的呼声很高，而原版纸型已不能重印，现根据原书影印出版，重新编排，并新增作者索引（包括新旧两版的册页），以及《清诗纪事》评论文章目录等，方便使用。

《清诗纪事》，江苏古籍出版社初版于 1981—1989 年；影印本，凤凰出版社 2004 年版

关于《清经解·清经解续编》影印本

孔子及其创立的儒家学派，在中国历史上长期居于意识形态的主流地位，儒家思想及其载体——《易》《书》《诗》《礼》《春秋》等被奉为“经”的典籍，也就成为中国传统文化的核心。经学发展至清代，一改元明以来的衰微之势，呈现出复兴之象，皮锡瑞在其《经学历史》一书中曾将清代经学概括为中国经学史上的“经学复盛时代”。王俊义先生认为清代经学是“十分活跃且最富有成就的一个阶段，并呈现出从复兴到终结的走向和特点”。承“天崩地裂”的明朝灭亡之后，一些思想家痛感“天下生员，不能通经知古今，不明六经之旨，不通当代之务”，故而提倡读经，并经世致用，如顾炎武提倡“通经致用”，强调“明辨经学源流”，黄宗羲提倡“要以六经为根底，问学者必先穷经，经术所以经世”。康熙皇帝又“稽古右文”“崇儒重道”；纳兰性德与徐乾学搜集唐宋元明以来的解经著作，校勘汇编140余种书为1781卷的《通志堂经解》；乾隆皇帝重视文治武功。学术思想与政治思想等的导引，加之文献资源和考据学风等的推动，清代前期和中期经学“烂然如日中天”，涌现出顾炎武、阎若璩、胡渭、万斯大、毛奇龄、惠栋、江永、秦蕙田、江声、戴震、王鸣盛、钱大昕、凌廷堪、段玉裁、王念孙、王引之、焦循、阮元等一大批著名的经学家，产生了一大批重要的经学著作。经师辈出，著作众多，阮元感到“他年各家所著之书或不尽传，奥义单辞沦替可惜”，而有汇刻经学名著之举。

阮元所辑《皇清经解》，亦名《学海堂经解》。由其弟子或门客严杰、夏修恕、阮福等负责编辑、校勘、监刻。于道光九年（1829）刻成印行。该书大体以作者先后为序，凡见于杂家、文集者，亦依次编录。共选入顾炎武等73人所著183种，1400卷。原版藏学海堂中，咸丰七年（1857）遭兵火，毁失过半，咸丰十一年，新任两广总督劳崇光组织补刻、增刻，收书180种，1408卷。同治九年（1870），广东李福泰有续刊之事，书口有“庚午续刊”四字。传世版本不一，有册数、人数、收书种数的不同。有道光九年学海堂刊本，咸丰十一年补刊本，同治庚午续刊本，以及点石斋、上海书局石印本等。

“及阮刻《经解》行，士林虽广被其益，犹不免于微词。综而论之，约有数端：曰收录失当，颇乖旨趣；曰去取未公，抉择不精；曰割裂原书，任意删节；曰抄录无绪，编辑不善；曰琐屑饾饤，无关宏旨。”（虞万里语）并且“成书后，续出者尚多，先出而未见收者亦不少”（张之洞语），故王先谦继踵阮氏之志，而有所改进，在阮刻所遗著作外，主要增补乾隆、嘉庆以后学者的著作，成《皇清经解续编》，亦名《南菁书院经解》《续清经解》。此丛书为王先谦于光绪年间任江苏学政时，于江阴南菁书院设局刊刻，叶维干、王宾监刻。收 110 人 209 部著作，1430 卷。传世版本有光绪十四年南菁书院本、光绪十五年上海蜚英馆石印本等。

《经解》共收入 160 余人的 400 余种著作，集清代经学研究之大成。就《经解》内容论，涉及经义家法、语言文字、名物典制、天文历算、山川地理等各个方面。就学术价值论，则可觇有清一代学术风貌，为研究中国传统文化不可或缺的重要资料。虞万里先生在《〈正续清经解〉编纂考》一文中强调“正续《清经解》非徒汇刻众书，抑亦搜采秘本、稿本公之于世。时推世移，稿本、抄本存者寥寥，即或存者亦皆列为善本，难得一睹，是以《经解》之价值亦日见其高”，诚非虚语。为便于广大读者充分利用这一学术宝藏，凤凰出版社影印该书，书后附有作者、书名索引等，以备查检。

《清经解·清经解续编》影印本，13 册，凤凰出版社 2005 年版

《说文》学整理研究的重要成果

——许惟贤《说文解字注》整理本出版

东汉许慎所撰《说文解字》，是我国第一部据六书理论、依五百四十部首编制的字典，系统地分析字形、解释字义，是中国语言学史上的一部巨著。该书对研究古代文字，对阅读古籍进而探讨古代文化等，仍具有重大的参考价值。清代著名语言学家段玉裁（1735—1815）为之作注，成《说文解字注》。南京大学许惟贤教授认为，《说文》段注有以下杰出贡献：一是阐发许书的义例；二是校正《说文》传本之讹误；三是疏证许书的说解；四是对汉字形音义的全面系统研究，五是在校勘阐释群书以及考释古代山川草木、鸟兽虫鱼、典章礼仪等方面也取得许多成果，等等。“非但发明许著之要义，揭示其条例，亦且融入了段氏对音韵文字训诂研究之精髓”（徐复先生语）。《说文解字注》是公认的注释《说文》的权威著作，是阅读古籍、研究语言学必不可少的工具。

《说文解字注》书影

段注也存在一些缺点与局限，如对某些篆文和说解的改动，因所持证据不足或有误，显得主观武断；进行形音义互相探求及推阐字义引申时，有时不够严密而导致结论失当或自相矛盾；对《说文》义例的某些解说，如转注、说解必用本字、三字句等是否符合实际，也多为学者质疑；引用书证常不具书名篇名或虽出而有误，引文也常有改窜错讹。前有王念孙、钮树玉、徐承庆、王绍兰、徐灏、冯桂芬、余行达等十多位学者指出其中的一些不足。许惟贤教授系统分析《说文解字注》存在的各种问题，对段注进行校勘、标点和补注工作。

新推出的《说文解字注》整理本，选用清嘉庆二十年（1815）段玉裁生前刻印完成的经韵楼初刻本为底本，参考前人有关研究成果，时加个人研究新成果，进行较为系统的校勘和补注工作，除少数因手民刊刻产生的误字径改为正字外，增加了1200多条附注。搜集有关成果，开展研究工作，并集研究之大成，其间甘苦，固已难言。该书的整理工作难度非常大，仅以两方面为例。一是标点方面。标点古籍，引文的起讫是难点之一。段注涉及古书及旧注众多，引文量大，作者细心查核，均加上引号，标明起讫。二是校勘方面。如段注引书讹误及解说时有不当，许惟贤在《前言》中概括为十六个方面：如张冠李戴、引文增字成义、引文中夹引注文而不分析、引文有讹衍脱倒、引文破句或误用、引文与断语时有矛盾，等等。

为方便读者充分利用《说文》及段注的成果，该书还附录有关文献资料、新编了几种索引。如段注重字或词的类比研究，既丰富了注的内容，也增补了《说文》的内容，本书编为《类比字索引》等，以便检索使用。

当代语言学大师、中国训诂学研究会原会长徐复先生生前曾作推荐说："此稿之作，既考虑到当今学子之学习便利，又在一定程度上增加本书的功用，故本稿远胜已出版之《段注》各种版本，刊行后必大受欢迎，成为弘扬传统文化之一项贡献。"

原载《古籍新书报》2008 年 4 月 28 日

《周亮工全集》的学术文化价值

周亮工（1612—1672），又名周亮、周圻，字元亮，又字减斋、伯安，号栎园、陶庵、栎下先生等。周氏博涉多通，著述闳富，是明清之际的著名文人、学者、艺术家和出版家。然至今未有学者对其著作做全面整理和研究。

由北京语言大学朱天曙先生编校整理的《周亮工全集》十八册，近由凤凰出版社出版。全书由正文、补编、传记、序跋、集评、年表组成。正文为周亮工著述，包括《因树屋书影》《读画录》《印人传》《闽小纪》《赖古堂文选》《赖古堂印谱》等著作十六种。补编收录《赖古堂集》所未收诗、序跋、祭文、传、书、案牍等内容，以及相关文献《白浪河上集》《万山中诗》等四种。每部著作的内容、著录、版本等情况在前言中说明。传记编收录两个部分，一为周亮工传记资料，包括墓志铭、行状以及各类传记汇编，一为有关周亮工的史料辑录。序跋编收录对周氏其人其书所撰序、跋、题记等。集评编分综论、诗文、著作、艺术四个部分，广泛收录对其人其书的评论。《周亮工年表》则收录周亮工生平主要事迹。南京大学卞孝萱教授在序言中盛赞此书“集周氏著述及生平资料之大成”，中国社科院文学所蒋寅研究员称此书“考索勤、采辑广、体例精”。全国古籍整理出版规划领导小组成员彭庆生教授概括此书的五大特点是：“收录全备”“辑佚补遗，功不可没”“版本精善”“释文准确”“资料丰富”。

本书所汇集的图书，多为清初版刻，有的系第一次出版，资料珍贵；朱天曙博士又穷多年之力，收录了大量散见的研究资料，编写年表，便于学术界使用本书。周亮工于崇祯十二年（1639）中河南乡试举人，翌年中进士，与同年金堡、方以智结为友人，在明代已有事功。清顺治二年（1645），豫亲王多铎兵下江南时首命亮工以原官招抚两淮，周氏应命而出仕，故后世入《贰臣传》。周氏在清朝可谓仕途坎坷，“罢官者三，系狱者再”，然平生轻财好客，行善助人，富于收藏，勤于著述，性喜刻书。周氏的诗文成就不是很高，然独抒己意，又见古意，在清初文人中别具一格。尤其是他注意搜罗遗佚，他的笔记保留了大量同期文人的文学、书画、印章以及地方风物等资料，为后世研究明末清初的历史和文化提供了许多宝贵的资料。他毕生以书为业，编刻书籍甚多。如《征刻唐宋秘本书例》称：“司农世以书为业，嘉、隆以来，雕版行世，周氏实始其事。游宦所至，不遗余力。”如所选《尺牍新钞》《藏弆集》《结邻集》等，阐幽之功尤多。又嗜书画与印章，凡词曲印篆书画通一艺以上者，无不折节下交。喜藏时贤之作，所撰《印人传》三卷、《读画录》四卷，极力表彰当时并不受重视的印人和画家，因而其书被公认为研究十七世纪中国印章和绘画艺术的经典。尤其是《印人传》填补了此前“印人无传”的空白。《四库抽毁书提要稿》称：“自宋以前，以篆名者不一，以印名者绝无之。元代以来，赵孟頫、吾丘衍等人稍稍自镌，遂为士大夫之一艺。明文彭、何震而后，专门名家者遂多，而宗派亦复歧出。其源流正变之故，则亮工此传，括其大略矣。”傅抱石因此称周亮工为“中国印学史上最有关系而又最有贡献之人”。由此一端，可见周亮工在中国文化史上的贡献，也可推知，对研究明末清初的文化史而言，本书可谓是一座待开发的宝藏。

原载《古籍新书报》2009 年 6 月 28 日

学术与艺术　相得而益彰

——写在《高二适批校〈刘禹锡集〉》出版之际

当代著名书法家、学者高二适先生（1903—1977），雅好诗词，有感于唐代著名的文学家、思想家刘禹锡未得到应有的重视，于20世纪40年代开始批校刘书。著名学者章士钊先生多加赞誉，并约高氏撰写了《柳子厚〈与刘禹锡论周易九六论书〉后题》及《跋刘宾客〈天论〉》二文，收入《柳文指要》。章先生还赞扬“二适近年猛进，多所发明”，“发愤穷研，颇有所得”。高先生1965年参与“兰亭”论辩，《兰亭序真伪驳议》和《兰亭序真伪之再驳议》等文影响极大，为世人所瞩目。曾历时十载，撰成《新定急就章及考证》一书，广收历代传本、考校本，参考各种考释，及汉隶残简、碑帖字书等，排比勘正，审核异同，纠正各种失误，颇得学人赞誉。

高二适先生是一位造诣精深的书法家，也是一位勤奋刻苦的学者。关于刘氏文集，刘禹锡自订为40卷，后散逸10卷，宋代宋敏求辑遗逸诗文为《外集》10卷，故今有40卷本及30卷本传世。明、清两代毛晋、惠栋、何焯、冯浩、黄丕烈等人曾对刘禹锡集作过初步的校勘工作，但多数是抄本，流传不广。高先生耗费二十多年的精力，从事批校工作。据其《校录刘梦得集述》文末记："一九六五年长夏重校一过，二適父记。六七年三月再校，是年十月三校。六九年一月又复校注。七二年一月，又十月，再校及注。"可知1963年成稿后又经四次校改。关于校勘情况，据其所述，可知是以通行的小字本《刘宾客文集》为工作底本，而以董康影印的日本平安福井氏崇兰馆所藏宋刻本《刘梦得文集》为祖本，参校宋绍兴本等。刘氏文集，从卷次、篇题编排，到文字异同，所在多有，高先生为富有文化个性、特立独行之人，改变原书行款、夹入大量批语、校语或考证，天头、地脚亦间有文字。考证之语如外集卷七《律诗》："右《柳和》两诗，河东集失收，而反误以宾客《重别》《三赠》二截为河东之作，以刘易柳，其谬甚矣。"高先生为书法大家，批语常有百数十字，如卷十二《论》末："此柳州《天说》，诸本均编在《天论》前，惟《畿辅》编在后，其唐人别集，于唱酬诗什，亦均如此。意其为尊让之说乎。今以编集为主，从习惯低一格而殿之，如明人重编柳州集，即置刘公《天论》三篇于柳说后是也。"卷十三《刘梦得辩易九六疏记》长文全部录入等，韵味十足，固可宝之。全书许多篇什，亦施句读，可资参考。

无论是从文献价值、书法价值，还是从学术文化方面看，高氏批校的《刘禹锡集》，均有很高的出版价值。高氏此书，不断为学人所评述，然一直未公开面世。其女高可可在《后记》中谈到："前人有言，文章与学术，天下之公器也。多年来，我们只有一个心愿：尽可能地让父亲的学术和艺术出版发行，公之于世，真正成为'天下之公器'。"为便于了解这份文化遗产，今新增目录，影印出版，以飨读者。

原载《古籍新书报》2011年1月28日

一代宗师　千秋风范

——在纪念徐复先生诞辰100周年大会上的发言

尊敬的大会主席、各位老师、各位前辈、各位领导、各位同道：

上午好！

首先要感谢母校的老师，让我作为古文献专业毕业生代表发言，来表达我们对尊敬的徐复先生的感激和崇敬之情。

徐先生是一位享有盛誉的学术大师，先生治学大抵以语言学立根基，以文献学致宏大，以考据学致会通，以古籍整理、辞书编纂等致实用，“精”“通”“专”为先生显著的学术特色，而根本宗旨则是继承和弘扬中华学术文化精神。徐先生不仅在语言学、文献学等领域取得了巨大的成就，而且以识见卓越著称，以博闻强记闻名，更以数十年来求实的研究方法和勇于创新的学术精神赢得了学人的推服，堪称学界泰斗，一代宗师。

徐先生一生辉煌业绩很多。远的不说，1981 年参与创立中国训诂学研究会，81 年创立江苏省语言学会、83 年开办南师大古文献专业、80 年代主持或参与推动举办纪念许慎、段玉裁、王念孙王引之父子、章太炎先生、黄季刚先生等学术大师的活动等，学术界公认，徐先生对于新时期以来的语言学、文献学乃至整个传统学术的复兴，作出了历史性的贡献。徐先生自己做学问，同时也是一位辛勤的学术播火者，数十年来，得到先生教诲的人何止三千。徐先生确实是“现代学术大师，当今教苑楷模”。

中国学术界、教育界和出版界，都以自己的方式对这位道德文章皆为楷模的学术大师表达了尊重和崇敬，多次举办徐复先生学术思想研讨活动，并出版了《当代江苏学人丛书》之一的《朴学之光——语言文字学家徐复》《朴学之路——徐复教授九十寿辰学术讨论会论文集》等；许多学者研究徐先生的文章，也发表在不同的学术期刊上。2007 年，徐复先生去世一周年之际，由中国训诂学研究会、江苏省社科联、江苏省语言学会等单位共同发起，江苏教育出版社和南师古文献学系共同主办召开“《徐复语言文字学晚稿》出版研讨会”。这些对徐先生著作和学术思想的研讨活动，从人生历程、生活情趣、治学经历、道德风范、教育思想、社会活动等不同角度，部分展现了徐老的崇高风范；许多专家学者，结合自己的研究，介绍徐老的学术著作，探讨先生的学术思想、治学方法等，很好地总结和反映出先生的治学方法、学术成就及其贡献。

今天我们再次相聚在这里，隆重纪念徐复先生诞辰100周年，表达我们的崇敬，寄托我们的哀思，同时也让我们更加认识到，要传承学术，将老一辈学者开拓的学术事业发扬光大，任重而道远。我因多种机缘，接触先生较多，面聆教诲较多，受先生的提携也更多。比如，我工作以后，有一天意外收到徐先生的信，先生来信命我加入江苏省语言学会，附有会员申请表，徐先生已在推荐人栏目签了名。这对我是极大的激励！我从事编辑出版工作，有机会担任过先生《广雅诂林》《说文五百四十部首正解》《朴学之路》《朴学之光》《徐复语言文字学晚稿》等6部大作的责任编辑、参加《訄书详注》的校对等，并先后写过《通学术之变　成专精之业——徐复先生主要著作述评》《徐复先生对古文献学的贡献》《一代宗师徐复先生》等文，现今也有志于做徐复先生年谱、传记。今天作为古文献专业毕业生代表来发言，就介绍一两件与专业相关、先生奖掖后学的事情，汇报一点我们首届毕业生的情况。

1983年南京师范学院招收了第一届古文献专业的学生。开办专业的艰辛，有工作经验的人都知道，那是非常艰难的。后来听说，是否开办古文献专业，当时学校有的领导很犹豫，因为当时仅有北京大学设立了这一专业，给人印象是似乎只有北京大学这样的学校才有条件办，听说是徐先生找学校领导、找当时的高教局领导，经过争取，南师才设立了古文献专业，我们也才有了读古文献专业的机会。当时，徐复先生、钱玄先生已年逾古稀，还亲自授课，记得老先生来上课，那也是学校一景。当时许多老师、外面的好学之士，一齐来听课，像张芷老师、赵生群老师等都来听课，吴金华老师与王继如老师一同坐在第一排，吴老师还经常情不自禁冲上讲台帮先生擦黑板。此情此景，如在眼前。

徐复先生的学术理念，我概括为三点：一是要细读先秦两汉的书，打好学术的根柢；二是要学习代表性的研究成果，如清代乾嘉大师的著作，因为那是学术的高峰；三是要关注和了解当前的学术动态和最新成果，因为那是学术的前沿。概括地说，就是要有根柢意识、高峰意识和前沿意识。

关于徐先生对学生的关心和帮助，我再举一例。徐先生授课最重戴、钱、段、王之学。当时徐先生正在推动出版《高邮王氏四种》，并在扬州大学开讲扬州学派研究等。我们也颇受鼓舞，我与同班万久富、孙叶锋、王强等同学，就商量成立扬州清学伐薪会，也想研究扬州学派。初生牛犊，也是不知天高地厚，去向徐先生汇报，徐先生大加鼓励，要我们读张舜徽先生的《清代扬州学记》等，还专门

2001年，章念祖、徐复、朱季海、王华宝（左起）在杭州合影

给我们讲过一次。当时徐先生与淮阴师院的于北山教授，有编选《清经解　续清经解》一百种的计划，后来还让我学习整理扬州籍大学者阮元的《诗书古训》。这极大地激发了我们读书学习的热情。

在中文系特别是古文献专业诸位老师，包括已调至复旦大学的吴金华老师、苏州大学的王继如老师等的不断教导和持续关爱下，我们首届学生专业思想巩固，学习态度认真。首届毕业生有一大半的同学，至今坚守在传统学术这一领域。20名同学中有吴新江、万久富、王华宝、谢秉洪、倪永明、王强、程泱7人先后攻读汉语史或古典文献学博士学位，鲍良红、张勤等同学获得硕士学位，大多在高校任教；孙叶锋、陈其弟、李草晖、方云、陈志坚等同学在出版、方志、图书馆、中学教育等领域，也都成了颇有名气的专家。做公务员的沈梅、严国庆、章国林、陈丽萍等同学均取得了一定的成绩。

是母校培养造就了我们。再一次衷心感谢南师大、感谢古文献专业、感谢所有的老师。在徐复先生崇高人格和光辉典范的引领下，在全国高校古委会和南师大的正确领导下，在社会各界的大力支持下，在中华传统文化复兴的时代洪流中，我衷心祝愿并坚信，已是特色学科的南师大古文献专业，在赵老师和众多老师的共同努力下，一定会越办越好，一定会兴旺发达！

“徐复”先生这一名字，已成为一种学术精神，成为一种文化符号，将永远活在我们心中！

最后，祝福老师们身体健康，祝愿学弟学妹们学业有成，祝福所有与会代表家庭幸福，生活快乐！

谢谢大家！

原载赵生群、方向东主编《古文献研究集刊》第七辑，凤凰出版社2013年版

《历代文苑传笺证》的书外故事

精装6册、360余万字的《历代文苑传笺证》，终于出版了。关于书本身，相信各位专家会有到位的评价，我就不说了。作为该书的责任编辑之一，以及出版联系人，我介绍一点书外的情况。

我首先想到的是周宁先生。时间真快，可能是8年前了，经介绍，我与周宁先生联系，谈《历代文苑传笺证》出版事宜。当时书稿还在进行之中，部分书稿的撰写可能还有一些问题，而作为领导，周宁先生充分肯定年轻教师的学术研究能力，决定资助出版。后来，我因参加海峡两岸传统文化与现代化学术研讨会，来到厦门，日程安排较紧，而周宁先生希望我能与各位年轻作者见见面，交流一下，我就答应逃会来厦门大学。周宁先生亲自驾车接送。这让我非常感动。后来听说周宁先生身体不太舒服，我也常请胡旭老师代为问候。因书稿篇幅与过去相比，增加太多，周先生又设法解决经费。因各卷进度不一，影响到整部书的出版进度，听说周先生又设法协调，等等。周先生未在书上署任何名，而周先生为这部书所操劳、所做的幕后工作令人尊敬。

其次，副主编胡旭教授做了很多工作，起到了实际的统筹作用。胡教授本人对先唐文献素有专攻，出版有博士论文《汉魏文学嬗变研究》（厦门大学出版社 2004 年出版）、《先唐别集叙录》（中国社会科学出版社 2011 年出版）等，再做《先唐文苑传笺证》，驾轻就熟。其实他为全书做了大量细致而深入的工作。当时因周祖譔先生年事已高，主要由胡旭与我具体联系。他做人比较低调，我从做大型项目的需要，向周宁先生提出，设一副主编来做统筹工作。一开始胡旭不同意，而我们一再坚持。因为出版方不可能找主编周祖譔先生，也不能一直找周宁先生，总应当有一位年轻的作者出来代表作者方谈书稿的事。后来，交给我们的书稿，我都要求胡旭先审稿，他同意后再交稿子给出版社。在整个出版过程中，我与胡旭通电话、通邮件，真是不计其数。

最后，感谢所有作者对出版方的信任。在出版过程中，有的作者家中有事，有的作者好像还经历了人生喜事，升格做了母亲，而编辑为了出版质量和出版进度，不断催校样，有时要求查阅文献、认真复核等，都得到了各位作者的理解和配合。现在，我虽离开了出版社，但还是代表所有责任编辑，谢谢大家！

期待厦门大学中文学科推出更多的学术成果！

祝愿所有与会专家身体健康，生活快乐！

东南大学中文学科比较弱，欢迎各位先生多多指导和帮助！

2013年6月20日于厦门大学

守正出新　精益求精

——写于《史记》修订本面世之际

2006年1月13日，凤凰出版社在北京人民大会堂召开“《全元文》出版座谈会”，时任中华书局总经理的李岩先生、总编辑徐俊先生等应邀与会，徐总等人在晚餐时向出版界同仁介绍了中华书局启动“二十四史暨《清史稿》修订工程”的前期准备工作、工作思路等，此时在季羡林、任继愈、何兹全、冯其庸等先生的倡议下，中华书局已做了许多工作，国家领导人已对修订工作做了重要批示，要求各方给予支持，解决资金等问题。出版界的同仁很羡慕，更为中华书局的文化担当精神感到钦佩。因为我2001年写过《编纂〈史记〉新整理本刍议》、2002年发表《〈史记〉整理平议》等文，2004年完成了《史记校勘研究》博士学位论文等，徐总向我征询关于《史记》修订的意见。徐总同时谈到，整个修订工程涉及众多高校科研单位，非常需要得到古委会的指导与帮助，而安平秋先生是

《史记》研究专家，中国《史记》研究会会长，《史记》修订工作需要安先生出马。回到南京以后，我向赵生群老师谈了此事。这是我与《史记》修订工作最初的接触。

原计划3月份徐总带队来南京调研的，后因各项工作较多，2006年5月，徐俊、许逸民、李静等五人先在上海开会，再来南京师范大学，征求点校本“二十四史”及《清史稿》修订意见。此时已在《光明日报》2006年4月5日刊出《具有里程碑意义的文化盛事——点校本“二十四史”及〈清史稿〉修订拉开序幕》之后，修订工程已全面启动。在南京师大召开的会议上，盐城师院丁福林教授、南京大学武修成教授、南京师大陆林教授等多位先生参加。晚上，卞孝萱先生、周勋初先生等参加晚宴，提出南京大学可以承担部分任务，特别是《唐书》的修订，南京大学学术力量很强，武修成先生也有较多的先期成果。此后按《史记》由北京大学与南京师范大学合作、基地放在南京的设想来做前期准备，听取了安平秋先生的意见，由赵生群教授与我商议修订方案，初拟底本、参校本，修订原则、流程等。2007年4月，徐总等人再次来宁商议，确定修订方案、工作流程等具体工作。

2007年5月，赵生群教授和我应邀参加于北京香山饭店召开的修订工程第一次工作会议，初定安平秋先生与赵生群先生共同主持修订。此时，“二十四史暨《清史稿》”总的修订原则、要求、流程、工作细则等等，已基本确定，《史记》的修订方案也基本撰成。11月，在上海师大召开的《史记》年会上，大家再次与安平秋先生协调。最后安先生因工作太忙、分在两地不方便等，提出由赵先生独自承担。而在前期讨论过程以及后来的样稿审订等，安先生的整理理念、对《史记》版本源流与参校版本的判断等，对整个修订工作起了很大的作用。

2007年12月，以北京大学安平秋教授为组长、由韩兆琦、张大可、张衍田、许逸民、张文强等先生组成的评审组，在北京中苑宾馆评审了点校本《史记》修订方案，由赵先生主要汇报，我做补充说明，最后通过方案，确定由赵生群教授主持修订。

此后，中华书局排版出《史记》工作样稿，赵老师要求我校改一份，供大家分工校勘各版本，后汇总到赵老师之处。再后就是中华书局多次召开会议，审议赵先生主持撰写的样稿，等等。样稿通过后，我参与了数次评审会议，直到付印前的2013年7月份，应召来到北京，参与最后定稿，因时间紧迫，也仅查看了二十余卷，订正了一些讹误。赵老师数年来全身心投入《史记》修订工作，克服了许多困难，可以说呕心沥血。修订组同仁也付出了很多心血，特别是吴新江、苏芃、王永吉。现在，凝聚了8人修订组特别是赵生群先生、中华书局工作团队、许多评审专家以及其他各方面人员的心血，备受关注和期待的《史记》修订本终于面世了，感触颇多。这里，主要谈两个方面的想法：

点校本《史记》书影

一个方面是"对点校本的历史作用不容低估"。"选好底本、尊重底本、遵循古籍整理规范等，只是古籍整理出版的基本要求，一部优秀的古籍整理本，则必须全面而系统地吸收各种学术成果，提升学术质量。对点校本《史记》，读者有着较高的期待。像《史记》这样的名著，由于年代久远，长期以来传抄传刻，问题较多，研究的成果也非常丰富，吸收已有学术成果的难度势必也大。随着《史记》研究的深入和一些重要学术成果的问世，不少学者提出'对《史记》有重加整理的必要'。[①] 四十多年前的点校本，在今天看来存在各种不足与失误，这也是古籍整理研究事业向前发展的必然结果。在 21 世纪承认点校本的历史局限，也是必要的。当然，我们对任何筚路蓝缕者都不应该提出过高的要求，点校本发挥的历史作用仍不容低估。"这是我过去写《史记校勘的原则》中的观点，现在还是认为应当记住这一点。

过去认为，《史记》点校本"是学术界继唐代三家注定本以来最精善的一次整理，集千余年来学术研究之大成的善本，在《史记》版本校勘学研究发展史上，是一个重要的里程碑"。此次修订，尽管做了较大的补充、订正工作，由以前的出校改符号近八百处，到修订本出校勘记

① 见章培恒《〈史记版本研究〉序》，刊于张玉春《〈史记〉版本研究》卷首，商务印书馆 2001 年版。

王华宝《〈史记〉金陵书局本与点校本校勘研究》书影

三千四百余条（按，平装本近4000条），但是，我们还应当对新的校勘记进行客观分析，进行合理的解释和科学的评判。因为三千四百余条校勘记之中，有相当的数量是由于修订体例的变化造成的，如恢复了金陵书局本删削的唐代司马贞《史记索隐·补史记条例》等，这些并不一定是原点校本的差错；有相当的数量是由于刻本系统的差异、由于张文虎的刻书理念与学术观点造成的，如局本刻成后张文虎方见到《史记索隐》单本，又未能一一采纳等，这一类问题并非点校本整理者的失误。此次修订，全面而系统校勘了北宋至清代有代表性的多种《史记》刻本，其中有“世间乙部第一善本”——中国台湾藏北宋景祐监本《史记集解》、中国国家图书馆藏南宋绍兴本《史记集解》、日本藏南宋建安黄善夫刊《史记》三家注合刻本、南宋淳熙刊本《史记集解索隐》合刻本、日本藏六朝钞本、日本藏唐钞本、法藏敦煌残卷等，复核了点校本对底本所作的全部校改等，补入一定数量的有助于阅读理解《史记》文本的文字，新撰校勘记三千四百余条，总体来说，使《史记》点校本在学术品质上有了极大的提高。我个人感到，这是学术进步的必然，也得益于新的时代科技手段的进步。此时此刻，我们对前人所取得的成绩，对顾颉刚先生、宋云彬先生等前辈学者所付出的辛劳，更应心怀敬意。旧、新本分别代表着不同时代的最高的古籍整理水平，各有其历史贡献和文化价值。

另一方面，《史记》修订工作具有相当的特殊性、复杂性，因此修订工作量之大、涉及面之广、困难度之高，异乎寻常。

第一，《史记》修订具有相当的特殊性。点校本系列其他各史均有校勘记，唯独《史记》阙如。张文虎《校刊史记集解索隐正义》五卷，说明各本同异以及所以去取之由，部分采录诸家校释，但与点校本的校勘记实在性质不同，加之《札记》与金陵书局本不一之处甚多，张文虎未见到许多重要版本，对《史记》版本承传研究不够，对《史记索隐》的吸收不足，等等，用来做底本的金陵书局本纷纭复杂的问题较多。因此，系统参校各种文献，吸收各类成果，并融入修订小组的意见，写出全新的校勘记，就成为一项最基本而且是最重要的工作。主持人按照修订总则的要求与校勘规范，撰写了三千四百多条校勘记。

第二，《史记》修订具有一定的复杂性。点校本《史记》成书过程较为奇特，情况较为复杂，此不一一。由于时代风尚、人员变化等各种复杂因素造成的问题，不可讳言。学术界商讨文章众多，中华书局历次重印，也不断修正。我们充分肯定点校本的学术成就，同时也实事求是地指出存在的不足，进行系统的订正。据我的研究，可知点校本《史记》出校改符号的改动近八百处，径改过百处，而 1982 年版新产生的文字讹误有二百多处，不够规范之处众多，标点可商之处数以百计。本次修订，梳理和吸收各方面成果，做了大量学术性的工作，仅标点方面的改动就数以千计，使点校本的学术质量有了较大提升。

第三，《史记》修订工作量之大、涉及面之广、困难度之高，异乎寻常。以资料而言，遍布海内外，且多分散，搜罗不易。从学术来讲，涉及众多学科，且多纷纭，判断实难。从精力来说，虽心无旁骛，全力以赴，而面对如此庞大的材料、涉及众多学科的问题，时感精力不济。然而，修订小组还是系统校核各种文献，赵生群教授指导学生对《史记》黄善夫本、《评林》本、殿本、局本、涵芬楼百衲本、《史记索隐》等版本进行全面研究，撰写博士学位论文；对三家注引文进行全面的复核，发现大量一手材料，解决许多疑难问题。

《史记》内容广博，史料丰富，而版本复杂，研究成果众多，悬疑之处亦多，按核比勘头绪纷繁，修订工作非常困难。尽管修订小组对《史记》文本研究积累了一些成果，对点校本《史记》亦有初步之研究，前期准备相对充分，但修订工作全面展开后，发现其特殊、复杂、艰难实非可想象。各方专家学者，或从思路方法给予帮助，或就具体问题展开讨论，或提供资料甚至个人成果，帮助颇多，共襄盛举。中华书局从各个方面给予支持，保障修订本的质量与进度。从这一角度看，修订本《史记》凝聚了多方的心血。政府给予支持，各主管部分给予关心和帮助，综合起来看，也可以说是“盛世之举”。此修订本本身即是时代的产物。

修订工作旨在保持点校本已取得的整理成果和学术优势的基础上，认真吸收前人与时贤的研究成果，包括当代学术研究的新发现（文物、文献资料）、新结论（学术定论）等，通过各个修订环节，消弭点校本存在的缺憾，并使修订本成为符合现代古籍整理规范、代表当代学术水平、能够体现21世纪新时代特点的典范之作。按照这样的学术理念，修订组在多方支持和共同努力下奋斗了七八年，《史记》修订本终于面世了。对于最初目标的接近程度如何，有待时间的检验。总体而言，在当代学术积累与便利条件之下，在程序保证质量的原则之下，修订本相对于原点校本，其学术质量肯定有显著的提高，这一点应当可以充分相信。

百年书局，守正出新；千载正史，精益求精。全面升级的《史记》修订本装帧精美，品味高雅，与厚重的内容相得益彰，令人爱不释手，由此也希望该书能成为喜爱中华传统文化者的案头清供之选，成为新时代最为通行的读本。

原载《点校本“二十四史”及〈清史稿〉修订工程简报》第82期，2013年12月31日

《段玉裁全书》的编纂及其特点

——段玉裁诞辰280周年纪念暨段学、清学国际学术研讨会大会发言

受《段玉裁全书》主编赖永海教授的委托，我向大家报告一下《全书》的编纂情况，并简要介绍《全书》的几个特点。

首先，是一分感慨！

《段玉裁全书》终于出版了，这是一件既令人高兴，又让人感慨万端的事情。正如许嘉璐先生在《总序》中所说："《全书》即将付梓，能不感慨系之！忆昔与师友相议编纂段氏全书事，已逾三十载。""经两代学人"。现在终于可以告慰倡导编纂《段玉裁全集》的南京师范大学徐复先生，以及最早一批从事段书整理研究工作的、已故原苏州铁道师范学院的唐文先生、原扬州师范学院的赵航先生、原江苏古籍出版社的薛正兴先生，可以让健在的南京大学许惟贤先生稍感欣慰！让关心段玉裁研究以及传统文化研究的朋友们，看到一份初步的阶段性的成果。

其次，是两声长叹！

一叹段玉裁学问之博大，精神之感人。人生数十年，转瞬即逝。段玉裁在贵州、四川等地任县令十年，可以说官场蹉跎，四十七岁辞官归乡，专心治学，晚年可以说是在贫病交加中度过的，但一生仍留下了《说文解字注》《六书音均表》《古文尚书撰异》《周礼汉读考》《经韵楼集》等在中国学术文化史上占有重要地位的著作。他牢记祖训“不耕砚田无乐事，不撑铁骨莫支贫”，所展示的“铁骨支贫”的人格魅力，“开拓创新”的学术精神，“尊师重道”的文化追求，“清廉亲民”的从政理念，等等，值得今人学习。

二叹整理研究之不易。1983 年 9 月，在扬州召开“纪念段玉裁和王念孙父子学术研讨会”，1985 年 10 月，在金坛召开“纪念段玉裁诞辰 250 周年学术讨论会”。从 1985 年开始整理段氏著作，直到二十多年以后的 2007 年，首部成果即许惟贤先生整理的《说文解字注》才由凤凰出版社出版，2011 年赵航先生整理的《经韵楼集》及《续集》，薛正兴先生整理的《周礼汉读考》和《仪礼汉读考》一同出版。而其他各书的整理工作仍在进行之中。从品种上说，仅整理出了三分之一；从规模上说，整理了一半，还有十多种书待整理。有的书稿，出版社还未约到合适的作者。可见段玉裁著作整理难度之大。在座的都是语言学、哲学、古文献等方面的专家，这里我代出版社说一声，敬请大家关注或分出部分精力，来整理研究段玉裁的著作。

再其次，是三重感谢！

一是感谢学术前辈南京大学李开教授的推荐，以及赖永海教授为首的宏德基金会的信任，给我一个机会来完成一份使命。除了唐文先生以外，徐复老、赵航先生、薛正兴先生、许惟贤先生等，都是我的老师或领导，他们整理的《说文解字注》《经韵楼集》及《续集》《周礼汉读考》《仪礼汉读考》等，都是由我一个人担任的责任编辑，我有机会了解了更多的情况，并且参与了段玉裁纪念馆二次开放的展览文字的撰写工作。前辈们未完成的事业，我有责任来继续做。尽管我能力有限、学识水平更不够，难以担当重任，但在当时健在的赵航先生等的鼓励下，还是承担了《全书》副主编的工作。

二是感谢《全书》的各位编委以及各位撰写“总序”、各书《叙录》的专家们。编委会为本书的出版提供了很好的学术保障。像李建国老师、鲁国尧老师、李开老师、抱病的许惟贤老师等等，多次参加段玉裁全书编纂工作会议，给予多方指导！名誉主编许嘉璐先生，从学术高度、文化传承、《全书》出版的意义等角度，以专业情感，写出了高质量的《总序》。许惟贤、鲁国尧、李建国、王继如、李开、滕志贤、马树彬、钱宗武、朱小健等先生，撰写各书“叙录”。他们都是第一流的专家，像许惟贤老师，是唯一一部《说文解字注》整理本的作者，朱小健老师是《说文解字读》的整理者，鲁国尧先生是中国音韵学会前会长来写《六书音均表》叙录，钱宗武先生可以说是全国

《段玉裁全书》书影

《尚书》研究第一人，抱病完成一万三千多字的《古文尚书撰异》叙录，说他们都是撰写“叙录”的不二人选，毫不夸张。他们撰写的叙录，为本书增色不少。

三是感谢所有为本书付出劳动的人们。如宏德基金会管国兴先生、钟海连先生等不少同仁，他们在段玉裁的家乡金坛工作，有了一份乡缘，就多了一份责任，也协助主编做了大量工作。府建明编审、王月清教授等都从文化传承等方面，提出要有精品意识、精益求精的精神做好《全书》工作。在汇编、出版过程中，图书收藏单位、出版单位和排版公司的许多同志，都提供了切实的帮助。责任编辑、江苏人民出版社的资深编审唐爱萍等人的高度负责，也保障了本书的出版质量。这也是我们应当感谢和铭记的！

成大事，必有缘。宏德基金会是新时期新一轮段玉裁研究与清学研究的推动者。继 2010 年举办“段玉裁与清代学术国际研讨会”后，出版了“论文专集”《宏德学刊》（第一辑），在赖永海教授和李开教授的共同努力下，还专门成立“清学和段王之学学术研究咨询委员会”，并多次召开小型会议，提前筹划 2015 年举办“段玉裁诞辰 280 周年”纪念活动。黄诚、张玲玉、刘丹等做了大量具体细致的工作。也正是汇集各方善缘，共襄盛举，在宏德基金会和赖永海教授的带领下，终于推出了首部汇集段氏个人著作的《段玉裁全书》。

最后，简单介绍《段玉裁全书》的几个特点：

一是“全”。通过多次讨论，明确《段玉裁全书》的定位和特色，即主要是汇辑、影印，将段玉裁的个人著作全部收齐，重在“求全”“存真”“便用”。现收录段氏个人著作15种，附录2种，计175卷，近400万字。

二是“新”。提供新的版本和学术讯息。如将《诗经小学》30卷本、《说文补正》等材料公开出版；为《说文解字读》提供全面完善的“校勘记”；全书“总序”和各书的“叙录”，体现当前研究水平；并附两种段玉裁年谱。《全书》定位在基础性和资料性，目的是打造面向研究者的学术平台。

三是“精”。编纂之初，我们要求自己保持精品意识和文化传承意识，减少失误，力求使本书的学术水平和出版水平达到一个新的高度。全书内容精深之外，装帧尤其精美。

希望《段玉裁全书》对段玉裁研究、清代学术研究乃至中华文化研究起到良好的推动作用。

祝福所有与会人员：身体健康，阖府吉祥！

谢谢！

原载赖永海主编《宏德学刊》第五辑《段玉裁诞辰280周年纪念暨段学、清学国际研讨会论文集》，江苏人民出版社2016年版

凤凰枝文丛

三升斋随笔	荣新江　著
八里桥畔论唐诗	薛天纬　著
跂予望之	刘跃进　著
潮打石城	程章灿　著
会心不远	高克勤　著
硬石岭曝言	王小盾　著
云鹿居漫笔	朱玉麒　著
老营房手记	孟宪实　著
读史杂评	孟彦弘　著
古典学术观澜集	刘　宁　著
龙沙论道集	刘　屹　著
春明卜邻集	史　睿　著
仰顾山房文稿	俞国林　著
马丁堂读书散记	姚崇新　著
远去的书香	苗怀明　著
汗室读书散记	王子今　著
西明堂散记	周伟洲　著
优游随笔	孙家洲　著
考古杂采	张庆捷　著
江安漫笔	霍　巍　著
简牍楼札记	张德芳　著

他乡甘露	沈卫荣　著
释名翼雅集	胡阿祥　著
壶兰轩杂录	游自勇　著
己亥随笔	顾　农　著
茗花斋杂组	王星琦　著
远去的星光	李　庆　著
梦雨轩随笔	曹　旭　著
半江楼随笔	张宏生　著
燕园师恩录	王景琳　著
鼓箦斋学术随笔	范子烨　著
纸上春台	潘建国　著
友于书斋漫录	王华宝　著
五库斋清史存识	何龄修　著
蜗室古今谈	丰家骅　著
平坡遵道集	李华瑞　著
竹外集	朱天曙　著
海外嫏嬛录	卞东波　著
耕读经史	顾　涛　著